Brumas do tempo

Karen Marie MONING

Brumas do tempo

Tradução
Monique D'Orazio

1ª edição
Rio de Janeiro-RJ / Campinas-SP, 2017

VERUS
EDITORA

Editora
Raïssa Castro

Coordenadora editorial
Ana Paula Gomes

Copidesque
Lígia Alves

Revisão
Érica Bombardi

Capa, projeto gráfico e diagramação
André S. Tavares da Silva

Fotos da capa
RazzleDazzleStock/Shutterstock (casal)
Pixabay (paisagem)

Título original
Beyond the Highland Mist

ISBN: 978-85-7686-614-5

Verus Editora Ltda.
Rua Benedicto Aristides Ribeiro, 41, Jd. Santa Genebra II, Campinas/SP, 13084-753
Fone/Fax: (19) 3249-0001 | www.veruseditora.com.br

CIP-BRASIL. CATALOGAÇÃO NA FONTE
SINDICATO NACIONAL DOS EDITORES DE LIVROS, RJ

M754b

Moning, Karen Marie, 1964-
Brumas do tempo / Karen Marie Moning ; tradução Monique D'Orazio. - 1. ed. - Campinas [SP] : Verus, 2017.
23 cm. (Highlanders ; 1)

Tradução de: Beyond the Highland Mist
ISBN 978-85-7686-614-5

1. Romance americano. I. D'Orazio, Monique. II. Título. III. Série.

17-42683 CDD: 813
CDU: 821.111(73)-3

Revisado conforme o novo acordo ortográfico

Para minha irmã, Elizabeth, com amor.
Você é meu raio de sol...

Agradecimentos especiais para:
minha mãe e meu pai;
Rick Shomo;
Carrie Edwards e Jeanne Meyer;
e para minha agente, Deidre Knight.
Eu não teria conseguido sem vocês.

Beltane

(Primavera)

Serpentes pintadas de língua dobrada
Ouriços espinhosos, não deixem pegadas;
Tritões e licranços, não façam nada
Afastem-se da nossa rainha das fadas.

SHAKESPEARE,
Sonho de uma noite de verão

Prólogo

ESCÓCIA
1º DE FEVEREIRO DE 1513

Uma fragrância de jasmim e sândalo pairava entre as sorveiras-bravas. Acima dos galhos encharcados de orvalho, uma gaivota solitária atravessou como fantasma uma massa de neblina e subiu para beijar o amanhecer sobre as areias brancas de Morar. A maré turquesa cintilava em matizes de cauda de sereia sobre a orla de alabastro.

A elegante corte real dos Tuatha De Danaan salpicava o trecho da vegetação luxuriante. Espreguiçadeiras estofadas em tons de escarlate e limão vívidos adornavam a colina relvada, espalhadas em meia-lua sobre o estrado ao ar livre.

— Dizem que ele é ainda mais belo que você — a rainha comentou com o homem deitado, indolente, ao pé do estrado.

— Impossível. — O riso zombeteiro do homem tilintou como sininhos de cristal lapidado em um vento feérico.

— Dizem que sua virilidade a meio-mastro faria inveja a um garanhão. — A rainha lançou um olhar de soslaio sob pálpebras semicerradas para seus cortesãos absortos.

— Mais provável que seja um camundongo — zombou o homem a seus pés. Dedos elegantes delimitaram um pequeno espaço de ar, e risadinhas romperam a bruma.

— Dizem que, em todo o seu vigor, ele rouba a mente de uma mulher do corpo. Arrebata-lhe a alma. — A rainha baixou a franja de cílios para proteger os olhos acesos com o fogo iridescente das intenções maliciosas. *Como é fácil provocar meus homens!*

O homem revirou os olhos, com desdém marcando seu perfil arrogante. Então cruzou as pernas na altura dos tornozelos e olhou adiante, para o mar.

A rainha, porém, não se enganava. O homem a seus pés era vaidoso e não tão impermeável à provocação como fingia ser.

— Pare de provocá-lo, minha rainha — advertiu o rei Finnbheara. — Você sabe como o bobo fica quando tem o ego ferido. — O rei lhe acariciou o braço para acalmá-la. — Você já o provocou o bastante.

Os olhos da rainha se estreitaram de modo pensativo. Por um breve instante, ela cogitou renunciar à sua sede de vingança. Um olhar calculista para seus homens espantou esse pensamento, e ela se lembrou do que ouvira por acaso, e em detalhes excruciantes, da discussão deles na noite anterior.

O que haviam dito era imperdoável. A rainha não era mulher para ser comparada a outra e considerada inferior. Seus lábios se apertaram imperceptivelmente. A mão linda e delicada cerrou-se em punho. Suas palavras seguintes foram escolhidas com cuidado:

— Mas eu pude comprovar que ele é mesmo tudo o que dizem — ronronou a rainha.

No silêncio que se seguiu, a declaração pairou no ar sem que ninguém expressasse qualquer reação, pois era cruel demais para ser digna de resposta. O rei, a seu lado, e o homem, a seus pés, mexeram-se com desconforto. Ela estava começando a pensar que não havia deixado a mensagem dolorosamente clara o suficiente quando, em uníssono, ambos morderam a isca:

— Quem é esse homem?

A rainha Aoibheal das Fadas disfarçou seu sorriso satisfeito com um bocejo delicado e sorveu profundamente o ciúme de seus homens.

— Chamam-no Falcão.

1

ESCÓCIA
1º DE ABRIL DE 1513

Sidheach James Lyon Douglas, terceiro conde de Dalkeith, andava de um lado para o outro. Gotículas escorriam de seu cabelo molhado até alcançar o peito largo e se acumulavam em um único riacho entre as cristas duplas dos músculos em seu abdome. A luz do luar cintilava através da janela aberta, lançando um brilho prateado sobre sua pele cor de bronze, criando a ilusão de que ele era esculpido em aço fundido.

A banheira atrás dele já estava fria e esquecida. A mulher na cama também, fria e esquecida. Ela sabia disso.

E não gostava nem um pouco.

Lindo demais para mim, pensou Esmerelda. Mas, pelos santos, o homem era um projeto de veneno; outro longo gole fresco de seu corpo era a única cura para a toxina. Ela pensou nas coisas que fizera para conquistá-lo, para partilhar seu leito, e — que Deus a perdoasse — nas coisas que faria para ficar ali.

Quase o odiava por isso. Ela sabia que odiava a si mesma por isso. *Ele tinha de ser meu*, pensou. Observou-o andar pelo quarto espaçoso até a janela aberta entre colunas de granito canelado, que se encontravam em um arco alto seis metros acima de sua cabeça. Esmerelda escarneceu dele pelas costas. Tolo — aberturas desprotegidas tão grandes como essas em uma fortaleza — ou arrogante. E daí se era possível se deitar em uma enorme cama de penas de ganso e olhar através do arco rosado para a noite aveludada e perfurada de estrelas cintilantes?

Momentos antes, ela o surpreendera admirando o céu enquanto se chocava contra ela, enquanto incitava aquela fome sem fim no sangue dela com a masculinidade rígida feito rocha que só ele possuía. Ela gemia debaixo dele, no maior êxtase já experimentado, e ele olhava pela janela — como se não houvesse ninguém mais ali consigo.

Será que estava contando as estrelas?

Recitando silenciosamente cânticos obscenos para se impedir de tombar para a frente e pegar no sono?

Ela o perdera.

Não, Esmerelda jurou, ela *nunca* o perderia.

— Falcão?

— Hmmm?

Ela alisou o lençol de seda cor de lavanda com dedos trêmulos.

— Volte para a cama, Falcão.

— Estou agitado esta noite, querida. — Ele brincava com a haste de uma grande flor azul-clara. Meia hora mais cedo ele salpicara pétalas orvalhadas sobre a pele sedosa de Esmerelda.

Ela se encolheu diante da confissão aberta de que ele ainda tinha energia de sobra. Saciada e sonolenta, ela podia ver que o corpo dele ainda pulsava da cabeça aos pés com um vigor inquieto. Que tipo de mulher seria necessário — ou quantas — para deixar aquele homem cochilando em um estado de satisfação fascinada?

Teria de ser mais mulher do que ela, e, pelos deuses, como isso a ofendia.

Sua irmã o teria saciado mais? Sua irmã, que havia aquecido a cama de Falcão até que Zeldie encontrasse o caminho para tomar seu lugar?

— Sou melhor que minha irmã? — A pergunta saiu antes que pudesse detê-la. Ela mordeu o lábio, esperando ansiosamente a resposta.

As palavras fizeram Falcão arrastar o olhar nublado da noite estrelada, passar por toda a vasta extensão do quarto e repousar sobre a cigana voluptuosa de cabelos negros.

— Esmerelda — ele repreendeu, suavemente.

— Sou? — Seu contralto rouco se elevou a um tom estridente e rabugento.

Ele suspirou.

— Já tivemos essa discussão antes...

— E você nunca me responde.

— Pare de se comparar, querida. Você sabe que é bobagem...

— Como posso não fazê-lo quando você pode me comparar com cem; não, com mil... e até com minha própria irmã? — As sobrancelhas bem desenhadas enrugaram-se acima dos olhos reluzentes.

Ele soltou um riso ressoante.

— E com quantos você me compara, linda Esmerelda?

— Minha irmã não pode ter sido tão boa quanto eu. Ela era praticamente *virgem* — Esmerelda cuspiu a palavra com aversão. Seu povo considerava a vida imprevisível demais para pensar na virgindade como uma posse preciosa. A luxúria, em todas as suas facetas, era um aspecto saudável da cultura romani.

Ele ergueu a mão em sinal de alerta.

— Pare. Agora.

Mas ela não conseguia. As palavras venenosas de acusação despencaram rápidas e furiosas contra o único homem que já tinha feito seu sangue pagão cantar, o homem que, entre as coxas dela, naquela noite mesmo, tinha o tédio gravado na face perfeita. Na verdade, já fazia muitas noites.

Ele sofreu a ira de Esmerelda em silêncio e, quando ela enfim descansou a língua, voltou para sua janela. O uivo de um lobo solitário rompeu a noite, e Esmerelda sentiu um grito de resposta nascer dentro de si. Sabia que o silêncio de Falcão era sua despedida. Ardendo de rejeição e humilhação, ela tremia na cama dele — a cama, ela sabia, para a qual nunca mais seria convidada.

Ela mataria por ele.

O que precisamente ela pretendia fazer momentos depois, quando o atacou com o punhal de prata apanhado sorrateiramente da mesa de cabeceira. Esmerelda poderia ter partido sem um juramento de vingança, se ao menos ele tivesse se mostrado surpreso. Momentaneamente alarmado. *Arrependido* até.

Entretanto, ele não exibiu nenhuma dessas emoções. Seu rosto perfeito se iluminou com riso quando ele girou sem esforço, pegou o braço dela e arremessou o punhal pela janela aberta.

Ele riu.

E ela o amaldiçoou. E toda a sua descendência legítima e qualquer outra ilegítima subsequente.

Quando ele a calou com beijos, ela xingou entre os dentes cerrados, sentindo o corpo traidor se derreter ao toque dele. Nenhum homem deveria ser tão lindo. Nenhum homem deveria ser tão intocável. E um maldito destemido.

Nenhum homem deveria ser capaz de abandonar Esmerelda. Ele já havia encerrado o assunto com ela, mas ela ainda não havia terminado com ele. Ela nunca encerraria o assunto com ele.

— Não foi sua culpa, Falcão — Grimm tentou dizer. Estavam sentados no terraço de pedras, bebendo vinho do Porto e fumando tabaco importado em um estado de contentamento puramente masculino.

Sidheach James Lyon Douglas coçou o queixo perfeito com a mão perfeita, irritado com a perfeita sombra de barba que sempre aparecia apenas algumas horas após ter se barbeado.

— Eu só não entendo, Grimm. Pensei que ela tivesse encontrado prazer comigo. Por que ela tentaria me matar?

Grimm arqueou uma sobrancelha.

— Mas o que *é* que você faz com as moças na cama, Falcão?

— Dou o que desejam. Fantasia. Minha carne e meu sangue dispostos a servir todos os caprichos que elas tenham.

— E como você sabe quais são as fantasias de uma mulher? — Grimm pensou em voz alta.

O conde de Dalkeith riu de leve, um ronco ébrio e confiante que ele sabia que levava as mulheres à loucura.

— Ah, Grimm, você só precisa ouvir com o seu corpo. A mulher deixa transparecer nos olhos, quer ela conheça o prazer ou não. Nos gemidos, ela orienta você. Nas reviravoltas sutis do corpo dela, você sabe se ela quer você na frente ou por trás das curvas exuberantes. Com gentileza ou com força; se deseja um amante terno ou se procura um animal. Se gosta que lhe beijem os lábios, ou que os devorem brutalmente. Se ela gosta que os seios...

— Já entendi — Grimm interrompeu, engolindo com dificuldade. Ele se mexeu na cadeira e descruzou as pernas. Cruzou-as de novo e deu um puxão no kilt. Descruzou-as mais uma vez e suspirou. — E quanto a Esmerelda? Você entendeu as fantasias dela?

— Bem demais. Uma delas incluía ser a lady Falcão.

— Ela devia saber que isso não seria possível, Falcão. Todo mundo sabe que você está praticamente casado desde que o rei Jaime decretou seu noivado.

— Podia muito bem ser praticamente *morto*. E não quero falar sobre isso.

— A hora se aproxima, Falcão. Você não só terá de falar sobre isso como terá de fazer alguma coisa: por exemplo, ir buscar sua noiva. O tempo está se esgotando. Ou você não se importa?

Falcão lançou um olhar selvagem de soslaio para Grimm.

— Só estou me certificando, isso é tudo. Mal resta uma quinzena, esqueceu?

Falcão olhou para a noite cristalina, carregada de estrelas brilhantes.

— Como eu poderia esquecer?

— Você acha mesmo que Jaime iria pôr as ameaças em prática se você não se cassasse com a moça Comyn?

— Sem sombra de dúvida — respondeu Falcão, categórico.

— Só não entendo por que ele odeia tanto você.

Um sorriso sardônico flutuou pela face de Falcão. Ele sabia por que Jaime o odiava. Trinta anos antes, os pais de Falcão tinham humilhado Jaime até o fundo de sua alma vaidosa. Como o pai de Falcão morrera antes que Jaime pudesse se vingar, o rei canalizara sua ira sobre Falcão, no lugar do pai.

Por quinze longos anos, Jaime controlara cada minuto da vida de Falcão. Dias antes de expirar a obrigação de serviço, Jaime arquitetou um plano para afetar cada momento futuro de Falcão. Por um decreto do rei, ele seria forçado a se casar com uma moça que não conhecia e não desejava. Uma solteirona reclusa, que os boatos diziam ser horrorosa e inquestionavelmente louca. Essa era a ideia perversa do rei Jaime de uma sentença para a vida inteira.

— Quem conhece a mente dos reis, meu amigo? — Falcão respondeu, com uma evasiva, incisivamente pondo fim ao assunto.

Os dois homens passaram um tempo em silêncio, ambos meditando por razões diferentes, olhando fixo para o céu de veludo. Uma coruja piou baixinho nos jardins. Grilos friccionavam suas pernas uma na outra em um concerto doce, prestando uma homenagem de ocaso a Dalkeith. Estrelas pulsavam e rebrilhavam contra o dossel azul-escuro da noite.

— Olhe. Uma estrela cadente. Ali, Falcão. O que acha disso? — Grimm apontou para um pontinho branco caindo dos céus, arrastando uma cauda leitosa que brilhava em sua esteira.

— Esmerelda diz que, se você fizer um desejo a uma estrela cadente, ele será concedido.

— Você fez um pedido agora?

— Conversa de cigana — zombou Falcão. — Uma bobagem romântica tola para moças sonhadoras. — É claro que ele tinha feito um pedido. Ultimamente, todas as vezes que via uma estrela cadente. Sempre o mesmo pedido. Afinal, a hora estava *mesmo* se aproximando.

— Bem, vou tentar — resmungou Grimm, sem querer ser influenciado pela zombaria de Falcão. — Eu desejo...

— Renda-se, Grimm. Qual é o seu desejo? — Falcão questionou, curioso.

— Não é da sua conta. Você não acredita.

— Eu? O eterno romântico que encanta legiões com sua poesia e sedução não acredita em todas aquelas belas coisas femininas?

Grimm disparou um olhar de alerta para o amigo.

— Cuidado, Falcão. Zombe delas por sua conta e risco. Você pode realmente deixar uma moça zangada um dia desses. E *não* vai saber lidar com isso. Por enquanto, elas ainda se apaixonam pelos seus sorrisos perfeitos...

— Está falando deste? — Falcão arqueou uma sobrancelha e desferiu um sorriso com direito a olhos preguiçosos que falavam eloquentemente que a moça que recebesse aquele sorriso era a única verdadeira beldade no coração dele; um coração que tinha espaço para apenas uma: aquela que calhasse de estar em seus braços no momento.

Grimm balançou a cabeça, expressando uma repulsa de brincadeira.

— Você pratica esse olhar. Só pode. Vamos, admita.

— É claro que pratico. Funciona. Você não praticaria?

— Conquistador.

— Hum-hum — concordou Falcão.

— Por acaso você se lembra do nome delas?

— De todas as cinco mil. — Falcão escondeu o sorriso por trás de um gole de vinho do Porto.

— Patife. Libertino.

— Safado. Devasso. Sem-vergonha. Ah, aqui está um bom: sibarita — Falcão acrescentou, prestativo.

— Por que elas não enxergam por trás da máscara?

Falcão encolheu um dos ombros.

— Porque gostam do que recebem de mim. Há um monte de moças famintas por aí. Eu não poderia, em sã consciência, dispensá-las. Perturbaria minha cabeça.

— Acho que sei exatamente qual das suas cabeças ficaria perturbada — Grimm afirmou, irônico. — Exatamente a que vai colocar você em sérios apuros algum dia.

— Qual foi o seu desejo, Grimm? — Falcão ignorou o alerta com a costumeira atitude indiferente no que dizia respeito às mulheres.

Um sorriso lento deslizou sobre o rosto de Grimm.

— Uma moça que não queira você. Que seja adorável; não, que seja linda de causar terremotos e ainda se mostre espirituosa e sábia. Uma de rosto perfeito e de corpo perfeito e que tenha nos lábios um "não" perfeito para você, meu amigo tão perfeito. E eu também desejo poder assistir à batalha.

Falcão deu um sorriso presunçoso.

— Isso *nunca* vai acontecer.

O vento que soprava doces rajadas entre os pinheiros carregava uma voz descarnada, que flutuava em aromas de jasmim e sândalo. Então ela falou, em palavras e risos que nenhum dos homens ouviu:

— *Acho que isso pode ser arranjado.*

2

A mística ilha de Morar estava encoberta pelo ocaso. As areias de sílica cintilavam em prateado debaixo das botas do rei Finnbheara, que caminhava de um lado para o outro, esperando, impaciente, o retorno do bobo da corte.

A rainha e seus cortesãos favoritos celebravam alegremente o festival de Beltane em uma remota aldeia das Highlands. Observar sua élfica Aoibheal dançar e flertar com os highlanders mortais incendiara seu ciúme adormecido, transformando-o em ira desperta. Ele fugira das fogueiras de Beltane antes que pudesse sucumbir ao desejo de aniquilar a aldeia inteira. Naquele momento, estava zangado demais com os mortais para confiar em si mesmo se estivesse perto deles. O mero pensamento de ver sua rainha com um homem mortal o enchia de fúria.

Assim como a rainha das fadas tinha seus favoritos entre os cortesãos, o rei também tinha; o astuto bobo da corte era seu companheiro de longa data. O rei havia despachado o bobo para estudar o mortal Falcão, a fim de reunir informações para que pudesse fomentar uma vingança adequada contra o homem que ousara invadir o território do povo das fadas.

— Sua virilidade a meio-mastro faria inveja a um garanhão... Arrebata a alma de uma mulher — o rei Finnbheara escarneceu das palavras de sua rainha em um falsete contundente e, em seguida, cuspiu com irritação.

— Temo que seja verdade — disse o bobo, categoricamente, ao aparecer na sombra de uma sorveira-brava.

— É verdade? — O rei fez uma careta. Ele se convencera de que Aoibheal tinha enfeitado um pouco as coisas; afinal, o homem era mortal.

O bobo fez cara de desdém.

— Eu passei três dias na corte, em Edimburgo. O homem é uma lenda viva. As mulheres clamam por ele. Falam seu nome como se fosse algum encantamento místico que certamente concederia o êxtase eterno.

— Você o viu? Com seus próprios olhos? Ele é bonito? — o rei perguntou, rapidamente.

O bobo assentiu, e sua boca se torceu em uma expressão amarga.

— Ele é impecável. É mais alto que eu...

— Nessa sua forma, você tem bem mais de um metro e oitenta! — o rei objetou.

— Ele tem quase um palmo a mais. Tem cabelos negros, que usa em um rabo de cavalo lustroso; ardentes olhos negros; a perfeição cinzelada de um jovem deus e o corpo de um guerreiro viking. É revoltante. Posso mutilá-lo, meu soberano? Desfigurar seu rosto perfeito?

O rei Finnbheara ponderou a informação. Sentiu náusea na boca do estômago só de pensar naquele mortal moreno tocando os alvos braços e pernas de sua rainha, proporcionando a ela um prazer incomparável. *Arrebatando sua alma.*

— Vou matá-lo para Vossa Majestade — o bobo ofereceu, esperançoso.

O rei fez um gesto impaciente.

— Bobo! E quebrar o Pacto entre nossas raças? Não. Deve haver outra maneira.

O bobo deu de ombros.

— Talvez o melhor seja não fazer nada. Falcão está prestes a sofrer as consequências pelas mãos de sua própria raça.

— Conte-me mais — Finnbheara ordenou, seu interesse agora fisgado.

— Descobri que Falcão vai se casar em poucos dias. Ele se tornou comprometido em casamento por meio de um decreto de seu rei. A ruína está prestes a recair sobre ele. Veja, meu soberano, o rei Jaime ordenou que Falcão se case com uma mulher chamada Janet Comyn. O rei deixou claro que, se Falcão não casar com essa mulher, ele destruirá tanto o clã Douglas quanto o clã Comyn.

— Então? Aonde você quer chegar? — Finnbheara perguntou, impaciente.

— Janet Comyn está morta. Ela morreu hoje.

Finnbheara ficou tenso no mesmo instante.

— Você lhe fez mal, bobo?

— Não, meu soberano! — O bobo lançou um olhar ofendido. — Ela morreu pelas mãos do próprio pai. Não coloquei essa ideia na cabeça dele mais do que teria colocado uma chave para a torre dela dentro do *sporran** de Comyn.

— Isso significa que você colocou ou não a ideia na cabeça dele? — o rei perguntou, desconfiado.

— Ora, meu soberano. — O bobo se mostrou contrariado. — Acha que eu recorreria a tamanho logro, arriscando comprometer todos nós?

Finnbheara juntou os dedos e observou o bufão atentamente. Imprevisível, astuto e descuidado, o bobo da corte ainda não havia sido tolo o suficiente para arriscar sua raça.

— Prossiga.

O bobo inclinou a cabeça de lado, e seu sorriso reluziu à meia-luz.

— É simples. O casamento agora não pode ocorrer. O rei Jaime vai destruir os Douglas. Ah, os Comyn também — acrescentou, com irreverência.

— Ah! — Finnbheara se debateu por um momento, pensativo. Não precisaria levantar um dedo e Falcão logo morreria.

Mas não era o suficiente, ele ponderou, fervendo de raiva. Finnbheara queria contribuir para a destruição de Falcão. Ele sofrera um insulto pessoal e queria uma vingança intimamente pessoal. Nenhum homem mortal colocava chifres no rei das fadas sem retaliação divina — e como seria divino destruir Falcão.

O brilho de uma ideia começou a tomar forma em sua mente. Enquanto a considerava, Finnbheara sentiu-se mais vivo do que se sentira em séculos.

O bobo não deixou de notar o sorriso presunçoso que brincava nos lábios do rei.

— Vossa Majestade está imaginando algo perverso. O que está planejando, meu soberano? — perguntou o bobo.

— Silêncio — ordenou o rei. Ele esfregou o queixo, pensativo, destrinchando suas opções, refinando cuidadosamente seu estratagema.

Se o tempo passou enquanto Finnbheara arquitetava o plano, nenhum dos dois notou; o tempo significava pouco para a raça de seres que podia se locomover através dele a seu bel-prazer. As primeiras chamas da aurora pintavam o céu acima do mar quando o rei falou novamente:

* Parte do traje masculino tradicional escocês. A bolsa de couro ou pele pendurada na frente do kilt, onde se guardam pequenos objetos pessoais. (N. da T.)

— O Falcão já amou alguma vez?

— Amou? — o bufão repetiu, inexpressivo.

— Você sabe, aquele sentimento pelo qual os mortais compõem sonetos, travam guerras, erguem monumentos — o rei acrescentou, sarcástico.

O bobo refletiu por um instante.

— Eu diria que não, Majestade. Falcão sempre seduziu a mulher que cortejou, e também não parece que tenha desejado alguma em especial mais do que as outras.

— Nenhuma mulher se negou a ele? — insistiu o rei Finnbheara, com um traço de incredulidade.

— Não que eu pudesse descobrir. Não acho que uma mulher que viva e respire no século XVI *conseguisse* se negar a ele. Estou lhe dizendo, o homem é uma lenda. As mulheres desmaiam por ele.

O rei sorriu com avidez.

— Tenho outra missão para você, bobo.

— Qualquer coisa, meu soberano. Deixe-me matá-lo.

— Não! Nenhum sangue será derramado pelas nossas mãos. Escute com atenção. Vá e atravesse os séculos. Vá para o futuro; as mulheres são mais independentes e senhoras de si por lá. Encontre-me uma que seja irresistível, bela, inteligente, forte; que saiba o que quer. Escolha bem. Ela deve ser uma mulher que não perca a sanidade por ser transportada através dos tempos, e deve se adaptar a acontecimentos estranhos. De nada adiantaria trazê-la para cá com o cérebro apodrecido. Ela deve acreditar em certa magia.

O bobo assentiu.

— É a mais pura verdade. Lembra daquela contadora que levamos para o século XII? Ela virou uma lunática.

— Exatamente. A mulher que você vai encontrar deve estar meio acostumada com o inusitado para aceitar a viagem no tempo sem perder a cabeça. — Finnbheara refletiu a respeito por um momento. — Já sei! Procure em Salem, onde eles ainda acreditam em bruxas, ou talvez em New Orleans, onde a magia antiga estala no ar.

— Lugares perfeitos! — entusiasmou-se o bufão.

— O mais importante, bobo: você deve encontrar uma mulher que nutra um ódio especial por homens bonitos e conquistadores; alguém que faça da vida desse mortal um inferno na Terra.

O bobo sorriu diabolicamente.

— Permite que eu enfeite um pouco o plano?

— Você é parte crucial dele — declarou o rei, como uma promessa sinistra.

Adrienne de Simone estremeceu, embora fosse uma noite de maio excepcionalmente quente em Seattle. Vestiu um suéter e fechou as portas francesas. Ficou olhando pelo vidro da janela a noite descer sobre os jardins que se projetavam em desordem, além da calçada.

À luz cada vez mais tênue, ela verificou o muro de pedra que protegia sua casa, no número 93 da Coattail Lane, depois se voltou para uma análise metódica das sombras debaixo dos imponentes carvalhos, procurando movimentos incomuns. Respirou fundo e deu uma ordem a si mesma para relaxar. Os cães de guarda que patrulhavam a propriedade estavam quietos — as coisas deviam estar seguras, ela se reassegurou com firmeza.

Inexplicavelmente tensa, digitou o código no painel de alarme que ativaria os sensores de movimento posicionados em pontos estratégicos pelo terreno gramado de quatro mil metros quadrados. Qualquer corpo em movimento com mais de cinquenta quilos e um metro de altura dispararia os detectores, embora o alarme estridente não fosse acionar a polícia ou qualquer agência de proteção à lei.

Adrienne correria para apanhar sua arma antes de pegar o telefone. Invocaria o demônio em pessoa antes de sonhar em chamar a polícia. Apesar de seis meses terem se passado, ainda sentia não estar longe o suficiente de New Orleans, nem mesmo se ela cruzasse um oceano ou dois, o que não poderia fazer, de qualquer forma; a porcentagem de fugitivos presos ao tentar sair do país era surpreendentemente alta.

Era mesmo isso o que era?, refletiu. Nunca deixava de surpreendê-la, mesmo depois de todos aqueles meses. Como ela, Adrienne de Simone, poderia ser uma fugitiva? Sempre tinha sido uma cidadã honesta, cumpridora da lei. Só o que tinha pedido da vida era uma casa e um lugar ao qual pertencer; alguém para amar e que a amasse; filhos, um dia — filhos que ela nunca abandonaria em um orfanato.

Ela havia encontrado tudo isso em Eberhard Darrow Garrett, queridinho da sociedade de New Orleans; pelo mesmo era o que ela pensava.

Adrienne riu com desdém enquanto observava o gramado uma última vez, depois soltou as cortinas por cima das janelas. Alguns anos antes, o mundo parecia ser um lugar muito diferente; um lugar maravilhoso, cheio de promessas, entusiasmo e infinitas possibilidades.

Armada apenas com seu espírito irreprimível e trezentos dólares em dinheiro, Adrienne Doe inventou um sobrenome para si mesma e fugiu do orfanato no dia em que completou dezoito anos. Ela havia ficado fascinada quando descobriu que praticamente qualquer um poderia conseguir um financiamento estudantil, até mesmo uma órfã sem garantias. Arranjou um emprego como garçonete, matriculou-se na faculdade e embarcou em sua tentativa de fazer algo por si mesma. O que exatamente, ela não tinha certeza, mas sempre tivera o pressentimento de que algo especial estava esperando na próxima esquina.

Tinha vinte anos e estava no segundo ano da universidade quando esse algo especial aconteceu. Trabalhando no Blind Lemon, um elegante restaurante e bar, Adrienne havia conseguido a atenção, o coração e o anel de noivado do sombriamente belo e rico Eberhard Darrow Garrett, o solteirão da década. Era o perfeito conto de fadas. Durante meses, ela caminhara em nuvens de felicidade.

Quando as nuvens começaram a se dissolver sob seus pés, ela se recusou a prestar muita atenção, se recusou a reconhecer que o príncipe de conto de fadas poderia ser o príncipe de lugares mais sombrios.

Adrienne fechou os olhos com força, desejando que assim pudesse erradicar algumas das lembranças ruins. Como tinha sido ingênua! Quantas desculpas tinha dado — por ele, por si mesma — até finalmente fugir.

Um miado baixinho a trouxe de volta para o presente, e ela sorriu para a única coisa boa que tinha sobrado de tudo aquilo: sua gatinha, Moonshadow, uma vira-lata precoce que Adrienne encontrara nos arredores de um posto de gasolina a caminho do norte do país. Moonie se esfregou nos tornozelos dela e ronronou com entusiasmo. Adrienne apanhou a criaturinha peluda, abraçando-a junto ao peito. Amor incondicional, esse era o presente de Moonie. Amor sem reservas ou subterfúgios — pura afeição, sem nenhum lado sombrio.

Adrienne murmurou uma melodia suave ao acariciar as orelhas de Moonie, até que sua voz sumiu abruptamente ao escutar um ruído baixo, e sua atenção foi atraída para as janelas mais uma vez.

Perfeitamente imóvel, ela apertou Moonie e esperou, prendendo a respiração.

Mas havia apenas silêncio.

Devia ter sido um galho arranhando o telhado, decidiu. Mas não havia cortado todas as árvores da casa quando se mudara?

Adrienne suspirou, abanou a cabeça e ordenou que seus músculos relaxassem. Quase tinha conseguido quando ouviu uma tábua ranger. A tensão tomou conta dela no mesmo instante. Soltou Moonie em uma poltrona estofada e lançou um olhar intenso para o teto quando percebeu que o som de rangido continuava.

Talvez fosse apenas a casa se acomodando nas estruturas.

Adrienne realmente precisava superar o nervosismo.

Quanto tempo levaria para que ela parasse de ter medo de virar uma esquina e dar de cara com Eberhard, com seu sorriso sarcástico e seu revólver reluzente?

Eberhard estava morto. Ela estava segura. Sabia que estava.

Então por que se sentia tão vulnerável? Nos últimos dias, tivera a sensação sufocante de que alguém a espionava. Não importava quanto tentasse se tranquilizar, reafirmando que as pessoas que poderiam lhe desejar mal estavam mortas ou não sabiam que ela estava viva, ela ainda era consumida por uma inquietação mórbida. Todos os seus instintos a avisavam de que havia algo errado — ou prestes a dar muito errado. Tendo crescido na cidade das assombrações — a quente, sensual, supersticiosa e mágica New Orleans —, Adrienne havia aprendido a ouvir seus instintos. Eles sempre acertavam.

Seus instintos estavam certos até mesmo em relação a Eberhard. Havia tido um pressentimento ruim sobre ele desde o início, mas se convencera de que era sua própria insegurança falando. Ele era considerado o bom partido de New Orleans; era natural que uma mulher se sentisse um pouco instável por causa de um homem como ele.

Só muito mais tarde ela entendeu que ficara sozinha por tanto tempo e tinha desejado tanto um conto de fadas que havia tentado forçar a realidade a refletir seus desejos. Dissera a si mesma muitas mentiras inocentes antes de finalmente enfrentar a verdade de que Eberhard não era o homem que ela achava que era. Tinha sido uma tola.

Adrienne inspirou o ar da primavera que soprava delicadamente da janela atrás de si, em seguida sentiu um arrepio e deu um giro abrupto. Lançou um olhar cauteloso para as cortinas esvoaçantes. Não havia fechado aquela janela? Tinha certeza disso. Havia fechado todas elas, logo antes das portas francesas. Adrienne aproximou-se cuidadosamente da janela, fechou-a depressa e trancou.

Era só o nervosismo, nada mais. Nenhum rosto espiava pela janela, nenhum cão latia, nenhum alarme soava. De que servia tomar tantas precauções se ela não conseguia relaxar? Não *tinha* como haver alguém lá fora.

Adrienne forçou-se a se afastar da janela. Ao cruzar o cômodo, seu pé encontrou um pequeno objeto e o fez deslizar sobre o tapete turco desbotado, até bater na parede.

Adrienne olhou para ele e vacilou. Era uma peça do jogo de xadrez de Eberhard, que ela havia roubado da casa dele em New Orleans na noite em que fugira. Já havia se esquecido disso depois de ter se mudado. Estava guardado em uma caixa — uma daquelas empilhadas no canto, que acabaram nunca sendo abertas. Talvez Moonie tivesse pegado as peças de dentro da caixa, Adrienne refletiu, pois havia várias espalhadas por todo o tapete.

Então, recolheu a peça que tinha chutado e a girou com cuidado entre os dedos. Ondas de emoção a inundaram; um mar de vergonha, raiva e humilhação, encobertos por uma capa implacável de medo de ainda não estar segura.

Uma corrente de ar beijou-lhe a nuca, e ela ficou rígida, agarrando a peça de xadrez com tanta força que a coroa da rainha preta se encravou cruelmente na palma de sua mão. A lógica insistia que as janelas atrás dela estavam fechadas — ela *sabia* que estavam. Ainda assim... o instinto dizia algo diferente.

A Adrienne racional *sabia* que não havia ninguém na biblioteca além dela e da gatinha roncando de leve. A Adrienne irracional vacilava à beira do terror.

Rindo com nervosismo, ela se repreendeu por ser tão neurótica, depois amaldiçoou Eberhard por deixá-la assim. Ela *não* iria sucumbir à paranoia.

Caindo de joelhos, sem se dar ao luxo de olhar para trás, Adrienne recolheu as peças de xadrez espalhadas e as juntou em uma pilha. Realmente não gostava de tocá-las. Uma mulher não podia passar a infância em New Orleans — boa parte dela escutando um contador de histórias creole que vivia atrás do orfanato — sem se tornar um pouco supersticiosa. O conjunto era muito antigo, um jogo viking original; uma antiga lenda alegava que era amaldiçoado, e a vida de Adrienne já tinha sido amaldiçoada o suficiente. A única razão de ter roubado o jogo era para o caso de precisar de dinheiro rápido. Esculpido em marfim de morsa e ébano, alcançaria um valor exorbitante se oferecido a algum colecionador. Além do mais, ela não merecia, depois de tudo o que ele a fizera passar?

Adrienne murmurou uma injúria eloquente sobre homens bonitos. Não era moralmente aceitável que alguém tão mau como Eberhard fosse tão bonito de olhar. A justiça poética exigia algo diferente — o rosto das pessoas não deveria refletir o que há dentro do coração? Se Eberhard fosse tão feio por fora do jeito que era por dentro, como ela descobrira tardiamente, Adrienne nunca teria acabado do lado errado de uma arma. É claro, ela havia aprendido da maneira mais difícil que qualquer lado de uma arma era o lado errado.

Eberhard Darrow Garrett era um homem bonito, mulherengo, enganador — e tinha arruinado a vida dela. Apertando a rainha negra, ela fez uma promessa firme para si mesma:

— Eu nunca mais vou sair com um homem bonito, enquanto eu viver e respirar. Eu odeio homens bonitos. Odeio!

Do outro lado das portas francesas, na Coattail Lane, 93, um homem imaterial, que os dispositivos feitos pelo homem não conseguiam detectar nem conter, ouviu as palavras dela e sorriu. Sua escolha fora feita com uma certeza rápida — Adrienne de Simone era, definitivamente, a mulher que estava procurando.

3

Adrienne não fazia ideia de como tinha acabado no colo daquele homem. Nenhuma ideia.

Em um momento ela estava perfeitamente sã — talvez um pouco neurótica, mas firmemente convencida de sua sanidade —, e no momento seguinte o chão desapareceu sob seus pés e ela foi sugada para baixo, como se escorregasse por uma das tocas de coelho da Alice.

Seu primeiro pensamento foi que devia estar sonhando: uma incursão subconsciente vívida e horrível em um pesadelo bárbaro.

Mas isso não fazia sentido algum; apenas momentos antes, ela estava acariciando Moonshadow e fazendo... alguma coisa... O quê? Não podia ter simplesmente pegado no sono!

Talvez tivesse tropeçado e batido a cabeça, e essa alucinação fosse o resultado onírico de uma concussão.

Ou talvez não, ela se preocupou, olhando ao redor daquele espaço cavernoso e enfumaçado cheio de gente estranhamente vestida falando uma versão mutilada da língua inglesa.

Agora você conseguiu, Adrienne, ponderou, em um pensamento sóbrio. *Você estava preocupada por ter um parafuso a menos, agora perdeu todos.* Adrienne se esforçou para focar os olhos, que pareciam estranhamente pesados. O homem que a segurava era revoltante. Uma besta nojenta e fedida com braços grossos e uma barriga gorda.

Apenas alguns momentos antes, ela estava em sua biblioteca, não estava?

A mão gordurosa lhe apertou o seio, e ela deu um grito estridente. A perplexidade foi vencida pelo ultraje e a vergonha quando a mão dele roçou deliberadamente a crista de seu mamilo através da blusa. Mesmo que fosse um sonho, ela não podia permitir que aquele tipo de atitude passasse sem uma reprimenda. Abriu a boca para falar poucas e boas, mas ele foi mais veloz. A boca do homem naquela massa emaranhada de cabelo expandiu-se em um largo O. Pelos *céus*, ele nem havia terminado de mastigar. E não era de admirar: os poucos dentes eram quebrados e marrons.

Foi com repulsa que Adrienne limpou pedaços de frango e saliva do rosto quando ele rugiu, mas foi com alarme genuíno que compreendeu as palavras dele através do sotaque carregado.

Ela havia sido enviada por Deus, era o que ele proclamava para o salão. Ela era um presente dos anjos.

E iria se casar no dia seguinte.

Adrienne desmaiou. Seu corpo inconsciente teve um espasmo, depois ficou mole. A rainha preta escorregou-lhe da mão, atingiu o chão e foi chutada para debaixo da mesa por uma bota de couro surrada.

Quando acordou, Adrienne estava deitada, imóvel, os olhos fechados com força. Debaixo das costas, sentiu as camadas irregulares das mantas de pluma de ganso formando uma pilha grossa. Poderia ser sua própria cama. Ela havia comprado colchas antigas e mandado recosturá-las para ficarem mais fofas sobre a cama de estilo queen Anne que batia em sua cintura. Adrienne era apaixonada por coisas antigas, não havia dúvida quanto a isso.

Ela cheirou o ar cautelosamente. Nenhum dos aromas estranhos do banquete com o qual havia sonhado. Nenhum zumbido ou sotaque carregado como os imaginados antes.

Mas também não havia movimento de veículos.

Apurou os ouvidos, prestando a máxima atenção. Alguma vez já tinha ouvido tamanho silêncio?

Adrienne deu um suspiro entrecortado e desejou que seu coração batesse mais devagar.

Ela se virou sobre a colcha rugosa. Será que enlouquecer era assim? Começava com uma vaga inquietação, a sensação terrível de ser observada, então rapidamente crescia e se tornava uma insanidade completa, culminando em um pesadelo no qual um monstro fedorento e peludo anunciava seu casamento iminente?

Adrienne apertou os olhos com ainda mais firmeza, desejando seu retorno à sanidade. A silhueta de um conjunto de xadrez pairava em sua mente;

torres prontas para a batalha e rainhas mordazes esculpidas em relevo contrastante debaixo de suas pálpebras, e parecia que havia algo urgente de que ela precisava se lembrar. O que tinha feito?

A cabeça doía. Era um tipo surdo de dor, acompanhada de um gosto amargo e metálico no fundo da garganta. Por um momento, lutou contra essas sensações, mas o latejar intensificou-se. O conjunto de xadrez dançava, elusivo, em tons de preto e branco, então se dissolvia em um detalhe longínquo e irritante. Não poderia ser nada muito importante.

Adrienne tinha coisas mais urgentes com que se preocupar — por exemplo, onde diabos ela estava?

Manteve os olhos fechados e esperou. Alguns momentos mais e ela iria ouvir o ronronar de um BMW deslizando com elegância pela Coattail Lane, ou o telefone iria gritar raivosamente...

Um galo *não* tinha acabado de cantar.

Mais um minuto e ela ouviria o questionamento de Moonie, *mi-aaaaau*, e sentiria a cauda da gatinha roçar de leve seu rosto ao mesmo tempo em que se levantaria da cama com um salto.

Ela *não* estava ouvindo o ranger de dobradiças barulhentas, o arranhar de uma porta muito rente à soleira de pedra.

— Milady, eu sei que está acordada.

Seus olhos se abriram bruscamente e encontraram uma mulher corpulenta de cabelos castanhos já ficando grisalhos e bochechas rosadas, retorcendo as mãos, parada ao pé da cama.

— Quem é você? — Adrienne perguntou, cautelosa, recusando-se a olhar para qualquer outra coisa além do local imediato que continha aquela mais recente aparição.

— Bah! Quem sou *eu*, ela pergunta. A moça aparece do nada, de um instante para o outro, como uma bruxa, por assim dizer, e deseja saber quem eu sou. Hmmph!

Com isso, a mulher colocou um prato de comida de aroma esquisito sobre uma mesa próxima e forçou Adrienne a se endireitar ao afofar os travesseiros atrás das costas dela.

— Eu sou Talia. Mandaram-me para cuidar de você. Coma. Nunca vai ficar forte o suficiente para enfrentar o casamento com *ele* se não comer — ela repreendeu.

Com essas palavras e um vislumbre completo das paredes de pedra, na qual se dependuravam tapeçarias vivamente coloridas representando caças e orgias, Adrienne desmaiou de novo — desta vez, com prazer.

Adrienne acordou novamente com um grupo de criadas segurando roupas íntimas, meias e um vestido de noiva.

As mulheres a banharam em água perfumada diante de uma enorme lareira de pedra. Enquanto submergia na banheira profunda de madeira, Adrienne examinou cada centímetro daquele cômodo. Como um sonho poderia ser tão vívido, tão rico, com aroma, tato e som? A água do banho cheirava a lilases e urzes frescos. As criadas conversavam baixinho enquanto a banhavam. A lareira de pedra facilmente chegava à altura de três homens — erguia-se para beijar o teto e se esparramava ao longo de metade da largura da parede leste. Era enfeitada com um conjunto de trabalhos artísticos em prata; delicados cestos de filigranas, rosas artesanais que brilhavam como prata fundida, feitas por mãos habilidosas. No entanto, cada pétala era distinta de alguma forma, parecendo aveludada. Acima da grande cornija, esculpida rusticamente em carvalho mel, dependurada, havia uma cena de caça representando uma vitória sangrenta.

O estudo daquelas peças foi interrompido pelo rangido da porta. Expressões de choque e vozes imediatamente silenciadas comandaram o olhar dela por cima de um ombro nu, e ela também soltou uma exclamação. O vilão com o tapete emaranhado na cara! As bochechas de Adrienne se inflamaram de vergonha, e ela afundou mais na banheira.

— Milorde, isto não é lugar para o senhor... — começou uma criada.

O tapa ecoou pelo cômodo, silenciando o protesto da criada e fazendo todos pararem de chofre, antes que sequer considerassem ter alguma reação. O grande monstro gorduroso de antes, daquele sonho, agachou-se diante da banheira fumegante, um sorriso de escárnio no rosto. Os olhos azuis através de fendas eram quase de um cinza metálico quando Adrienne o encarou e sustentou seu olhar rude de igual para igual.

Os olhos dele se afastaram dos seus, voltaram-se para a linha da água e bisbilhotaram além dela. Ele sorriu ao ver os mamilos rosados antes que ela cruzasse os braços e se abraçasse firmemente.

— Parece que ele não se deu tão mal assim — murmurou o homem. Em seguida, arrastando seus olhos da água para encontrar o semblante vermelho de Adrienne, exigiu: — De agora em diante, seu nome é Janet Comyn.

Adrienne lançou-lhe um olhar altivo.

— Meu nome — ela se exaltou — é Adrienne de Simone.

Paft!

Ela levou a mão ao rosto com descrença. Uma criada soltou um grito abafado.

— Tente de novo — ele aconselhou em tom suave, e, por mais suave que fosse sua voz, seus olhos azuis eram perigosamente duros.

Em silêncio, Adrienne esfregou a face, que ardia.

E a mão dele se ergueu uma vez mais.

— Milady! Nós imploramos! — Uma criada de estatura pequena caiu de joelhos ao lado da banheira, colocando a mão sobre o ombro nu de Adrienne.

— Isso mesmo, dê conselhos a ela, Bess. Você sabe o que acontece com uma moça tola o suficiente para recusar o que eu peço. Diga — ele repetiu para Adrienne. — Diga-me que seu nome é Janet Comyn.

Quando sua mão enorme se levantou e baixou novamente, atingiu com fúria o rosto de Bess. Adrienne gritou vendo-o surrar a criada repetidas vezes.

— Pare! — ela gritou.

— Diga! — ele ordenou quando sua mão subiu e caiu novamente. Bess soluçou ao desabar no chão, mas o homem se abaixou atrás dela, sua mão agora um punho cerrado.

— Meu nome é Janet Comyn! — Adrienne gritou, levantando parcialmente da banheira.

O punho de *laird* Comyn se deteve no ar, e ele se agachou pesadamente mais uma vez, a luz da vitória reluzindo em seus olhos. Vitória — e aquele escrutínio lento e nojento da carne dela.

Adrienne corou debaixo da pura luxúria daqueles olhos tão claros, e mergulhou a parte superior do corpo na água.

— Não, ele não vai se dar mal de forma alguma. Você é muito mais formosa do que a minha Janet. — Sua boca se torceu em um sorriso. — Quem me dera ter tempo para provar esses melões macios, mas você chegou no último minuto.

— Cheguei aonde?

— Chegou *de* onde é a minha pergunta — ele respondeu. Adrienne percebeu nesse instante que subestimar aquele homem bruto seria um erro grave. Por trás dos modos desleixados e da aparência desalinhada, havia uma impetuosidade cortante e uma sagacidade afiada como florete. O braço flácido que tinha desferido os golpes escondia músculos. Os olhos claros entre as fendas, olhos que a percorriam sem descanso, não deixavam passar nenhum detalhe. Ele não havia punido Bess num acesso de raiva. Foi um ato frio e calculado para obter o que desejava de Adrienne.

Ela balançou a cabeça, os olhos arregalados de confusão.

— Realmente, não tenho a menor ideia de como cheguei aqui.

— Você não sabe de onde veio?

Bess chorava baixinho, e os olhos de Adrienne escureceram ao observar a criada curvar-se em posição fetal e, furtivamente, tentar se afastar o máximo que pudesse de *laird* Comyn. A mão dele disparou e agarrou o tornozelo da criada. Bess choramingou, impotente.

— Ah, não, minha linda. Ainda posso precisar de você. — Os olhos dele percorreram a forma trêmula, e os lábios exibiam um esgar possessivo. Adrienne perdeu o fôlego quando ele rasgou o vestido de Bess e o arrancou aos retalhos do corpo dela. O estômago de Adrienne revirou em agonia ao ver os grandes vergões emergindo dos flancos e coxas pálidos da criada. Vergões profundos e inflamados, produzidos por um cinto ou um chicote.

As outras empregadas fugiram do cômodo, deixando-a sozinha com a chorosa Bess e o louco.

— Este é o meu mundo, Adrienne de Simone — ele entoou, e ela teve uma premonição de que as palavras que ele estava prestes a proferir ficariam gravadas profundamente em sua lembrança ainda por um longo tempo. Ele bateu de leve na coxa palpitante de Bess. — Minhas regras. Meu povo. Minha vontade comanda a vida ou a morte. A sua e a dela. É uma coisa simples que eu quero de você. Se você não cooperar, ela morre. E depois outra e ainda outra. Eu vou encontrar o cerne da compaixão tola que você usa como se fosse uma proteção. Isso faz ser muito fácil usar você. Mas as mulheres são assim. Fracas.

Adrienne ficou encolhida, sentada na banheira. Sua respiração pesada era um acompanhamento para os soluços dolorosos de Bess.

— Quieta, moça! — Ele deu um tapa no rosto da criada, e ela se encolheu ainda mais, choramingando nas mãos para abafar o som.

Um dia vou matá-lo com minhas próprias mãos, Adrienne jurou em silêncio.

— Não sei como você veio parar aqui, ou quem você é, e francamente não me importo. A questão é que eu tenho um problema e você vai resolvê-lo. Se algum dia esquecer o que estou prestes a dizer, se algum dia escorregar, se me trair, eu te mato depois que tiver destruído tudo o que for importante para você.

— Onde estou? — ela perguntou, apática, relutantemente dando voz a uma das perguntas que a estavam perturbando. Tinha medo de, uma vez que começasse a fazer perguntas, descobrir que aquilo realmente não era sonho nenhum.

— Não me importo se você é louca. — Ele riu de bom grado. — O fato é: de certa forma eu gosto de pensar que você tem o miolo mole. Deus sabe que minha Janet tinha. Isso não é nem mais nem menos do que ele merece.

— Onde estou? — ela insistiu.

— Janet também tinha dificuldade para se lembrar disso.

— Então, onde estou?

Comyn a estudou e, em seguida, deu de ombros.

— Escócia. Na Fortaleza Comyn. A *minha* fortaleza.

O coração dela parou de bater dentro do peito. Não era possível. Será que tinha enlouquecido de verdade? Adrienne endureceu sua determinação para fazer a pergunta seguinte — a pergunta óbvia, a pergunta terrível que havia deliberadamente evitado desde que despertara pela primeira vez. Ela havia aprendido que às vezes era mais seguro não fazer muitos questionamentos — as respostas poderiam ser completamente enervantes. Obter a resposta para essa pergunta poderia alterar o domínio frágil sobre sua razão. Adrienne suspeitava de que *onde* ela estava não era exatamente o único problema que tinha. Inspirando profundamente, perguntou, cautelosa:

— Em que ano estamos?

Comyn gargalhou, zombando.

— Você é mesmo um pouco maluca, não é, moça?

Adrienne fitou-o em silêncio.

Ele deu de ombros novamente.

— Em 1513.

— Ah — Adrienne exclamou fracamente. *Meudeusmeudeus*, lamentou nos confins de sua mente desesperada. Respirou profunda e lentamente e disse a si mesma para começar pelo início daquele mistério; talvez ele pudesse ser desvendado. — E quem exatamente é você?

— Para todos os efeitos, eu sou seu pai, moça. É a primeira de muitas coisas que você nunca deve esquecer.

Um soluço entrecortado distraiu temporariamente Adrienne de seus problemas. Pobre Bess, tão maltratada. Adrienne não suportava ver uma pessoa com dor, não se pudesse fazer algo a respeito. Aquele homem queria algo dela; talvez ela pudesse negociar alguma coisa em troca.

— Solte a Bess — ela disse.

— Você jura fidelidade a mim nesse assunto? — Ele tinha os olhos vazios de uma cobra, Adrienne percebeu. Como o píton do zoológico de Seattle.

— Deixe-a ir embora desta fortaleza. Dê a ela a liberdade — Adrienne esclareceu.

— Não, milady! — Bess gritou, e o monstro soltou uma risada calorosa. Seus olhos eram pensativos enquanto ele acariciava a perna de Bess.

— Parece-me, Janet Comyn, que você não entende muito deste mundo. Liberte-a de mim e você a condenará à morte por inanição, estupro ou algo pior. Liberte-a da minha "atenção amorosa" e o homem seguinte pode não ser tão carinhoso. Seu marido pode não ser tão carinhoso.

Adrienne estremeceu violentamente, lutando para desviar o olhar da mão branca e gorda que acariciava Bess em um movimento rítmico. A fonte da dor da criada era a mesma mão que a alimentava. Que a "protegia". A bile subiu na garganta de Adrienne, quase a sufocando.

— Felizmente ele já acha que você é louca, então pode falar o que quiser depois de hoje. Mas neste dia, da aurora ao ocaso, você vai jurar que é Janet Comyn, única filha de sangue do poderoso Comyn, o Vermelho, noiva prometida a Sidheach Douglas. Você verá este dia chegar ao fim da forma como eu lhe disse...

— Mas onde está a verdadeira Janet? — ela não pôde deixar de perguntar.

Paft! Como o homem tinha conseguido atingi-la antes que Adrienne pudesse sequer piscar? Trêmulo de raiva, acima dela, ele respondeu:

— Os próximos golpes não vão ser na sua cara, prostituta, pois o vestido não cobre. Mas existem maneiras de bater que doem mais e não deixam nenhuma marca. Não me pressione.

Adrienne ficou em silêncio e obediente ao longo de todas as coisas que ele lhe disse então. A mensagem era simples. Se ela permanecesse quieta e obediente, continuaria viva. Se era sonho ou se não era, naquele lugar os golpes doíam, e ela tinha o pressentimento de que morrer ali talvez também doesse.

Então ele disse coisas. Centenas de detalhes que esperava que ela guardasse na memória. Ela o ouviu com atenção; aquilo a impedia temporariamente de contemplar toda a extensão de sua aparente insanidade. Ela repetia cada detalhe, cada nome, cada lembrança que não era sua. Da observação cuidadosa de seu "pai", ela foi capaz de imaginar muitas das recordações que haviam pertencido à mulher cuja identidade agora iria assumir.

O tempo todo, um mantra suave entoava no fundo de sua mente. *Isso não pode estar acontecendo. Não é possível. Não pode estar acontecendo.* Ainda assim, no primeiro plano de sua mente, realista como era, Adrienne entendia que as palavras *não* e *impossível* não faziam nenhum sentido quando o impossível estava acontecendo de fato.

A menos que ela acordasse daquele pesadelo vívido, estava na Escócia, era o ano de 1513 e ela, de fato, iria se casar.

4

— Ela é alta como Janet.

— Nem tanto.

— Cale-se! Ela *é* Janet! Senão, ele vai servir nossa cabeça em travessas.

— O que aconteceu com Janet? — Adrienne perguntou, baixinho. Ela não ficou surpresa quando a boca de meia dúzia de criadas se fechou de repente e elas voltaram sua completa atenção para vestir Adrienne em um silêncio contundente.

Ela revirou os olhos. Se não iriam lhe dizer nada sobre Janet, talvez falassem sobre o noivo.

— Então, quem é esse homem com quem vou me casar? — *Sidão Douglas. Que tipo de nome é Sidão, hein?*

As criadas deram risinhos nervosos, como um bando de codornas assustadas.

— A verdade, milady, é que só ouvimos lendas a respeito dele. Esse noivado foi uma ordem do próprio rei Jaime.

— Quais são as lendas? — Adrienne perguntou, em tom irônico.

— As façanhas dele são lendárias!

— Ele conquista legiões. Os rumores dizem que ele viajou o mundo acompanhado apenas pelas moças mais bonitas.

— Dizem que não existe uma moça formosa em toda a Escócia que ele não tenha deixado a seus pés...

— ... na Inglaterra também!

— ... e ele não consegue se lembrar do nome de nenhuma delas.

— Dizem que ele tem beleza divina e a mão experiente na arte da sedução.

— Ele tem uma riqueza fabulosa, e os rumores são de que não há castelo mais luxuoso que o dele.

Adrienne piscou.

— Maravilha. Um playboy materialista, infiel, lindo e mimado, sem consideração e com memória ruim. E ele é todo meu. Querido e doce Deus, o que eu fiz para merecer isso? — ela se perguntou em voz alta. *Duas vezes*, refletiu em silêncio.

Curiosa, Lisbelle olhou para ela.

— Mas os boatos dizem que ele é um amante magnífico e agradabilíssimo de se olhar, milady. Qual poderia ser o problema disso?

Parece-me que você não entende este mundo, Janet Comyn. Talvez ele estivesse certo.

— Ele bate nas mulheres?

— Ele não fica com elas por tempo suficiente, ou pelo menos é o que dizem.

— Embora eu tenha ouvido dizer que uma das mulheres dele tentou matá-lo recentemente. Não consigo imaginar por quê — acrescentou a criada, genuinamente intrigada. — O boato é que ele é mais do que generoso com suas amantes quando rompe com elas.

— Eu posso imaginar por quê — Adrienne resmungou, irritada, de súbito impaciente com todas as mãos que puxavam, amarravam, adornavam e arrumavam coisas sobre o corpo dela. — Parem, parem. — Bateu levemente nas mãos de Lisbelle, tirando-as do cabelo, que tinha sido lavado, penteado impiedosamente e esmiuçado tortuosamente pelo que pareciam ser anos.

— Mas, milady, temos que fazer algo com este cabelo. Isso não está certo. A senhorita deve estar na sua melhor forma...

— Pessoalmente, prefiro parecer algo que o leão cuspiu. Suja, desmazelada e cheirando a merda.

Exclamações de surpresa ressoaram.

— Moça, ele vai ser seu marido, e você poderia ter se saído muito pior — disse uma voz austera que cruzou o quarto. Adrienne virou-se devagar e encontrou o olhar sábio de uma mulher com quem sentiu afinidade instantânea. — Poderia ser o meu, por falta de um melhor exemplo.

Adrienne inspirou pesadamente.

— *Laird* Comyn?

— Seu *pai*, minha querida filha — disse lady Althea Comyn, com um sorriso ácido. — Vão embora, todas vocês. — Ela enxotou as criadas do quarto com um aceno majestoso, os olhos demorando-se em Bess. — Ele vai matar essa moça um dia, ele vai — lamentou suavemente. Fechou os olhos com força por um longo instante. — Ele explicou o que você deve fazer?

Adrienne assentiu com a cabeça.

— E você vai fazer?

Novamente ela assentiu. Lady Comyn soltou um suspiro de alívio.

— Se houver alguma coisa que eu possa fazer para retribuir a bondade...

— Não é um gesto de bondade. É para salvar a minha vida.

— ... você só precisa pedir. Pois isso também salva a minha.

Alta, Adrienne estava diante do homem de batina, cumprindo sua parte na farsa.

— Eu sou Janet Comyn — proclamou em voz alta. O homem de Deus empalideceu visivelmente e apertou sua Bíblia até os nós dos dedos parecerem prestes a estourar. *Então ele sabe que eu não sou*, ponderou. *Que diabos está realmente acontecendo aqui?*

Ela sentiu uma presença perto do ombro esquerdo e se virou com relutância para o homem com quem se casaria. Seus olhos encontraram a área ligeiramente abaixo do esterno, e cada polegada estava envolta em aço.

Adrienne começou a se levantar para olhar o noivo no rosto quando se deu conta, com horror, que não estava ajoelhada. Mais que irritada, inclinou a cabeça para trás e engoliu mil protestos desesperados que formaram um nó em sua garganta.

O gigante retribuiu o olhar com uma expressão inescrutável. Chamas de velas bruxuleantes dançavam nos olhos mais azuis que ela já tinha visto.

Eu não posso me casar com ele, ela gritou em silêncio. *Não posso!*

Seus olhos fugiram do semblante daquele homem e perscrutaram de leve toda a plateia, em busca de alguém para salvá-la daquele fiasco. Bess estava sentada no banco traseiro, olhos fechados em súplica.

Adrienne encolheu-se e fechou os olhos da mesma forma. *Por favor, Deus, se eu fiquei louca, por favor, me faça recuperar a sanidade. E, se eu não fiquei louca e de alguma forma isso estiver realmente acontecendo... sinto muito por não ter sido grata pelo século XX. Sinto muito por ter feito o que fiz com o Eberhard. Sinto muito por tudo e prometo que vou ser uma pessoa melhor, se o senhor ME TIRAR DAQUI!*

Quando abriu os olhos novamente, poderia jurar que o homem de batina tinha um brilho de quem sabia das coisas, um brilho de certo divertimento nos olhos.

— Me ajude — ela mexeu a boca sem fazer som.

Rapidamente, ele mirou o chão. Não a encarou de novo.

Não conseguindo evitar, Adrienne arrastou o olhar relutante do abdome de seu noivo, depois subiu ainda mais, até chegar ao rosto de uma beleza sombria.

Ele arqueou uma sobrancelha para ela. Os flautistas continuavam a tocar: o ritmo crescia cada vez mais em alegria e ritmo.

Ela foi salva da intensidade do olhar dele quando um tumulto eclodiu e ela ouviu a voz furiosa de seu "pai", que chegava até os caibros do telhado.

— Como assim, ele não pôde vir em pessoa? — Comyn, o Vermelho, gritou para o soldado.

— Foi um pequeno problema em North Uster. Falcão teve de sair cavalgando às pressas, mas não abandonou seu juramento. Ele não faz nenhuma desonra para os clãs. — O soldado entregou sua mensagem ensaiada.

— Ele desonra a palavra empenhada por não estar aqui! — *laird* Comyn rugiu. Então se virou para o homem ao lado de Adrienne. — E quem é você para vir no lugar dele?

— Grimm Roderick, o capitão da guarda de Falcão. Eu vim para me casar com sua filha como procurador dele...

— Uma praga de um procurador! Como ele ousa não vir em pessoa reivindicar a mão de minha filha?

— É perfeitamente legal. O rei dará reconhecimento, e a palavra empenhada terá sido cumprida, portanto.

Adrienne não conseguiu conter a alegria que saltou em seu rosto ao ouvir aquelas palavras. Aquele homem não era o marido dela!

— Sou tão ofensivo assim, moça? — ele perguntou, sorrindo com zombaria, sem deixar de notar um grama que fosse do alívio dela.

Tão ofensivo como uma bandeja de morangos mergulhados em chocolate amargo e cobertos com chantili, ela pensou.

— Eu preferiria me casar com um sapo — disse Adrienne.

O riso dele arrancou dela apenas um sorriso miserável.

— Então está definitivamente sem sorte, milady. Pois Falcão não é nenhum sapo, pode ter certeza. Eu, moça, ao lado de Falcão, sou verdadeiramente um sapo. Ou melhor, um troll. Pior ainda, um lagarto enrugado e chifrudo. Um...

— Já entendi. — *Deus santo, livrai-me da perfeição.* — Onde está ele então, o meu marido relutante?

— Administrando as consequências de um problema sério.

— E que seriam?

— Uma revolta grave e terrível.

— Em North Uster?

— Perto. — Os lábios do homem se contorceram.

Adrienne foi tomada por um acesso de urgência. Não importava quanto ela se arrastasse, aquilo precisaria ser feito. Se tinha que enfrentar o desconhecido, gostaria de enfrentá-lo já. Esperar só piorava as coisas, e os gritos de *laird* Comyn, combinados com a cacofonia selvagem dos flautistas estrebuchando, estavam corroendo seus nervos. *Louca, eu sou, Janet? Funciona para mim.* Erguendo-se em todo o seu um metro e sessenta e sete, ela procurou a forma de seu "pai", ainda aos berros, e gritou em meio à confusão:

— Ah, cale-se, pai, e vamos acabar com isso! Tenho um casamento para terminar... e o senhor só está atrasando as coisas. E daí se ele não veio? Não posso dizer que o culpo.

A capela caiu em um silêncio mortal. Adrienne podia jurar que sentiu o homem a seu lado tremer com o riso suprimido, embora ela não ousasse encontrar seu olhar novamente.

Sussurros de "Janet, a Louca" reverberaram por toda a capela, e Adrienne sentiu uma onda de alívio. A fama de louca poderia ser útil. Contanto que ela obedecesse às ordens de Comyn naquele dia específico, poderia ser tão esquisita quanto uma bola quadrada e ninguém iria achar improvável.

Adrienne tinha se preocupado que não fosse capaz de lembrar todos os detalhes do que Comyn havia contado; que fosse escorregar na mentira e que alguém na casa de seu novo marido acabasse descobrindo que ela era uma impostora. E, assim que fosse exposta como charlatã, Comyn levaria a cabo a ameaça de matá-la.

De repente, essa pressão desapareceu em uma nuvem de fumaça. No aqui e agora (se ela estivesse mesmo no aqui e agora), ela era a louca Janet Comyn. Como poderia ser responsabilizada por qualquer palavra ou ato que não fizesse sentido? A loucura era uma licença para a liberdade.

Uma licença para fazer e dizer qualquer coisa que quisesse — sem nenhuma repercussão.

Sem Eberhard, sem armas, sem lembranças ruins.

Talvez aquele lugar não fosse tão ruim, afinal.

5

Adrienne estava perambulando pelas terras de Dalkeith fazia várias horas quando se deparou com o ferreiro. Depois de uma cansativa viagem de dois dias desde a Fortaleza Comyn até seu novo lar — Dalkeith-Upon-the-Sea — no lombo de um corcel rabugento, tinha planos de desabar na primeira cama macia, dormir por dias e, então, quando acordasse (se ainda estivesse ali), encontrar uma boa garrafa de uísque e beber até perder a consciência. Em seguida, verificar novamente se ainda estava ali.

Não só ela não conseguiu encontrar uma cama macia no castelo turbulento como também não havia nenhum uísque, nenhum sinal de marido e todos a tinham ignorado sumariamente. Tudo isso dificultou muito a tarefa de se sentir em casa. Grimm havia se livrado mais que depressa de sua companhia, assim que entraram nas muralhas de granito rosado da Fortaleza Douglas, embora parecesse ser um perfeito cavalheiro durante a viagem.

Mas ela não era tola. Não precisava levar uma varada na cabeça para descobrir que, definitivamente, não era uma esposa desejada. Casada por meio de um procurador, sem boas-vindas e sem sinal de marido. Definitivamente indesejada.

Adrienne desistiu de sua busca infrutífera por marido, cama e garrafa e saiu para caminhar e explorar sua nova casa.

Assim, foi por acidente que se deparou com a forja às margens da floresta, em meio às sorveiras-bravas. Com o homem, vestindo apenas um kilt, bombeando o fole e moldando o aço de uma ferradura.

Adrienne tinha ouvido que seu marido postiço era bonito demais para ser suportado, mas aquele homem, de fato, fazia do magnífico Grimm um verdadeiro sapo.

A questão era que não existia homem em tal estado de natureza no século XX, ela pensou, com um fascínio absorto, ao observá-lo trabalhar. Para ver aquele tipo de homem no século XX, uma mulher tinha que, de alguma forma, receber entrada livre no santuário de halteres e pesos onde o homem estivesse definindo seu corpo, prestando homenagem a si mesmo. Mas nesse século um homem assim existia pela simples força da natureza.

Seu mundo exigia que ele fosse forte para sobreviver, para comandar, para suportar.

Quando o ferreiro se virou e se abaixou depressa para trocar de martelo, ela viu um riacho de suor, que havia empoçado em sua testa, escorrer pela face e respingar no peito, para depois deslizar muito lentamente pelas ondulações grossas dos músculos de seu abdome. Pelo umbigo, pelo cós do kilt e descendo ainda mais. Ela espiou as pernas dele com fascínio, esperando para ver as gotas de suor reaparecerem naquelas panturrilhas poderosas e percorrerem de forma delirante cada centímetro entre uma coisa e outra.

Tão intenso era o calor incandescente da forja, tão estranha a necessidade sentida, que Adrienne não se deu conta de que ele havia parado fazia vários instantes.

Até que levantou o olhar do peito dele e encontrou seus olhos escuros e carrancudos.

Ela perdeu o fôlego.

Ele cruzou a distância que os separava, e ela sabia que devia sair correndo. Porém também sabia que não poderia correr nem que sua vida dependesse disso. Algo nos olhos dele...

Quando ele lhe pegou o queixo, Adrienne sentiu mãos ásperas forçarem sua cabeça para trás para encontrá-lo olho no prateado fulgurante olho.

— Há algum serviço que eu possa realizar pela senhora, minha bela rainha? Talvez tenha algo que necessite ser forjado e modelado a quente? Ou talvez eu possa modelar minha lança de aço no calor da sua forja, milady?

Os olhos de Adrienne vasculharam o rosto dele desesperadamente. *Autocontrole*, ordenou a si mesma.

Ele a sacudiu impiedosamente.

— Está procurando meus serviços?

— É o calor, nada mais — ela resmungou.

— Sim, decerto é o *calor*, beldade. — Os olhos dele eram diabólicos. — Venha. — Ele a puxou pela mão e começou a se afastar em um ritmo acelerado.

— Não! — Ela bateu no braço dele.

— Venha — ele ordenou, e ela teve a estranha sensação de que ele a estava invadindo com aqueles olhos e reorganizando-a para que correspondesse à sua vontade. Aquilo a apavorou.

— Me solte! — ela exclamou, sem fôlego.

Os olhos dele procuraram mais fundo e, embora Adrienne soubesse que era loucura, sentiu como se estivesse lutando por algo terrivelmente importante ali. Ela sabia que não deveria ir com aquele homem, mas não fazia ideia do porquê. Sentia o perigo, sombrio e primitivo. Antigo, perverso, além de seu controle. Se ele abrisse aquela boca de cruel beleza e dissesse "venha" mais uma vez, ela acabaria fazendo exatamente isso.

Ele abriu a boca. Ela se preparou para a ordem que sabia que viria em seguida.

— Solte a minha esposa — ordenou uma voz profunda atrás deles.

6

Então aquele homem na forja não era seu marido. Deus do céu, o que ela ia encontrar quando se virasse? Teria coragem?

Ela se virou de leve, como se uma pequena espiada de soslaio pudesse ser mais segura, pudesse minimizar o impacto. Adrienne logo descobriu que estava errada. *Nada* poderia minimizar o impacto *daquele* homem.

Valhalla à direita. Paraíso recuperado à esquerda.

Presa entre uma trufa e uma bomba de chocolate.

Entre a cruz e uma bela espada. Duas belas espadas, ao que parecia. *Odeio homens bonitos*, ela lamentou, do fundo do coração. *Odeio todos eles. Odeio todos eles. Odeio todos eles.* Daí a conseguir resistir...

Mãos apertaram sua cintura por trás quando o ferreiro a puxou de costas contra seu corpo esculpido.

— Me solte! — ela gritou, o estranho nevoeiro levantando-se de seu cérebro.

O ferreiro a soltou.

Aquele homem muito grande e lindo de frente para ela — o lendário Falcão — tinha um olhar intenso, como se fosse Odin se preparando para fulminá-la com um raio. Ela bufou.

— Não olhe feio para *mim*. Você nem sequer apareceu no nosso casamento. — Adrienne começou a andar de um lado para o outro. Se ela realmente fosse Janet, como teria se sentido? Como era terrível ser desposada como uma propriedade e depois ser tratada de forma tão mesquinha pelos novos parentes! — Eu passo dois dias infelizes e ensopados no lombo de um cavalo e, diga-se de passagem... nunca para de chover neste lugar horroroso? Dois dias foi o que demorou para chegar aqui! O gracioso Grimm foi-se embora assim que pisou em Dalkeith. *Você* nem se incomodou em me receber. Ninguém me leva a quarto nenhum. Ninguém me oferece nada para comer. E nem para beber, aliás. — Fez uma pausa em sua ladainha e se inclinou contra uma árvore, mãos nos quadris, batendo o pé. — E então, já que não encontro nenhum lugar para dormir que eu não receie pertencer a outra pessoa, saio andando, até que você finalmente se importa o bastante para aparecer. E ainda por cima vem me olhar feio? Bem, pois fique sabendo...

— Silêncio, moça.

— Eu *não* sou o tipo de mulher que qualquer um pode empurrar de lado e achar que ela vai ser dócil e aceitar. Eu sei quando não sou desejada...

— Seguramente você é desejada — ronronou o ferreiro.

— Não preciso ser atingida na cabeça com uma tonelada de pedras...

— Falei para ficar em silêncio.

— E nem ganhei presente de casamento! — ela acrescentou, orgulhosa por ter pensado nisso. Sim, Janet certamente teria se sentido ofendida.

— Silêncio! — rugiu Falcão.

— E não recebo ordens! Hummmph! — Adrienne grunhiu quando o marido cobriu a distância que os separava e a derrubou no chão. Assim que ela atingiu a terra debaixo do que parecia ser um pequeno rinoceronte, ele rolou várias vezes com o corpo dela trancado na curva de seu braço. Adrienne podia ouvir o ferreiro xingando baixinho, depois o som de pés correndo, enquanto ela lutava vigorosamente contra o abraço de aço.

— Parada! — Falcão rosnou, seu hálito quente na orelha dela. Demorou alguns instantes para Adrienne perceber que ele a estava segurando quase que de forma protetora, como se seu corpo fosse um escudo. Ela então levantou a cabeça e viu os olhos sombrios vasculhando a borda da floresta atentamente.

— O que você está fazendo? — ela sussurrou, seu coração batendo forte no peito. Coração disparado por ter sido derrubada com tamanha rudeza, ela se reassegurou, não por ser embalada nos braços poderosos daquele homem. Adrienne se contorceu.

— Fique parada, eu disse.

Ela se contorceu, em parte para irritá-lo, em parte para tirar a perna dele de entre suas coxas, mas só conseguiu acabar com o traseiro pressionado contra seu... Minha nossa! Com certeza ele não andava daquele jeito o tempo todo! Ela teve um sobressalto ao sentir aquele contato e ouviu um baque abafado, o som de osso batendo em osso quando sua cabeça colidiu no queixo dele, fazendo um *crack*. Ele soltou um palavrão baixo e, em seguida, o barulho da risada rouca de barítono vibrou ao mesmo tempo em que apertou os braços em volta de Adrienne.

— Uma gatinha endiabrada, não é? — disse no ouvido dela.

Ela lutou violentamente.

— Me solte!

Mas ele não o fez. Apenas afrouxou os braços o suficiente para virá-la de modo que ela ficasse deitada em cima dele, de frente. *Grande, grande erro*, ela pensou, pesarosa. Aquilo agora apresentava um novo arranjo de problemas, a começar por seus seios esmagados contra ele, a perna presa entre as dele, as palmas abertas contra o peito musculoso dele. A camisa de linho branca estava aberta, e puro calor masculino se desprendia daquele peito largo. Sangue pingava da curva arrogante de seu lábio inferior, e, por um momento de loucura, ela chegou a considerar limpar a gotinha com a língua. Com um movimento rápido e gracioso, ele a virou para debaixo dele, e ela perdeu o fôlego. Seus lábios se separaram. Ela o encarou com fascínio mudo e soube, naquele instante de terror, que o homem com quem havia se casado por procuração estava prestes a beijá-la, e estava certa de que sua vida nunca mais seria a mesma se ele o fizesse.

Adrienne rosnou. Ele sorriu e baixou a cabeça na direção dela.

Bem neste momento, o ferreiro irrompeu de volta na clareira.

— Não era diabo nenhum! — ele cuspiu. — Quem quer que fosse, já se foi.

Falcão recuou com surpresa, e Adrienne aproveitou o momento para empurrá-lo. Ela também poderia ter tentado empurrar a Esfinge pelas areias e jogá-la dentro do Nilo.

Foi só então que Adrienne viu a seta ainda trêmula na árvore onde estava momentos antes, bem onde se encontrava repreendendo seu marido com eloquência. Arregalou os olhos para Falcão, em uma expressão interrogativa.

Aquilo tudo era muito estranho.

— Quem você ofendeu? — Seu marido a sacudiu com força. — Quem pretende matá-la?

— Como sabe que o alvo não era você, que não foi apenas um disparo errado?

— Ninguém deseja me matar, moça.

— Pelo que eu ouvi, sua última amante fez exatamente isso — ela retrucou, beligerante.

Ele empalideceu muito de leve sob o bronze impecável de sua pele.

O ferreiro riu.

Adrienne estava ficando com o pescoço dolorido de tanto olhar fixamente para Falcão.

— Saia de cima de mim — rosnou para o marido.

Mas não estava preparada quando os olhos de Falcão escureceram e ele girou e a empurrou para longe.

— Embora você insista em me rejeitar, *esposa*, acho que pode precisar de mim — Falcão acrescentou, em tom baixo.

— Acho que não — ela retrucou, feroz.

— Vou continuar aqui, caso você reconsidere.

— Vou me arriscar. Ninguém disparou nada na minha direção até você aparecer. Isso soma duas tentativas, que eu saiba, contra você e nenhuma contra mim. — Ela se levantou, limpando a sujeira do vestido. Terra e urtigas estavam grudadas ao tecido grosso. Puxou algumas folhas do cabelo e bateu as mãos no traseiro para tirar a poeira, até que se tornou consciente de uma sensação desconfortável. Lentamente, ergueu os olhos de sua roupa e encontrou os dois homens observando-a com a intensidade dos lobos. Lobos grandes, famintos. — O quê? — ela explodiu.

O ferreiro riu de novo. O som era profundo, sombrio e misterioso.

— Parece-me que a dama não percebe como sua beleza acena e chama, doce e cruel.

— Me poupe — ela disse, cansada.

— A aurora amadurece na face desta dama, bela e cálida, e brilha como chama. — Seu marido não era homem de ficar para trás.

Adrienne bateu o pé com força e olhou para os dois. Onde estava seu repertório de Shakespeare quando precisava dele?

— Pois jurei que eras justo e brilhante como estrela no céu, mas és negro como o inferno, tão negro como um véu — ela murmurou.

O ferreiro jogou a cabeça para trás e soltou um riso estrondoso. Os lábios do marido curvavam-se em um sorriso de apreciação pela sagacidade dela.

Falcão se levantou e estendeu a mão.

— Sele a paz comigo, moça.

Paz. Aquele homem poderia fazer até um anjo chorar. Mas ela estava com fome. Com sede. Cansada. Aceitou, assim, a mão dele, prometendo ferozmente não aceitar nada mais. Nunca mais.

Enquanto o marido a guiava para fora da clareira, a voz do ferreiro seguiu com uma brisa perfumada de jasmim, e ela ficou surpresa que o marido não reagisse. Ele não era um homem possessivo, ou apenas não tinha ouvido. Pois ela claramente ouviu o ferreiro dizer:

— Mulher que encanta os homens como o leite encanta os gatos, posso levá-la aos lugares dos seus sonhos mais insensatos.

— Vai sonhando — ela resmungou e ouviu o riso baixinho atrás dela.

O marido a olhou com curiosidade.

— O quê?

Adrienne soltou um suspiro pesado.

— Estou sonhando acordada. Estou quase nos braços de Morfeu. Preciso dormir logo.

Ele assentiu.

— E depois nos falaremos.

Com certeza. Se eu ainda estiver neste lugar miserável quando acordar.

Sidheach James Lyon Douglas coçou o maxilar barbado com a mão calejada. Raiva? Talvez. Descrença, certamente. Possessividade. De onde diabos tinha vindo aquilo?

Fúria. Sim, era isso. Uma fúria fria e sombria o estava corroendo de dentro para fora, e o uísque vigoroso só estava contribuindo com a dor.

Com uma fome selvagem nos olhos, ele observara de longe sua nova esposa. Ele a vira ansiar de forma animalesca e primitiva por um homem — e não era ele. Inacreditável.

— Continue bebendo desse jeito, e nós nunca vamos chegar a Uster amanhã — advertiu Grimm.

— Não vou a Uster amanhã. Minha esposa pode estar de barriga quando eu voltar.

Grimm sorriu.

— Ela está plenamente furiosa com você, sabia?

— Ela está plenamente furiosa *comigo*?

— Você estava bêbado demais para se casar com ela, que dirá para se deitar com ela, e agora está irritado porque ela olhou para Adam e gostou.

— E gostou? Se a moça tivesse uma travessa, teria colocado embaixo dele e o jantaria, lambendo os beiços.

— E?

— Ela é minha esposa.

— Ora, isso está ficando profundo demais para mim. Você disse que não se importava com o que acontecesse com ela assim que a missão estivesse cumprida. Você jurou honrar o pacto e o honrou. Então por que essa ira tola, Falcão?

— Minha esposa não vai me fazer de corno.

— Acho que um marido só é considerado corno se se importar. Você não se importa.

— Ninguém me *perguntou* se eu me importava.

Grimm piscou, fascinado pelo comportamento de Falcão.

— Todas as moças olham para Adam desse jeito.

— Ela nem sequer me notou. É Adam que ela quer. Quem diabos contratou esse ferreiro, afinal?

Grimm ponderou sobre sua cerveja.

— Não era Thomas o ferreiro?

— Pensando nisso, era sim.

— Aonde Thomas foi?

— Não sei, Grimm. Foi por isso que eu perguntei.

— Bem, alguém contratou Adam.

— Não foi você?

— Não. Pensei que tivesse sido você, Falcão.

— Não. Talvez ele seja irmão de Thomas, e Thomas esteja adoentado.

Grimm riu.

— O feio do Thomas, irmão dele? Não existe a menor chance.

— Livre-se dele.

— De Adam?

— Sim.

Silêncio. Então:

— Pelos santos, Falcão, você não pode estar falando sério! Não é do seu feitio tirar o sustento de um homem por causa do jeito que uma moça olha para ele...

— Ocorre que essa moça é minha esposa.

— Exato, a mesma esposa que você não queria.

— Mudei de ideia.

— Além disso, ele tem mantido Esmerelda muito satisfeita, Falcão.

Sidheach suspirou profundamente.

— Mais essa. — Ele parou pelo tempo de vários instantes ciumentos. — Grimm?

— Hum?

— Diga-lhe para permanecer vestido enquanto trabalha. E isso é uma ordem.

Contudo, Falcão não poderia deixar passar assim. Sua consciência se deu conta de onde os pés o haviam levado bem no instante em que ele entrou no círculo âmbar projetado pelo fogo da forja de Adam, debaixo das sorveiras--bravas.

— Bem-vindo, *laird* Falcão de Dalkeith-Upon-the-Sea.

Falcão girou no lugar e se deparou, nariz com nariz, com o ferreiro brilhante de suor, que, de alguma forma, tinha conseguido ficar atrás dele. Não muitos homens conseguiam pegar Falcão de surpresa, e, por um segundo, ele ficou tão fascinado com o ferreiro quanto estava irritado com ele.

— Eu não o contratei. Quem é você?

— Adam — o ferreiro respondeu, friamente.

— Adam o quê?

O ferreiro ponderou, então desferiu um sorriso endiabrado.

— Adam Black.

— Quem contratou você?

— Ouvi dizer que estavam precisando de um homem para cuidar de uma forja aqui.

— Fique longe da minha esposa. — Falcão foi surpreendido ao ouvir as palavras deixarem seus lábios. *Pelos santos, pareço um marido ciumento falando!* Tinha a intenção de insistir na questão de quem contratara o ferreiro, mas, pelo visto, não estava mais no controle de suas palavras do que estava de seus pés, pelo menos não quando sua esposa estava envolvida na questão.

Adam riu perversamente.

— Não farei nada que a dama não queira que eu faça.

— Você não fará nada que *eu* não queira que você faça.

— Ouvi que a dama não o queria.

— Ela vai querer.

— E se não quiser?

— Todas as moças me querem.

— Engraçado. Eu tenho o mesmo problema.

— Você tem uma insolência peculiar para um ferreiro. Quem foi seu *laird* antes?

— Não conheci um homem que fosse digno de ser chamado de mestre.

— Engraçado, ferreiro. Eu tenho o mesmo problema.

Os homens se enfrentaram cara a cara. Aço contra aço.

— Eu posso mandar que saia da minha terra — Falcão ameaçou.

— Ah, mas então nunca saberia se ela escolheria você ou a mim, não é? E eu suspeito que haja um germe profundo de decência em você, algo que clama por uma moral às antigas: equidade, cavalheirismo, honra e justiça. Falcão tolo. Todos os cavalheiros em breve estarão mortos, como poeira dos sonhos desvanecendo na fantasia caprichosa do tempo.

— Você é insolente. E, a partir deste momento, está desempregado.

— Você tem medo — admirou-se o ferreiro.

— Medo? — repetiu Falcão, incrédulo. Aquele ferreiro tolo se atrevia a entrar nas terras dele e dizer que ele, o lendário Falcão, tinha medo? — Não tenho medo de nada. Decerto não de você.

— Tem sim. Você viu como sua esposa me olhou. Você tem medo de não conseguir tirar as mãos dela de cima de mim.

Um sorriso amargo de escárnio curvou os lábios de Falcão. Não era homem dado a autoenganos. Tinha, *sim*, medo de não ser capaz de manter a esposa longe do ferreiro. Irritava-o, inflamava-o e, ainda assim, o ferreiro também estava certo sobre sua decência subjacente. Decência que exigia, como Grimm suspeitava, que ele não privasse um homem de seu sustento por causa da insegurança que sentia em relação à esposa. Falcão sofria da rara desvantagem de ser nobre até o fundo da alma.

— Quem é você, afinal?

— Um simples ferreiro.

Falcão observou-o sob o luar que se mesclava às sorveiras. Não havia nada de simples ali. Alguma coisa cutucava sua mente, como se pairando em um perfume de memória, mas ele não conseguia fixá-la em nada específico.

— Eu conheço você, não?

— Agora conhece. E, em breve, ela vai me conhecer também.

— Por que você me provoca?

— Você me provocou primeiro quando deu prazer à minha rainha — ele cuspiu as palavras ao virar as costas bruscamente.

Falcão vasculhou a memória por uma rainha a quem tivesse dado prazer. Nenhum nome vinha à mente, mas geralmente não vinham mesmo. Ainda assim, o homem acabava de abrir o jogo. Em algum lugar, em algum momento, Falcão havia mexido com a cabeça da mulher daquele homem. E o homem agora jogaria o mesmo jogo com ele. Com sua esposa. Uma parte sua tentava não se importar, mas, assim que colocara os olhos em Janet, a Louca, soube que estava com problemas pela primeira vez na vida. Enterrado neles até a cabeça, pois, se aqueles olhos prateados o arrastassem para um terreno de areia movediça, ele iria de bom grado.

O que poderia falar a um homem cuja mulher ele havia tomado? Falcão não tinha nada a dizer ao ferreiro.

— Não tive a intenção de cometer ofensa — Falcão ofereceu como desculpa, enfim.

Adam girou, e seu sorriso reluzia com uma intensidade grande demais.

— De ofensa a defesa, tudo é justo na luxúria. Ainda vai me mandar para longe?

Falcão sustentou seu olhar por longos momentos. O ferreiro estava certo. Algo nele clamava por justiça. Justas batalhas travadas em pé de igualdade. Se ele não conseguisse segurar uma moça, se a perdesse para outro homem... Seu orgulho chamejou intensamente. Se a esposa o deixasse, a despeito de ele a querer no início ou não, por causa de um ferreiro... bem, a lenda de Falcão seria cantada em um tom muito diferente.

Contudo, ainda pior do que isso, se ele dispensasse o ferreiro de seus serviços naquela noite, nunca saberia de fato se a esposa o teria escolhido em vez de Adam Black. E isso importava. A dúvida o atormentaria eternamente. A imagem dela naquele dia, mais cedo, encostada em uma árvore, observando o ferreiro — ah! A cena lhe daria pesadelos mesmo na ausência de Adam.

Permitiria ao ferreiro que ficasse. E, naquela mesma noite, Falcão seduziria a esposa. Quando estivesse completamente convencido de onde estavam depositadas as afeições dela, *aí* então talvez pudesse dispensar o maldito.

Falcão acenou, com indiferença.

— Como quiser. Não vou ordenar sua partida.

— Como eu quiser. Gosto disso — Adam Black respondeu, em tom presunçoso.

Falcão atravessou o pátio lentamente, esfregando a cabeça, que ainda doía depois do arroubo de embriaguez de três noites antes. A prova de fidelidade que o rei Jaime exigira estava resolvida. Falcão havia se casado com a filha de *laird* Comyn e assim cumprido a sentença final do rei. Dalkeith estava a salvo mais uma vez.

Falcão tinha esperanças de que, de fato, o que estava fora da vista estivesse fora da mente, e que o rei Jaime fosse esquecer Dalkeith-Upon-the-Sea. Durante todos aqueles anos, havia seguido ao pé da letra as ordens nefastas do rei, apenas para que Jaime exigisse ainda mais dele, até o ponto em que, por decreto real, Jaime tirou de Falcão o gozo de sua liberdade.

Por que isso o surpreendia? Por quinze anos, o rei havia se deliciado em lhe remover as escolhas uma a uma, talhando-as e reduzindo-as à única opção de obedecer-lhe ou perecer, juntamente com todo o clã.

Ele se lembrava da ocasião em que Jaime o havia convocado, três dias antes de seu período de serviço acabar.

Falcão se apresentou, a curiosidade atiçada pelo ar de expectativa tensa que permeava a espaçosa sala do trono. Atribuindo o fato a ainda outro dos estratagemas de Jaime — e esperando que não tivesse nada a ver com ele ou com Dalkeith —, Falcão se aproximou da plataforma do trono e se ajoelhou.

— Nós arranjamos um casamento para você — Jaime havia anunciado quando o salão silenciara.

Falcão ficara rígido. Podia sentir os olhos dos cortesãos fixos fortemente nele, com divertimento, com zombaria e com um toque de... pena?

— Nós selecionamos a mais adequada... — Jaime fez uma pausa e riu acintosamente — ... esposa para agraciar o resto de seus dias em Dalkeith.

— Quem? — Falcão permitiu-se apenas essa única palavra. Dizer mais teria traído a negação raivosa que fervilhava em suas veias. Não confiava em si mesmo para falar quando cada fibra de seu ser gritava rebeldia.

Jaime sorriu e acenou para que Comyn, o Vermelho, se aproximasse do trono, e Falcão quase rugiu de raiva. Certamente não a notória Janet, a Louca! Jaime não o forçaria a se casar com a solteirona insana que Comyn, o Vermelho, mantinha em sua torre mais isolada!

O canto do lábio de Jaime torceu-se para cima em um sorriso assimétrico.

— Nós escolhemos Janet Comyn para ser sua noiva, Falcão Douglas.

Risos abafados se propagaram pela corte. Jaime esfregou as mãos com satisfação.

— Não! — A palavra escapou de Falcão com uma explosão de ar. Tarde demais, ele tentou sugá-la de volta.

— Não? — Jaime repetiu, seu sorriso esfriando no mesmo instante. — Nós por acaso ouvimos você recusar a Nossa ordem?

Falcão voltou os olhos para o chão. Respirou fundo.

— Não, Majestade. Receio não ter me expressado claramente. — Falcão fez uma pausa e engoliu em seco. — Eu quis dizer "Não, Vossa Majestade já foi bom demais para mim". — A mentira lhe queimou os lábios e deixou o gosto do orgulho carbonizado na língua, mas serviria para manter Dalkeith segura.

Jaime riu, divertindo-se enormemente com a rendição veloz do *laird*, da mesma forma que se divertia com qualquer coisa que demonstrasse a extensão de seus poderes régios. Falcão refletiu com amargura que mais uma vez Jaime tinha todas as cartas.

Quando Jaime falou novamente, de sua voz escorria veneno:

— Não despose a filha de *laird* Comyn, Falcão Douglas, e Nós erradicaremos todos os Douglas da Escócia. Nem uma gota do sangue de sua linhagem sobreviverá a menos que você faça o que digo.

Era a mesma ameaça que Jaime sempre usara para controlar Falcão Douglas, e a única que poderia ter sido tão cruelmente eficaz, repetidas vezes.

Falcão baixou a cabeça para esconder a raiva.

Ele queria escolher a própria esposa. Era pedir muito? Durante seus quinze anos de serviço, o pensamento de escolher uma mulher para si, de retornar a Dalkeith e criar uma família, longe da corrupção da corte de Jaime, havia mantido seus sonhos vivos, apesar dos esforços do rei para conspurcá-los e destruí-los, um por um. Embora Falcão não fosse mais um homem que acreditava no amor, acreditava na família e no clã, e o pensamento de passar o resto de seus dias com uma bela mulher, rodeado de filhos e filhas, agradava-lhe imensamente.

Queria passear à beira-mar e contar histórias para seus filhos. Queria adoráveis filhas e netos. Queria encher o berçário em Dalkeith. *Ah, o berçário*, o pensamento o aferroou. Essa nova percepção era mais amarga e dolorosa do que qualquer coisa que o rei tivesse feito com ele. *Agora nunca vou poder encher um berçário no castelo — não se minha esposa tem as sementes da loucura!*

Não haveria pequeninos — pelo menos não legítimos — para Falcão. Como ele poderia suportar nunca segurar um filho seu?

Falcão nunca tinha comentado sobre seu desejo de formar uma família; ele sabia que, se Jaime descobrisse, iria erradicar qualquer esperança sua de realizá-lo. Bem, de alguma forma Jaime havia descoberto ou tinha decidido que, já que no passado não pôde ter a esposa que desejava, Falcão também não teria.

— Levante a cabeça e olhe para Nós, Falcão — Jaime ordenou.

Falcão ergueu a cabeça devagar e fitou o rei com olhos baços.

Jaime o observou por alguns instantes e então voltou o olhar brilhante para Comyn, o Vermelho, acrescentando uma ameaça final para garantir a cooperação:

— Nós também destruiremos os Comyn caso esse decreto seja desafiado. Está ouvindo o que dissemos, Comyn, o Vermelho? Não falhe Conosco.

Laird Comyn pareceu estranhamente perturbado diante da ordem do rei.

Ajoelhado perante a corte de Jaime, Falcão subjugou o último de seus pensamentos rebeldes. Reconheceu os olhares de pena dos soldados com quem havia servido; a compaixão no semblante de Grimm; o ódio complacente e o escárnio presunçoso dos lordes de menor status que, havia muito, ressentiam-se do sucesso de Falcão com as mulheres, e aceitou o fato de que se casaria com Janet Comyn, mesmo que ela fosse uma velha desdentada e demente. Falcão Douglas sempre faria o que fosse preciso para proteger Dalkeith e seu povo.

O moinho da fofoca tinha girado e propagado histórias intermináveis sobre Janet Comyn, uma solteirona enlouquecida, presa por ser incuravelmente louca.

Enquanto Falcão andava pelo caminho de pedras até a entrada de Dalkeith, riu alto da falsa imagem que tinha criado de Janet, a Louca, em sua mente. Ele se deu conta de que Jaime obviamente não sabia mais sobre ela do que qualquer um, pois nunca uniria Falcão a uma mulher daquelas se soubesse como ela era na realidade. Ela era bonita demais, ardente demais. Jaime pretendia que Falcão sofresse, e a única maneira de um homem sofrer por aquela mulher era se não conseguisse pôr as mãos nela, se não pudesse saborear seus beijos e desfrutar de sua promessa sensual.

Falcão não esperava nada como a criatura cintilante e sedosa de temperamento inflamado que havia encontrado na forja. Enviara Grimm no último dia para se casar com a moça por procuração, tencionando ignorá-la totalmente quando ela chegasse. Havia deixado claro que ninguém deveria recebê-la. A vida continuaria em Dalkeith, como se nada tivesse mudado. Ele havia decidido que, se ela era tão louca como os alcoviteiros alegavam, provavelmente nem seria capaz de entender que estava *casada*. Falcão concluíra que certamente encontraria alguma forma de lidar com ela, mesmo que significasse confiná-la em algum lugar, longe de Dalkeith. A ordem de Jaime era que ele se casasse, mas não dizia nada sobre compartilhar os mesmos aposentos.

Mas, então, ele tinha posto os olhos na "louca" Janet Comyn. Como uma deusa apaixonante, ela o flagelara com suas palavras, evidenciando uma sagacidade desposada com uma beleza sobrenatural. Nenhuma moça de quem ele pudesse se lembrar o tinha colocado naquele estado tenso de fome, como a sentida quando ele a havia acariciado com os olhos. Enquanto ela acariciava aquele maldito ferreiro com os dela.

As fofocas não poderiam estar mais erradas. Sc Falcão pudesse ter escolhido uma mulher para si, as qualidades que Janet possuía — independência, mente rápida, um corpo voluptuoso e um coração forte — eram todas as que ele teria buscado.

Talvez, Falcão refletiu, a vida acabasse de dar uma guinada para melhor, afinal.

7

Adrienne sabia que estava sonhando. Atolada irremediavelmente no mesmo pesadelo horrível que sonhava havia meses; aquele em que fugia pelos becos escuros e desertos de New Orleans, tentando correr mais rápido que a morte.

Não importava quanto tentasse controlar o sonho, nunca conseguia se salvar. Inevitavelmente, Eberhard a encurralava no armazém abandonado em Blue Magnolia Lane. Apenas uma coisa diferia significativamente da realidade que Adrienne tinha vivido — no pesadelo ela não conseguia a arma a tempo.

Acordou trêmula e pálida, com pequenas gotas de suor cobrindo seu rosto.

E ali estava Falcão, aos pés da cama, observando-a em silêncio.

Adrienne o fitou com os olhos arregalados. Na sua confusão sonolenta, o rosto de Falcão, com sua beleza sombria, parecia exibir traços da beleza diabólica de Eberhard, fazendo-a questionar que diferença havia entre os dois homens — se é que havia alguma. Depois de um pesadelo com um homem atraente e mortífero, acordar diante de outro em tamanha proximidade era demais para seus nervos em frangalhos. Embora ela ainda não tivesse praticamente nenhuma recordação de como fora parar no século XVI, suas outras lembranças estavam lamentavelmente intactas. Adrienne de Simone se lembrava de uma coisa com excruciante clareza — não gostava de homens bonitos e não confiava neles.

— Você gritou — Falcão a informou, com sua voz melíflua.

Adrienne revirou os olhos. Ele sabia fazer alguma coisa além de ronronar toda vez que abria a boca perfeita? Aquela voz era capaz de convencer uma freira cega a abandonar a castidade.

— Vá embora — ela murmurou.

Ele sorriu.

— Vim apenas para constatar que você não fosse vítima de outra tentativa de assassinato.

— Eu falei que não era atrás de *mim* que eles estavam.

Ele se sentou com cuidado, aparentemente refém de uma luta interna poderosa. A mente dela ainda girava com fragmentos remanescentes de seu pesadelo, quando uma brisa suave flutuou pela janela aberta e lhe beijou a pele. Pelos deuses, a pele! Ela puxou o lençol de seda até os seios quase nus, em um átimo. O maldito vestido que havia encontrado arrumadinho sobre a cama — colocado ali por alguém que obviamente tinha menos inibições a respeito de roupas do que ela — mal podia ser qualificado como roupa de dormir. As mangas minúsculas tinham escorregado sobre os ombros, enquanto a saia do vestido acabou enrolada para cima; metros de tecido transparente amontoados na forma de uma espuma tênue em torno de sua cintura, mal cobrindo os quadris — e isso apenas se ela não se mexesse. Adrienne puxou o vestido com firmeza, tentando rearranjá-lo sem renunciar a segurar o lençol.

Falcão gemeu, e o som rouco fez todos os nervos dela ficarem à flor da pele. Adrienne se forçou a encontrar o olhar acalorado dele sem titubear.

— Janet, eu sei que não começamos este casamento exatamente sob a melhor das circunstâncias.

— Adrienne. Sim, definitivamente.

— Não, meu nome é Sidheach. Meu irmão é Adrian. Mas a maioria das pessoas me chama de Falcão.

— Eu estava falando de mim. Me chame de Adrienne. — Diante do olhar interrogativo, ela acrescentou: — Meu nome do meio é Adrienne, e é o que eu prefiro. — Uma mentira minúscula, simples. Não tinha esperanças de continuar respondendo por Janet; acabaria cometendo um deslize cedo ou tarde.

— Adrienne — ele ronronou, colocando ênfase na sílaba final, como *Adri-EN*. — Como eu estava dizendo... — Deslizou sobre o leito com tal graça que ela só se deu conta de que ele havia se movimentado quando já estava perto demais. — Receio que não tenhamos começado do melhor jeito possível, e pretendo remediar isso.

— Você pode remediar se retirando da minha vista neste instante. Agora. Xô. — Ela segurou o lençol em um amontoado cuidadoso no punho cerrado e acenou desdenhosamente com a outra mão. Ele observou aquilo fascinado. Quando Falcão não se mexeu, ela tentou dispensá-lo novamente, mas ele lhe enlaçou a mão no meio do aceno.

— Lindas mãos — murmurou ele, virando uma das palmas e plantando um beijo demorado no centro sensível. — Tive receio de que Janet, a Louca, fosse a megera mais horrorosa. Agora sei por que *laird* Comyn manteve você escondida na torre por todos esses anos. Você é a verdadeira prata e ouro no tesouro de Comyn. A riqueza dele foi esvaziada em total medida pela sua perda.

— Ah, corta essa — ela retrucou, e ele piscou com surpresa.

— Escute, Sidão, ou Falcão, ou seja lá quem você for, isso não me impressiona. Se fomos condenados a viver debaixo do mesmo teto, precisamos esclarecer algumas coisas. Primeiro... — Ela levantou a mão e foi erguendo os dedos um por um enquanto falava. — Eu não gosto de você. É melhor se acostumar a isso. Segundo, eu não queria me casar com você, mas não tive alternativa...

— Você deseja outro homem. — O ronronar se aprofundou em um ronco de descontentamento.

— Terceiro — ela continuou, sem se preocupar em responder —, eu não acho essas suas demonstrações de macheza nem remotamente interessantes. Você não é o meu tipo...

— Mas Adam certamente é, não? — Ele cerrou a mandíbula, e seus olhos de ébano reluziram.

— Mais que você — ela mentiu, pensando que, se pudesse convencê-lo de que era sincera, ele a deixaria em paz.

— Você não o terá. Você é *minha* esposa, quer goste disso ou não. Não vou ser feito de corno...

— Você teria que se *importar* para ser feito de corno.

— Talvez eu pudesse. — Talvez ele já se importasse, mas não tinha sequer um indício do porquê desse fato.

— Bem, eu não posso.

— Sou tão desagradável assim, então?

— É.

Ele a encarou. Olhou para o quarto ao seu redor. Observou os caibros. Nenhuma resposta misteriosa pairava em qualquer lugar onde pudesse ser encontrada.

— As moças sempre me acharam muito bem-apessoado — ele se defendeu, por fim.

— Talvez seja parte do seu problema.

— Perdão?

— Não gosto da sua atitude arrogante.

— Minha atitude arrogante? — ele repetiu, apatetado.

— Exato. Minha cama deves pois dexiar, tampouco desejo te olhar, não ousa nesta noite novamente comigo falar.

— Você é a moça mais diabólica que eu já conheci.

— E você é o cafajeste mais fútil e incorrigível que já tive o desprazer de conhecer.

— De onde você tirou todas essas ideias a meu respeito? — ele indagou.

— Podemos começar com você estar bêbado demais para aparecer no seu próprio casamento.

— Grimm lhe contou? Grimm não teria lhe contado isso!

— Uma praga em forma de homem. — Adrienne revirou os olhos. — Tudo o que ele dizia era que você estava cuidando de uma revolta. Que era uma revolta do estômago, eu nunca teria adivinhado. A criada que me trouxe a este quarto, mais cedo, se divertiu muito me contando. Só falava em como você e três barris de vinho e três mulheres passaram a semana antes do nosso casamento, tentando... sabe... — Adrienne murmurou uma palavra ininteligível — ... fazer *aquilo* até perder a consciência.

— Fazer o *que* até perder a consciência?

— Você sabe. — Adrienne revirou os olhos.

— Receio que não. Pode repetir?

Adrienne olhou-o bruscamente. Ele estava zombando dela?

Os olhos dele estavam iluminados de malícia? Aquele meio-sorriso curvando sua boca linda sem dúvida alguma derreteria o lençol que ela estava segurando, para não mencionar sua determinação.

— Aparentemente uma delas teve sucesso, porque, se você ainda tivesse alguma consciência restante, sairia da minha vista *agora* — ela se exaltou.

— Não foram três. — Falcão engoliu uma risada.

— Não?

— Foram cinco.

Adrienne cerrou a mandíbula. Ergueu os dedos novamente.

— Quarto: este será um casamento apenas no nome. Ponto-final.

— Barris de vinho, eu quis dizer.

— Você *não* é engraçado.

O riso dele roncou, perigoso e pesado.

— Basta. Agora vamos contar as regras do Falcão. — Ele levantou a mão e começou a erguer os dedos um por um. — Primeiro, você é minha esposa;

por conseguinte, irá me obedecer em tudo. Se eu exigir que compareça ao meu leito, você deverá fazê-lo. Segundo — ele ergueu a outra mão e Adrienne estremeceu, em parte esperando apanhar, mas ele lhe segurou o rosto com a mão firme em concha e a olhou nos olhos com firmeza —, você ficará longe de Adam. Terceiro, você se valerá de todas as aparências para se mostrar encantada por haver me desposado, tanto em público como em particular. Quarto, quinto e sexto: você ficará longe de Adam. Sétimo — ele a puxou da cama e a colocou em pé com um movimento rápido —, você explicará precisamente o que considera tão desagradável a meu respeito *depois* de eu fazer amor com você; e oitavo, nós vamos ter filhos. Muitos. Quiçá dezenas. Talvez eu vá simplesmente mantê-la de barriga de ora em diante.

Os olhos de Adrienne foram se arregalando conforme ele falava. Quando chegou à parte dos filhos, ela estava quase em completo pânico. Reuniu então o autocontrole, que estava disperso, e procurou pela arma mais eficaz. O que ela poderia atingir para manter aquele homem a distância? O ego. Seu gigantesco ego e orgulho viril. Ela teria de usá-los.

— Faça o que quiser. Vou simplesmente pensar em Adam. — Ela sufocou um bocejo e estudou as cutículas.

Falcão recuou, soltando as mãos do corpo dela como se queimasse.

— Você simplesmente pensará em Adam?

Ele esfregou o maxilar, sem acreditar por completo no que acabava de ouvir, ao mesmo tempo em que encarava a visão diante dele, meio vestida em uma nuvem de espuma translúcida. Cabelos loiro-prateados caíam em torno da face mais bonita que ele já tinha visto na vida. O rosto dela tinha formato de coração, o queixo era delicado, mas surpreendentemente forte. Seus lábios eram cheios e exuberantes como ameixa aveludada, e seus olhos eram cinza-prateados. Ela era a paixão que respirava, e não parecia ter a menor consciência da própria beleza. Ou não se importava. O desejo cerrou um punho forte ao redor dele e apertou. Seus olhos de ébano se estreitaram intensamente. A moça tinha pele cor de creme, belos ombros, cintura fina, uma doce curva nos quadris e pernas que subiam até o paraíso. Aquela beleza queimava nele sua marca, reivindicava-o. Ela era pura perfeição. Embora Falcão não fosse um homem supersticioso, as palavras de Grimm sobre fazer pedidos a estrelas cadentes escolheram aquele momento para ressurgir na mente dele. *O que exatamente Grimm havia dito?*

Ele desejava que Falcão encontrasse uma mulher "sábia e espirituosa"; uma mulher inteligente.

— Você sabe somar? — ele disse, de repente.

— Eu administro livros contábeis como uma profissional.

— Sabe ler e escrever? — ele pressionou.

— Três línguas fluentemente, duas razoavelmente bem. — Era o principal motivo por ela conseguir fingir tão bem um sotaque escocês e convencê-los de que era mesmo Janet Comyn, a Louca. Embora algumas das palavras e expressões que usava pudessem parecer estranhas para eles (mas eles esperavam que ela fosse amalucada), Adrienne havia sido rápida no estudo da Fortaleza Comyn, assimilando os erres do sotaque com a facilidade de uma criança. Sempre tivera um bom ouvido para idiomas. Além disso, já tinha assistido a todos os episódios do seriado *The Highlander*.

Falcão soltou um grunhido. A segunda parte do desejo de Grimm era que a mulher fosse perfeita de rosto e de forma. Nesse ponto, ele não precisava de perguntas. Ela era uma Vênus sem adornos, que tinha aparecido furtivamente no mundo dele, e ele teve a premonição lancinante de que seu mundo poderia nunca mais ser o mesmo.

Então, os dois primeiros requisitos do desejo de Grimm estavam preenchidos. A mulher possuía tanto inteligência quanto uma beleza fascinante.

Era o último requisito especificado por Grimm o que mais preocupava Falcão. *Um "não" perfeito nos lábios perfeitos...*

Não havia mulher que vivesse e respirasse e dissesse não para Falcão.

— Moça, eu quero você — ele afirmou, com a voz rouca, crua de desejo. — Vou fazer amor com você do jeito mais incrível que terá deste lado de Valhalla. Posso levá-la além do paraíso, fazê-la desejar nunca mais colocar os pés sobre esta terra novamente. Você me deixa levá-la a esse lugar? Você me quer? — Ele esperou, mas já tinha certeza do que estava por vir.

Os lábios dela franziram-se em um biquinho lascivo:

— Não.

— Você colocou um *geis* em mim com seu maldito desejo, Grimm! — ouviu-se *laird* Sidheach James Lyon Douglas uivar para o céu sem estrelas mais tarde naquela noite. Além de um círculo de sorveiras-bravas, Adam atiçava um conjunto de brasas e emitiu um som sombrio demais para ser um riso.

Adrienne ficou sentada na escuridão, na beira da cama, por um longo tempo depois que ele se foi, e se encolheu ao ouvir aquele uivo rouco que se elevou para tocar a lua. Um *geis*? Uma maldição. Bah! Ela é que estava amaldiçoada.

Para ele, ela era como qualquer outra, e a única coisa que Adrienne de Simone havia aprendido era que, no que dizia respeito aos homens, não tolerava ser como todas as outras.

Embora sentisse culpa pelas legiões que haviam caído aos pés dela, Adrienne queria aquele homem chamado Falcão. Queria com uma fome irracional, que ultrapassava e muito a atração que sentira pelo ferreiro. Havia um elemento quase assustador nos olhos do ferreiro. Como nos de Eberhard. Mas Falcão tinha lindos olhos escuros com pontinhos dourados debaixo das grossas pestanas negras. Os olhos de Falcão insinuavam prazeres incalculáveis, sorrisos e, se ela não estivesse imaginando, algum tipo de dor passada cuidadosamente reprimida.

Certo, disse a si mesma, em tom cáustico. *A dor de não ter tempo suficiente para fazer amor com* todas *as mulheres bonitas no mundo. Você sabe o que ele é. Um mulherengo. Não faça isso a si mesma novamente. Não seja tola, Adrienne.*

Apesar disso, ela não conseguia se livrar do desconforto que sentia cada vez que se forçava a dizer coisas cruéis e odiosas para ele. Que talvez ele não merecesse. Só porque Falcão era um homem moreno e bonito como Eberhard, não significava que fosse o mesmo tipo de homem que Eberhard. Ela teve a sensação incômoda de que estava sendo injusta com ele, mas por nenhum motivo lógico.

Ah, mas existe uma explicação lógica para como e por que de repente você saltou de 1997 para 1513? Ela riu, sem humor.

Adrienne tinha aprendido a examinar os fatos e a lidar com a realidade, independentemente de quanto esta pudesse parecer irracional. Nascida e criada em New Orleans, ela entendia que a lógica humana não pode explicar tudo. Às vezes há uma lógica maior em operação — algo tentadoramente além de sua compreensão. Ultimamente, Adrienne se sentia mais surpresa quando as coisas faziam sentido do que quando não faziam — pelo menos quando as coisas eram estranhas, ela estava em território familiar. Apesar de ser altamente ilógico e totalmente improvável, todos os seus cinco sentidos insistiam que ela não estava mais exatamente no Kansas.

Uma lembrança fraca importunava a periferia de sua consciência... O que ela estava fazendo logo antes de ter se visto no colo de *laird* Comyn? As horas anteriores àquilo eram nebulosas, incertas. Conseguia se recordar da sensação desconfortável de ser observada... e o que mais? Um cheiro estranho, forte e picante, que sentiu logo antes de ter... feito o quê? Adrienne empurrou com força um cobertor de confusão, mas só teve sucesso em fazer a cabeça latejar.

Lutou contra ele por um momento, então se rendeu à dor. Adrienne murmurou uma oração fervorosa pedindo que a lógica maior por trás daquela realidade irracional a tratasse com mais benevolência do que fosse lá o que havia jogado Eberhard em seu caminho.

Era uma pena que não tivesse perdido algumas dessas péssimas, péssimas recordações. Mas não; apenas algumas horas estranhas, um intervalo curto de tempo. Talvez o choque do que tinha acontecido estivesse silenciando a memória por enquanto. Mas certamente, conforme se ajustasse àquele novo ambiente, ela iria descobrir exatamente como tinha conseguido viajar no tempo. E como voltar.

Mas então ela se perguntou: Será que realmente queria voltar para o que havia deixado para trás?

Pela manhã, Adrienne espirrou água gelada no rosto e se avaliou no disco de prata polido e embaçado pendurado acima da bacia. Ah, os pequenos luxos. Água quente. Pasta de dentes. O que ela mais desejava?

Café. Certamente, em algum lugar do mundo, alguém estava cultivando café em 1513. Se seu marido lascivo estava tão ansioso para agradar, talvez encontrasse café para ela — e depressa. Ela precisaria de uma garrafa cheia todas as manhãs se continuasse a perder o sono assim.

Quando Falcão deixara o quarto na noite anterior, ela estava tremendo dos pés à cabeça. A atração sentida pelo ferreiro não era nada mais que um eco tênue do poder que o homem chamado Falcão exercia em todos os seus sentidos. O simples fato de estar na presença dele a fazia se sentir trêmula e fraca dos joelhos — muito pior do que o que Adam havia provocado. Ela bufou ao se recordar das regras de Falcão. Quatro exigiam que ela se afastasse do ferreiro. Bem, era um modo certo de irritá-lo se ela tivesse vontade. Depois que conseguisse o café.

Adrienne vasculhou entre o "enxoval" de Janet, buscando algo razoavelmente simples para usar. O vestido amarelo-limão (como eles faziam tecidos de cores tão vívidas naquela época?), ela o realçou com um cordão de ouro ao redor da cintura e vários braceletes do mesmo metal. Sapatos macios de couro para os pés, uma balançada nos cabelos prateados, e o café se tornou tão prioritário quanto respirar.

— Café — ela resmungou quando, após voltas e voltas pelo amplo castelo, finalmente conseguiu encontrar várias pessoas desfrutando de um agradável desjejum. Havia por volta de uma dúzia delas sentadas à mesa, mas os únicos que Adrienne reconhecia eram Grimm e ele, portanto emitiu a palavra na direção geral dos dois, esperançosa.

Todos na mesa a encararam.

Adrienne encarou de volta, impassível. Ela também poderia ser grossa.

— Acho que ela disse café — Grimm sugeriu, após uma longa pausa —, embora eu já tenha ouvido sons mais inteligíveis de algumas das nossas aves de caça.

Adrienne revirou os olhos. As manhãs sempre conferiam uma qualidade rouca à sua voz, normalmente cálida como um brandy.

— Preciso de café — ela explicou, pacientemente. — E minha voz é sempre assim de manhã.

— Uma voz para estimar, suave e complexa, como o melhor uísque de malte — Falcão ronronou. Seus olhos permaneceram no rosto dela, depois deslizaram suavemente pelo corpo até os dedos dos pés. Como, em nome de Deus, um mero olhar poderia fazê-la sentir como ele estivesse descolando aquele vestido do corpo, lenta e deliciosamente?

— Aquele sujeito do Ceilão não deixou um estoque de coisas estranhas na adega? Sou Lydia Douglas, e, diga-se de passagem, esse velhaco...

— Mãe...

— Silêncio. Você estragou seu casamento e está criando uma confusão imensa com as coisas agora, por isso fique em silêncio.

Adrienne o perdoou por quase tudo naquele momento, pois ele parecia um menino pequeno piscando em silêncio.

— Milady — disse ela, tentando uma reverência e esperando que estivesse se dirigindo à mãe de Falcão de modo adequado, pois gostou da mulher instintivamente, mesmo que tivesse dado à luz aquele mulherengo autoritário.

— Lydia é suficiente e, se me permite... Adrienne? Falcão disse-me que sua preferência é ser chamada assim.

— Adrienne está maravilhoso. Café?

Lydia riu, obviamente sem se afetar por aquela obsessão determinada.

— Presumo que esteja acostumada a beber essa infusão forte pelas manhãs. Meu curandeiro diz que tem propriedades rejuvenescedoras e que é um energizante natural.

— Sim — Adrienne assentiu com veemência.

— A adega, Falcão — Lydia encorajou o filho.

— A senhora vai me deixar ir? — ele perguntou, causticamente.

— Desde quando você me dá ouvidos? — Lydia perguntou, com um brilho no olho. — Leve sua nova esposa para encontrar o café dela. E, Adrienne, se precisar de qualquer coisa, mesmo de um ouvido comiserador, procure por mim. Passo grande parte do dia nos meus jardins. Qualquer um pode lhe indicar o caminho.

— Obrigada. — Adrienne sentiu uma gratidão sincera, do fundo do coração. Como era bom ter alguém que lhe oferecesse uma recepção calorosa! Alguém que não fosse homem e bonito além do que era possível resistir.

— Venha. — Falcão estendeu-lhe a mão. Recusando-se a tocá-lo, ela disse docemente:

— Depois de você.

— Não, moça, atrás de você. — Ele acenou. Ele seguiria a curva doce dos quadris dela nem que fosse passando pelos asseclas chifrudos do diabo.

— Permita-me insistir — Adrienne objetou.

— Assim como a mim — ele respondeu.

— Vá — ela se exaltou.

Ele dobrou os braços poderosos no peito e resolutamente encontrou o olhar dela.

— Ah, pelo amor de Deus, vamos ter que brigar por isso também?

— Não se você me obedecer, moça.

Atrás deles, Lydia meio riu e meio gemeu.

— Por que vocês dois não caminham lado a lado? — ela disse, de forma encorajadora.

— Está bem — Adrienne estourou.

— Está bem — Falcão rosnou.

Lydia riu até lágrimas brilharem em seus olhos verdes felizes. Enfim, uma moça digna de seu filho.

8

Lado a lado. Ela não precisava olhar para ele. *Graças a Deus pelas pequenas coisas.*

— E aqui temos a adega — disse Falcão, destrancando e abrindo a porta.

Os ânimos de Adrienne se elevaram. Seu nariz se contorceu de leve. Ela podia sentir o aroma de grãos de café, de especiarias, de chás e de todos os tipos de coisas maravilhosas. Praticamente saltou para dentro do depósito, com Falcão nos calcanhares. Quando estava prestes a mergulhar a mão na saca marrom de fibras tecidas, que exalava o mais delicioso aroma de pecaminoso café torrado, Falcão, de alguma forma, conseguiu se insinuar entre Adrienne e seu prêmio.

— Parece que você gosta muito do café — ele observou, com um interesse muito penetrante para o gosto dela.

— Sim. — Ela passou o peso do corpo de um pé para o outro, impaciente, mas o homem tinha muito corpo para lhe bloquear o caminho. — Saia da frente, Falcão — queixou-se, e ele lhe agarrou a cintura com as mãos grandes, quase circundando-a inteira.

Adrienne congelou, sentindo um perfume ainda mais persuasivo que o de seu amado café lhe atormentar as narinas. Cheiro de couro e de homem. De força e de valentia. De confiança e de virilidade. Cheiro de tudo o que imaginara em seus sonhos.

— Ah, meu coração, há um preço... — ele murmurou.

— Você não tem coração — ela informou ao peito dele.

— É verdade — ele concordou. — Esse você já roubou. E na noite passada eu fiquei diante de você em agonia, vendo-a dilacerá-lo em pedaços.

— Ah, me poupe...

— Você tem ditos estranhos, meu coração...

— Seu coração é uma noz preta minúscula. Enrugada. Murcha.

Ela se recusou a olhar para ele.

Ele riu.

— Moça, você vai me manter entretido por muitos anos no outono da minha vida.

— Café — ela murmurou.

— É preciso pagar o pedágio na ponte dos trolls.

— E o que o troll do pedágio deseja?

— Esta manhã, é simples. Em outros dias pode não ser. Hoje seu café vai lhe custar apenas um beijo pequenino.

— Você está pensando em me fornecer café em troca de beijos? — perguntou ela, descrente. E, apesar de si mesma, ela inclinou a cabeça para trás e encontrou o olhar de Falcão. Bem, quase.

Seus olhos se perderam pelo caminho e pararam a pouco menos de dez centímetros dos olhos dele, sobre os lábios perfeitamente esculpidos e de bela tonalidade. Os lábios de um homem não podiam ser tão bem formados e desejáveis. Ela se esqueceu do café enquanto pensava em provar aquela boca, e seus joelhos traidores começaram a vacilar outra vez.

— Vá em frente — ele encorajou.

O maldito. Ele sabia que ela queria beijá-lo.

— Eu sei que você não quer, moça, mas deve fazê-lo, se deseja seu café.

— E se não o fizer?

— Você não ganha o café. — Ele deu de ombros. — Realmente, é um preço muito pequeno a pagar.

— Acho que isso não é bem o que sua mãe tinha em mente.

Ele riu, um ruído suave e sombrio, sensual, e ela sentiu os mamilos enrijecerem. Deus do céu, ele era perigoso.

— Minha mãe tem metade da responsabilidade sobre mim, por isso não tente oferecê-la para a santidade ainda, meu coração.

— Chega de "meu coração" para cima de mim. Eu tenho nome.

— Sim, e é Adrienne Douglas. Minha *esposa*. Fique feliz por eu negociar um benefício em troca de outro e não simplesmente tomar o que é meu por direito.

Ela agarrou a mão dele, rápida como um raio, e depositou o beijo exigido ali, depois a jogou para baixo de novo.

— Meu café — ela exigiu.

Os olhos escuros de Falcão ardiam com uma sensualidade impaciente.

— Obviamente, moça, há muito que preciso lhe ensinar sobre beijos.

— Eu sei beijar!

— Ah, é? Talvez deva demonstrar mais uma vez, pois, se essa era sua ideia de beijo, eu vou ter de exigir um benefício mais generoso. — Ele sorriu para ela, seu lábio inferior se curvando de modo convidativo.

Adrienne fechou os olhos para fugir da visão daqueles lábios perfeitos e percebeu, no momento em que vibrou as pestanas e as fechou, que cometera um sério erro tático. Falcão segurou o rosto dela com as mãos em concha e a conduziu até a parede, prendendo-a com seu corpo poderoso. Os olhos de Adrienne se abriram num reflexo instantâneo.

— Eu *não* fechei os olhos para você me beijar! — ela exclamou, mas a negação perdeu força quando encontrou o olhar dele. Os olhos intensos de ébano lhe confundiram completamente o juízo, fazendo-a arder com o desejo de aceitar o prazer que ele oferecia, mas ela sabia que não deveria fazê-lo. Adrienne tentou se libertar das garras dele, mas as mãos em seu rosto eram firmes. — Falcão! Eu não penso que...

— Sim, moça, você pensa, e pensa até demais — ele interrompeu, seu olhar de pálpebras pesadas zombando dela. — Pois então pare de pensar por um momento, faça essa gentileza? Apenas sinta. — Ele a beijou com agilidade, extraindo uma vantagem erótica dos lábios dela, que ainda estavam separados no meio de um protesto. Adrienne empurrou o peito dele, mas Falcão não deu atenção alguma à resistência que ela oferecia.

Falcão enterrou as mãos no cabelo dela, inclinando a cabeça para trás para beijá-la mais profundamente, a língua explorando sua boca. Seus lábios eram exigentes; seu abraço, possessivo e forte; e, quando ele pressionou os quadris contra o corpo dela, foi insistente e inegavelmente masculino. Ele a desafiava com o beijo, exigindo sem palavras que ela reconhecesse a tensão e o calor que existia entre eles — um calor capaz de incinerar um coração terno ou soldar dois corações em um só. O desejo estremeceu por toda ela com tamanha intensidade que Adrienne gemeu, confusa e amedrontada. Ela sabia que era perigoso desfrutar daquele toque, arriscado demais para permitir o que certamente poderia se tornar um prazer viciante.

O polegar de Falcão brincou no canto dos lábios dela, pressionando-a a se render completamente a seu domínio. Excitada, curiosa, incapaz de resistir, Adrienne se rendeu. O beijo com que ele a recompensou a fez tremer; era um beijo com garantias de desnudar suas defesas.

E depois em que posição ela ficaria? Vulnerável novamente — uma pateta nas mãos de um homem bonito, mais uma vez.

As mãos de Falcão deslizaram do cabelo de Adrienne para aconchegar-lhe os seios nas palmas, e a umidade que se acumulou entre as coxas a deixou chocada ao constatar a erosão de seu autocontrole. Adrienne teve um sobressalto, determinada a não ser mais uma das conquistas daquele mulherengo sem-vergonha.

— Me solte! Você disse um beijo! Isto não fazia parte do acordo!

Falcão parou. Afastou a cabeça para trás, suas mãos fortes ainda segurando os seios dela, e lhe estudou o rosto atentamente, quase com raiva. Fosse o que fosse que ele estivesse procurando, ela percebia que não estava satisfeito. Nem um pouco.

Ele vasculhou dentro dos olhos arregalados por um momento mais, em seguida virou as costas amplas para ela e pegou um punhado de grãos de café.

Irritada, Adrienne esfregou os lábios, como se pudesse afastar o prazer remanescente e inesquecível do toque dele. Ao saírem da adega e caminharem em silêncio pelo longo corredor, recusando-se a olhar um para o outro, Falcão enrolou os grãos em um tecido e os enfiou no *sporran*.

Logo antes de entrarem no Grande Salão, ele parou e, como se presos por uma coleira em comum, ela parou de chofre em seguida.

— Diga-me que você sentiu — exigiu à voz baixa, mas eles continuaram sem se encarar. Ela estudou o chão à procura de rolinhos de poeira enquanto ele observava o teto para ver se encontrava teias de aranha.

— Senti o quê? — Ela mal conseguiu evitar que a voz falhasse. *Um beijo a partir do qual construir um sonho, bonitão?*

Ele a puxou contra seu corpo; sem se deter mesmo quando ela virou o rosto, ele baixou a cabeça e salpicou beijos sobre as curvas altas dos seios, onde eles pressionavam o decote do vestido.

— Pare com isso!

Ele ergueu a cabeça, um rosnado lhe ensombrecendo a face.

— Diga-me que você também sentiu!

O momento pairava no ar, cheio de possibilidades. Esticou-se em incerteza e, no seu medo, ela se sentia perdida.

— Eu? Eu estava pensando em Adam.

Como os olhos de um homem podiam mudar de tal intensidade ardente para esferas frias e sem brilho em menos de um instante? Como uma expressão tão aberta poderia se tornar tão fechada? Um rosto nobre tornar-se tão selvagem?

— Da próxima vez que você for tola o suficiente para dizer isso depois de eu tocá-la, não vou responder pelos meus atos, moça.

Adrienne fechou os olhos. *Esconda, esconda, não o deixe perceber como afeta você.*

— Não haverá uma próxima vez para você me tocar.

— Haverá uma próxima vez todos os dias, Adrienne Douglas. Você me pertence. E existe um limite até onde eu posso ser desafiado. Adam pode ser mandado embora daqui. Todos podem ser mandados embora daqui. O café pode ser mandado embora daqui. Eu controlo tudo o que você quer. Pode ser muito bom para você, se estiver disposta a tentar. A única coisa que não posso negociar é a respeito de Adam. Então, esteja disposta a tentar comigo, e tudo o que peço é que você renuncie a Adam e nunca mais fale o nome dele para mim. Se puder me conceder esse pequeno benefício, não vou exigir nada mais do que o preço pelo seu café todas as manhãs. E prometo que não vou deixá-lo muito alto.

O beijo foi um preço alto demais. Em si, perigoso demais.

— Com que direito...

— Pela força. Foi bastante simples.

— Força bruta...

— Não se incomode em tentar me causar culpa. Pergunte à minha mãe. Não funciona.

Ora, ora. Nada de cavalheirismo aqui, ela observou. Apesar de tudo, o acordo que ele oferecia era mais razoável do que a miríade de alternativas. Ele poderia exigir *todas* as prerrogativas de marido em vez de um único beijinho todas as manhãs. Ela conseguiria viver com isso.

— Um beijo todas as manhãs? É tudo o que você procura em troca de eu não mencionar Adam para você? E eu recebo meu café todos os dias?

— Fique longe de Adam. Não me deixe encontrá-la perto dele. Não me diga o nome dele.

— Por um beijo todas as manhãs? — Ela precisava cumprir esse preceito na letra da lei de Falcão.

— Por um benefício a cada manhã.

— Isso não é justo! Aliás, o que você quer dizer com "benefício"?

Ele riu.

— Quem disse que a vida é justa? Quem a enganou tão dolorosamente? E, considerando que somos casados e que a alternativa para minha oferta é gozar de plenos privilégios conjugais, que direito você tem de altercar sobre o que é justo?

— Bem, você poderia ser um pouco mais específico, para o bem da minha paz de espírito! Caso contrário, eu vou acordar com medo de coisas desconhecidas.

O semblante dele ficou mais grave.

— Eu anseio dar a ela o prazer carnal e ela tem "medo de coisas desconhecidas". — Ele se virou, taciturno.

— Não quis dizer isso... — Adrienne começou a responder, odiando as linhas amargas que se formaram ao redor dos olhos dele. Ela as tinha posto ali. Contudo, para sua própria segurança, teria de mantê-las ali. Assim, Adrienne partiu às pressas.

Ele não a ouviu, de qualquer maneira, tão absorto que estava em seus próprios humores sombrios ao sair dali pisando duro.

Tarde demais, quando ele desapareceu de vista ao virar em um corredor, ela se lembrou dos grãos de café com infelicidade. Tinham ficado guardados naquela bolsinha que ele usava ao redor da cintura. E ele havia trancado a adega de novo.

Um chuveiro. Era isso. O que Adrienne não daria por trinta minutos de vapor rolando em densas nuvens, pela espuma grossa de um sabonete cheiroso, xampus e óleos corporais e uma toalha branca macia com que se enxugar.

Com atenção cuidadosa, ela embelezava as mais finas nuances de seu chuveiro dos sonhos para manter a mente longe *dele*, enquanto localizava os jardins. Encontrou-os atrás do castelo; era preciso cortar caminho pela cozinha para chegar ali, ou dar a volta no castelo — e andar toda a volta era uma longa caminhada.

— Bem, mostre um pouco mais do que seu nariz pequenino, é o que vou dizer. Eu gostaria de ver nossa nova dama por inteiro — chamou uma voz de dentro da cozinha.

Adrienne entrou, curiosa. A cozinha era diferente de qualquer coisa que ela havia imaginado que pudesse existir naquele passado tão distante. Era enorme, bem projetada e impecável. O ponto central do espaço era uma lareira enorme em forma de coluna, que oferecia uma abertura em cada lado, quadruplicando as zonas de cozimento. Uma chaminé de pedra subia até um respiradouro no teto alto. Após uma inspeção atenta, ela percebeu que a cozinha tinha sido construída como uma adição autônoma ao castelo propriamente dito, projetada para ser arejada e bem ventilada. Janelas ladeavam as duas paredes do perímetro, balcões de carvalho brilhante circundavam a área, e os pisos eram de pedras do tom mais claro de cinza. Não havia alimentos apodrecendo ali, não havia roedores nem insetos — a cozinha disputava com a própria cozinha dela, em casa, no final do século XX, só que não tinha máquina de lavar louça. Escadas desciam até a despensa, onde havia nichos posicionados habilmente. Além das janelas abertas, jardins exuberantes esparramavam-se. Sobre os peitoris, havia pequenos potes de ervas e especiarias.

— Achou nossa cozinha admirável?

Adrienne assentiu, impressionada, e voltou sua atenção para o homem sorridente. Ele era alto e bronzeado, de corpo magro e antebraços revestidos de músculos fortes, fosse de empunhar uma espada ou de trabalhar com as mãos. Seu cabelo escuro e a barba curtinha eram estriados de fios cor de prata, e, quando seus olhos cinzentos límpidos encontraram os dela, reluziram com curiosidade e boas-vindas.

— Foi o próprio Falcão quem a projetou. Das viagens que fez. Disse que tinha visto maravilhas para tornar a vida muito mais agradável e usou todas para melhorar Dalkeith, é o que vou dizer.

O *laird* do castelo frequentava a cozinha?

— Ele mesmo cortou os balcões e construiu os armários. Gosta de trabalhar com madeira, gosta sim. Ocupa as mãos, ele diz. No entanto, onde é que encontra tempo para isso está além da minha compreensão, é o que vou dizer. — O homem virou os olhos e dobrou as mãos atrás da cabeça, inclinando a cadeira para trás, na direção de uma poça de luz do sol que fluía através da janela. — O nome é Tavis, milady — ele se apresentou. — É um prazer lhe dar as boas-vindas.

— Eu sou Janet, a Louca — ela deixou escapar em resposta à gentileza.

— Não sei muito sobre loucura, mas Lydia gostou de você, e aquela é uma mulher exigente, é o que vou dizer.

Adrienne deu mais um passo para dentro da cozinha; seus olhos percorreram o recinto, admirando a genialidade simples com que tinha sido projetado. Tudo arrumadinho e facilmente acessível.

— Lydia está lá fora, nos fundos — Tavis incentivou. — Ela está esperando por você há algum tempo, é o que vou dizer. — Ele piscou para ela. — Não deixe esses Douglas a intimidarem, milady. Teimosos e cheios de opiniões eles são, mas de coração feito do mais puro ouro. Não encontrará outros como os Douglas em toda a Escócia. Bem-vinda, é o que vou dizer, e, se precisar de alguma coisa, basta vir procurar Tavis do curtume. — Ele flexionou as mãos fortes. — Ainda produzo as peles mais macias deste lado de Uster. Talvez do outro lado também. — O orgulho cintilava no sorriso dele quando indicou com gestos que ela fosse em direção à porta.

Adrienne entrou na luz do sol e respirou o mais fundo possível. Madressilva, um perfume amado desde sua primeira juventude. Ranúnculos espalhavam-se em beleza dourada sob as janelas à direita e à esquerda. Lavanda no ar, rosas rugosas e outro perfume forte, terroso, que ela se esforçava para identificar. Ela ouviu o tilintar da água sendo derramada em uma bacia. Uma fonte? Seguindo o som, Adrienne foi andando pelos caminhos de pedra entre arbustos enormes de rododendros, anêmonas exuberantes, campânulas e miosótis dispersos. Caminhos de pedra seguiam em várias direções, mas o som da água atraiu Adrienne infalivelmente. Lady Lydia estava sentada sobre a borda de uma fonte de pedra que se elevava em quatro níveis acima da cabeça dela. Um golfinho de pedra em tamanho natural em cima da fonte, apanhado no meio de um salto, jorrava água da boca aberta.

— Magnífico — Adrienne sussurrou, e Lydia se virou para saudá-la com um sorriso acolhedor.

— Meu filho é um inventor e tanto. — O orgulho era evidente em cada traço delicado do rosto dela.

— Também foi ele quem construiu isso? — Adrienne fez uma careta.

— A maioria dos aspectos incomuns em Dalkeith foi feita pelo meu filho. Quando ele viajava, procurava os segredos mais avançados das civilizações para trazer ao seu povo...

— Quando ele viajou pelo mundo em busca de belas companheiras de cama — interrompeu Adrienne, mordaz, lembrando-se das palavras das criadas dos Comyn.

Lydia inclinou a cabeça; um brilho de diversão se mostrava em seus olhos.

— É isso que dizem?

— Foi isso que ele fez?

— O que acha de perguntar a ele você mesma? Mas pense bem, Adrienne. O que as pessoas que não a conhecem bem dizem de você?

— Mensagem recebida — Adrienne admitiu, na esperança de que Lydia nunca descobrisse seu passado colorido.

— Janet, a Louca — Lydia observou, em tom suave. — Você não me parece nem um pouco louca. Por que a Fortaleza Comyn a mantinha presa naquela torre?

Adrienne recitou as palavras que *laird* Comyn a havia feito engolir no dia do casamento:

— Eu era bonita demais para correr o risco de que os homens dele me vissem. Foi o que ele disse. — Na sequência, acrescentou suas próprias palavras sem pensar: — A verdade é que nunca me senti assim.

Lydia riu sem humor.

— Nunca viu um espelho?

— É claro que já vi. Mas, apesar disso, nunca me senti assim.

— Um pouco como Falcão, creio — Lydia comentou. — Ele me disse uma vez que só sabia que era bonito por causa da forma como as mulheres ficavam loucas perto dele. Que, se elas não criassem tamanho rebuliço, ele teria apenas se considerado razoavelmente limpo e arrumado...

— Razoavelmente limpo e arrumado? — Adrienne repetiu, incrédula. — O homem é perfeito da cabeça aos pés! Ele faz Davi, os deuses gregos e Pã parecerem todos desproporcionais. Ele é sexo bruto engarrafado e sem tampa. E alguém deveria tampar! Ele é... é... *pfft*! Bah! — Adrienne gaguejou e titubeou ao se dar conta, tardiamente, de suas palavras. Lydia estava rindo tanto que lágrimas encobriam seus olhos.

Quando foi capaz de respirar, Lydia deu um suspiro de prazer.

— Bem, isso é um alívio. Eu não tinha certeza de que você não era mesmo imune. Ele acha que você é. Não se preocupe. Será o nosso segredinho, querida Adrienne, e venha se sentar ao meu lado para que eu possa dizer como fico contente por você estar aqui. Só lamento não estar presente para lhe dar boas-vindas adequadas quando você chegou. Pelo que ouvi, todos arruinaram as coisas terrivelmente.

Adrienne se viu querendo correr ao encontro da coisa mais próxima de braços maternais que ela já havia conhecido. Seu coração endurecido deslizava sobre gelo traiçoeiramente fino. Deveria se atrever? Não deveria se atrever?

Por trás dos arbustos vermelho-sangue de rododendros, uma sombra se encolheu. *Eu a odeio! Odeio!* A mão de Esmerelda tremeu quando ela ergueu o tubo, e em seguida ficou bruscamente firme. Iria despachar a inimiga dali e pôr fim a seu tormento. Enrugou os lábios ao redor da boca da zarabatana, mantendo o pequeno instrumento de morte nivelado. Inspirou fundo e soprou com força pelos lábios apertados. Um dardo minúsculo irrompeu da extremidade da canaleta oca, tão pequeno como o ferrão de uma abelha. Esmerelda observou o dardo acertar o alvo e fincar-se na pele clara do pescoço de Adrienne. Sorriu com satisfação ao vê-la bater de leve sobre o ferimento, como se para afastar um mosquitinho irritante. Esmerelda apertou bem os olhos — podia ver a cauda do dardo brilhar no pescoço de Adrienne, que conversava com Lydia. Feito. O ato estava feito.

— Onde está seu marido, Lydia? — Adrienne deu um tapa forte no pescoço. — Mosquitos? Já?

— Temos nosso quinhão deles. Essa é a razão para usarmos redes sobre as camas nesta estação. Um pouco de hortelã parece mantê-los longe. Eu coloco nos meus bolsos e enfio uma folha ou duas no corpete. — Ela ofereceu algumas folhas das suas, e Adrienne aceitou-as com gratidão. — Quanto ao meu marido... — Seus olhos ficaram mais sonhadores. — Aquele homem impossível me deixou há mais de trinta anos. Ele morreu logo depois que Falcão nasceu.

— Como? — Adrienne passou as costas da mão na testa. De repente, o sol estava quente demais.

— Foi em uma batalha a serviço do rei. No leito de morte, pelo menos foi isso que disse o rei Jaime, meu marido jurou o filho a servir à Coroa por quinze anos, em troca da proteção do rei sobre Dalkeith. Na verdade, o serviço de Sidheach terminou só recentemente.

Adrienne enrugou a testa, confusa. As flores vívidas de Lydia, de repente, derreteram em uma mancha confusa de cores.

Lydia explicou pacientemente:

— Dalkeith é uma fortaleza rica. Quando meu marido morreu, não havia ninguém para nos proteger. E eu fui deixada com um herdeiro pequenino de dois meses. Se meu marido fez mesmo o juramento ou se Jaime apenas inventou isso, eu nunca saberei. Duvido que meu Douglas tivesse jurado nosso filho ao rei Jaime de qualquer maneira que fosse, mas raramente se ganha uma discussão com um rei. Eu não estava pronta para me casar novamente, pois o luto pelo meu marido era profundo. Os homens do rei protegeram Dalkeith até eu abandonar o luto de viúva. Mas Jaime nos deu sua proteção com a condição de que Falcão se apresentasse em Edimburgo no dia do seu décimo oitavo aniversário, para quinze anos de serviço. Ele afirmava que foi uma promessa feita pelo meu marido.

— Você não acredita que seu marido tenha jurado Falcão a ele? — Adrienne perguntou, a visão cada vez mais turva. Ela piscou forte por um instante e a vista clareou.

O lindo rosto de Lydia foi ficando pensativo, e, por um longo instante, pareceu que ela poderia não dar resposta nenhuma. Adrienne via as memórias voando em sua fronte, algumas boas, outras obviamente dolorosas.

— Meu Douglas fez a segunda proposta de casamento que recebi, Adrienne.

— E a primeira? — Adrienne perguntou, arrastando as pontas dos dedos na água doce e fresca da fonte e depois batendo algumas gotinhas nas têmporas.

— O rei Jaime.

— Ah! Um homem desprezado.

— Decididamente desprezado. E um homem que não perdoa nada. O rei Jaime estava com a mente determinada a conseguir ficar comigo e não aceitava ser dissuadido. Foi no meu décimo sexto verão, e eu estava na corte com a sua mãe, Althea. Nós duas recebemos muitas ofertas de casamento naquela temporada, e Jaime era um dos meus admiradores mais ardentes. Não o levei muito a sério; afinal de contas, ele era o rei. Foi só depois que descobri a tenacidade de seu intento. Mas já era tarde demais. Eu havia fixado a mente em Douglas, e era apenas uma mocinha. Quanto a Douglas, bem, digamos que foi um trabalho rápido convencê-lo. — Seus olhos verdes cintilavam com lembranças queridas.

— Então o rei odeia Falcão porque você recusou a oferta de casamento dele? Isso me parece de uma infantilidade inacreditável.

— Ele é infantil. Jaime foi mimado desde o momento em que nasceu. Trataram-no com todas as infinitas indulgências, favores e regalias. Quando chegou à idade de se casar, já tinha sido idolatrado incessantemente. Ele nunca ouviu a palavra *não* em toda a sua vida e não tem intenção nenhuma de ouvi-la algum dia. Considerava incompreensível que uma mulher pudesse escolher ser a esposa de um mero conde quando poderia ser a rainha de toda a Escócia.

Adrienne pensou brevemente sobre a realeza de seu tempo. Quanto uma delas havia sacrificado o título de princesa e a possibilidade de, um dia, tornar-se rainha. Lydia fizera uma sábia escolha quando se casou por amor.

— O que verdadeiramente o fez perder o controle foi a tolice de anunciar perante a corte que eu seria sua rainha, mesmo depois de eu ter recusado seu pedido de casamento em várias ocasiões. Casei-me com o meu Douglas no dia seguinte a essa "proclamação", apesar de não sabermos que o rei tinha, de fato, ido tão longe a ponto de anunciar suas intenções publicamente, até semanas mais tarde, quando a notícia chegou finalmente a Dalkeith.

Meu marido disse que tínhamos feito um inimigo poderoso naquele dia, mas acho que nenhum de nós sabia como ele realmente poderia ser vingativo. Eu suspeito de que há muitas coisas sobre o tempo de Falcão a serviço de Jaime das quais ele nunca vai falar. Há rumores de que Jaime fazia ameaças de destruir Dalkeith se Falcão não obedecesse a todos os caprichos dele. — Sua voz deixava transparecer um toque confidencial. — Falcão não sabe, mas eu mesma busquei uma audiência com Jaime, pouco tempo depois de ter começado a ouvir rumores sobre o serviço compulsório. Pedi-lhe que renunciasse a sua reivindicação sobre meu filho. — Os olhos de Lydia se nublaram. — Ele riu e me disse que, se eu tivesse me casado com sabedoria, Falcão teria sido o *filho* do rei, em vez de seu servo.

Adrienne esfregou o pescoço e piscou forte. Sua visão estava escurecendo de forma alarmante, e a cabeça latejava.

— Humilhação pública — ela disse, com a voz embargada. — Nunca conheci um homem que aceitasse isso bem.

— Também acredito que esse tenha sido o motivo de o rei Jaime ter mandado Falcão se casar por ordem dele — Lydia continuou suavemente. — Outra maneira sutil de prolongar a vingança. Eu acho que ele se sentiu quase traído pela morte do meu marido, e muitas vezes me perguntei o que ele poderia ter feito para nós se Douglas vivesse mais tempo. Que homem amargo ele se tornou. — Lydia abanou a cabeça. — Alegro-me de que seja você, Adrienne. O rei odiaria se soubesse como você é adorável e que, na realidade, não tem *nada* de louca. Você é exatamente o que Falcão precisa. Não uma moça tímida, simplória e aparvalhada, mas uma mulher com verdadeira coragem e profundidade.

Adrienne corou de prazer. O aumento do calor provocou coisas alarmantes com sua cabeça.

— Você disse que se casou novamente. Tem outros filhos? — perguntou, tentando desesperadamente manter o fio da meada na conversa.

O sorriso voltou ao rosto de Lydia.

— Ah, sim. Adrian e Ilysse. Eles estão na França com minha irmã, Elizabeth. Na última carta, ela me avisou que Adrian está se tornando um galanteador incorrigível e ela quase desistiu de civilizar Ilysse. — Lydia riu. — Ilysse pode ser um pouco espirituosa e incontrolável às vezes. Você iria gostar dela.

Adrienne não sabia ao certo como interpretar o comentário, então não disse nada. Além disso, não estava se sentindo nada bem. Sua visão agora estava dupla, o estômago revirava em agonia, e a boca parecia seca como se cheia de algodão. Ela engoliu com dificuldade.

— *Wallah hubbah hah?* — murmurou, desafinada.

— Adrienne? — Lydia olhou para ela, preocupada. — Adrienne! — Colocou a mão na testa da jovem. — Você está ardendo!

Adrienne gemeu ao inclinar-se para a frente e cair na calçada de pedras.

— Falcão! — Lydia gritou.

9

— Veneno. — O rosto de Falcão era sombrio e soturno. Ele estudou cuidadosamente o dardo minúsculo que o velho curandeiro colocara em cima do pano.

— Callabron. — O curandeiro penteou sua longa barba branca com os dedos e se sentou em uma cadeira ao lado de Adrienne.

Falcão soltou um gemido. Callabron não era um veneno suave. Uma toxina feroz e lenta que poderia causar dor prolongada por dias antes de acabar em morte por sufocamento, quando a toxina teria lentamente paralisado o corpo de fora para dentro.

Falcão sabia que não havia cura. Ele tinha ouvido falar da toxina durante o serviço ao rei Jaime. Rumores diziam que o veneno tomara a vida de muitos irmãos da realeza. Quando alguém buscava remover um futuro rei da linha sucessória, não arriscava com um veneno que pudesse falhar. Falcão baixou a cabeça nas mãos e esfregou furiosamente os olhos doloridos e injetados. A intensidade do calor das chamas altas não estava ajudando. Apenas a febre. Ainda assim... ela iria morrer.

Leve-me, deixe-a ilesa!, ele desejou de todo o coração.

— Nós podemos aliviar a dor dela. Há coisas que posso lhe dar... — o curandeiro disse, baixinho.

— Quem? — enfureceu-se Falcão, ignorando o velho. — Quem desejaria fazer isso? Por que matá-la? O que ela fez?

O curandeiro titubeou e apertou os olhos com força.

Na porta, Lydia deu um suspiro com dificuldade.

— É callabron, então?

— É. A pele escureceu ao redor do ferimento, e riscas esverdeadas começaram a surgir. Essa é a mordida assassina do callabron.

— Eu não vou perdê-la, Falcão — Lydia falou, exigente.

Devagar, ele elevou a cabeça das mãos.

— Mãe. — A palavra era um apelo, transparecia desesperança. *Mãe, faça melhorar.* Mas ele sabia que ela não podia.

— Alguns dizem que é mais humano pôr fim ao sofrimento nos primeiros estágios — sugeriu o curandeiro, em tom muito baixo, sem encontrar o olhar de Falcão.

— Basta! — Falcão gritou para silenciá-lo. — Se tudo o que você traz é melancolia e desgraça, então suma daqui!

Orgulho e indignação endureceram as costas do curandeiro.

— Milorde...

— Não! Não vou admitir nada disso! Não vamos matá-la! Ela não vai morrer!

— Talvez os roma possam conhecer alguma cura — Lydia sugeriu suavemente.

O curandeiro bufou com desdém.

— Eu lhe asseguro, milady, os *roma* não sabem de nada do tipo. Se eu afirmo que não há cura, pode ter certeza de que nada poderá curá-la. Aquele bando errante de assassinos, trapaceiros e mãos-leves certamente não poderia... — O velho curandeiro parou de falar de repente diante do olhar sombrio de Falcão.

— Vale a pena tentar — ele concordou com Lydia.

— Milorde! — o curandeiro protestou veementemente. — Os roma não passam de ilusionistas maltrapilhos! Eles...

— Estão acampados na minha terra — Falcão interrompeu-o severamente —, como estão há mais de trinta estações, com as minhas bênçãos, então guarde bem a língua, velho. Se tem tanta certeza de que eles não sabem de nada, por que se importaria se viessem?

O curandeiro riu sem humor e retrucou:

— Não acho que danças, cânticos selvagens e pedaços fedorentos de sabe-se lá o que mumificado fariam algum bem para minha paciente.

Falcão fez um ruído de desdém. Era óbvio que o curandeiro não sabia nada da verdade sobre os roma, aquela gente orgulhosa que fugira de país em país buscando apenas a liberdade de viver do jeito que escolhia. Como tantos que se atreviam a lutar pelo que acreditavam, eles eram frequentemente incompreendidos e temidos. A tribo cigana que acampava em Dalkeith era uma comunidade integrada de pessoas talentosas e sábias. Embora indiscutivelmente supersticiosos, Falcão havia considerado acertados muitos de seus "instintos".

No entanto, aquele curandeiro, como tantos outros, temia o que era diferente e, portanto, condenava. A ignorância se traduzia em medo, o que rapidamente se transformava em perseguição. Falcão encarou o velho com olhos de aço e grunhiu:

— Qualquer coisa que possa curar a *minha esposa* seria boa para ela. Não me importo que seja cérebro mumificado de sapo. Ou cérebro mumificado de *curandeiro*, diga-se de passagem.

O curandeiro se calou e fez um rápido sinal da cruz.

Falcão esfregou os olhos e suspirou. Os ciganos representavam uma chance tão boa quanto qualquer outra. Rapidamente, ele ordenou a um guarda na porta que despachasse uma mensagem para o acampamento.

— Acho que está cometendo um grande erro, milorde...

— O único erro que está sendo cometido neste quarto é você abrir a boca novamente — rosnou Falcão.

O curandeiro se levantou com fúria, suas juntas anciãs estalando em protesto. Com os lábios franzidos, pegou de dentro de seu manto um frasco de pedra tampado com uma rolha vedada com cera. Colocou-o sobre a lareira e depois, com a audácia e a temeridade adquiridas por aqueles que sobreviveram à peste, à fome e à guerra para alcançar uma idade avançada, ousou acrescentar:

— Milorde pode escolher usá-lo quando seus roma fracassarem. Pois fracassar eles vão. — Isso antes de sair do cômodo em um redemoinho de juntas ruidosas, pernas e braços finos e ágeis.

Falcão balançou a cabeça e olhou carrancudo para a mulher trêmula na cama. Sua esposa. Sua adorável, orgulhosa, tempestuosa e *moribunda* esposa. Ele se sentia totalmente impotente.

Lydia cruzou o quarto e puxou a cabeça do filho para o conforto do seu seio.

— Falcão, meu doce Falcão — ela murmurou aqueles sons sem sentido que só uma mãe conhece.

Passou-se um longo momento, e então Falcão ergueu a cabeça de novo. Se não podia oferecer conforto para a esposa, não poderia aceitar conforto de sua mãe.

— Conte-me outra vez exatamente o que aconteceu nos jardins.

— Venha, doce prostituta — Adam ordenou e Esmerelda veio.

Agora ela já estava além da redenção. Esmerelda sabia quem Adam Black era quando caminhou ao encontro dele. Seu povo sempre soube e, por conseguinte, era cauteloso. Em especial quando lidava com ele, pois incitar sua ira, ou meramente se tornar o foco da atenção dele, poderia ser o cálice da morte para uma nação inteira. Embora tal poder fenomenal incutisse um terror imenso nas veias de Esmerelda, também proporcionava um irresistível efeito afrodisíaco.

O que o havia atraído até ali? Foi seu último pensamento coerente quando ele começou a fazer com o corpo dela aquelas coisas que a reviravam de dentro para fora. Sobre o dela, seu rosto era encoberto de paixão, adornado pelo brilho âmbar do fogo debaixo das sorveiras. O perfume de sândalo e jasmim se desprendia da terra fumegante em torno deles. Eram as primeiras horas da manhã quando ela finalmente conseguiu se arrastar para longe da forja.

Adam levou os dedos às têmporas e considerou sua estratégia ao observar a mulher vacilar, saindo da tenda com as pernas bambas.

— Bobo! — A palavra foi proferida em tom severo, cruel e acusador.

Adam enrijeceu.

— Chamou, Majestade? — ele perguntou, dirigindo-se a seu mestre invisível.

— O que você fez desta vez, Adam?

— Eu estava me divertindo com uma cigana, já que pergunta. Qual o problema?

— A beldade está morrendo.

— Adrienne? — Adam alarmou-se. — Não. Não pela minha mão.

— Bem, resolva isso!

— Em verdade, Majestade, não tive nada a ver com isso.

— Não me importo. Resolva. Nossa rainha ficaria furiosa se colocássemos o Pacto em risco.

— Vou resolver. Mas quem tentaria destruir a beldade?

— Esse jogo é seu, bobo. Execute-o com mais atenção. A rainha já está perguntando de você.

— Ela sente minha falta? — Adam exultou por um momento.

Finnbheara riu com desdém.

— Você pode tê-la satisfeito por um acaso do destino, mas eu sou o rei dela.

Adrienne estava queimando. Amarrada a uma estaca, como uma bruxa antiga aprisionada em uma pira de troncos de madeira diante dos olhos plácidos dos aldeões. *Ajudem-me!*, ela implorou através dos lábios ressecados, convulsionando entre as ondeantes plumas de fumaça. Sufocando, sufocando, depois a sensação horrenda de mil formigas de fogo correndo freneticamente sob a camada superior de sua pele.

Não tinha consciência de Falcão passando esponja em sua fronte, banhando seu corpo com compressas frias e a envolvendo em lãs macias. Ele afastou mechas úmidas de cabelo de sua testa e a beijou delicadamente. Alimentando o fogo, ele voltou rapidamente para descobri-la contorcendo-se violentamente contra o casulo confortável dos cobertores que o curandeiro lhe garantira que poderiam aliviar a febre.

O desespero tomou conta dele, mais brutal e violento que a mais feroz rajada de vento das Highlands.

Um gemido primitivo escapou dos lábios de Falcão, observando-a coçar com força a pele impecável, em uma tentativa vã de dissuadir o ataque de seja lá qual fosse o monstro feroz que a febre havia conjurado para atormentá-la. Ela se coçaria até ficar em carne viva se ele não a impedisse; ainda assim, ele não suportava a ideia de amarrar as mãos dela como o curandeiro havia recomendado. Uma visão de Adrienne forçando as amarras lhe passou pela mente, e ele engoliu um uivo doloroso de fúria impotente. Como ele poderia travar uma guerra contra um invasor invisível, que não tinha nenhuma vulnerabilidade conhecida? Como ele poderia derrotar um veneno que não tinha cura?

Ele fez uma pausa de uma fração de segundo antes de arrancar a camisa do corpo e chutar as botas. Vestido apenas de kilt, subiu na cama e a envolveu com seu corpo, puxando-a firmemente contra si.

— Adrienne! — Ele praguejou com eloquência ao aconchegá-la nos braços. Como podia sentir tamanha dor por alguém que era praticamente uma estranha? De onde vinha aquela sensação de que eles precisavam de mais tempo?

Ele apoiou as costas na parede, envolvendo-a entre suas pernas, os braços apertados com força ao redor dela pelo tempo em que Adrienne convulsionava e tremia, apoiando o queixo na cabeça dela.

No avançar da noite, a febre chegou ao pico, e ela falava e chorava lágrimas prateadas.

Ela nunca saberia que ele beijou cada uma das lágrimas, uma por uma.

Nunca saberia que ele a ouviu, com o coração pesado, chorar por um homem que ele não considerava digno daquelas lágrimas, e quanto ele desejou, com todas as forças, ser o primeiro homem amado por ela.

Ever-hard Darrow Garrett. O maldito que tinha partido o coração de sua esposa.

Que tipo de escocês respeitável se chamava algo como "sempre duro"?

Nas primeiras horas da madrugada, Falcão tocou o ébano liso da peça de xadrez que Grimm lhe dera, ao mesmo tempo em que Adrienne chamava por ela em seu delírio. Ele a observou com atenção e se perguntou por que aquela peça de jogo era tão importante para ela. Mesmo morrendo, ela procurava desesperadamente por aquela peça nos corredores retintos da mente.

Foi a comoção que o acordou, arrastou-o de um sono profundo e sem sonhos. Recusando-se a abrir os olhos, ele sentiu seus arredores primeiro com os sentidos. Droga, ela ainda ardia em febre! Estava ainda mais quente, se é que era possível. A esposa de alguns meros dias, morrendo em seus braços. O que o acordara? Eram os roma? Tinham finalmente chegado?

— Deixe-me passar! — a voz do ferreiro trovejava do outro lado da porta fechada, alto o suficiente para fazê-la balançar nas dobradiças. Falcão despertou totalmente. A voz *daquele* homem deixava seu corpo pronto para a batalha.

— Falcão vai matar você, homem — zombou Grimm. — Ele não gosta de você, para começo de conversa, e não está de bom humor.

Falcão assentiu, concordando com as palavras de Grimm, e ficou feliz por ter colocado metade de uma guarda do lado de fora do Quarto da Dama Verde. No estado de espírito em que se encontrava, não dava nem para dizer o que teria feito se houvesse acordado e encontrado o ferreiro arrogante ali a espreitá-lo.

— Tolos! Eu disse que posso curá-la — explodiu o ferreiro.

Falcão ficou rígido no mesmo instante.

— Tolo, eu? — a voz de Grimm falhou com descrença. — Não. Tolo é aquele que pensa que existe cura para um veneno tal como o callabron!

— Atreve-se a arriscar, Grimm? — o ferreiro perguntou, friamente.

— Deixe-o passar — Falcão mandou, através da porta fechada.

Ele ouviu o som de espadas sendo recolhidas com um som áspero e metálico no momento em que os guardas descruzaram as lâminas que bloqueavam a entrada para o Quarto da Dama Verde, e então Adam estava parado na entrada, seu corpo enorme quase preenchendo todo o vão da porta.

— Se você veio aqui pensando em brincar comigo, Adam Black, vá embora antes que eu derrame seu sangue e o veja escorrer no meu chão. Seria uma distração pequenina, mas me faria sentir melhor.

— Por que você a abraça dessa forma? Tão de perto, como se ela lhe fosse tão cara?

Falcão apertou os braços em volta dela.

— Ela está morrendo.

— Mas você mal a conhece, homem.

— Não tenho motivo algum para isso, nenhum que faça sentido. Mas me recuso a perdê-la.

— Ela é linda — Adam sugeriu.

— Já conheci muitas moças lindas.

— Ela é mais bonita do que as outras?

— Ela é *alguma coisa* mais do que as outras. — Falcão tocou a face de leve sobre os cabelos dela. — Por que você veio aqui?

— Ouvi que era callabron. Posso curá-la.

— Não pense em me tentar com impossibilidades, ferreiro. Não tente me ludibriar com falsas esperanças ou você encontrará seu leito de morte ao lado dela.

— Não pense em *me* tentar com impossibilidades, lorde Falcão — Adam ecoou as palavras com astúcia. — Além disso, eu falo a verdade sobre a cura.

Falcão estudou o ferreiro por um cuidadoso instante.

— Por que você faria isso, se pudesse?

— Motivos totalmente egoístas, garanto-lhe. — Adam cruzou o espaço até a cama e se sentou na beirada. Ele estendeu a mão, depois parou no meio do caminho diante do olhar de Falcão. — Não posso curá-la a menos que possa tocá-la, temeroso Falcão.

— Você zomba de mim.

— Eu zombo de tudo. Não leve para o lado pessoal. Embora no seu caso, em específico, a intenção seja um tanto pessoal. Mas nisso eu lhe ofereço verdade. Eu tenho a cura.

Falcão fez um ruído de desdém com o nariz e apertou mais os braços protetores ao redor de sua esposa.

— Como é possível que um simples ferreiro possua tal conhecimento de uma cura inestimável?

— Você perde tempo fazendo perguntas enquanto a dama está prestes a morrer.

— Então me dê a cura, ferreiro.

— Ah, não. Não assim tão fácil...

— Agora quem está perdendo tempo? Eu quero a cura. Dê-me e vá embora, *se* você realmente a tem.

— Um benefício em troca de um benefício — Adam disse, categoricamente.

Falcão sabia que isso iria acontecer. O homem queria sua esposa.

— Seu filho da puta. O que você quer?

Adam deu um sorriso malicioso.

— Sua esposa. Eu a salvo. Eu a ganho.

Falcão fechou os olhos. Deveria ter despedido o maldito ferreiro quando teve a chance. Onde diabos estavam os roma, afinal? Deveriam estar em Dalkeith àquela altura.

O ferreiro poderia curar sua esposa, ou era o que ele dizia.

Os roma poderiam não saber nada.

E tudo o que o ferreiro queria em troca de salvar a vida de sua esposa era a sua esposa.

Cada fibra do seu corpo gritava contra aquela ideia. Confiar a mulher, legar seu corpo e sua magnanimidade exuberante para outro homem? Nunca. Falcão forçou-se a abrir os olhos e encarou o homem chamado Adam. Como permitiria que aquele maldito, arrogante e belo ferreiro deitasse o corpo sobre o de sua esposa e capturasse os gemidos de prazer dos lábios dela? A boca do ferreiro se insinuava em um sorriso cruel, saboreando a guerra que se inflamava dentro de Falcão.

Falcão controlou o semblante para assumir uma calma impassível. Nunca trair os verdadeiros sentimentos. Nunca deixar transparecer o que se está pensando quando a dor é mais profunda. Como ele havia aprendido bem essa lição com o rei Jaime. Ainda assim — apesar de tudo isso —, *qualquer coisa* para que ela pudesse viver.

— Uma moça não é um benefício a ser concedido. Eu a darei a você se, e somente se, ela o quiser — Falcão disse, finalmente. Se ela morresse, ele a perderia. Se ela vivesse, ao preço de salvá-la, ele também a perderia. Contudo, talvez não perdesse. Incapaz de desarmar a raiva que sabia que devia estar ardendo em seus olhos, ele os cerrou outra vez.

— Fechado. *Você a dará para mim se ela me quiser.* Lembre-se de suas palavras, lorde Falcão.

Falcão titubeou.

Quando reabriu os olhos, Adam estava estendendo a mão para o rosto de Adrienne. Suor brilhava em gotículas acima dos lábios e na testa dela. A ferida no pescoço exalava pus esverdeado ao redor do orifício negro.

— Toque-a, ferreiro, não mais que o necessário para curá-la — alertou Falcão.

— Por enquanto. Quando ela estiver curada, vou tocá-la quanto ela quiser.

— *Ela* é a palavra-chave aqui.

Adam pousou a palma sobre a face de Adrienne, estudando atentamente o ferimento no pescoço.

— Preciso de água fervente, compressas e uma dúzia de tecidos fervidos.

— Traga-me água fervente, compressas e uma dúzia de tecidos fervidos — Falcão rugiu diante da porta fechada.

— E quero que saia deste quarto.

— Não. — A morte não era mais definitiva do que a negação de Falcão.

— Você sai ou ela morre — Adam murmurou, como se tivesse apenas dito "Está chovendo, você percebeu?".

Falcão não moveu um músculo.

— Sidheach James Lyon Douglas, você tem escolha? — Adam indagou.

— Você tem todos os meus nomes. Como sabe tanto sobre mim?

— Tornei meu trabalho saber tanto a seu respeito.

— Como saberei que não foi você mesmo quem atirou nela com algum veneno obscuro que nem sequer é callabron, mas o imita, e agora está fingindo a cura? Tudo para que possa simplesmente roubar minha esposa?

— Sem dúvida alguma. — Adam deu de ombros.

— O quê? — rosnou Falcão.

Os olhos de Adam brilhavam como pedras duras.

— Você *não* sabe. Deve fazer uma escolha. Por acaso pode salvá-la a esta altura, lorde Falcão? Acho que não. Quais são suas opções? Ela está morrendo de alguma coisa, isso é fácil de ver. Você acha que é callabron, mas não tem certeza. Seja o que for, está matando-a. Eu digo que posso curá-la e peço algo em troca. Que escolha você tem, na verdade? Dizem que você faz as decisões difíceis parecerem fáceis. Dizem que você é um homem que move uma montanha sem piscar, se mover uma montanha você desejar. Dizem que tem um senso infalível de justiça, de certo e errado, de honra e compaixão. Dizem, também... — nesse momento, Adam fez uma careta — ... que você é muito habilidoso entre os lençóis, ou foi o que afirmou uma mulher, e isso me ofendeu enormemente. Na verdade, falam coisas demais a seu respeito para meu gosto. Eu vim aqui para odiá-lo, Falcão. Mas não vim aqui para odiar esta mulher que você afirma ser sua esposa.

Eles se entreolharam com violência quase incontida.

Adrienne soltou um grito intenso e estremeceu nos braços de Falcão. O corpo dela convulsionou, depois ficou tenso, como se esticado em um estrado. Falcão engoliu em seco. *Que escolha?* Não havia nenhuma escolha, nenhuma escolha em absoluto.

— Cure-a — ele murmurou entredentes.

— Você concede meu benefício? — perguntou o ferreiro.

— Como combinamos. Só se ela o escolher.

— Você não colocará restrições sobre nenhum momento que ela escolher passar comigo. Vou cortejá-la deste dia em diante, e você não irá preveni-la contra mim. Ela é livre para me ver quanto quiser.

— Eu também vou cortejá-la.

— Esse é o jogo, Falcão — Adam respondeu em voz baixa, e Falcão enfim entendeu. O ferreiro não queria sua esposa entregue livremente. Ele queria uma disputa, uma batalha pelos favores dela. Queria um desafio aberto e pretendia vencer.

— Você vai odiar quando eu a tomar de você, temeroso Falcão — prometeu o ferreiro. — Feche a porta quando sair.

10

— Como é possível que o mundo de um homem vire de cabeça para baixo antes que ele sequer tenha chance de antever e tentar impedir, Grimm?

Falcão tinha começado a beber no momento em que a porta se fechara entre ele, de um lado, e sua mulher e o ferreiro, do outro. Agora tentava com determinação ficar tão bêbado que a cabeça girasse, os pés tropeçassem e a barriga doesse, mas não estava conseguindo.

— Você acredita que ele pode curá-la, Falcão?

Falcão se intrigou por um momento.

— Sim, Grimm. Eu acredito. Há algo de sobrenatural em Adam Black, e eu pretendo descobrir o que é.

— Qual é a sua suspeita?

— Não sei. Grimm, quero que descubra tudo o que puder sobre esse homem. Fale com todos nestas terras até conseguir algumas respostas. De onde ele veio, quando ele chegou aqui, de quem ele é parente, o que faz o dia todo. Quero saber sobre cada respiração, cada urinada.

— Entendido, Falcão.

— Que bom.

Ambos se viraram para fitar a porta do Quarto da Dama Verde. Horas haviam se passado desde que o ferreiro fechara a porta. Nenhum som escapava dali desde então.

— Quem tentaria matá-la, Falcão? — Grimm perguntou, intrigado.

— Janet, a Louca, era praticamente uma reclusa. De acordo com as fofocas na Fortaleza Comyn, ela foi vista por menos de cinco pessoas. Como uma moça tão distante dos olhos e do convívio poderia ofender alguém a ponto de motivar um assassinato?

Falcão esfregou a cabeça, cansado. Seu estômago estava agitado e o uísque não estava ajudando. Em um impulso repentino, rolou a garrafa para longe, na direção de Grimm.

— Não me deixe beber mais nada. Preciso da mente limpa. Não consigo pensar neste momento. Ele a está tocando, Grimm. Ele pode a estar banhando, olhando para ela. Quero matá-lo.

— Faça isso quando ele terminar de curá-la — Grimm disse, sem meias-palavras.

— Não posso!

— Então eu faço isso para você — Grimm respondeu, sempre fiel.

— Não. Nós fizemos um pacto.

— Você fez um pacto com ele? — Os olhos de Grimm se arregalaram. — Que tudo vá para os diabos, homem! Você nunca quebra um pacto. Por que seria tolo a ponto de fazer um pacto com um homem que você não suporta?

— Ele pode salvar minha esposa.

— Afinal de contas, quando você começou a nutrir tal sentimento por essa Janet, a Louca, que você jurou que nunca seria sua esposa?

— Cale-se, Grimm.

— Qual é o pacto, Falcão? — Grimm persistiu.

— Ele quer Adrienne.

— *Você lhe deu Adrienne?*

— Grimm, sem mais perguntas. Apenas descubra tudo sobre esse homem chamado Adam Black.

— Esteja certo de que vou fazer isso.

— Você é impecável, beldade — disse o ferreiro, passando os olhos sobre o corpo nu de Adrienne, enrolado nos lençóis úmidos.

— Impecável uma ova — Adrienne desdenhou, aérea. A temperatura estava baixando, pouco a pouco.

— Ilegal, decididamente.

Ele não poderia saber. Não havia como.

— O que você quer dizer com isso? — Ela se esforçou para formar as palavras e não sabia ao certo se estava emitindo algum som.

— Apenas que deve haver algo *criminoso* no fato de uma mulher ser tão bonita — ele respondeu, malicioso.

— Nada de criminoso a meu respeito — ela negou, distante.

— Ah, beldade, há muito de criminoso em você.

— E algo não é normal em você, Adam — ela murmurou, inquieta, virando de um lado para o outro na cama.

— Não — ele respondeu, presunçosamente —, com certeza não há nada de normal em mim. Dê-me sua mão, beldade, e vou lhe mostrar o que não é normal.

E então havia água fresca, um oceano de espuma sobre a areia branca como talco. O sussurro das ondas suaves quebrando na praia, a areia fria debaixo dos pés descalços. Sem formigas, sem cama, sem fogo. Apenas paz em seu refúgio mais favorito no mundo. À beira-mar em Maui, no Havaí, onde havia passado férias com as amigas. Dias lindos e felizes de verão foram aqueles, com suco de laranja feito na hora e corridas intermináveis na praia, pés descalços batendo na beira da água.

E então imagens estranhas. A fragrância de jasmim e sândalo. Areias de flocos de neve pontilhadas com tendas de seda fúcsia e borboletas sobre cada ramo de cada galho de cada sorveira. Um lugar improvável. E ela estava deitada nas areias frescas, curada pelas ondas tropicais lápis-lazúli.

— Beldade, minha beldade. Queira-me. Sinta-me, anseie por mim, e eu vou saciar sua necessidade.

— Falcão?

A raiva de Adam era palpável no ar.

Adrienne forçou os olhos a abrirem uma fenda, e então soltou uma exclamação de espanto. Se seu corpo tivesse obedecido, ela teria se sentado na cama de repente. Mas não obedecia. Estava mole e fraco sobre o lençol, quando apenas a mente respondia com força.

— Saia do meu quarto! — ela gritou. Pelo menos sua voz não tinha perdido o vigor.

— Eu só estava me certificando de que sua testa esfriasse. — Adam deu um sorriso perverso.

— Seu idiota cabeça-dura! Não me interessa por que você está aqui, apenas saia!

Finalmente, seu corpo obedeceu um pouco e ela conseguiu colocar os dedos em volta de um copo ao lado da cama. Fraca demais para arremessá-lo, pelo menos conseguiu-o derrubá-lo da mesa de cabeceira. O copo caiu no chão e se espatifou. O som a acalmou levemente.

— Você estava morrendo. Eu a curei — Adam lembrou-a.

— Obrigada. Agora saia daqui.

Ele piscou.

— Isso é tudo? *Obrigada, agora saia daqui*?

— Não pense que sou idiota a ponto de não perceber que você estava tocando os meus seios! — ela sussurrou, feroz. Diante do olhar perplexo no rosto dele, Adrienne percebeu que Adam, de fato, pensava que ela estivesse inconsciente. — Portanto, isso e meus agradecimentos são tudo o que você vai conseguir, ferreiro! — ela rosnou. — Eu odeio homens bonitos. *Odeio!*

— Eu sei — Adam sorriu com um prazer real e obedeceu à ordem para sair.

Adrienne fechou os olhos com força, mas, no interior cinza-rosado de suas pálpebras, surgiram sombras. Imagens em que ela era abraçada entre as coxas duras como rocha de Falcão, envolvida nos braços dele como se fossem faixas de aço. A voz dele murmurava seu nome repetidas vezes, chamando-a, ordenando que voltasse. Exigindo que ela vivesse. Sussurrando palavras de... o quê? O que ele havia dito?

— Ela vive, lorde Urubu...

— Falcão.

— Os dois são aves de rapina. Que diferença faz?

— Um urubu revira a carniça. Um falcão seleciona a presa e a abate com precisão. Ele a persegue com convicção infalível. E não falha nunca.

— Nunca — Adam murmurou, pensativo. — Não existem absolutos, lorde Falcão.

— Nisso você está errado. Eu escolho, eu aceito, eu persigo, eu me comprometo, eu realizo. E isso, e isso, meu amigo errante, é absoluto.

Adam balançou a cabeça e estudou Falcão com um fascínio aparente.

— Um adversário à altura. Que comece a caça. Sem trapaças. Sem truques. Você não pode proibi-la de me ver. E eu sei que você já tentou. Você vai abjurar suas regras.

Falcão inclinou a cabeça morena.

— Ela escolhe — ele concedeu, lacônico. — Não vou proibi-la de nada.

Adam assentiu com a cabeça, um aceno satisfeito ao mergulhar as mãos fundo nos bolsos das calças folgadas, e esperou.

— E então? Vá embora do meu castelo, ferreiro. Você tem seu lugar, e é fora das minhas muralhas.

— Um "obrigado" não faria mal. Ela vive.

— Não tenho certeza se você não é a razão por ela quase ter morrido.

Diante disso, a testa de Adam franziu, pensativa.

— Não. Mas, agora que paro para pensar, tenho trabalho a fazer. Eu me pergunto... quem tentaria matar a beldade senão eu? E não fui eu. Se fosse eu, ela teria morrido. Nenhum veneno lento viria de minha mão. Morte rápida, ou já nem tento.

— Você é um homem estranho, ferreiro.

— Mas que em breve estará muito familiarizado com ela.

— Os deuses permitam que ela seja mais sábia do que isso — Grimm murmurou enquanto Adam saía pisando duro pela penumbra do corredor. A noite havia caído, e as luzes do castelo ainda estavam quase todas apagadas.

Falcão soltou um suspiro pesado.

— Que tipo de acordo você fez com aquele demônio? — Grimm perguntou, em uma voz quase inaudível.

— Acha que ele pode ser um demônio?

— Algo não é natural naquele homem, e eu pretendo descobrir o quê.

— Que bom. Porque ele quer minha esposa, e ela não me quer. E eu a vi querendo-o com uma dor no olhar.

Grimm estremeceu.

— Você tem certeza de que não a quer apenas porque ela não quer você e o ferreiro a quer?

Falcão balançou a cabeça lentamente.

— Grimm, não tenho palavras para o que ela me faz sentir.

— Você sempre tem palavras.

— Não desta vez, o que me alerta verdadeiramente para o fato de que estou em profundos apuros, cada vez mais profundos. Tanto quanto o necessário para conquistar aquela moça. Você acha que estou enfeitiçado?

— Se o amor puder ser engarrafado ou disparado no arco do Cupido, meu amigo — Grimm sussurrou, na brisa resultante do movimento rápido de Falcão ao entrar no quarto de Adrienne.

Nas três semanas seguintes, Falcão ficaria se perguntando muitas vezes por que os roma, que ele valorizava e em quem confiava — e ele achava que retribuíam esses sentimentos —, acabaram nunca vindo para cuidar de sua esposa durante aqueles dias terríveis. Quando ele inquiriu o guarda, o homem disse que havia entregado a mensagem. Não só os roma não tinham vindo como estavam visivelmente ausentes de Dalkeith. Não tinham feito viagens ao castelo para negociar sua mercadoria. Não passavam noites contando lendas no Grande Salão diante de uma plateia em êxtase e deslumbre. Nenhum dos roma se aproximava de Dalkeith-Upon-the-Sea; eles se mantinham em seus campos, além das sorveiras.

Esse fato perturbou brevemente o pensamento de Falcão, mas foi rapidamente perdido no volume de preocupações mais vultosas. Ele prometeu a si mesmo que resolveria essas questões com uma viagem até o campo dos ciganos assim que sua esposa estivesse plenamente curada e os assuntos com o estranho ferreiro estivessem resolvidos. Mas algum tempo ainda se passaria antes que ele fizesse a tal viagem ao acampamento cigano; e, quando esse dia chegou, as coisas já estavam muito mudadas.

Quando Adrienne despertou de um sono reparador, encontrou o marido observando-a atentamente.

— Pensei que tivesse perdido você. — O rosto de Falcão era sombrio, reluzindo à luz da lareira, e foi a primeira coisa que ela viu quando abriu os olhos. Levou vários longos momentos para se livrar dos enchimentos de algodão que tinham colocado no lugar do seu cérebro. Com o despertar veio a postura desafiadora. Bastava olhar para aquele homem e seus humores já se exaltavam.

— Você não pode perder algo que não tem. Eu nunca fui sua, para começo de conversa, lorde Falcão — ela resmungou.

— Ainda — ele corrigiu. — Você não é minha ainda. Pelo menos não no sentido em que eu a terei. Debaixo de mim. Pele nua, sedosa e escorregadia com o meu amor. Meus beijos. Minha fome. — Ele passou a ponta macia do polegar pela curva do lábio inferior de Adrienne e sorriu.

— Nunca.

— Nunca diga nunca. Isso só fará você se sentir mais tola quando acabar tendo de engolir a palavra. Não quero que se sinta tola, moça.

— Nunca — ela disse, com mais firmeza. — E eu nunca digo nunca, a menos que esteja absolutamente, cem por cento certa de que nunca vou mudar de ideia.

— Há muitos "nunca" aí, meu coração. Tenha cuidado.

— Seu coração é uma noz preta minúscula. E falo sério com cada maldito "nunca" desses.

— Fale sério quanto quiser, moça. Só vai tornar mais prazeroso domá-la à minha vontade.

— Eu não sou uma égua para ser domada por você!

— Ah, mas existem muitas semelhanças, não acha? Você precisa de mãos fortes, Adrienne. Um cavaleiro confiante, que não fique abalado por sua obstinação. Você precisa de um homem que possa segurá-la e impedi-la de coicear e que goste da sua corrida. Não vou forçá-la a alterar seu trote. Não. Vou conduzi-la pelo toque da minha mão e apenas da minha. Uma égua domesticada aceita muitos cavaleiros, mas uma égua selvagem que só aceite o toque de uma pessoa... essa não perde nada do seu fogo e só permite que seu verdadeiro dono a monte.

— Nenhum homem foi meu dono e nenhum nunca será. Enfie isso na cabeça, Douglas. — Adrienne cerrou os dentes ao tentar se levantar na cama. É difícil tentar manter a posição em uma conversa quando se está deitado de costas e se sentindo absurdamente fraco, vendo um homem gigantesco de baixo para cima. — E quanto a me montar...

Para seu desgosto e para o vasto divertimento de Falcão, ela deslizou de volta para o sono reparador sem completar o pensamento.

Embora fosse desconhecido para ele, ela mais que o completou em sonhos. *Nunca!* Sua mente fervilhava de raiva no sonho dentro do sonho, ao mesmo tempo em que era levada para o grande cavalo de batalha com fogo nos olhos.

11

— Não sou *eu* que alguém está tentando matar — Adrienne repetiu. Estava enterrada em pilhas de travesseiros aveludados e cobertas de lã, e se sentia impotente e engolida por uma montanha de penas. Cada vez que se mexia, a maldita cama se mexia com ela. Aquilo a estava desgastando. Era como ser envolta em uma camisa de força feita de plumas.

— Quero me levantar, Falcão. *Agora.* — Pena que sua voz não soasse tão firme como ela pretendia. Era para ter saído firme, deveria ter saído. Porém estar na cama enquanto tentava discutir com aquele homem em particular fazia seus pensamentos se espalharem como folhas em uma rajada de vento, formando um amontoado de imagens apaixonadas: pele bronzeada contra a pele branquinha, olhos de ébano e beijos quentes.

Falcão sorriu, e ela teve de conter o impulso irresistível de apenas sorrir de volta, como alguma idiota estúpida. Ele era lindo quando carrancudo, mas, quando sorria, ela corria o sério risco de esquecer que ele era o inimigo. E ela nunca deveria se esquecer disso. Assim, direcionou a frustração para um bom propósito e fez uma careta impressionante.

O sorriso dele se desvaneceu.

— Moça, o alvo foi você as duas vezes. Quando vai enfrentar os fatos? Você precisa ser protegida. Vai se acostumar a isso. No devido tempo, nem vai mais notar os guardas. — Ele fez um gesto para a dúzia de homens musculosos parados do lado de fora do Quarto da Dama Verde.

Ela disparou um olhar fulminante para sua "guarda de elite", como ele chamava. Estavam ali parados com as pernas afastadas e os braços cruzados sobre o peitoral magro e largo. Rosto implacável de pedra e todos eles com um físico que poderia fazer Atlas considerar se livrar de metade do peso de suas costas. *Onde é que eles criam esse tipo de homem? Na Fazenda Pilha de Músculos?* Ela bufou para expressar o desgosto.

— O que você não entende é que, se ficar tão ocupado *me* protegendo, o assassino vai acabar indo atrás de seja lá quem ele está procurando. Porque *não* sou eu!

— Chamam você de Janet, a Louca, porque você se recusa a aceitar a realidade? — ele sugeriu. — *A realidade é* que alguém deseja a sua morte. *A realidade é* que eu só estou tentando protegê-la. *A realidade é* que você é minha esposa e eu sempre a protegerei dos perigos. — Ele ia se inclinando mais e mais próximo dela conforme falava, pontuando as palavras "a realidade é" com uma punhalada seca no ar diretamente em frente a ela. Adrienne compensou o movimento ao se encolher cada vez mais em seu paraíso de penas sempre que ele golpeava. — É meu dever, minha honra e meu prazer — ele continuou. Os olhos de Falcão varreram o rosto levantado e escureceram de desejo. — A realidade... ah... *a realidade é* que você tem uma beleza estonteante, meu coração — ele disse, com a voz de repente rouca.

A voz conjurava imagens de um creme doce misturado com o melhor uísque jogado sobre cubos de gelo derretendo. Macio e cortante ao mesmo tempo. Aquilo a enervava, destruía qualquer autocontrole que ela viesse segurando com força ao redor de si. Quando ele umedeceu o carnudo lábio inferior com a língua, a boca de Adrienne ficou seca como deserto. E seus olhos escuros com pontos dourados eram uma promessa incandescente de paixão infinita. Os olhos dele estavam fixos nos lábios de Adrienne e, ah, ele iria beijá-la, mas ela faria de tudo para impedir.

— Está na hora de você saber a verdade. Eu *não sou* Janet, a Louca — ela explodiu, dizendo alguma coisa, qualquer coisa, o que lhe aparecesse na mente, para impedir que os lábios dele tomassem os seus naquele prazer intoxicante. — E, pela enésima vez, eu não sou a droga do seu coração.

Ele concordou imediatamente.

— Não pensei que fosse. Louca, quero dizer. Mas você *é* meu coração, quer goste ou não. Aliás, Lydia também não pensa. Não pensa que você é louca, isto é. Ambos sabemos que você é inteligente e capaz. Exceto quando se trata de duas coisas: de mim e da sua segurança. Você é completamente irracional sobre ambas as questões. — Ele encolheu um dos ombros musculosos. — É por isso que estou tendo esta pequena conversa com você. Para ajudá-la a ver as coisas mais claramente.

— Aaah! Essas são as duas coisas sobre as quais *você* tem se mantido tão teimoso. Não estou em perigo e não quero você!

Ele riu. O maldito homem riu.

— Você *está* em perigo, e, quanto a me querer... — Ele se aproximou. Com o peso dele acomodado na roupa de cama de plumas ao lado dela, Adrienne se mexeu e girou, assustada. Bem nos braços dele. *Que conveniente*, pensou, sardônica. Agora entendia por que eles usavam todas aquelas camadas de coberturas no colchão nos velhos tempos. E por que tinham tantos filhos.

— Tem razão, eu quero você...

Ele ficou imóvel.

— Quer?

— ... fora do meu quarto — ela continuou. — Longe da minha vista e longe da minha vida. Não entre no meu espaço, *nem sequer respire meu ar*, entendeu?

— O ar é *meu*, diga-se de passagem, como *laird* e tudo o mais. Mas eu poderia ser persuadido a compartilhá-lo com você, doce esposa.

Ele estava sorrindo!

— E eu *não* sou sua esposa! Pelo menos, não a que foi prometida a você! Sou do século XX, quase quinhentos anos no futuro, caso você não saiba contar. E Comyn matou a própria filha. Como? Não sei, mas tenho as minhas suspeitas, e não tenho a menor ideia de como fui parar no colo dele. Mas ele tinha que casar alguém com você. Disse que eu tinha sido enviada por Deus, por isso ele me usou quando eu apareci! E esse é o resumo de como acabei presa a você.

Pronto. A revelação. A verdade. Isso deveria impedi-lo de futuros planos de sedução. Não importava que, se o que Lydia lhe contara sobre o rei Jaime fosse verdade, ela tivesse acabado de colocar em risco todo o clã Douglas. As palavras impediram que os lábios dele alcançassem os dela, e esse era o perigo mais iminente em que ela conseguia pensar. Nem mesmo a ira dos reis vingativos parecia ameaçadora o bastante. Mais um homem bonito, mais um coração partido.

Falcão ficou imóvel no lugar. Ele a observou por um longo momento em silêncio, como se digerindo o que Adrienne acabara de dizer. O sorriso bondoso espantou as nuvens dos olhos dele.

— Grimm me disse que você criava lendas insólitas. Ele disse que você tinha uma imaginação épica. Seu pai contou a Grimm que você implorava para ser o bardo dele em vez de filha. Moça, eu não tenho nada contra boas histórias e as ouvirei de bom grado, se você puder aceitar meus conselhos sobre sua segurança.

Adrienne soltou um suspiro frustrado que soprou uma mecha de cabelo loiro-prateado no rosto de Falcão. Ele beijou os fios quando deslizaram de leve sobre sua boca.

Chamas se agitaram na barriga de Adrienne. Ela fechou os olhos e tentou recuperar o controle de si mesma nos limites de sua alma. *Não vou pensar nele beijando nenhuma parte minha*, ela disse, com firmeza, para si mesma.

— Eu *não* sou filha de Comyn, o Vermelho — ela suspirou, fechando os olhos com ainda mais força. Quando iria se dar conta de que fechar os olhos não faria nada desaparecer? Então os abriu. Pelos céus, como esse homem era magnífico. Ela ponderou com certo orgulho o pensamento de que poderia detestá-lo com tamanha intensidade e, ainda assim, ser tão objetiva sobre a beleza dele. Um sinal certeiro de sua maturidade.

— Não importa. Agora você é minha mulher. Isso é tudo que importa.

— Falcão...

— Silêncio, moça.

Adrienne ficou imóvel, absorta no calor das mãos dele nas suas. Quando ele havia pegado suas mãos assim? E por que ela não as tinha recolhido por instinto? E por que o movimento lento e sensual da pele dele na sua era tão intoxicante?

— Adrienne... o callabron. Para funcionar corretamente, ele deve entrar no corpo através de um vaso principal de sangue. — Ele roçou os dedos de leve na suave mancha vermelha que ainda enrugava a pele translúcida da garganta dela. — Isso não foi um tiro acidental. Foi uma mira perfeita.

— Quem iria querer me matar? — Ela engoliu firmemente. Como alguém poderia querer? Ninguém ali a conhecia. Mas... e se alguém queria matar Janet, a Louca, e não soubesse que ela *não* era Janet, a Louca?

— Para isso não tenho resposta, meu coração. Ainda. Até eu ter, você será protegida dia e noite. A cada momento, a cada respiração. Não vou arriscar sua vida de maneira tão inconsequente.

— Mas eu não sou Janet Comyn — ela tentou novamente, teimosa.

O olhar de ébano fitou os dela, cinzentos cristalinos, intensamente.

— Moça, realmente não me importo com quem você é ou foi, nem preciso pensar em quem você será. Quero você. Na minha vida. Nos meus braços. Na minha cama. E, se você se sente melhor acreditando nessa... nessa coisa de ser do futuro, então acredite. Mas, a partir de hoje, você é, acima de tudo, minha mulher, e eu vou mantê-la segura contra qualquer coisa que possa lhe fazer mal. Você nunca mais precisará ter medo de nada.

Adrienne levantou as mãos, desesperançosa.

— Está bem. Me proteja. Então, posso me levantar agora?

— Não.

— Quando? — ela perguntou, desanimada.

— Quando eu disser que pode. — Ele abriu um sorriso que a desarmou e se abaixou para roubar um beijo. O rosto dele colidiu contra as duas mãos de Adrienne. Foi necessário cada grama de sua força de vontade para não o aconchegar entre suas palmas e conduzi-lo para o beijo que ele buscava com mãos trêmulas.

Ele rosnou e a observou com um longo olhar avaliador.

— Eu deveria tratá-la como uma das minhas aves de caça, esposa.

— Deixe-me sair da cama — ela disse em resposta, usando um tom cordial. *Até parece que eu vou perguntar como ele tratava as aves de caça.*

Ele rosnou no fundo da garganta e depois saiu. Mas a dúzia de soldados de elite permaneceu na porta.

Depois que ele se foi, Adrienne se lembrou de uma coisa que ele dissera com muita clareza. *Você nunca mais precisará ter medo de nada.* O homem era bom demais para ser verdade.

Os dias de recuperação foram de pura felicidade. Lydia anulou as objeções de Falcão e mandou levarem uma espreguiçadeira ao jardim para Adrienne. Embora ela ainda estivesse fortemente protegida pela guarda, agora tinha a possibilidade de se enrodilhar ao sol dourado como um gato sonolento e presunçoso, o que contribuía muito para acelerar sua recuperação. Os dias plenos de perfumes de rosas e conversas com Lydia, nos quais elas iam se conhecendo por meio de amenidades e pequenos silêncios, serviam para curar mais do que apenas o corpo exausto. Bebericando chá (ela teria preferido café, mas isso traria Falcão e seus "benefícios" de volta para a cena) e contando histórias, ocasionalmente Adrienne estremecia com o sentimento intenso de que estava em um lugar ao qual pertencera a vida toda.

O amor pode *crescer entre as pedras e os espinhos da vida*, ela pensou, em um daqueles pequenos silêncios confortáveis como um cobertor favorito e desgastado pelo afeto. Dos desertos descampados de sua vida, de alguma forma, ela havia chegado até ali, onde sua vida era abençoada — pacífica, perfeita e simples.

Adrienne se curou mais depressa do que qualquer um imaginava possível. Enquanto flexionava e estudava suas mãos retorcidas pelo tempo, Tavis apontou que ela possuía a resiliência da juventude a seu lado. Isso sem mencionar uma natureza indomável, ele havia acrescentado. "Você quer dizer a teimosia", Falcão o havia corrigido.

Lydia acreditava ter havido apenas um rubor de amor nas bochechas dela. "Rá!", Falcão tinha zombado. "O amor do sol, talvez." E Lydia quase dera altas risadas ao constatar o olhar fulminante de ciúme que Falcão dirigira para os raios brilhantes do sol quando olhou pela janela da cozinha.

Grimm ofereceu a possibilidade de ela estar zangada com Falcão a ponto de apressar a cura só para enfrentá-lo em pé de igualdade. *Esse sim é um homem que entende as mulheres*, Falcão havia pensado.

Nenhum deles sabia que, fora a saudade que ela sentia da gata Moonshadow, aqueles dias eram os mais felizes que já havia conhecido.

Enquanto se deliciava preguiçosamente com a paz e o sol, Adrienne desfrutava de uma feliz ignorância. Teria ficado extremamente envergonhada se alguém lhe contasse que havia falado sobre Eberhard no estupor do veneno. Ela não teria entendido se alguém lhe contasse que havia falado sobre uma rainha preta, pois sua mente desperta ainda não se lembrava da peça de xadrez.

Não fazia ideia de que, enquanto ela e Lydia passavam doces momentos, Grimm havia sido enviado para a Fortaleza Comyn — e agora estava no caminho de volta —, onde descobriu informações chocantes sobre Janet, a Louca.

E ela teria arrumado as malas com seus poucos pertences e fugido como se sua vida dependesse disso — se não sua alma —, se soubesse que Falcão estava obsessivamente determinado a tomá-la como esposa, em *todos* os aspectos que isso implicava.

Mas ela não sabia nada disso. E, assim, o tempo nos jardins de Dalkeith-Upon-the-Sea seria depositado como uma joia preciosa no baú do tesouro de sua memória, onde tilintaria como um diamante entre as sombras.

12

Não era muito divertido bisbilhotar pelo castelo com uma dúzia de soldados moldados a fogo seguindo seu rastro, mas Adrienne dava um jeito. Depois de algum tempo, passou a fingir que eles não estavam lá. Assim como fingia que Falcão não passava de um mosquito chato a ser repelido repetidas vezes.

Dalkeith-Upon-the-Sea era um castelo tão lindo quanto imaginara quando criança, encolhida debaixo de uma cabana de cobertores na cama, com uma lanterna surrupiada de algum lugar, lendo contos de fadas, muito depois de as luzes terem se apagado.

Os cômodos eram espaçosos e arejados, com tapeçarias de lã em cores vívidas penduradas em paredes de pedra para aliviar as correntes geladas de ar que poderiam penetrar nos vãos entre as pedras, embora Adrienne não conseguisse encontrar fenda nenhuma entre elas — espiara por trás das tapeçarias, só para constatar.

Questão de curiosidade histórica, afirmou para si. Não que estivesse caçando imperfeições no castelo, ou no *laird* do castelo.

Centenas de belas janelas gradeadas. Obviamente, as pessoas que habitavam Dalkeith não podiam suportar ficar confinadas ali dentro quando havia tantas paisagens exuberantes para serem desfrutadas ao ar livre, nas montanhas, nos vales e nas costas da Escócia.

Adrienne soltou um suspiro melancólico ao parar diante de uma janela abobadada para saborear a vista das ondas incessantes em tons de ardósia prateada, quebrando contra os rochedos do lado ocidental.

Uma mulher poderia se apaixonar em um lugar como este. Jogar saias de seda sobre sapatos delicados de cetim para pousar em uma massa de fitas e romance, bem aos pés perfeitos do laird *perfeito.*

Naquele exato momento, como se convocado pelos pensamentos erráticos de Adrienne, Falcão entrou em sua linha de visão no pátio fortificado do castelo, lá embaixo, conduzindo um dos maiores cavalos negros de batalha que ela já tinha visto. Adrienne começou a dar as costas, mas seus pés não eram mais eficientes em afastá-la da janela do que seus olhos em se desviar da visão. Então, apesar de suas melhores intenções para ignorá-lo, ela continuou a observá-lo com uma fascinação impotente.

Com um salto fluido, o *laird* escocês paramentado em seu kilt se posicionou no lombo do garanhão, que bufava de um jeito feroz.

Quando montou, o adorável kilt voou para cima, dando a Adrienne uma visão pecaminosa das coxas musculosas, poderosas e belamente revestidas por alguns pelos pretos sedosos. Ela piscou por um momento, recusando-se a ponderar o que mais achava que tinha visto ali.

Com certeza eles vestiam alguma coisa debaixo daqueles kilts. Com certeza era apenas sua imaginação hiperativa, sobrepondo absurdamente a masculinidade óbvia do garanhão ao corpo de Falcão.

Sim. Era isso, sem dúvida. Na periferia de sua visão, enquanto estava olhando para as pernas do homem, ela notara os atributos do garanhão exibidos de forma proeminente, e acabou misturando uma coisa a outra, de alguma forma. Era certo que *não* tinha visto que o próprio Falcão era bem-dotado como um garanhão.

Suas bochechas ruborizaram com o pensamento. Ela girou, de repente e com firmeza, para aplacar essas ideias, e foi em busca do próximo cômodo não supervisionado. Decidira explorar o castelo naquela manhã, em grande parte para manter a mente longe daquele maldito homem. Lógico que ele passaria bem diante da exata janela pela qual ela estava olhando. *E* levantar as saias para acrescentar gasolina ao incêndio.

Adrienne forçou a mente a retornar para a adorável arquitetura de Dalkeith. Estava no segundo piso do castelo e já havia visitado dezenas de quartos de hóspedes, incluindo aquele onde tinha passado a primeira noite. Dalkeith era enorme. Devia ter centenas de cômodos ou mais, e muitos deles pareciam não ser usados havia décadas. A ala que ela agora explorava era a que havia sido reformada mais recentemente e a que se usava com mais frequência. Tinha acabamentos em madeiras claras, polidas para adquirir um brilho perfeito, e nenhum fragmento de poeira era visto em parte alguma. Mantas grossas de lã cobriam o chão, portanto nada de barulhos nem de pedras frias e nuas ali. Ramalhetes de ervas fragrantes e de flores secas se dependuravam de cabeça para baixo praticamente em todos os parapeitos das janelas, conferindo perfume aos corredores.

Um feixe de luz do sol chamou a atenção de Adrienne para uma porta fechada no meio do corredor. Gravado na madeira clara havia um entalhe sofisticado de cavalo empinando com elegância, jogando a crina ao vento. Um único chifre saía belamente em espiral da fronte equina. Um unicórnio?

Com a mão na porta, ela parou um instante, sofrendo, de repente, a estranha premonição de que era melhor deixar aquele quarto de fora. *A curiosidade matou o gato...*

Quando a porta girou silenciosa para dentro, ela paralisou, uma das mãos vibrando levemente no batente.

Inacreditável. Simplesmente incompreensível. Seu olhar atônito varreu o quarto do chão até os caibros do teto e de volta.

Quem havia feito aquilo?

O quarto apelava para cada fibra de feminilidade que havia no corpo dela. *Admita, Adrienne,* ela disse para si mesma, melancólica, *este castelo inteiro apela para cada fibra de feminilidade que existe no seu corpo.* Para não mencionar o próprio *laird* da fortaleza, sexy e masculino.

Aquele quarto era feito para bebês. Trabalhado com mãos tão amorosas que provocava uma emoção quase incontrolável. Uma cacofonia de emoções discordantes lambeu o corpo de Adrienne antes que ela conseguisse repeli-las.

Havia berços feitos de carvalho mel, curvados e lixados até ficarem lisinhos, para que nenhuma farpa pudesse se soltar e ferir a pele macia dos bebês. A parede leste exibia janelas altas, altas demais para um bebê em seus primeiros passos correr o risco de se machucar, porém abertas para o brilho dourado do sol matinal. O assoalho de madeira era protegido por grossos tapetes para manter os pezinhos aquecidos.

Soldadinhos de madeira pintados com cores vivas pontuavam as prateleiras, e bonecas adoráveis feitas à mão se reclinavam em caminhas minúsculas. Um castelo em miniatura, repleto de torres, um fosso seco e uma ponte levadiça, estava cheio de pessoinhas entalhadas em madeira; uma casinha de boneca genuinamente medieval!

Cobertores macios protegiam os berços e as camas. Era um cômodo enorme aquele berçário. Um quarto em que uma criança (ou uma dúzia) poderia crescer de bebê até se tornar um jovem adolescente, antes de procurar por um aposento mais adulto em outro lugar. Era um ambiente que encheria o mundo de uma criança com amor, segurança e prazer por horas a fio.

Como se alguém tivesse criado aquele quarto pensando como a criança que ele ou ela costumava ser, projetando-o com todos os tesouros que lhe tinham dado tanto prazer enquanto um garotinho ou uma menininha.

Mas o elemento que mexia com ela mais que tudo era que aquele espaço parecia estar à espera.

Aberto, quente e convidativo, dizendo: *Encha-me de amor e de bebês sorridentes.*

Tudo estava pronto, o berçário estava apenas aguardando seu devido tempo — aguardando a mulher certa chegar e lhe dar o sopro da vida cintilante das canções, dos sonhos e das esperanças infantis.

Uma pontada de enorme desejo lampejou dentro dela, de uma forma que Adrienne nem sabia ao certo o que era. Mas tudo tinha a ver com a órfã que ela havia sido, e com o lugar frio em que havia crescido — um lugar que não era absolutamente nada como aquele quarto adorável, parte de um lar adorável e de uma terra bela, com gente que encheria seus filhos de amor.

Ah, criar bebês em um lugar como este.

Bebês que saberiam quem eram sua mãe e seu pai, ao contrário de Adrienne. Bebês que nunca teriam de se perguntar por que não eram dignos de terem ficado com seus pais.

Adrienne esfregou os olhos furiosamente e se virou. Era demais para ela lidar.

E então se deparou com Lydia.

— Lydia! — exclamou, sem fôlego. Mas é claro. Por que deveria surpreendê-la dar de cara com a mãe maravilhosa do homem maravilhoso que provavelmente havia construído aquele berçário maravilhoso?

Lydia segurou-a pelos cotovelos para lhe dar estabilidade.

— Eu vim ver se você estava se sentindo bem, Adrienne. Achei que talvez fosse cedo demais para você estar em pé andando por aí.

— Quem construiu este quarto? — Adrienne sussurrou.

Lydia baixou a cabeça, e, por um breve momento, Adrienne teve a impressão absurda de que a mulher estava tentando não rir.

— Foi o próprio Falcão quem projetou e construiu — disse Lydia, alisando atentamente as pregas do vestido.

Adrienne revirou os olhos, tentando convencer seu barômetro emocional a parar de registrar vulnerabilidade e se elevar para algo seguro, como raiva.

— Por que, querida Adrienne? Você não gostou? — Lydia perguntou, docemente.

Adrienne se virou de novo e observou todo o quarto com um olhar irritado. O berçário era brilhante, alegre e vivo, com a efusão das emoções do próprio criador sobre sua criação. Ela voltou o olhar para Lydia.

— Quando? Antes ou depois do serviço ao rei? — Era muito importante que ela soubesse se ele tinha construído aquele lugar aos dezessete ou dezoito anos, para agradar a mãe talvez, ou recentemente, na esperança de que seus filhos um dia enchessem aquele quarto.

— Durante. O rei lhe deu uma breve licença quando ele tinha vinte e nove anos. Houve alguns problemas com os habitantes da região, e Falcão recebeu permissão para retornar e fortificar Dalkeith. Depois que a escaramuça foi resolvida, ele passou certo tempo trabalhando aqui em cima. Ele trabalhou como um homem possuído, e, em verdade, eu tinha pouca ideia do que ele estava fazendo. Falcão sempre soube manejar madeira, construindo e projetando coisas. Ele não deixava nenhum de nós ver e não falava muito a respeito. Depois que voltou para junto de Jaime, eu subi para ver o que ele andava fazendo. — Os olhos de Lydia se encheram de lágrimas brevemente. — Vou lhe dizer a verdade, Adrienne. Senti vontade de chorar. Porque aquilo me disse que meu filho estava pensando em filhos e em como seriam preciosos para ele. Também me encheu de admiração quando o berçário ficou pronto. Acho que deixaria maravilhada a maioria das mulheres. Os homens normalmente não veem os filhos dessa forma. Mas Falcão é um homem raro. Como o pai dele.

Você não precisa vender seu filho para mim, Adrienne pensou, com alguma melancolia.

— Desculpe, Lydia. Estou muito cansada. Preciso ir me deitar — ela disse, rigidamente, e se virou para a porta.

Quando entrou no corredor, poderia jurar ter ouvido Lydia rir baixinho.

Falcão encontrou Grimm esperando por ele no gabinete, olhando para os penhascos ocidentais através das portas abertas. Não deixou de observar o mínimo aspecto esbranquiçado sobre os nós dos dedos de Grimm, que seguravam com força a estrutura da porta, ou a linha rígida de suas costas.

— Então? — Falcão perguntou, impaciente. Ele mesmo teria ido à Fortaleza Comyn para investigar o passado da esposa, mas isso significaria deixar Adrienne sozinha com o maldito ferreiro. Sem chance de acontecer. Nem poderia tê-la levado consigo, de forma que a solução foi enviar Grimm para descobrir o que havia acontecido com Janet Comyn.

Grimm se virou devagar, chutou uma cadeira e se sentou pesadamente diante da lareira.

Falcão também se sentou, apoiou os pés sobre a escrivaninha e serviu brandy para ele e para Grimm. O amigo aceitou com gratidão.

— E então? O que ela disse? — Falcão apertou mais forte ao redor do copo enquanto esperava para ouvir quem tinha feito coisas tão terríveis com sua esposa, a ponto de a mente dela ter recorrido à fantasia. Falcão entendeu o que havia de errado com ela. Já vira homens cujas cicatrizes de batalha e os horrores vividos os tinham feito reagir de maneira semelhante. Numerosas perdas bárbaras e sangrentas faziam alguns soldados afundarem em sonhos para substituir a realidade, e, em tempo, muitos passavam a acreditar que o sonho era verdade. Como sua esposa tinha feito. Mas, infelizmente, no caso de sua esposa, ele não fazia ideia do que havia lhe causado o retiro doloroso em uma ilusão tão insólita que ela não suportasse sequer ser chamada pelo seu verdadeiro nome. Seja lá o que tivesse acontecido, a deixara totalmente resistente a confiar em qualquer homem que fosse, mas especialmente nele, ao que parecia.

Falcão se preparou para ouvir, para canalizar a raiva quando ela viesse, para que depois pudesse desferi-la como uma arma fria e eficiente. Mataria os dragões da esposa e depois iniciaria seu processo de cura. O corpo de Adrienne estava ficando mais forte dia a dia, e Falcão sabia que o amor de Lydia tinha muito a ver com isso. Mas queria que o *seu* amor curasse as feridas mais profundas. E a única maneira de poder fazer isso era saber e entender o que ela sofrera.

Grimm engoliu em seco, mexeu-se nervosamente na cadeira, inclinou-a de lado como faria um garoto, depois se levantou e foi até a lareira, onde ficou se mexendo, impaciente, de um pé para o outro.

— Desembuche, homem! — A semana que Grimm passara fora havia deixado Falcão quase louco imaginando o que o tal Ever-hard devia ter feito. Ou, ainda pior, talvez o próprio *laird* Comyn fosse o culpado pela dor de Adrienne. Falcão temia essa possibilidade, pois resultaria em uma guerra de clãs. Um cenário terrível, com toda a certeza, mas para vingar a esposa ele faria qualquer coisa. — Quem é esse tal de Ever-hard? — A pergunta corroía suas entranhas desde a noite em que ouvira pela primeira vez o nome emergir dos lábios febris de Adrienne.

Grimm suspirou.

— Ninguém sabe. Nenhuma pessoa ouviu falar dele.

Falcão praguejou baixinho. *Então Comyn está guardando segredos?*

— Fale — ele mandou.

Grimm suspirou.

— Ela acha que é do futuro.

— Eu sei que Adrienne pensa isso — Falcão admitiu, impacientemente. — Mandei você para descobrir o que lady Comyn tinha a dizer.

— É dela que estou falando — Grimm afirmou, categórico. — Lady Comyn acredita que Adrienne é do futuro.

— O quê? — As sobrancelhas escuras de Falcão arquearam-se com incredulidade. — O que você está me dizendo, Grimm? Está me dizendo que lady Comyn alega que Adrienne não é filha de sangue dela?

— Estou.

As botas de Falcão atingiram o chão com um estampido no instante em que a tensão latente que carregava suas veias se tornou um calor vivo.

— Deixe-me ver se entendi. Althea Comyn disse que Adrienne *não* é filha dela?

— Isso mesmo.

Falcão ficou imóvel. Não era o que ele esperava. Em todas as suas especulações, nem por uma vez ele considerou que as fantasias de sua esposa pudessem ser endossadas pela mãe dela.

— Então quem exatamente lady Comyn pensa que a moça é? Com quem diabos eu me casei? — Falcão gritou.

— Ela não sabe.

— Ela tem alguma ideia? — O sarcasmo se imiscuía na pergunta de Falcão. — Fale comigo, homem!

— Não há muito o que eu possa lhe dizer, Falcão. E do que eu sei... bem, é demasiado estranho tudo isso. Certo como o inferno, não era o que eu esperava. Ah, eu ouvi histórias, Falcão, que poderiam testar a fé de um homem no mundo natural. Se o que eles alegam for verdade, diabos, não sei no que mais um homem pode acreditar.

— Lady Comyn compartilha das ilusões da filha — Falcão comentou, pensativo e impressionado.

— Não, Falcão, não, a menos que Althea Comyn e mais cerca de cem pessoas também compartilhem. Porque esse é o número de pessoas que a viram aparecer do nada. Falei com dezenas, e todas relataram praticamente a mesma história. O clã estava sentado durante um banquete quando, de repente, uma moça, Adrienne, surgiu no colo do *laird*, literalmente aparecendo no ar. Algumas das criadas a chamaram de bruxa, mas isso foi rapidamente silenciado. Parece que o *laird* a considerou um presente dos anjos. Lady Comyn disse que viu algo cair da mão da mulher vestida com trajes estranhos, e enfrentou o pânico que sentiu para pegá-lo. Era a rainha preta que ela me deu no dia do casamento, a mesma peça que eu entreguei a você quando voltamos.

— Eu me perguntei por que ela enviara aquilo para mim. — Pensativo, Falcão coçou o maxilar.

— Lady Comyn revelou pensar que talvez aquilo pudesse se tornar importante depois. Ela afirmou que considerava aquela peça amaldiçoada de alguma forma.

— Se for o caso, talvez tenha sido por meio dessa peça que Adrienne viajou... — Sua voz sumiu, como se fosse incapaz de completar o pensamento. Ele já tinha visto muitas coisas impressionantes na vida, e não era um homem que descartaria totalmente a possibilidade de a magia existir. Que bom escocês criado para acreditar no povo pequeno o faria? Mas ainda assim...

— Ela viajou no tempo — Grimm concluiu por ele.

Os dois homens se encararam.

Falcão balançou a cabeça.

— Você acredita...?

— E você?

Eles se entreolharam. Depois olharam para o fogo.

— Não — ambos declararam com zombaria, ao mesmo tempo, estudando atentamente as chamas.

— Ela não parece muito comum, parece? — Grimm disse, finalmente. — Quer dizer, ela tem uma inteligência incomum. É linda. Espirituosa. Ah, as histórias que ela me contou no caminho entre a Fortaleza Comyn e aqui... Ela é forte para uma moça. E tem ditados ímpares. Às vezes, não sei se você notou, ela tem um sotaque que vai e volta.

Falcão bufou. Ele tinha notado. Ela praticamente deixara de falar como uma escocesa no momento em que caíra doente por causa do veneno, e falara com um sotaque estranho que ele nunca ouvira antes.

Grimm continuou, quase para si mesmo:

— Uma moça assim poderia manter um homem... — Ele parou de falar e olhou bruscamente para Falcão. Pigarreou. — Lady Comyn sabe quem era a filha dela, Falcão. E *era* é a palavra-chave aqui. Várias das criadas confirmaram a história de que a verdadeira Janet está morta. A fofoca é que ela foi morta pela mão de seu pai. E depois ele teve de casar outra pessoa com você. Lady Comyn disse que ninguém do clã dela vai nem mesmo sussurrar uma palavra da verdade.

— Acho que não. — Falcão fez um ruído sarcástico. — *Se* alguma coisa disso for verdade, e eu não estou dizendo que é, *laird* Comyn sabe que Jaime destruiria nós dois. — Falcão ponderou esse pensamento amargo por um longo tempo, depois o descartou como uma preocupação desnecessária. Comyn decerto juraria que Adrienne era Janet, assim como cada homem do clã Douglas, se algum dia rumores daquela história chegassem ao rei em Edimburgo, pois a existência de ambos os clãs dependia disso. Falcão poderia contar pelo menos com esse grau de lealdade de Comyn, o Vermelho, preocupado com os próprios interesses do jeito que era. — O que o próprio *laird* tinha a dizer, Grimm?

— Nem uma palavra. Ele nem confirmava que ela era a filha dele nem negava. Mas falei com o sacerdote dos Comyn, que me contou a mesma história narrada por lady Comyn. A propósito, ele estava acendendo as velas brancas de orações pela alma da falecida Janet — acrescentou, com a expressão grave. — Assim, se há delírios na Fortaleza Comyn, são massivos e invariavelmente detalhados, meu amigo.

Falcão cruzou depressa o espaço que o separava de sua escrivaninha. Abriu uma caixa entalhada de madeira e tirou a peça de xadrez. Girou-a nos dedos, observando-a com cuidado.

Quando ergueu os olhos novamente, estavam mais pretos do que a meia-noite, mais profundos que um lago e tão inescrutáveis quanto ambos.

— Lady Comyn acredita que esta peça a trouxe aqui? — Grimm assentiu com a cabeça. — Então poderia levá-la embora?

Grimm encolheu os ombros.

— Lady Comyn disse que Adrienne não parecia se lembrar da peça. Ela nunca mencionou isso para você?

Falcão balançou a cabeça e olhou pensativamente, primeiro para a rainha preta, depois para sua lareira, que ardia brilhante.

Grimm encontrou o olhar do amigo, e este soube que nunca haveria palavras de reprovação, nem mesmo um sussurro sobre aquele fato, se ele assim escolhesse.

— Você acredita? — Grimm perguntou em voz baixa.

Falcão ficou sentado diante do fogo por um longo tempo depois de Grimm sair, alternando entre a crença e a descrença. Embora fosse um homem criativo, também era um homem lógico. Viagem no tempo simplesmente não se encaixava no seu entendimento do mundo natural. Ele poderia acreditar nas *banshees*, que alertavam sobre a morte e a destruição iminentes. Poderia até acreditar nos druidas como alquimistas e praticantes de estranhas artes. Ele havia sido criado com os alertas da infância contra as *kelpies*, que viviam no fundo dos lagos e atraíam as crianças desavisadas e indisciplinadas para suas sepulturas de água.

Mas viajar no tempo?

Além disso, disse para si mesmo ao guardar a peça de xadrez no *sporran*, para considerações posteriores, havia problemas mais prementes a serem abordados. Como o ferreiro. E sua esposa voluntariosa, em cujos lábios o nome do ferreiro aparecia com tanta frequência.

O futuro proporcionaria tempo suficiente para desvendar todos os segredos de Adrienne, e para encontrar sentido na alucinação generalizada na Fortaleza Comyn. Mas primeiro ele tinha realmente de torná-la sua esposa. Uma vez que isso fosse realizado, poderia começar a se preocupar com outros detalhes. Assim determinado, colocou de lado as notícias inquietantes trazidas por Grimm, tanto quanto havia deixado de lado a peça de xadrez.

Planos de como ele iria seduzir sua bela esposa substituíram todas as preocupações. Com um sorriso perigoso e propósito nos passos, Falcão saiu em busca de Adrienne.

13

Adrienne caminhava inquieta, sua mente girando. O breve cochilo ao sol nada fizera para dissipar seus pensamentos erráticos. Pensamentos tais como quanto Falcão seria capaz de, para não mencionar estar disposta, fazer bebês para encher aquela droga de berçário.

Por instinto, ela evitava a extremidade norte do pátio fortificado, pois não desejava encontrar o ferreiro e aquelas imagens irritantes que ainda fermentavam em sua mente, de quando ela estava doente.

Para o sul ela se desviou, atraída pelo brilho do sol refletido em um telhado de vidro, sentindo a curiosidade tão profunda quanto um lago. Aquele povo não era nada bárbaro, ponderou. Se não errasse o palpite, estava caminhando diretamente para uma estufa. Como era brilhante a mente que tinha projetado Dalkeith-Upon-the-Sea. Era impenetrável do lado oeste devido aos penhascos, que significavam uma queda livre e inescalável em direção ao mar feroz. Espalhando-se para norte, sul e leste, o castelo em si era protegido dentro de muralhas monstruosas, de vinte a vinte e cinco metros de altura. Como era estranho que a mesma mente que havia projetado Dalkeith como uma fortaleza tivesse feito o lugar tão lindo. A mente complicada de um homem que se preparava para as necessidades da guerra, mas que, ainda assim, saboreava os tempos de paz.

Cuidado. Está ficando impressionada, é?

Quando chegou à estufa, Adrienne notou que era acoplada a uma torre circular de pedra. Durante suas muitas horas surfando na internet, ela havia sido atraída, de tempos em tempos, para coisas medievais. O lugar das aves de caça? Falcões. Era lá que eles mantinham e treinavam os falcões para a caça.

Atraída pelos encantos dos animais e sentindo falta de Moonshadow, com dor no peito, Adrienne se aproximou da torre de pedra cinzenta. Ela se perguntava o que Falcão tinha dito sobre tratá-la como uma das aves de caça. Bem, ela descobriria por si mesma, assim saberia o que evitar no futuro.

Alta e completamente circular, a torre tinha apenas uma janela, coberta por uma persiana de ripas de madeira. Tinha algo a ver com o escuro, ela se lembrou de ter lido. Curiosa, Adrienne se aproximou da porta pesada e a empurrou de lado, fechando-a atrás de si em seguida, para que nenhuma das aves se sentisse tentada a fugir. Ela não daria a Falcão nenhuma desculpa para repreendê-la.

Lentamente, seus olhos foram se acostumando à escuridão, e ela foi capaz de discernir vários poleiros vazios na penumbra. Ah, não era onde as aves eram guardadas. Aquele lugar devia ser a torre de treinamento. Adrienne tentou se recordar da forma como os treinadores do passado aprimoravam as habilidades de suas aves para a caça.

A torre cheirava a lavanda e especiarias, o forte perfume almiscarado da estufa adjacente permeando as paredes de pedra. Era um lugar pacífico. Ah, ela poderia se acostumar facilmente a nunca ouvir o ruído de carros; a nunca ter de olhar por cima do ombro outra vez; a não voltar a ver a New Orleans — um fim à fuga, à necessidade de se esconder e de temer.

As paredes da torre eram frescas e limpas ao toque, nada como os muros de pedra que uma vez a tinham mantido prisioneira na terra arenosa de uma prisão de New Orleans.

Adrienne estremeceu. Nunca iria esquecer aquela noite.

A briga tinha começado por causa de uma viagem a Acapulco — entre todas as coisas possíveis. Adrienne não queria ir. Eberhard havia insistido.

— Bem, então venha comigo — ela dissera. Ele estava ocupado demais, não conseguia tirar um período de folga, foi o que respondeu. — De que adianta todo o seu dinheiro se você não pode tirar um tempo para aproveitar a vida? — Adrienne perguntou.

Eberhard não tinha dito uma palavra, simplesmente a fitara com um olhar desapontado que a fazia se sentir como uma adolescente desajeitada, uma órfã inoportuna e indesejada.

— Bem, por que você fica me mandando para essas férias sozinha? — Adrienne insistiu, tentando transparecer na voz uma atitude madura e indiferente, mas o questionamento havia terminado com uma nota melancólica.

— Quantas vezes vou ter que explicar isso? Estou tentando educá-la, Adrienne. Se você acha por um momento que vai ser fácil para uma órfã que nunca esteve na sociedade ser minha esposa, pense novamente. Minha esposa deve ser culta, sofisticada, europeia...

— Não me mande de volta a Paris — Adrienne disse, às pressas. — Da última vez choveu durante semanas.

— Não me interrompa novamente, Adrienne. — Sua voz tinha sido calma; calma demais e cuidadosamente comedida.

— Você não pode vir comigo... pelo menos uma vez?

— Adrienne!

Ela havia endurecido, sentindo-se tola e errada, mesmo sabendo que não estava sendo irracional. Às vezes ela achava que ele não a queria por perto, mas isso não fazia sentido: ele iria se casar com ela. Ele a estava preparando para ser sua esposa.

Ainda assim, ela tivera dúvidas...

Depois da última viagem ao Rio de Janeiro, ela havia sido informada por seus velhos amigos do Blind Lemon que Eberhard não fora visto muito em seus escritórios — mas *tinha* sido visto em seu Porsche ostentoso com uma morena igualmente chamativa. Uma pontada de ciúme a havia lancetado.

— Além disso, ouvi dizer que você não trabalha *muito* enquanto estou fora — ela murmurou.

A briga tinha começado para valer naquele instante, aumentando em intensidade até Eberhard fazer algo tão surpreendente e apavorante que Adrienne teve de fugir cegamente na noite abafada de New Orleans.

Ele bateu nela. Forte. E, aproveitando-se da passividade atordoada de Adrienne, mais de uma vez.

Chorando, ela se lançara no Mercedes que Eberhard havia arrendado para ela. Pisou fundo no acelerador, e o carro saiu em disparada. Ela dirigiu cegamente, no piloto automático, lágrimas de rímel manchando o terninho de seda creme que Eberhard tinha escolhido para ela usar naquela noite.

Quando a polícia a parou, alegando que estava dirigindo a mais de cento e sessenta quilômetros por hora, ela sabia que estavam mentindo. Eram amigos de Eberhard, que provavelmente havia ligado para eles no instante em que Adrienne deixou a casa; ele sabia que caminho ela sempre usava para ir embora.

Adrienne ficou ao lado do carro com o policial, o rosto cada vez mais roxo e inchado, o lábio sangrando, chorando e pedindo desculpas em uma voz que beirava a histeria.

Não lhe ocorreu até muito mais tarde que nenhum dos policiais chegou a perguntar o que acontecera com seu rosto. Eles tinham interrogado, sem mostrar um pingo de preocupação, uma mulher que obviamente apanhara.

Depois que a algemaram, levaram para a delegacia e chamaram Eberhard, ela não ficou nem um pouco surpresa quando colocaram o telefone no gancho, a olharam de um jeito triste e a mandaram para uma cela.

Por três dias ela foi deixada naquele lugar infernal, só para que a mensagem de Eberhard ficasse clara.

Foi nessa noite que ela percebeu quão perigoso ele realmente era.

No frio da torre, Adrienne passou os braços ao redor do corpo, tentando desesperadamente exorcizar os fantasmas de um homem bonito chamado Eberhard Darrow Garrett e de uma jovem tola que havia passado uma vida solitária e protegida em um orfanato. Que presa fácil ela acabara sendo. *Você viu a pequena órfã Adri-Anninha? A bobinha do Eberhard.* Onde tinha ouvido essas palavras de zombaria? No iate de Rupert, quando eles pensavam que ela havia descido para pegar mais bebidas. Ela estremeceu violentamente. *Eu nunca mais vou ser a boba de um homem.*

— Nunca — ela jurou em voz alta. Adrienne abanou a cabeça para apaziguar a maré dolorosa de recordações.

A porta se abriu, admitindo uma ampla faixa de luz solar brilhante. Então se fechou novamente e a escuridão reinou absoluta.

Adrienne congelou, encolhida em si mesma, e forçou seu coração a bater mais devagar. Já tinha passado por aquilo antes. Escondida, esperando, apavorada demais para respirar por medo de entregar sua posição para o caçador. Como tinha fugido e se escondido! Mas não tinha havido santuário nenhum. Não até as ruas de obscuridade que ela finalmente encontrara em Seattle, depois de uma eternidade de inferno tenebroso em cada estrada vicinal sinuosa entre New Orleans e o paraíso do noroeste da costa do Pacífico.

Lembranças amargas ameaçaram se apoderar dela quando um cantarolar rouco quebrou o silêncio.

Falcão? Cantando? Uma canção de ninar?

As palavras em gaélico rolavam umas sobre as outras, roucas e profundas — por que ela não suspeitou de que ele teria uma voz como caramelo delicioso? Ele ronronava quando falava; poderia seduzir a madre abadessa do Sagrado Coração de Jesus quando cantava.

— Curiosa você estava? Vejo que veio de livre vontade. — Seu modo de falar ainda rolava pela torre quando ele terminou o refrão.

— Vim aonde? — ela perguntou, desafiadora.

— Ser treinada na minha mão. — A voz transparecia divertimento, e ela ouviu o sussurro do kilt, que farfalhava enquanto ele se movia na escuridão negra como tinta.

Ela não se dignou a responder.

Uma longa pausa, outro farfalhar e então:

— Você sabe que qualidades um falcoeiro deve possuir, meu coração?

— Quais? — ela resmungou, apesar de si mesma, movendo-se lentamente para trás. Estendeu as mãos como se fossem pequenas antenas improvisadas na escuridão.

— É uma posição exigente. Poucos homens são qualificados para serem falcoeiros. Poucos têm o temperamento. Um falcoeiro deve ser um homem de paciência infinita, audição apurada e visão aguçada. Possuidor de um espírito ousado e de mão suave, mas enérgica. Ele deve estar constantemente em sintonia com sua ave fêmea. Sabe por quê?

— Por quê? — ela sussurrou.

— Porque os falcões são criaturas muito sensíveis e excitáveis, meu coração. São conhecidos por sofrer dores de cabeça e toda sorte de enfermidades humanas, de tão sensíveis que são. A extrema sensibilidade dos falcões fêmeas faz delas as caçadoras mais habilidosas e bem-sucedidas de todos os tempos, e, ainda assim, pode fazer delas também as mais exigentes. E uma ave indomada... ah, minha doce ave indomada, é o mais puro desafio de todos. E de longe o mais gratificante.

Ela não iria perguntar do que ele estava falando.

— "Uma ave indomada", você pergunta, no fundo dessa alma teimosa e silenciosa que você tem, meu coração? — Ele deu uma risada gostosa que ecoou pelas paredes de pedra da repentinamente agradável torre.

— Chega de "meu coração" para cima de mim — ela murmurou, enquanto recuava com muita cautela. Tinha de encontrar uma parede. A torre era arredondada, de forma que uma parede era a segurança de se abrir uma porta, cedo ou tarde. Ela podia muito bem ter sido cegada pelo negror abismal.

Adrienne ouviu os passos dele no chão de pedra. Pelos céus, como ele conseguia vê-la? Mas ele vinha em sua direção! Ela recuou, lenta e furtivamente.

— Não sou estranho à escuridão, moça — ele avisou. — Vou encontrá-la. Eu sou o mais exímio dos falcoeiros.

Ela não disse nada, não fez nenhum som.

— Estou falando de um falcão selvagem, adulto — continuou ele, uma sugestão de sorriso em sua voz. — Geralmente o falcoeiro reluta em assumir o desafio de treinar uma ave dessas, mas às vezes, durante uma lua muito rara, como a lua da colheita que tivemos na última noite, o falcoeiro avista uma ave dona de tamanho brilhantismo, de tamanha magnificência, que deixa toda a cautela de lado e aprisiona um falcão fêmea adulto, jurando unir a ave a ele. Jurando fazê-la esquecer o seu passado selvagem, quer seja na escuridão ou na luz, e de se doar livremente para seu futuro com o falcoeiro.

Ela *não* podia responder nada; se o fizesse, ele seguiria sua voz.

— Minha doce ave, devo lhe contar como vou domá-la?

Silêncio absoluto. Eles estavam rondando um ao outro na escuridão como se fossem animais cautelosos.

— Primeiro vou vendar minha dama com um capuz de seda preta, para privá-la da visão.

Adrienne sufocou um suspiro indignado na mão trêmula. As pregas de seu vestido se agitaram quando ela deu um passo esquivo e rápido para o lado.

— Então vou lixar as garras.

Uma pedra jogada pelo chão a um metro apenas de distância. Ela recuou, agarrando as saias para deixá-las paradas.

— Amarro fitas de couro e sininhos delicados em seus tornozelos para que possa perceber cada movimento seu, pois eu também estou no escuro.

Ela inspirou com dificuldade — quase ofegou —, depois se amaldiçoou por ter deslizado, sabendo que ele seguiria no encalço da respiração traidora. Ela sabia que a estratégia dele era continuar falando até que a provocasse a se revelar. *E depois?* Ela não conseguiu deixar de se perguntar. Falcão faria amor com ela ali, naquele momento, no escuro da torre? Um arrepio a percorreu, e ela não estava certa se era medo. Não tinha a menor ideia.

— Depois uma correia para amarrá-la ao poleiro até eu não mais precisar prendê-la. Até ela se manter amarrada por sua livre vontade. E a melhor parte: o longo e lento processo de fazê-la criar um vínculo comigo. Eu canto para ela, a mesma canção doce, até que ela se acostume ao som da minha voz e só dela...

E sua voz deliciosa de caramelo retomou a melodia, o mesmo cantarolar rouco, uma canção de ninar, fazendo derreter o controle de Adrienne.

Ela deu um passo lento para trás, chegou a sentir a brisa do movimento de Falcão passando por ela a meros centímetros de distância. Onde estava aquela parede?

Quase gritou quando ele a encontrou na escuridão, debatendo-se um longo instante contra o punho de ferro. Sua respiração soprava no rosto dela, e ela continuava a se debater no poder dele.

— Fique parada, doce falcão. Não lhe farei mal. Nunca — ele sussurrou, com a voz aveludada.

Adrienne sentiu o calor das coxas dele arder através de seu vestido matinal de seda fina. Estava envolvida no inebriante aroma de almíscar e homem. *Ah, homem bonito, por que não pude conhecer você antes que minha última ilusão fosse destruída? Por que não o conheci quando eu ainda acreditava?* Eram seus lamentos. Ela lutava contra os braços dele, que a abraçavam, que a embalavam.

— Me solte!

Falcão ignorou seus protestos, puxando-a mais perto de si naquele abraço de aço.

— Sim, vou ter simplesmente de prender você. Ou talvez eu deva amarrar suas mãos e cobrir seus olhos com um capuz de seda, e colocá-la na minha cama, toda despida e aberta para as mais puras sensações, até você se acostumar ao meu toque. Isso amansaria você, doce falcão? Poderia amar meu toque um dia? Ansiar por mim como anseio por você?

Adrienne engoliu convulsivamente.

— Um falcão deve ser cortejado com amor duro e implacável. Se lhe tiramos a luz, se o aprisionamos, o falcão fêmea aprenderá a compreender todos os outros sentidos. Os sentidos que não mentem. O falcão é uma criatura sábia, que só acredita no que pode sentir, no que pode prender nas garras ou no bico. Tato, olfato, audição. Ao receber lentamente a visão e a liberdade, o falcão fêmea é preso à mão que lhe restitui essas sensações. Se não conseguir confiar no seu mestre e não lhe conceder lealdade absoluta no fim do treinamento, ele almeja a fuga a cada oportunidade. — Ele fez uma pausa, seus lábios a uma mera respiração de distância dos dela. — Nenhum dos meus falcões jamais voou da minha mão sem retornar — ele avisou.

— Eu não sou uma ave estúpida...

— Não, nem um pouco estúpida, mas a mais sublime. Um falcão é a única ave que pode se equiparar a outra no voo, na precisão e na velocidade. Isso sem mencionar na bravura.

Ela já estava rendida no momento em que ele havia começado a cantar. E não mais protestou quando os lábios dele tocaram levemente os seus. Também não protestou no instante seguinte, quando as mãos de Falcão sobre seu corpo ficaram mais fortes, ardentes e exigentes. Persuadindo. Tomando posse.

— Você vai voar para mim lá no céu, doce falcão? Vou levá-la mais alto do que você já esteve. Vou ensiná-la a superar alturas que você apenas sonhou que existissem — ele prometeu, salpicando beijos em seu maxilar, seu nariz, suas pálpebras. As mãos dele se encaixaram no contorno do rosto dela na escuridão, sentindo cada ondulação, cada plano e cada curva aveludada do rosto e do pescoço, memorizando as nuances. — Me sinta, moça. Sinta o que você faz comigo! — Ele pressionou o corpo contra o dela e ondulou os quadris, garantindo que ela sentisse a virilidade inchada que crescia debaixo do kilt e brincava com a parte interna da coxa dela.

E lá estava a parede; estava logo atrás, aquele tempo todo. A pedra fria contra as costas e, à sua frente, o incêndio de Falcão queimando-a através do fino vestido. Ela ergueu as mãos para surrá-lo, mas ele pegou seus punhos e os prendeu acima da cabeça contra a parede. Usando os dedos firmes, ele lhe abriu os punhos, entrelaçando os dedos nos dela e sentindo o toque das mãos. Palma com palma, imprensadas contra a parede.

— Meu doce falcão — ele sussurrou no pescoço dela. — Lute contra mim se desejar, mas não servirá de nada. Minha mente está determinada, focada em você, e esta é a primeira vez que você será aprisionada. Nesta escuridão, vai conhecer minhas mãos no toque de cada centímetro sedoso do seu corpo. Não vou tomar de você nada além disso. Contanto que experimente o meu toque, não vai nem precisar ver o meu rosto. Serei paciente enquanto você se torna cada vez mais dócil sob minhas mãos.

As mãos dele eram fogo líquido, deslizando sobre o vestido de Adrienne, para cima, pelas coxas e ah! Naquela manhã, ela não tivera a menor ideia de onde procurar por roupas de baixo. As mãos dele, as mãos belas e fortes, estavam lhe massageando as coxas, afastando-as com delicadeza para deslizar o calor de sua perna musculosa entre as dela. Ele ronronou, um rosnado rouco e poderoso de triunfo masculino, quando sentiu a umidade traidora entre as coxas dela.

Adrienne corou furiosamente; apesar de suas intenções, suas mãos tremeram até pousarem nos ombros dele, depois deslizaram fundo em seu cabelo macio e espesso. Os joelhos, já fracos, ficaram moles quando ele puxou o corpete do vestido de lado e caiu de cabeça nos seios dela, lambendo e roçando os bicos inchados com a língua, depois com os dentes.

Ela mal percebeu quando ele levantou o kilt, mas definitivamente notou quando a ereção dura, quente e pesada subiu contra sua coxa. Adrienne fez um som gutural: metade uma reclamação, metade uma súplica. Como é que ele fazia isso com ela? Apenas por tocá-la, Falcão tinha, de alguma forma, conseguido desenredar cada grama de resistência que ela havia tecido tão cuidadosamente no manto do distanciamento que usava.

Nunca tinha sido assim com Eberhard! Adrienne sentiu a mente fugir do corpo e se agarrou à mão que a havia aprisionado. A mão que lhe tinha negado a visão, ela provou com os lábios; virou a cabeça para pegar o dedo com a língua. Adrienne quase gritou quando ele usou esse mesmo dedo e o introduziu no calor escorregadio entre as pernas dela.

— Voe para mim, doce falcão — ele instou, sustentando um dos seios pesados com a mão e lambendo o bico enrugado. Ele a excitava sem piedade, beliscando-a suavemente, tocando-a em todos os lugares.

Seus lábios voltaram a reclamar os dela com o desespero de uma fome havia muito negada. Uma fome que poderia nunca ser saciada. Seu beijo foi longo, duro e punitivo, e ela se deleitava com as exigências não pronunciadas. Um gemido escapou-lhe quando o macio do polegar dele encontrou a pequena protuberância de calor aninhada entre as dobras de seu sexo, e Adrienne tombou a cabeça para trás, como se lançada pela crista de uma onda cada vez maior, cada vez mais para o alto. Rendendo-se aos dedos, à língua e aos lábios dele, ela sacrificou o último vestígio de suas amarras.

— Adrienne — ele sussurrou, a voz carregada de desejo —, você é tão linda, tão doce. Me deseje, moça. Precise de mim como eu preciso de você.

Ela sentiu o calor de um lugar sem nome algum que já tivessem lhe ensinado — atraindo-a para as profundezas cada vez mais distantes.

Adrienne se esforçou para dizer as palavras que sabia que deveriam ser ditas. A única palavra que sabia que iria libertá-la. Aquele lendário sedutor de mulheres — ah, como era fácil entender exatamente como as legiões tinham caído diante dele! Ele era tão bom naquilo. Quase a fez acreditar que era por ela e que somente por ela sua fome rugia. Quase uma tola novamente.

Mas era por isso que os chamavam de safados. Sedutores. Don Juans. Eles aplicavam na sedução a mesma habilidade e determinação implacável que aplicariam na arte da guerra — nas conquistas de todo tipo.

Ressuscitando os farrapos de suas defesas, ela fortificou sua vontade contra as investidas.

Falcão ficou perdido. Perdido como desde o momento em que tinha posto os olhos naquela moça que o enfeitiçava. Não importava que os delírios dela se originassem de algum passado secreto e terrível. Ele iria descobrir uma maneira de apagar todos os seus medos. As coisas que Grimm tinha contado não significavam nada. Com amor, ele poderia superar qualquer obstáculo no devido tempo. Seu falcão fêmea ela seria, por ora e para sempre. Ele valorizava a forma como ela ia cedendo em suas mãos, saboreava como a mais rara iguaria o doce mel dos seus lábios, e tremia só de pensar que um dia ela sentiria por ele o mesmo que ele sentia por ela. Com ela, a vida nunca seria como antes, vazia e oca.

Não, dessa moça ele seria o companheiro de vida. Ela não tinha olhos para a beleza que outras mulheres tinham venerado tanto. Essa moça possuía segredos só dela. Horrores só dela. Profundezas só dela. Apesar de tudo, uma moça rara, de fato. Ele estava afundando, afundando em suas profundezas... O beijo também se aprofundou ferozmente, e ele sentiu os dentes dela roçarem seu lábio inferior. Aquilo o enlouqueceu para além de qualquer controle.

— Ah! — ela balbuciou, quando ele mordeu seu pescoço de seda.

Encorajado pelo sucesso, ele pronunciou as primeiras palavras, sondando. Precisava dizer a ela, precisava que ela entendesse que não havia jogos. Que ele nunca na vida tinha se sentido daquela forma e nunca se sentiria novamente. Era por ela que ele estava esperando durante todos aqueles anos — a outra metade de seu coração.

— Ari, meu coração, meu amor, eu...

— Ah, fique quieto, Adam! Não há necessidade de palavras. — Ela pressionou os lábios nos dele para silenciá-lo.

Falcão ficou imóvel, rígido como uma geleira do Ártico e tão frio quanto.

Seus lábios ainda estavam sobre os dela, e o coração de Adrienne gritou de agonia. Mas o grito não seria muito pior se ela fosse feita de boba mais uma vez?

Ele cravou as mãos cruelmente nos quadris de Adrienne. Deixaria hematomas que durariam por dias. Devagar, muito devagar, um por um, os dedos dele relaxaram.

Ela havia dito o nome *dele*!

— Da próxima vez que você disser o nome de Adam, moça, eu vou parar de pedir o que já é meu e vou começar a tomar. Você parece esquecer que pertence a mim. Não existe nenhuma necessidade de eu seduzi-la quando simplesmente poderia levá-la para minha cama. A escolha é sua, Adrienne. Eu lhe peço: escolha com sabedoria.

Falcão saiu da torre sem mais uma palavra, deixando Adrienne sozinha na escuridão.

14

Adrienne deveria estar com fome. Ela passara o resto do dia, depois do incidente dos falcões, perambulando por cada centímetro do pátio fortificado. *Esse dia nunca vai acabar?*, se perguntava. Caminhara talvez uns trinta quilômetros, então deveria ter conseguido dissipar um pouco da frustração reprimida. Até mesmo sua guarda de elite parecia meio exausta quando ela finalmente consentiu em retornar ao castelo e encontrar Falcão de forma apropriada e corajosa.

No jantar foi servida uma sopa de batata, grossa por causa do queijo derretido e temperada com cinco pimentas; um delicado peixe branco fumegava sobre o fogo em folhas de oliveira untadas, com caranguejo amanteigado como guarnição; aspargos grelhados à perfeição; linguiças roliças e pães tostados; pudins e frutas; tortas de limão e torta de mirtilo. Adrienne não conseguiu comer uma colherada sequer.

O jantar foi horrível.

Se ela olhasse para cima mais uma vez e encontrasse o olhar mortífero que Falcão fixara nela, teria de enfiar o punho na boca para não gritar.

Suspirou fundo ao mergulhar a colher na sopa que todos pareciam achar deliciosa. Ela empurrava, cutucava, amassava as coisas fofas. Estava reorganizando os aspargos laboriosamente em fileiras perfeitas quando Falcão enfim se pronunciou.

— Se vai brincar com a comida, Adrienne, poderia dá-la a alguém que esteja realmente com fome.

— Como o senhor, milorde? — Ela sorriu docemente para o prato de Falcão, também repleto de comida intocada.

A boca dele se comprimiu em uma linha sinistra.

— A comida não está do seu agrado, Adrienne, querida? — perguntou Lydia.

— A comida está maravilhosa, mas acho que ainda não recuperei o apetite... — ela começou.

Lydia se levantou de repente.

— Talvez você ainda devesse estar descansando, Adrienne! — exclamou a mulher, disparando um olhar acusador para o filho. Falcão revirou os olhos, recusando-se a se envolver.

— Ah, não, Lydia — Adrienne se apressou a protestar. — Estou totalmente recuperada. — De jeito nenhum ela voltaria para o Quarto da Dama Verde e se faria de inválida. Havia demasiadas lembranças estranhas por lá. Esta noite ela planejava encontrar um novo aposento para dormir, o que certamente não estaria em falta naquele castelo. Estava bastante ansiosa para explorar mais o lugar e escolher um quarto para si. — De verdade, estou bem. Só comi demais no almoço.

— Você não comeu seu almoço — Falcão interveio, categoricamente.

— Ah, e quem é você para saber? — ela retrucou no mesmo tom. — Eu posso ter comido na cozinha.

— Não, você não comeu — Tavis acrescentou, prestativo. — Eu fiquei na cozinha o dia todo, é o que vou dizer. Presumo que esquecer de comer tenha sido o que milady fez. Uma vez ou duas eu fiz a mesma coisa, é o que vou dizer, e, quanto mais fome tenho, menos tenho vontade de comer. Então é melhor ir comendo, milady. A senhora vai precisar das suas forças de volta, é o que vou dizer de novo! — Um enfático aceno da cabeça alegre pontuou seu decreto.

Adrienne olhou para o prato, e um rubor insurreto coloriu suas bochechas.

Lydia olhou feio para Tavis e parou em postura protetora ao lado da cadeira de Adrienne.

— Acho que também não estou com tanta fome assim — ela disse. — O que diz de nós duas irmos caminhar pelos jardins...?

— Com a força bruta a nosso encalço? — Adrienne murmurou, lançando um olhar enviesado para Falcão.

— ... enquanto meu filho pega alguns grãos na adega e nos prepara uma deliciosa infusão de café, para quando voltarmos — Lydia continuou, balançando a isca como se não tivesse sido interrompida.

Adrienne se levantou prontamente. Qualquer coisa para fugir dos olhos dele e, de brinde, ganhar um café.

Agora um ar de traição reluzia nos olhos de Falcão.

Lydia pegou Adrienne pela mão e começou a levá-la para os jardins.

— Eu vou preparar o café, mãe — Falcão disse às costas delas. — Mas cuide para que Maery leve os pertences de Adrienne para o Quarto do Pavão.

Lydia se deteve. A mão que segurava a de Adrienne apertou quase que imperceptivelmente.

— Está certo disso, Falcão? — ela perguntou duramente.

— A senhora a ouviu. Ela está completamente recuperada. E é minha esposa. Onde é melhor protegê-la?

— Muito bem.

— Onde é o Quarto do Pavão? — Adrienne girou sobre o calcanhar para encará-lo.

— No terceiro andar.

— Será só meu?

— Quando eu não o estiver usando. São os aposentos do *laird* do castelo.

— Eu *não vou* dormir com você...

— Não me lembro de ter *pedido* para você fazer isso...

— Seu idiota presunçoso, arrogante, brutamontes...

— Na verdade, Adrienne, meu filho não é nenhuma dessas coisas — repreendeu Lydia.

— Nenhuma crítica pessoal a você, Lydia. Eu gosto muito de você — Adrienne disse, educada. A polidez debandou de um jeito abrupto quando ela olhou intensamente para Falcão. — Mas não vou dividir o leito com você!

— Não é bem o tipo de tema a ser tratado na mesa de jantar, é o que vou dizer — Tavis sugeriu, coçando a cabeça e corando.

Falcão riu, e o ruído sinistro vibrou por todo o seu corpo, deixando os mamilos de Adrienne eretos, e o coração, disparado.

— Esposa, você vai ficar no meu quarto esta noite nem que eu tenha de mandar amarrarem você e a carregarem para lá. Você pode sofrer essa humilhação ou pode vir voluntariamente, andando com as próprias pernas. Não estou muito preocupado com a forma que você usará para chegar lá. *Apenas vá.*

Um motim voltou a se erguer no peito dela, ameaçando roubar seu juízo. Ao longe, atrás, ouviu uma porta abrir e fechar e sentiu o cheiro de um perfume enjoativo que revirou seu estômago. Qualquer que fosse o cheiro, lembrou-a do orfanato, de sótãos e naftalina e dos dias em que as freiras a faziam esfregar o chão e tirar o pó da mobília escura e pesada.

— Amante! — veio um grito de prazer feminino por trás dela.

A mão de Lydia apertou a de Adrienne dolorosamente.

— Olivia Dumont — murmurou ela, quase que para si mesma. — Pelos céus! Duvido que eu vá chegar ao fim deste dia ainda em posse da minha sanidade.

— Olivia? — Adrienne fez eco, os olhos voando para Falcão.

Olivia, Falcão pensou, melancólico. Aquele dia estava rapidamente percorrendo a escala do mau em direção ao pior. Ele se recusou a encontrar o olhar interrogativo de Adrienne. Como ela se atrevia a chamá-lo de Adam no meio de um encontro amoroso e depois fazer perguntas sobre outra mulher? Não tinha o direito. Não depois de ter dito o nome *dele*.

A fúria o consumia toda vez que ele pensava naquele episódio.

Adam.

Imagens de suas mãos arrancando a carne dos ossos do ferreiro o reconfortaram por um momento.

Logo em seguida, porém, a desolação tomou conta dele. Agora tinha dois problemas: como iria fazer para Adrienne o querer? E o que iria fazer com Olivia?

Juntar Olivia com o ferreiro?

O pensamento lhe trouxe um sorriso ao rosto, o primeiro em algum tempo.

Naturalmente, Adrienne entendera errado, pensando que o sorriso era para Olivia, o mesmo que a própria Olivia pensou. Aliás, ao que pareceu, a mesma interpretação fez sua mãe, a julgar pela careta. Grimm praguejou baixinho para si mesmo. Tavis balançou a cabeça, murmurou um palavrão eloquente e saiu da farta mesa de jantar pisando duro.

— Olivia. — Falcão inclinou a cabeça. — O que a traz a Dalkeith?

— Ora, Falcão — ela ronronou —, e precisa perguntar? Senti sua falta na corte. Você esteve longe do meu... lado... por tempo demais. Imaginei que eu teria de vir buscá-lo pessoalmente, se o quisesse. Então — ela terminou com um bater dos cílios e um flagrante olhar de atração — aqui estou.

Falcão percebeu tardiamente a pergunta estúpida que fizera, ao constatar Adrienne lançando um olhar fixo e congelante sobre Olivia. Ele sabia por experiência própria que Olivia poderia responder a qualquer pergunta — não importava quão inocente fosse — com uma insinuação carregada, mas havia desligado da mente a lembrança desagradável das peripécias dela no momento em que retornou a Dalkeith. Ocorreu-lhe que seria bom ressuscitar aquelas memórias rapidamente. Não era sensato esquecer a propensão de Olivia a causar problemas; a víbora agora estava no ninho dele.

A respiração de Olivia foi suspensa abrupta e ruidosamente quando ela encarou Adrienne.

— Saudações, Olivia. Por acaso veio falar com o *meu marido*?

Livre por um momento do olhar furioso de Adrienne, Falcão estufou o peito. *Marido*, ela dissera. E de maneira possessiva. Talvez houvesse esperança, afinal.

— Já falamos uma língua bastante em comum no passado — Olivia afirmou, arrastando as palavras de um jeito melodioso. — Um tipo de comunicação sem palavras, se é que você me entende. Exatamente o tipo de conversa que Falcão mais gosta.

— Então coloque *essa aí* no Quarto do Pavão — Adrienne cuspiu por cima do ombro, enquanto puxava Lydia para a saída e fechava a porta com uma pancada.

15

— O rei pode tê-lo liberado do serviço dele, mas eu nunca sonharia em liberá-lo do meu. Você me atendeu tão bem no passado que, juro, fiquei um tanto mal-acostumada. — Olivia se contorceu no banco baixo de pedra no pátio, se aproximando, apoiando a curva do quadril voluptuoso contra a coxa musculosa de Falcão.

Lydia voltara sozinha para casa nem quinze minutos depois de ter saído com Adrienne, disparando um sorriso arrogante para o filho, que estava reclinado diante da mesa grande com a infernal Olivia. Café esquecido, Falcão rapidamente conduzira Olivia aos jardins para ver onde poderia estar sua esposa. Quando sua mãe o olhava *daquele* jeito... Bem, a mulher tinha uma mente tal qual uma catapulta bem oleada, mortífera no ataque.

Então ele passeara com Olivia pelos vastos jardins a um ritmo de tirar o fôlego, seus olhos bem abertos à procura dos guardas que seguiam no rastro de sua esposa. Nada. Volta e meia seus olhos se desviavam para o norte, para o círculo tremeluzente da luz das fogueiras e para as franjas do bosque de sorveiras.

— Posso presumir que vamos entreter um ao outro esta noite, como costumávamos fazer, Falcão? — O hálito quente de Olivia soprou na bochecha dele.

Falcão suspirou sem soltar um ruído.

— Olivia, agora sou um homem casado.

O riso dela tilintou, levemente afetado demais, lembrando Falcão de que ela era o tipo de mulher que se deleitava em roubar o homem de outra. Quanto mais difícil fosse obter tal homem, mais feliz Olivia ficava. Falcão estava bem familiarizado com seu jogo peculiar; ela gostava de ferir outras mulheres, esmagando-lhes os sonhos, partindo-lhes o coração. Falcão suspeitou de que fosse uma espécie de revanche, de que uma mulher devia ter roubado o homem de Olivia e ela nunca tivesse superado. Em vez disso, se tornara amarga e destrutiva. Assim que ele enfim compreendeu, quase sentiu pena dela. Quase.

— Falcão, ela é Janet, a Louca — disse Olivia, indiferente.

— O nome dela é... — Ele se interrompeu abruptamente. Não deveria fornecer nenhum tipo de munição a Olivia. Em vez disso, sugou uma inspiração cautelosa e reelaborou a explicação. — Seu nome do meio é Adrienne, é o que ela prefere. — E acrescentou friamente: — Você pode chamá-la de lady Douglas.

Olivia ergueu as sobrancelhas ironicamente.

— Não vou chamá-la de lady coisa nenhuma. O país todo sabe que ela é louca feito um cão raivoso. Não ouvi, entretanto, que ela era suportável ao olhar.

Falcão se contrariou.

— Suportável? Minha esposa é belíssima sob qualquer padrão.

Olivia deu uma risada trêmula, e em seguida sua voz retomou o sarcasmo:

— Bem, e blá-blá-blá! Será que o lendário Falcão pensa que está apaixonado? O devasso de infinitas mulheres acha que pode sossegar com essa aí? Ah, desista, *mon chéri*. Isso me dá náuseas. Eu sei que tipo de homem você é. Não adianta manipular as sensibilidades elevadas que nós dois sabemos que você não possui.

A voz de Falcão era gélida quando ele respondeu:

— Contrariando suas expectativas, não sou o homem que era na corte de Jaime. Você não sabe nada sobre mim; nada que não sejam as ilusões nas quais escolheu acreditar. — Ele parou por um momento tenso, a fim de emprestar ênfase a suas palavras seguintes. — Olivia, não há nenhum rei aqui para me ordenar que eu acomode suas vontades, e eu não vou retornar à corte de Jaime. Acabou. Acabou tudo. — No momento em que as palavras foram ditas, o coração de Falcão ficou tão leve que parecia voar. Ele estava *livre*.

— Então tudo se resumiu a isso? Você *acomodava as minhas vontades*? — Olivia perguntou, categórica.

— Você sabia disso. — Falcão riu sem humor, menosprezando-a. — Eu a mandei embora uma dúzia de vezes antes de você recorrer a Jaime. Você se convenceu de que eu mudaria de opinião? Você sabe exatamente o que aconteceu. Foi *você* quem pediu ao rei para me fazer... — Falcão interrompeu-se de repente, vislumbrando o brilho de uma cabeleira loiro-prateada à luz do luar, a alguns metros de onde estavam sentados.

Adrienne se aproximava, o braço na dobra do cotovelo de Adam, uma esplêndida capa escarlate jogada sobre os ombros, a seda carregada pela brisa suave em ondulações sensuais.

— Olivia. — Ela inclinou a cabeça.

A mulher bufou de leve e, possessivamente, agarrou o braço musculoso de Falcão.

— Junte-se a nós — Falcão apressou-se em dizer, ignorando o beliscão repentino das unhas de Olivia.

A imagem de Adrienne adentrando a escuridão com Adam provocou coisas perigosas na cabeça dele. Falcão franziu a testa ao perceber que era igualmente perigoso que Adrienne fosse exposta a qualquer coisa que Olivia pudesse dizer ou fazer.

Ele certamente não queria que a conversa continuasse de onde tinha parado — não na frente de Adrienne — sem que pudesse oferecer uma explicação. Falcão sabia que tinha de recobrar o controle, mas a questão é que não tinha experiência com aquele tipo de situação. Nunca teve uma ex-amante tentando causar problemas com sua esposa, porque nunca tivera uma esposa antes, e certamente nunca tinha sido enredado num encontro tão potencialmente desastroso. Sua preocupação de que Olivia pudesse dizer ou fazer alguma coisa para magoar Adrienne desequilibrava seu senso lógico habitual.

Felizmente e infelizmente — dependendo de como ele interpretava —, Adrienne recusou a oferta. Aliviado, Falcão resolveu que despacharia Olivia no primeiro instante possível e depois recuperaria a esposa do poder do ferreiro e teria uma boa e longa conversa com ela.

— Não queremos perturbar seu aconchegante *tête-à-tête* — Adrienne objetou. — Se bem que parece mais um *bouche-à-bouche* — murmurou, parcialmente para si mesma.

— O que acabou de dizer? — Olivia perguntou docemente. — *Tu parles français?*

— Não — Adrienne respondeu, categórica.

Olivia deu uma leve risada e a estudou por um momento.

— Você parece ser uma mulher de não poucos segredos, Janet Comyn. Talvez você e eu devêssemos ter nosso próprio *tête-à-tête* e trocar algumas dessas intimidades. Afinal... — seu olhar vagueou possessivamente para Falcão — ... temos muito em comum. Tenho certeza de que você ficaria fascinada de ouvir sobre o período dele na corte de Jaime. Ele era um homem e tanto no que dizia respeito a...

— Seria adorável — Adrienne interrompeu com delicadeza, encerrando o fluxo das palavras venenosas de Olivia. Por dentro ela já estava em rebuliço. Se ouvisse muito mais, gritaria ou choraria; ela não sabia o quê, mas sabia que não seria digno de uma dama. — Alguma outra hora, porém, Olivia. No momento, estou com as mãos cheias. — Ela colocou as mãos em torno do bíceps de Adam, imitando a forma como Olivia se agarrava a Falcão. Pressionando o corpo mais para perto de Adam, deixou-se ser conduzida dali.

— Ferreiro! — Falcão finalmente encontrou sua voz. Ouvira a conversa das mulheres em um terror paralisante, esforçando-se para conceber uma entrada que pudesse resultar em uma tirada sarcástica. Porém, involuntariamente, Adrienne o havia poupado de novo quando silenciou Olivia, antes que ele tivesse de recorrer a enfiar o *sporran* na boca mentirosa e calculista da ex-amante.

Adam parou de chofre e se aproximou mais de Adrienne. A capa carmesim que ela usava estava farfalhando na brisa suave, e Falcão sentiu como se o estivesse insultando. Onde diabos ela havia encontrado aquela capa?

— Milorde? — Adam sorriu sardonicamente. Sua mão grande e bronzeada ergueu-se para cobrir a de Adrienne, que repousava sobre seu braço.

— Tenho noventa e dois cavalos que precisam de ferraduras. Isto é, são necessárias trezentas e sessenta e oito ferraduras. Mãos à obra. Neste minuto.

— Certamente, milorde. — Adam sorriu com ar jocoso. — Aquecer uma forja é *exatamente* o que eu tinha em mente.

As mãos de Falcão se fecharam em punhos apertados ao lado do corpo.

— Noventa e duas! Falcão! — Olivia abanou os seios. Sua atenção gananciosa tinha passado ao ferreiro, e ela agora media Adam especulativamente com o olhar. Falcão viu-a passar a língua para umedecer os lábios. — Eu sabia que você era rico, mas isso aqui é carne de primeira — falou com palavras melodiosas. Seus olhos moviam-se de cima a baixo, analisando o ferreiro da cabeça aos pés. E então ela arrastou o olhar para longe de Adam. — Talvez você possa deixar um garanhão para mim? — Olhou para Falcão de soslaio debaixo dos cílios farfalhantes.

— Sem dúvida. — Falcão suspirou ao observar sua esposa, que se afastava. — O que acha do nosso ferreiro, Olivia? — perguntou cautelosamente.

O que ela estava fazendo? Perdera o juízo? Quando Lydia propusera que procurasse por Adam e caminhasse nos jardins com ele, lhe pareceu uma boa ideia, embora agora Adrienne não tivesse a menor ideia do porquê.

Porque Falcão a deixava com raiva, era por isso. Ele ousava pensar que ela era idiota a ponto de poder persuadi-la e, ao mesmo tempo, convidar a amante para fazer uma visita, tudo no mesmo dia.

Houve um tempo no passado em que fora idiota, exatamente assim. Um dia, ela poderia ter se convencido de que Olivia era uma invasora encrenqueira e que Falcão estava imbuído apenas de intenções impolutas. Sim, um dia ela teria acreditado que Eberhard estava *realmente* indo ao banheiro, deixando-a no salão principal da festa, enquanto, na realidade, estava dando uma rapidinha na casa da piscina com uma socialite voluptuosa.

Porém ela não era mais aquela mulher. Nunca mais seria.

Falcão, o lendário sedutor de mulheres, passara a tarde tentando convencê-la de que ela era a única que ele desejava, mas até a hora do jantar uma nova mulher já tinha aparecido. Uma antiga paixão. E ele sorria para ela. Ele passeava nos jardins com ela. Ele se esquecia do café de Adrienne por causa dela. Era apenas um daqueles homens que prestavam atenção em qualquer mulher que estivesse disposta e na sua frente.

Era certo que Olivia estava disposta.

E por que você se importa, Adrienne?

Eu não me importo. Só não gosto de ser tratada como uma idiota!

— Falcão faz você de idiota — Adam sussurrou.

Adrienne sufocou uma exclamação de susto. O homem parecia capaz de ler sua mente. Ou era tão verdade que qualquer um conseguia ver, até mesmo o ferreiro?

— Você merece coisa muito melhor, beldade. Eu lhe daria tudo o que você desejasse. Sedas para seu corpo perfeito. Todos os grãos de café da Montanha Azul da Jamaica. Ele, porém, não lhe dá nada.

— Não importa. Não significa nada para mim. — Adrienne estremeceu ligeiramente dentro da capa que Adam tinha jogado sobre seus ombros.

— Pois deveria. Você é a mulher mais primorosa que eu já encontrei, cativante beldade. Eu lhe daria tudo. Qualquer coisa. Basta dizer. Ordene. Eu farei que seja seu.

— Fidelidade? — Adrienne disparou de volta para o ferreiro. De alguma forma, tinham chegado à forja, embora Adrienne não tivesse lembrança de terem andado tanto. Seus pés pareciam estranhamente leves, e sua cabeça girava.

— Para sempre — o ferreiro ronronou — e mais além.

— De verdade? — ela perguntou e depois se repreendeu. Por que perguntar? Os homens mentiam. Palavras não provavam nada. Eberhard Darrow Garrett tinha lhe dado todas as palavras certas.

— Alguns homens mentem. Mas outros são incapazes disso. Você mente, doce beldade? Se eu pedisse a sua fidelidade e jurasse a minha em troca, você a concederia para mim? Poderia confiar nas suas palavras?

Claro, ela pensou. Ela não tinha problemas com fidelidade.

— Eu suspeitava — disse Adam. — Você é inigualável, beldade.

Ela estava respondendo às perguntas dele? Não pensou que estivesse. Adrienne sentiu tontura.

— Onde estão os guardas? — murmurou.

— Você está no meu reino. Eu sou toda a proteção de que você precisará na vida.

— Quem é você? — Adrienne questionou.

Adam riu da pergunta.

— Entre no meu mundo, beldade. Deixe-me mostrar maravilhas que vão superar seus sonhos mais loucos.

Ela desviou um olhar sonhador em direção a Dalkeith, mas tudo o que viu foi um brilho estranho na borda da floresta — nenhuma luz do castelo. O som da arrebentação enchia seus ouvidos, mas não poderia ser. O oceano ficava no extremo oeste do pátio fortificado, e ela estava ao norte. Por que não podia ver o castelo?

— Onde está o castelo, Adam? Por que não consigo mais ver Dalkeith?

Sua visão ficou turva, e ela foi assaltada pela estranha sensação de que, de alguma forma, já nem estava mais na Escócia. Onde quer que estivesse, não parecia um bom lugar para estar.

— O véu está cada vez mais tênue — Adam ronronou. — A ilha de Morar espera por você, graciosa.

Ela estava deitada ao lado dele na areia fresca, sem conseguir compreender como tinha conseguido chegar ali. Sua mente era uma confusão absurda. Uma sensação de perigo, hostil e antiquíssimo, agarrou-lhe a boca do estômago. Aquele homem... algo sobre aquele homem não estava certo.

— Quem é você, de verdade, Adam Black? — ela insistiu. Até mesmo formar as palavras era um desafio; sua língua parecia grossa, os músculos, de borracha.

Adam sorriu.

— Você está mais perto do que pensa, beldade.

— Quem? — ela insistiu, esforçando-se muito para manter o controle dos sentidos. O perfume intenso de jasmim e sândalo nublava sua mente.

— Eu sou o *sin siriche du*, beldade. Sou a pessoa certa para você.

— Você também é do século XX? — ela perguntou, zonza. — O que há de errado comigo? Por que me sinto tão estranha?

— Silêncio, Adrienne. Deixe-me amá-la como você merece. Você é a única que existe para mim... — Era tarde demais quando ele percebeu seu erro.

A única. A única. Falcão tinha tentado fazê-la acreditar na mesma coisa. De que forma o ferreiro era diferente? A julgar pela ereção pressionada contra a coxa dela, não muito. Exatamente como Eberhard. Exatamente como Falcão. *De novo não!* Adrienne lutou para firmar a voz, para esfriar a cabeça.

— Me solte, Adam.

— Nunca. — As mãos poderosas de Adam seguravam firme o corpo dela. Adrienne podia senti-las desatando a capa e fazendo-a deslizar sobre seus seios. Guiando-a para a areia aveludada, ele se ergueu sobre ela, seu rosto assumindo um tom âmbar dourado por causa do fogo. O suor formava gotículas em sua fronte e reluzia logo acima dos cruéis e lindos lábios.

Intrigava Adrienne a areia ilógica debaixo de seu corpo. Ela podia ver o brilho vermelho-ouro do fogo. Onde estava? Na praia ou na forja? Com a mente nebulosa, concluiu que não importava, se ao menos ele a soltasse.

— Me solte! — Seu grito assumiu toda a força que ela possuía.

Liberte-a se ela pede, bobo, ordenou uma sombra de voz.

De repente, a noite estava imóvel. O som do mar desvaneceu no chilrear dos grilos.

Adam apertou os ombros de Adrienne mais forte e dolorosamente.

Liberte-a, Adam. Ela escolhe, foi o acordo firmado. Honre o Pacto...

Mas, rei Finnbheara... ele nos desonra!

Bobo! Se você não tem honra, não andará mais livremente no futuro!

Uma rajada penetrante de brisa marinha carregou um suspiro furioso de Adam, e então Adrienne estava parada diante do nariz de Falcão. O semblante dele era carrancudo de fúria.

A capa de seda sobre os ombros dela voava violentamente, uma chama viva carmesim.

— Onde você esteve? — Falcão exigiu saber.

— Adam e eu... — Adrienne começou e, em seguida, olhou ao redor. Adam não se encontrava em parte alguma. Sua mente estava afiada e clara novamente; aquela sensação nebulosa era apenas uma lembrança desagradável e incompleta. Ela estava ao lado da forja, mas as chamas haviam se deteriorado até se tornarem brasas frias, e a noite ficava mais negra minuto a minuto.

— Eu só estava andando — ela se explicou às pressas e baixou a cabeça para evitar o olhar penetrante.

— Adrienne — Falcão gemeu, baixando os olhos para a cascata pálida de cabelos que escondiam dele o rosto. — Olhe para mim. — Ele fez menção se segurar o queixo dela, mas Adrienne se afastou.

— Pare com isso!

— Olhe para mim — ele repetia incansavelmente.

— Não faça nada — ela implorou. Mas ele não deu ouvidos. Agarrou-lhe a cintura e a puxou contra o comprimento firme de seu corpo.

Adrienne olhou para cima, apesar de suas melhores intenções, para os olhos de meia-noite e para o rosto talhado de guerreiro. Aquele corpo rígido e bronzeado de viking prometia uma paixão cataclísmica.

— Moça, diga-me que não é ele. Fale. Dê-me as palavras. Mesmo que você ainda não sinta nada por mim, diga-me que não tem sentimentos por ele, e eu vou relevar tudo o que aconteceu. — Gemendo, ele deixou cair a cabeça sedosa e escura para a frente, contra a dela, como se se deleitasse só de estar perto.

O perfume limpo e picante dos cabelos dele, pretos como o pecado, atiçou os sentidos de Adrienne de um modo que ela não conseguia compreender.

— Eu tenho sentimentos por Adam. — Sua língua parecia pastosa. Até mesmo seu corpo tentava se rebelar contra ela quando estava perto daquele homem. Ela se obrigou a dizer palavras cruéis para feri-lo, mas era *ela* quem se sentia ferida.

— Onde você conseguiu esta capa? — ele perguntou, sem inflexão na voz, as mãos deslizando no tecido ondulante.

— Adam. — Talvez ele não a tivesse ouvido. Ele não havia nem titubeado.

Usando mãos firmes e hábeis, ele desafivelou o broche de prata no pescoço dela. Não, ela pensou, ele definitivamente não tinha ouvido. Talvez tivesse murmurado de um jeito inaudível.

Com facilidade, ele deslizou a capa de seu corpo. Com graça até.

Ela paralisou em estado de choque, ao ver as mãos fortes e bronzeadas fazendo a capa em farrapos. A expressão no rosto dele era dura e fria. Ah, ele definitivamente tinha ouvido. Como ela poderia permanecer intocada por aquele turbilhão bárbaro e lindo de fúria masculina que ele se tornava em seu... ciúme?

Sim, ciúme.
O mesmo que ela sentira em relação a Olivia.
Deus do céu, o que estava acontecendo com ela?

16

— Por que você fez isso? — ela arfou quando conseguiu falar.

Falcão colocou um dedo por baixo do queixo dela e lhe inclinou a cabeça para trás, forçando-a a encontrar seu olhar impiedoso.

— Vou arrancar de você qualquer coisa que Adam lhe der. Lembre-se disso. Se eu encontrar o corpo dele em torno do seu, ele vai sofrer o mesmo destino. — Seus olhos se arrastaram de forma significativa sobre um retalho de seda vermelha enroscado no tronco de uma árvore, tremulando como uma coisa morta na brisa.

— Por quê?

— Porque eu quero você.

— Você nem me conhece!

A boca dele se curvou em um lindo sorriso.

— Ah, doce moça, eu sei tudo sobre você. Sei que você é uma mulher complexa, cheia de dualidades; você é inocente, mas é forte; inteligente... — Ele arqueou uma sobrancelha provocante. — Mas falta um pouquinho de bom senso.

— Não falta não! — Adrienne protestou, com uma careta.

Ele deu um riso rouco.

— Você tem um ótimo senso de humor e ri muitas vezes, mas às vezes fica melancólica. — Ele a cercou com seu corpo e olhou para ela com olhos pesados e preguiçosos. Adrienne jogou a cabeça, tentando, em vão, desalojar aquele dedo sob seu queixo e fugir do olhar penetrante.

Ele lhe segurou o rosto na concha de ambas as mãos.

— Você é uma mulher teimosa, e eu gostaria de ser o foco de todo esse voluntarioso desejo feminino. Gostaria de fazer você render sua confiança e lealdade a mim com a mesma firmeza com que as guarda para si. Sou um homem maduro, Adrienne. Vou ser paciente quando cortejá-la, mas cortejá-la é o que vou fazer.

Adrienne engoliu com força. Maldito fosse por aquelas palavras!

Não só vou cortejá-la, moça, como vou ganhá-la completamente para mim, Falcão acrescentou na privacidade de seu coração. Mas não podia dizer isso em voz alta, ainda não. Não quando ela o estava encarando, o lábio inferior tremendo tão de leve, mas o suficiente. O suficiente para lhe proporcionar esperança.

— Vou ensiná-la que uma vida não é longa o bastante para todo o prazer que eu posso lhe proporcionar, moça — ele prometeu.

Adrienne fechou os olhos, encomendando a imagem dele ao inferno e além.

— Onde está Olivia? — perguntou ela, de olhos fechados.

— Caiu de um penhasco, se os deuses assim permitiram — ironizou Falcão.

Adrienne abriu os olhos e franziu o cenho, estudando-o. Vira a sugestão de um sorriso no olhar escuro dele? Um Falcão apaixonado era mortal, mas ela se mantinha vigilante contra a paixão. Um falcão sedutor poderia deslizar através de suas defesas.

— Ou, se eu tiver muita sorte e os deuses forem misericordiosos, ela encontrou os braços de Adam e ele foi atingido pelo mesmo raio que me acertou quando vi você. Isso não resolveria meus problemas?

O canto da boca dela se contorceu.

— Ah, não. Já sei. Ela entrou na floresta e o povo das fadas a confundiu com uma deles, a perversa *banshee,* e ela nunca vai retornar.

Adrienne riu e imediatamente foi recompensada com um dos sorrisos devastadores de Falcão.

Ele a estava derretendo, desarmando suas defesas. E era gostoso.

Mais a sério, ele disse:

— Instruí os guardas para cuidarem da viagem de regresso de Olivia no instante em que os cavalos estiverem descansados o suficiente para seguir caminho.

Os humores de Adrienne se elevaram com aquelas palavras.

— Adrienne. — Ele suspirou o nome dela como um intenso vinho do Porto, complexo e doce. — Só existe você...

— Pare!

Abruptamente, o humor dela mudou, volátil como mercúrio.

— Eu quero levá-la a um lugar. Venha, moça. Conceda-me esta noite para mostrar quem eu sou de verdade. É tudo o que peço.

A mente de Adrienne guinchou um retumbante "não", mas talvez não fosse tão perigoso assim. *Deixe-me mostrar quem eu sou de verdade...* Que intrigante.

Quer dizer, sem mencionar lindo além do suportável?

Mas que mal poderia haver em uma conversa?

— Que mal pode haver em uma conversa, Adrienne?

Ela piscou. Ele devia ter arrancado as palavras de dentro da mente dela.

— Olhe, Adrienne, a lua começa a sair, espiando por trás das sorveiras. — Falcão apontou, e os olhos dela seguiram. Pela curva musculosa do braço dele, pela mão forte, até a lua brilhante além. — O orbe frio e prateado que orienta o sono da noite — ele comentou, pensativo, em voz baixa. — Aposto que você dorme pouco em noites como esta, moça, quando uma tempestade espreita, ameaçando irromper na frágil noite. Você sente? Como se o próprio ar estivesse carregado de tensão? A ameaça de uma tempestade sempre gerou inquietação em mim.

Adrienne sentia que ficava mais fraca a cada palavra, enfeitiçada pelo sotaque escocês encantador de Falcão.

— É uma inquietação que eu também sinto em você. Caminhe comigo, Adrienne. Você nunca vai dormir se voltar para o castelo agora.

Falcão parou, mão estendida, olhando para ela, com uma promessa nos olhos. Sem tocá-la, apenas esperando que ela escolhesse, que aceitasse — nem que fosse apenas acompanhá-lo na caminhada. Sua respiração era rasa e carregada de expectativa. Os dedos dela se mexiam involuntariamente sob o calor dos olhos sorridentes de Falcão — olhos com linhas fininhas de expressão nos cantos externos. Eberhard não tinha nenhuma ruga. Ela nunca poderia confiar em um homem que não tivesse algumas poucas rugas em volta dos olhos. Ele não teria vivido e rido o suficiente se não tivesse ao menos algumas linhas tênues. Como havia deixado de perceber as linhas finas de vida no rosto de Falcão?

— Dê esse momento a si mesma, moça — ele insistiu, com um sussurro rouco. — Tente.

A mão de Adrienne deslizou como um sopro na dele, e ela sentiu a leve surpresa dele ao contato. Os olhos de ébano incandesceram, e ela teve a sensação deliciosa dos dedos firmes se fechando ao redor dos seus. Ele se inclinou para a frente e ela sentiu o toque suave dos lábios dele em sua face, um agradecimento não dito pela chance, sem fazer maiores exigências.

— Eu costumava vir aqui quando era menino... — Ele pegou a mão dela e a conduziu para o oeste, afastando-se do círculo de sorveiras e da borda da floresta.

Conte a ela sobre você, ele pensou. Sobre o garoto que você era antes de ter partido. Sobre quem você mal podia esperar ser quando voltasse. Mas sobretudo — faça-a amá-lo antes que ela descubra quem você se tornou entre um período e outro. O amor ainda poderia não ser o suficiente para fazê-la entender, mas pelo menos haveria uma chance.

Conversaram e caminharam enquanto Falcão tecia suas histórias loucas de impetuosidade e suas bravuras de menino, e ela riu na brisa suave. Sentaram-se à beira do penhasco e jogaram pedrinhas no mar, o ar salgado e frio emaranhava os cabelos loiro-prateados dela com a seda negra que eram os dele. Falcão mostrou onde havia pendurado uma rede, logo abaixo da borda do penhasco, a uma distância equivalente à altura de um homem, e a fez rir sobre como ele costumava se esconder de Lydia ali. Deitado de costas, os braços dobrados atrás da cabeça, ele ficava ali sonhando e olhando o mar, enquanto sua mãe revirava o pátio fortificado por horas, sua voz leve e cadenciada exigindo que ele voltasse.

Adrienne contou a ele sobre as freiras e sobre as ruas abafadas de New Orleans, até mesmo o fez falar, uma vez ou duas, o nome da cidade como os nativos de lá falavam. *N'ôlins*. E ele escutou sem repreendê-la por acreditar em tal fantasia. Se ele acreditava que ela estava inventando histórias ou se ele de alguma forma colocou tudo aquilo no contexto do século XVI, ela não soube. Tudo o que sabia era que ele a ouvia como um homem nunca tinha feito antes. Então ela falou sobre Marie Laveau, a rainha vodu, e Jean Lafitte, o famoso pirata, as grandes plantações que no passado cresciam ao lado das magníficas casas espaçosas, e os aromas e sons de Bourbon Street. Quando ela falou sobre o jazz, sobre o choro de amante de um saxofone profundo, sobre o retinir agudo dos metais, seus olhos se aprofundaram com mistério e uma excitação sensual, e ele achou que quase poderia acreditar que ela era, *de fato*, de outra época. Certamente de outra terra.

— Me beije, moça.

— Eu... não devo.

Seu murmúrio sem fôlego, áspero, o encantou.

— É tão ruim assim?

Adrienne respirou fundo. Ela se levantou, afastou-se dele, inclinou a cabeça para trás e ficou observando o céu. O céu noturno estava limpo; a cobertura nebulosa fora soprada para o mar; a tempestade passara sem se precipitar. O som das ondas sumia e retornava abaixo deles em um ritmo inabalável. Estrelas perfuravam o manto da noite, e Adrienne tentava localizar o Grande Carro da Ursa Maior, quando, de repente, uma estrela pequena e brilhante pareceu tremeluzir e depois despencou do céu.

— Olhe! — ela exclamou, com entusiasmo. — Uma estrela cadente!

Falcão levantou-se no mesmo instante.

— Faça o que fizer, mas que não seja um pedido, moça.

Ela virou um sorriso puro e brilhante para ele, e o deslumbrou tão completamente que, por um momento, ele não conseguia pensar.

— E por que não, Falcão?

— Os desejos se realizam — ele finalmente conseguiu dizer.

O olhar dela disparou depressa para a estrela cadente. Adrienne susteve a respiração e fez um pedido com todas as forças. *Por favor, que algo de muito bom aconteça comigo logo. Por favor!* Incapaz de dizer as palavras mesmo num sussurro para si mesma, ela elevou o pedido às estrelas.

Ele suspirou.

— O que você pediu?

— Não posso contar — Adrienne informou-lhe, com ar atrevido. — É contra as regras.

Falcão arqueou uma sobrancelha questionadora.

— Que regras, moça?

— Você sabe, as regras de fazer desejos para as estrelas — ela afirmou, em um tom que dizia que *todo mundo* conhecia essas regras. — Então, o que você desejou que se tornou realidade?

Falcão bufou.

— Você acabou de me dizer que é proibido contar.

Adrienne revirou os olhos e fez um muxoxo impaciente.

— Isso é *só* até que se realizem. Depois você pode contar para quem quiser. — Os olhos dela fulguravam de curiosidade. — Então... desembuche. — Ela o empurrou de leve no peito.

Falcão olhou para Adrienne com fascinação. No espaço daquela conversa sobre desejos para as estrelas, sua esposa parecia ter voltado alguns anos no tempo. Naquele olhar irrestrito, Falcão claramente discernia a criança confiante que ela havia sido.

— Não é o que eu desejei, mas o que um amigo desejou para mim — confessou Falcão, a voz baixa.

— E o que foi? — Adrienne insistiu.

Falcão quase riu alto; ele achava, de certa forma, que ela poderia lhe puxar as orelhas se não respondesse rápido o bastante para seu gosto.

— Me beije, Adrienne — ele pediu, num sussurro carregado. — Prove que não é verdade. Que um amigo não pode nos amaldiçoar fazendo um desejo para uma estrela cadente.

— Ande, Falcão, me conte qual foi o desejo! — O riso brincava em seus lábios carnudos, exuberantes, e ele queria beijá-la até que ela tornasse realidade todos os seus desejos íntimos.

— Vai me beijar, então? — ele insistiu.

— Ah! Tudo é uma troca de acordos, não é?

Falcão deu de ombros.

— Olho por olho, moça. Assim funciona este mundo. Se um aldeão tem feijão e não tem carne, ele encontra alguém com carne e sem feijão. Estou apenas oferecendo uma troca mutuamente satisfatória.

— E eu também ganho café? — ela perguntou, com astúcia. — Amanhã cedo? Pelo beijo desta noite? Pagamento adiantado ao troll do pedágio?

— Ora, moça pequenina, quem a ensinou a liderar uma barganha tão dura? — Se as coisas fossem do jeito dele, Falcão roubaria tantos doces beijos naquela noite que, na manhã seguinte, só precisaria rolar para beijá-la de novo. Na cama dele.

— Isso foi um "sim", Falcão?

— Cessar e desistir, moça! Se me atirar outro desses olhares sedutores, vou acabar lhe entregando minha adega com o café e talvez incluir alguns cavalos.

— Me dá sua palavra, então?

— Você tem minha palavra e minha promessa.

— Fechado. — Adrienne selou o acordo às pressas. Respostas, café e a desculpa para um beijo. Como ela poderia pedir mais? — Minha resposta primeiro — ela exigiu.

A grande cabeça morena de Falcão inclinou-se para a frente, a boca na orelha de Adrienne. Arrepios subiram pelas costas dela assim que o hálito dele soprou em seu pescoço.

— O quê? Não estou ouvindo você — ela disse, enquanto ele murmurava algo indistinto.

— Na verdade, é tolo demais para ser digno de repetir...

— Trato é trato, Falcão! — ela reclamou, tremendo violentamente quando os lábios dele percorreram seu pescoço repetidas vezes.

Falcão grunhiu.

— Ele desejou para mim a esposa perfeita. Que minha mulher seria tudo o que eu sempre ousei sonhar... tudo o que sempre tive esperança de que ela fosse. E então ele desejou que ela se recusasse a me amar. Recusasse a me tocar. Recusasse a partilhar meu leito.

— Por que um amigo desejaria uma coisa dessas? — ela perguntou, indignada.

— Por que uma esposa faria uma coisa dessas? — ele respondeu suavemente contra o lóbulo macio da orelha dela.

Ela sentiu a ponta da língua contra sua pele e também perguntou: Por quê? Por que uma esposa diria não àquele homem incrivelmente belo e intrigante?

Seu pulso acelerou; ela virou a cabeça e olhou no fundo daqueles olhos de ébano lustroso e daquelas profundezas insondáveis. Desconcertada pela onda e pelo estremecimento de emoção, tocou um dedo naqueles lábios perfeitamente esculpidos. Sua mente gritava para identificar aquele novo sentimento, para controlá-lo, mas seu corpo exigia que ela o conhecesse em um sentido que não tinha nada a ver com razão ou lógica.

— Me deixe amá-la, moça. Não vou tomar nada que não deseje entregar. — Seus olhos se demoraram no rosto dela, uma carícia visual e sedutora que lhe aquecia o sangue, e ela se perguntou como poderia ter sido, se ao menos ela o conhecesse quando ainda acreditava no felizes para sempre. Qual seria a sensação de deixá-lo correr aquelas mãos belas e fortes por todo o seu corpo trêmulo, ser beijada e excitada e, finalmente, preenchida pelo aço vivo e pulsante de sua fome? Os sentidos de Adrienne foram consumidos por Falcão; o cheiro picante e masculino, o toque sedoso de seu cabelo, a pressão dura como rocha de seu corpo contra o dela.

Vou detê-lo daqui a pouco, ela prometeu a si mesma, ao sentir os beijos salpicados pelo maxilar. *Um beijo na boca era o acordo*, ela se lembrou.

Com a consciência aliviada por um instante, ela permitiu a textura gloriosa, áspera e calejada das palmas dele contra sua pele, o sussurro da barba por fazer contra seu pescoço. De repente, ela estava mais do que permitindo. Seus braços foram se erguendo para enlaçar o pescoço dele. Ela enterrou os dedos nos cabelos escuros e sedosos, depois os deslizou pelo pescoço para os ombros talhados, traçando os contornos de cada músculo esculpido.

Adrienne inspirou, trêmula e confusa. Não conseguia levar oxigênio suficiente para os pulmões, mas isso deixou de importar quando Falcão substituiu a necessidade de ar por uma necessidade dos lábios dele, a necessidade de sua língua, uma necessidade pela necessidade dele por ela.

— Sou seu homem, moça — ele advertiu suavemente. — Tudo acaba aqui. Comigo. O melhor e o último. Ah, definitivamente o último.

Meu último, ela aceitou, relutante, pois duvidava de que qualquer outro homem pudesse se equiparar a ele.

Naquele instante de tirar o fôlego, o passado virou um borrão de absoluta insignificância. Era como se Eberhard nunca a tivesse tocado, como se o século XX nunca tivesse existido. Como se, por toda a sua vida, ela estivesse caminhando para aquele momento. Para aquele homem. Para aquela magia.

Falcão trilhava um caminho de beijos por seu queixo, sobre cada centímetro de seu rosto; o nariz, as pálpebras que se fecharam vibrando, as sobrancelhas, e então se deteve, seus lábios sensuais suspensos a um movimento de língua dos dela. Ela o beijaria? Ela se atreveria a tanto?

Adrienne colocou a língua para fora lentamente e provou o gosto do homem que desejava desde o momento em que pousara os olhos fascinados nele.

— Minha nossa — ela sussurrou. Ela o queria, queria aquele momento mais do que já quisera algo na vida. Um som áspero vibrou no fundo da garganta de Falcão; ele abriu a palma da mão na base do pescoço dela e inclinou a cabeça de Adrienne para trás a fim de receber seus beijos. A ponta rosa da língua circundou os lábios dela, provou cada canto, cada maciez, atiçou-lhe os sentidos, até que ela não pôde mais suportar e seus lábios relaxaram sob os dele, moldaram-se aos dele, abriram-se para ele, e seu corpo todo pareceu se abrir e clamar por ele. Ela era um botão de rosa desfraldando as pétalas para o calor dourado do sol. — Magnífico — ela sussurrou, sem saber que pronunciara o pensamento em voz alta.

Mas Falcão não deixou passar — ouviu aquela única palavra, e o desejo o atingiu tão brutalmente que o fez estremecer. Quente e forte, impiedosamente, Falcão moveu a boca sobre a dela. Ele se debruçava sobre seus lábios com uma fome implacável que fez estrelas cintilarem atrás das pálpebras fechadas.

Adrienne escancarou os olhos para o prazer puro de encará-lo, e viu que ele fitava diretamente os seus olhos com tal promessa ardente de paixão que ela gemeu contra sua boca.

Centenas de metros abaixo, em seu ritmo, a natureza conspirava com o mistério bruto e insaciável da paixão; o ritmo sensual das ondas, bilhões de litros de água que vinham com fúria e, em seguida, amainavam e recuavam. Onda após onda de sensações quebravam sobre Adrienne; ela estava à deriva em um mar de paixão tamanha que literalmente sentia que estava adquirindo nova forma, estava sendo moldada ao toque daquele homem, assim como as rochas abaixo dela eram moldadas pela carícia implacável do oceano.

A língua de Falcão era seda quente explorando sua boca, excitando sua língua.

— Ah — ela sussurrou —, eu nunca soube...

— Me beijar é tão ruim assim, então, moça?

— Não é o beijo que é ruim... — Suas palavras se perderam em um gemido suave quando ela inclinou a cabeça para trás em busca de mais beijos.

— O que é ruim, meu coração? — Falcão lhe mordiscou o pescoço com delicadeza.

— Aaah...! Você!

— Eu? Eu sou ruim? — Ele não a deixou responder por um longo instante, mordiscando-lhe o lábio inferior, brincando com ele, sugando-o, depois o soltando pouco a pouco.

Adrienne inspirou, trêmula.

— Bem... Quer dizer... você é um *homem*...

— Sim — ele encorajou.

— E muito bonito, diga-se de passagem...

— Humm... Sim?

— E eu odeio homens bonitos... — Ela moveu as mãos sobre os ombros dele, pelas costas definidas, e deslizou da cintura firme até as nádegas musculosas. Ficou embasbacada pelo próprio atrevimento, extasiada pelo grunhido de prazer que arrancou dele.

— Estou vendo. Odeie-me *assim* mesmo, moça. Odeie-me assim de novo. Pode me odiar o tanto que precisar.

Em um movimento fluido, Falcão deitou-a cuidadosamente no chão e estendeu o corpo rígido sobre o dela. Adrienne estava maravilhada; nunca atingira tal grau de intimidade com Eberhard, nunca experimentara nada como isso antes, a sensação inebriante de se ver deitada debaixo de um homem. Como era tentador, irresistível: o impulso de seus seios contra aquele peito amplo; a forma possessiva como ele a enlaçava e mantinha uma de suas pernas entre as dele; a crista do membro enorme contra a curva de sua coxa. Quando ele moveu o corpo de forma que aquela rigidez se encaixou dura como rocha entre as pernas dela, o calor entre elas ardeu em chama, provocando espasmos em músculos que ela nem sabia que tinha dentro de si. Ele ondulou os quadris, friccionando-se em lentos círculos eróticos contra o corpo dela. Adrienne sentiu a cabeça zonza, desorientada pelas sensações que Falcão provocava. Arqueou-se contra ele, passou uma perna por cima do corpo dele para atraí-lo ainda mais para perto — para aprisionar e aconchegar o homem apaixonado que ele era no anseio ardente que ela sentia entre as coxas.

Ele puxou suavemente o corpete do vestido e o deslizou sobre os ombros dela, expondo os seios para sua exímia atenção.

— Lindos — murmurou, seus dedos provocando os mamilos enrugados. Quando ele circundou os bicos rosados com a língua, riscas de fogo irradiaram pelo corpo de Adrienne, culminando em um calor sublime no ventre e mais para baixo.

— Ah, meu Deus! — Adrienne soltou a cabeça na grama perfumada e enlaçou os dedos de modo possessivo nos cabelos escuros de Falcão.

Ele grunhiu, a respiração quente soprando nos seios dela.

— Como você faz isso comigo, moça? — Ela era tudo o que ele sonhara ter um dia, antes de ter se aconselhado severamente a desistir dos sonhos, antes de se convencer de que não passavam de fantasias de um rapaz tolo.

Mas agora ele se sentia muito como aquele rapaz tolo novamente.

Ele quase riu da sensação de certeza. Depois de todas as mulheres que tivera, ele *amava* a que estava com ele naquele momento. A imensa completude de sua compreensão o surpreendia e, ao mesmo tempo, encantava; baixou os lábios para os dela, exigindo sem palavras que ela retribuísse seu amor. Ele colocou cada grama de anseio, cada fragmento de sedução canalha à sua disposição para aquele apelo silencioso — e a beijou tão profundamente que já não sabia onde ele terminava e ela começava. Os quadris de Adrienne cederam quando ele se pressionou contra ela e se ergueram, famintos, para encontrar os dele assim que ele recuou. Sons primitivos escaparam-lhe dos lábios, agora inchados e cor de ameixa, depois dos beijos ferozes.

— Me ame, Adrienne — ele ordenou, mais áspero. — Me ame!

A única resposta dela foi um gemido gutural.

— Diga que me quer, moça — ele exigiu avidamente contra seus lábios.

— Por favor... — veio a resposta sufocada quando ela apertou os olhos com força. *Vou pará-lo em um minutinho. Vai ser mais fácil se eu não olhar para ele.*

— Você me quer, Adrienne? — questionou Falcão, afastando-se do beijo. A expressão de súplica não era resposta suficiente; ele tinha de ouvi-la dizer as palavras. Que, mesmo de olhos fechados, ela sabia que era *ele* em cima dela, *ele* que a beijava.

Mas ela não respondeu nada, e seus olhos permaneceram fechados.

Falcão gemeu e a beijou novamente a despeito disso, perdendo-se por um momento na textura e no sabor dos doces lábios. Mas a dúvida martelava dentro dele. Falcão estava ciente de que, se não insistisse no incidente, poderia ainda levá-la para a cama naquela noite, aproveitando que ela estava bêbada de desejo. Mas não queria uma Adrienne incoerente. Ele a queria desperta, plenamente consciente e lhe pedindo para tocá-la. Queria que ela o encarasse de olhos abertos, com uma fome sincera e imperturbável. Falcão separou a boca da sua, ofegando intensamente.

— Abra os olhos, Adrienne. — Ele se obrigou a ficar imóvel, os quadris rígidos contra o arco sedutor do corpo dela.

Transcorreu um momento sem palavras, de respirações rasas e lábios a meros centímetros de distância.

— Olhe para mim. Diga meu nome. Agora — Falcão exigiu.

Os olhos de Adrienne abriram apenas uma fresta. *Não me faça admitir tudo isso... Não me peça tanto!*, eles suplicavam. Novamente, o corpo dela empinou, implorando-lhe para se mover sobre ela, para seduzi-la em sua excitação bêbada, para que no dia seguinte ela pudesse fingir que não tivera escolha.

— Olhe para mim e diga meu nome. — Sua voz falhou asperamente nas palavras. Sua boca bonita, esculpida, pairava apenas um sussurro longe dela.

Muda, Adrienne o fitou, com lágrimas molhando seus olhos, ameaçando se derramarem na face.

— Por que não consegue dizer? — ele questionou, o veludo áspero do sotaque escocês sobre vidro quebrado. — É tão impossível? Sidheach. Isso é tudo que você tem a dizer. Ou James, até mesmo Lyon. *Laird* Douglas já serviria! Qualquer coisa, menos Adam.

Adrienne o encarou, sentindo a repulsa de sua própria fraqueza sufocá-la. Não tinha aprendido nada! Um centímetro mais, um mero movimento e ela estaria perdida como nunca. *Onde o corpo vai... o coração segue... Basta dizer o nome dele e beijá-lo novamente, e você pode dizer adeus para a sua alma. Este homem tem o poder de destruí-la de maneiras que Eberhard nunca poderia.*

— O que vai ser necessário para você o esquecer?

E ele pensou que era Adam, mas não era Adam. Era Eberhard. E não restaria mais nada para ela desta vez, se fizesse papel de tola outra vez.

— Diga meu nome, moça, pelo amor de Deus! — rugiu Falcão. Ele estava tremendo com um misto de paixão mal contida e descrença de que ela pudesse reagir de forma tão erótica, tão completa e, contudo, reter o nome dele. — Se há alguma chance de que seja para mim, Adrienne, me chame! Se você não consegue nem mesmo dizer meu nome, então não tenho chance nenhuma de ganhar seu amor um dia!

Seu último pedido foi o grito angustiado de um animal ferido; dilacerou o coração dela.

Uma veia palpitava no pescoço dele, e Adrienne levantou a mão para tocar nela os dedos trêmulos. Mais e mais ela fortificou o coração, até estar segura de novo atrás de um glaciar de lembranças e arrependimentos.

Ele afastou a mão dela.

— Diga — forçou a exigência com os dentes cerrados.

— Mas veja se isso não é *tããão* comovente. Eu vou ajudá-la. — A voz de Olivia pingava veneno. — Apenas o chame de prostituto do rei — ela ronronou. — Era só assim que *nós* o chamávamos.

A tempestade que o assolava por dentro parou naquele momento preciso.

— É verdade? — Adrienne finalmente sussurrou, os olhos amplos e profundos de dor. De dor e de algo mais. Falcão viu o grito silencioso nas profundezas cor de ardósia. Ele queria negar, explicar e dissipar o pesadelo. Mas não mentiria para aquela moça. Ela teria de aceitá-lo em toda a verdade ou não aceitá-lo de jeito nenhum; quando ela fizesse isso, se é que restava alguma chance para ele, Adrienne o possuiria completamente. A amargura começou a brotar, encobrindo-o com um desespero tão completo que ele quase chorou alto com a agonia de tudo aquilo.

— Eu era chamado de prostituto do rei — ele respondeu, rigidamente.

Sombras saltaram e bruxulearam nos olhos prateados opalescentes. A escuridão que jurou aliviar, ele havia alimentado com as próprias forças.

Ele girou de cima dela e se levantou lentamente, depois saiu andando noite adentro com o silêncio de um lobo, deixando-a à beira de um precipício com a ex-amante vingativa. Sua esperança era de que ela simplesmente empurrasse a rancorosa Olivia da beira do penhasco, mas sabia que não seria assim tão fácil. Se julgasse com razão, sua esposa estaria na cama de Adam a qualquer momento.

Era um caso perdido para ele.

Era melhor nunca ter encontrado a moça, assim nunca teria conhecido a doce onda de emoção, a paixão redentora, as asas libertadoras do que o amor poderia ter sido.

Vagueou naquela noite, perdido em memórias do tempo em que era comandado pelas ordens de seu rei. Tudo por Dalkeith e por sua mãe, por Ilysse e por Adrian. Sim, e pela bela Escócia, de tempos em tempos, quando seu rei havia agido como um tolo insano. Não, nunca existira qualquer escolha.

Os olhos de Falcão vasculharam o céu noturno em busca de mais uma estrela cadente. Ele pretendia fazer um desejo a cada uma pelo resto de sua vida, se preciso. Era certo que dez mil desejos seriam capazes de desfazer um. Mas a cobertura nebulosa retornara, e não havia nem uma faísca de estrela em parte alguma na escuridão absoluta que o cercava.

17

— Ah, pobrezinha, pensei que você soubesse! — Olivia disparou.
— Vá para o inferno — Adrienne sussurrou enquanto se forçava a levantar.

— Estou tentando ajudá-la...

— Não, não está. A única pessoa que você está tentando ajudar é a si mesma, se jogando para o meu marido.

— Ah, sim. Seu precioso marido. Não tem curiosidade sobre o tempo dele na corte? — incitou Olivia.

— Você acha mesmo que sou tola o suficiente para acreditar que você me contaria alguma verdade sobre ele? Uma mulher como você?

Olivia se deteve no meio de uma palavra, a boca ligeiramente entreaberta.

— E o que isso quer dizer?

Frios, os olhos cinza-ardósia de Adrienne encontraram os ovais fortemente delineados de Olivia.

— Apenas que você é o tipo de mulher que mede o próprio sucesso pelos homens que leva para a cama e pelas mulheres que ataca, mas um dia, muito em breve, e pela sua cara não vai demorar muito, não vai passar de uma matrona redonda e solitária. E então como você vai passar o tempo? — Olivia poderia ter vencido se fosse alguns anos antes, mas não havia muita coisa que fizesse Adrienne de boba agora.

— Como se atreve, sua *petite salope*! — Olivia vociferou. — Eu só estava oferecendo ajuda...

— Nos seguindo, nos espiando e depois trazendo o passado dele à tona? O passado já se foi, Olivia. — Adrienne não sabia que o estava defendendo até ouvir a própria voz. — Algumas pessoas aprendem com o passado, se tornam melhores e mais sábias. Meu Falcão fez isso. Você só está zangada porque sabe que ele não é o homem que costumava ser. Se fosse, teria ficado nos jardins com você, em vez de passar a tarde conversando comigo.

— Conversando? Ele e eu costumávamos... conversar... assim também. Ele só está temporariamente cobiçando um novo corpo. Ele vai superar. E, quando o fizer, vai voltar para minha cama.

— Você está errada — Adrienne disse calmamente. — E sabe disso. E é isso o que realmente a incomoda.

— Não se pode ensinar novos truques a um cachorro velho, doce e jovem tolinha — Olivia escarneceu.

Adrienne exibiu um sorriso condescendente para a mulher mais velha.

— Talvez não. Mas às vezes os cachorros desistem *completamente* dos velhos truques.

— Você fala como uma mulher apaixonada. Ainda assim, não conseguiu nem dizer o nome dele — declarou Olivia, arqueando uma sobrancelha traçada a lápis.

O sorriso de Adrienne desvaneceu.

— Eu falo tanto por mim como pelo meu marido quando sugiro que você deixe Dalkeith ao amanhecer, quer os cavalos estejam descansados ou não. Você já não é bem-vinda aqui. Não volte nunca mais.

Tenho certeza de que consigo encontrar, não consigo?, ela refletiu, caminhando cuidadosamente pelo jardim.

Assim como acontecera com Eberhard, o playboy de elite com seu bronzeado de convés de lancha, que a havia manipulado com tamanha destreza, ela se encantara tolamente por uma bela ilusão. A verdadeira beleza tinha de vir de dentro. Um homem chamado de prostituto do rei... bem, que tipo de beleza havia nisso?

Pior ainda era o pensamento do que ela estava prestes a fazer, que voluntariamente teria feito com Falcão, se Olivia não tivesse aparecido. As súplicas dele quase haviam derrubado suas defesas, e ela sabia muito bem que, se Olivia não os tivesse interrompido, ela ainda estaria lá, deitada debaixo do corpo magnífico, apenas mais uma das conquistas do prostituto do rei.

Talvez não seja assim, Adrienne. Talvez você não saiba a história toda, apontou uma pequena voz no coração dela.

Talvez eu não queira saber a história toda, ela refletiu, com raiva. Apertou as mãos até sentir o corte doloroso das unhas na carne macia das palmas. *Eu quero ir para casa*, ela reclamou, como uma criança perdida. *Quero a Moonie.*

É o único motivo pelo qual vale voltar para lá, pensou.

Soltou um suspiro de frustração.

— Adrienne. — A voz dele saiu das sombras do pátio inferior, tão baixa que primeiro ela pensou que tivesse imaginado.

Ela girou e se deparou com o olhar dele. O luar caía em lâminas largas entre as árvores, projetando uma barra prateada sobre o rosto esculpido dele.

— Me deixe em paz, Falcão.

— O que Olivia contou? — As palavras soaram como se tivessem sido arrancadas contra sua vontade.

— Por que não vai perguntar a ela? Parece que vocês dois já se comunicaram muito bem no passado. Uma espécie de "comunicação sem palavras", se eu me lembro.

— Moça, não — ele grunhiu.

— Por que não? A verdade dói?

— Adrienne, não foi desse jeito. Não foi... — Sua voz sumiu e ele suspirou.

— Não foi o quê? — ela indagou, em tom gélido, e em seguida esperou. Será que ele explicaria? A palavra *prostituto* poderia ter uma variedade de significados, nenhum deles palatável. Adrienne sabia que ele tinha estado com mulheres bonitas, e muitas, pelo que as criadas dos Comyn haviam lhe contado. Mas quantas exatamente? Mil? Dez mil?

Quando Falcão não respondeu, Adrienne pressionou.

— Você é amante de Olivia?

— Não, moça!

— Você foi? — ela se forçou a perguntar.

Ele suspirou.

— É verdade, mas foi há muito tempo, e você não sabe das circunstâncias...

Adrienne o olhou com fúria.

— Não quero saber em quais circunstâncias você estaria com uma mulher como ela! Se tivesse qualquer critério, você jamais... Vocês homens são todos iguais!

A fala de Falcão ficou audivelmente mais embargada.

— Me dê uma chance, Adrienne. Me ouça. Não é justo me odiar por coisas que outros homens podem ter feito com você. Mais uma chance, moça: é tudo o que peço.

— Já lhe dei chances demais! Me deixe em paz, Falcão Douglas. Apenas me deixe em paz! — Adrienne deu meia-volta e correu para o castelo antes que se humilhasse se debulhando em lágrimas.

Sonhou com Falcão e com a promessa que vislumbrara nos olhos dele: a esperança. Se conhecesse seu passado, será que *ele* ainda ia querer ficar com ela? A psique adormecida de Adrienne lutou valorosamente contra tudo aquilo. Ela se atreveria a amá-lo? Não se atreveria? O coração dela estava ainda muito machucado. Sua mente repelia qualquer possibilidade de mais vergonha e arrependimentos. Mas a tentação de ceder era cada vez mais difícil de resistir. Se ao menos ela estivesse em casa, em seu casulo de solidão. Segura de novo, mas tão solitária...

Sonhando dentro de um sonho, ela finalmente se lembrou de como fora parar ali e entendeu como poderia voltar para casa. A maneira de fugir de Falcão e de suas promessas infinitas de paixão e dor.

Foi desperta pelo impacto da memória. Desembaraçando-se da seda dos lençóis, cruzou o quarto e espiou a noite preta como tinta.

O jogo de xadrez de Eberhard.

Enfim ela conseguia se lembrar com perfeita clareza do que estava fazendo momentos antes de ter sido catapultada através do tempo e de aterrissar no colo de *laird* Comyn.

Encontrava-se na biblioteca, pegando as peças do xadrez de Eberhard.

Aquele maldito conjunto de xadrez era amaldiçoado *de verdade*. Quando tinha subtraído o jogo da casa de Eberhard, ela tomara o cuidado de não tocar nas peças. Com frequência, ele havia brincado sobre a maldição, mas Adrienne preferia deixar uma larga margem de segurança em torno das lendas, maldições e mitos. Depois de ter roubado o conjunto, ela o deixara na caixa, com a intenção de tirá-lo de lá somente se precisasse vendê-lo.

Sabia que estava com a rainha negra na mão quando aparecera no colo de Comyn, o Vermelho, mas onde a peça tinha ido parar depois? Era certo que não estava mais com ela. Uma das criadas teria pegado? Precisaria confrontar o desprezível Comyn, o Vermelho, para recuperá-la?

Ela balançou a cabeça, desanimada. Tinha de estar em *algum lugar* na Fortaleza Comyn, e, onde quer que estivesse, precisaria se esforçar para encontrá-la, pois era o que poderia levá-la para casa.

Será que conseguiria descobrir o caminho de volta à Fortaleza Comyn?

Claro, ela se encorajou. Depois de viajar por estradas vicinais precárias por mais de três mil quilômetros, Adrienne de Simone poderia se localizar em qualquer lugar. Mas rapidamente, enquanto ainda estava sob a cobertura da noite. E antes que sua determinação enfraquecesse.

Trinta minutos depois, ela estava pronta. Andando na ponta dos pés pela cozinha, encontrou um saco oleado e o encheu com pães, queijos de casca e algumas maçãs. Tavis roncava na cadeira junto à porta, a mão encurvada ao redor de um copo meio cheio de — ela fungou cautelosamente — álcool puro de cereais. Após uma rápida parada no Quarto da Dama Verde, onde ela deixara as botas que ganhara de Lydia, estaria pronta para partir.

Saindo discretamente da cozinha, ela percorreu devagar o corredor curto e empurrou a porta do Quarto da Dama Verde. Seus olhos se inflamaram com desânimo. Ali dormia Falcão, um lençol branco de linho ao redor das pernas, o tronco exposto para a carícia da madrugada. A cabeça morena virava de um lado para o outro nos travesseiros brancos, e ele dormia sozinho — agarrando nos braços o vestido que ela estava usando no dia em que levara o dardo no pescoço.

Eles o chamavam de prostituto do rei, ela se lembrou. Talvez, na realidade, a pessoa fosse indicada pelo rei a ter um posto como aquele. Ou talvez ele simplesmente não fizesse distinção de espécie alguma a ponto de ter ganhado o título por si mesmo. De qualquer maneira, ela nunca mais seria uma entre muitas.

Adrienne espiou suas botas na arca de madeira ao pé da cama. Olhos cuidadosamente desviados do marido adormecido, ela as puxou de cima da tampa de pinho polido e voltou em direção à porta, andando macio como um gatinho, e depois a fechou atrás dela.

E agora a parte difícil. Guardas estavam a postos por todo o castelo. Ela teria de fugir pelos jardins, percorrer a ponte eterna até o portão de entrada e atravessar a torre leste. Já tinha fugido de coisas piores antes, enfrentado climas piores. De alguma forma, ela conseguiria. Sempre conseguia quando o assunto era fugir.

Falcão abriu um dos olhos de leve e a observou partir. Murmurou algo sinistro e mexeu o corpo, dobrando os braços musculosos atrás da cabeça. Olhou para a porta por um longo instante.

Adrienne ia deixá-lo?

Nunca. Não enquanto ele respirasse, e ainda restava muita energia dentro dele para continuar a briga, muito mais do que ela devia pensar que tinha.

Ele se colocou em pé e apanhou o kilt, amarrando-o frouxamente ao redor da cintura.

Então era assim que ia ser, meditou, amargamente.

O primeiro de sinal de algo menos que palatável no seu passado, e ela iria fugir. Ele não a tomara por alguém do tipo arisco. Pensou que houvesse uma moça de temperamento impetuoso debaixo do exterior de seda, mas um sussurro de seu passado sórdido e ela estava pronta para deixá-lo. Depois do prazer que ela tão obviamente havia sentido em seus braços, mesmo assim... ela ia embora.

Bem, onde diabos ela achou que ele havia aprendido a proporcionar prazer?

Ah, não. Da próxima vez que estivesse com a esposa nos braços, e haveria uma próxima vez, ele tomaria uma das poções ciganas para fazê-lo se distanciar do ato em si. Então ele realmente lhe mostraria os benefícios que ela havia perdido da vez em que o recusara com tanta violência.

Ele estava oferecendo seu amor, livre e abertamente. Ele, que nunca tinha oferecido nada mais que o prazer físico de curta duração para qualquer moça que fosse, estava oferecendo sua vida àquela mulher.

Mesmo assim, ela não queria aceitá-lo.

E ela nem sabia absolutamente nada sobre o que significava ser o prostituto do rei. Olivia estava prestes a contar, ali nos jardins. Olivia, que havia explorado impiedosamente a servidão de Falcão ao rei, quando exigiu que Jaime mandasse Falcão proporcionar a ela aqueles favores carnais que ele havia negado a ela anteriormente. Olivia, que tinha mostrado a Jaime um jeito novo de humilhar Falcão. A simples lembrança o envergonhava e enfurecia. Ele baniu tais pensamentos e a raiva cega que eles geravam com uma inflexão firme de sua determinação formidável.

Adrienne era seu problema imediato. Falcão bufou. Ela por acaso estava fugindo para descobrir o mundo nos braços de seu ferreiro?

Sim. Tinha certeza.

Naquele momento, Grimm abriu a porta e colocou a cabeça para dentro, um questionamento silencioso nos olhos.

— Ela está indo para o norte? — O semblante de Falcão era amargo.

— Não — Grimm respondeu, intrigado. — Era o que eu também esperava, mas ela segue para o leste.

— Para o portão de entrada? Sozinha?

— Isso mesmo. Carregando apenas um pacote pequeno.

— Ele deve estar indo se encontrar com ela lá — Falcão ponderou. — A guarda está seguindo?

— Está, a distância. Até você dar sua ordem.

Falcão virou as costas e fitou as brasas quase apagadas. Sua ordem. Deveria deixá-la ir? Será que poderia? E se ela se juntasse a Adam, como ele iria se impedir de matar o ferreiro com as próprias mãos? Não. Melhor pará-la antes que ele recebesse a confirmação absoluta da traição.

— O que você descobriu sobre Adam? — Falcão chutou a lareira.

— Nada, Falcão. É como se ele tivesse vindo voando em uma brisa das fadas e fincado raízes. É a coisa mais estranha. Ninguém sabe de onde ele veio. Acho que Esmerelda é a melhor aposta para obtermos informações, já que é ela que aquece a cama dele. Mas eu ainda não fui capaz de encontrá-la. — Grimm esfregou o queixo, pensativamente. — Parece que a gente de Esmerelda levantou acampamento de onde estava, ao norte das sorveiras, rumo aos pastos do extremo leste.

Falcão girou sobre os calcanhares, os olhos escuros observando Grimm atentamente.

— Os roma nunca mudam o acampamento. Eles sempre ficam nas pastagens do norte durante o verão.

— Não neste verão. — Grimm encolheu os ombros. — Verdadeiramente incomum. É dito que até o Samhain seria comemorado nesse novo local.

— Estranho. — Falcão ponderou esse novo desdobramento incomum. No entanto, dedicou apenas um instante para considerar a tribo cigana que acampava em Dalkeith: havia questões mais importantes a tratar. Sua esposa o estava abandonando. — Detenha-a no portão de entrada, Grimm. Estarei lá em breve.

Adrienne sabia que estava sendo seguida.

Escapar do castelo era tão difícil quanto tentar fugir da prisão. As chances de deter a perseguição dos guardas eram menores que as de se transportar de volta para o século XX fazendo um pedido. Desta vez ela nem tinha uma arma.

Como na noite da morte de Eberhard — uma noite na qual havia se prometido nunca mais pensar.

Não pretendia que nada daquilo acontecesse. Nem ao menos sabia o que estava ocorrendo até a noite em que finalmente descobriu por que Eberhard a estava mandando para todas aquelas férias solitárias. *Tão adorável e estupidamente ingênua.* Não foi assim que Adrienne o ouvira descrevê-la, naquela noite em que retornara inesperadamente de Londres, na esperança de surpreendê-lo?

De fato, foi uma surpresa.

Entrando de fininho pela porta dos fundos na garagem e depois na casa luxuosa, Adrienne tinha ouvido uma conversa que não era para seus ouvidos.

Uma conversa que ele a mataria por ter escutado.

Ela não havia chamado o nome de Eberhard quando colocou a mão na porta que levava ao escritório dele. A voz de Gerard viajava claramente através da porta.

— Rupert a encontrou em Londres?

Adrienne congelou. Estavam falando sobre ela. Como eles sabiam que Rupert estava em Londres? Ela o conhecera apenas no dia anterior. Ainda nem tinha ligado para Eberhard e discutido nada com ele. Tinha pegado o voo noturno e viajado um dia inteiro e metade da noite para chegar em casa. Ela pressionou o ouvido à porta, curiosa.

Eberhard riu.

— Assim como planejamos. Ele disse que estava na cidade para comprar um presente para a esposa. Você conhece Adrienne, ela acredita em qualquer coisa. Não reparou em absolutamente nada quando ele trocou a bagagem pela dela. Ela é tão adorável e estupidamente ingênua. Você estava certo sobre ela desde o início, Gerard. Ela é o patinho perfeito. E nunca vai se dar conta do que estamos fazendo até que seja tarde demais para alguma coisa importar.

Adrienne teve um sobressalto violento, sua mão congelada na porta.

— E quando ela finalmente for pega, Eb? Aí o que você vai fazer?

O riso de Eberhard enregelou o sangue de Adrienne.

— Ah, essa é a beleza da coisa. Eles vão desenterrar os registros do orfanato. Tomei a liberdade de mandar alterá-los um pouco. Agora refletem uma delinquente juvenil com inclinação natural para o comportamento criminoso. Ela vai levar a culpa sozinha. Não há um policial na minha bela cidade que tentaria acusar o sr. Eberhard Darrow Garrett, um generoso padrinho político. Eu nunca abandono o reino de *N'ólins*. Ela é quem está sempre entrando e saindo do país.

Os olhos de Adrienne estavam arregalados de horror. *O que ele está dizendo?*

Gerard riu.

— Mês passado colocamos uma remessa enorme no Mercedes dela, Eb. A corrida para Acapulco foi simplesmente brilhante.

Remessa? Adrienne se perguntou freneticamente. Remessa de quê? Ela se afastou da porta silenciosamente.

Estúpida. Ingênua. Inocente. O que havia de tão ruim em ser inocente?, questionou, ao escapulir pela casa escura, engolindo as lágrimas. Pelo menos havia honra na inocência. Pelo menos ela nunca fizera mal a ninguém, nunca usara ninguém. Bem, talvez ela fosse um pouco... ingênua. Talvez ainda lhe faltasse um pouco de bom senso. Mas ela mais que compensava esse quesito em outros departamentos. Tinha um bom coração. Isso devia valer para alguma coisa.

Sua garganta apertava com a vontade suprimida de chorar. Pare com isso, ela se repreendeu. Foco. Encontre a rainha. Volte para casa. Não se fazem homens como Falcão no século XX, e, depois dele, nenhum homem jamais poderia ser considerado tentador.

O portão de entrada assomava-se diante dela. Por que ainda não a tinham impedido de prosseguir? Ela sabia que ainda estavam lá. Talvez ele quisesse deixá-la ir. Talvez ela fosse tão ingênua e inexperiente que realmente não despertasse interesse nenhum. Afinal, um homem como aquele certamente não teria dificuldade para encontrar uma mulher disposta.

E que importância isso teria para o prostituto do rei? Sempre haveria outra mulher.

Com raiva, ela chutou uma pedra e a observou saltitar até o muro do portão de entrada. Será que iriam levantar o rastrilho e abrir as portas para ela? Estender o tapete vermelho para celebrar sua despedida?

Assim que ela adentrou o arco, Grimm emergiu da escuridão.

Adrienne parou, aliviada.

Tente outra vez, pensou. *Reescreva essa cena, Adrienne de Simone. Correção: ela parou, furiosa por lhe negarem a fuga.*

Não, definitivamente aliviada.

Ela suspirou, e seus ombros se curvaram.

— Grimm. Me deixe passar. É a minha vida. Dá licença.

Ele balançou a cabeça.

— Lamento, milady.

— Grimm, preciso voltar à Fortaleza Comyn.

— Por quê?

Ela o estudou por um momento, nos primeiros raios da aurora. Ele parecia realmente confuso, e seus olhos não paravam de se voltar para o lado norte do pátio fortificado, como se esperasse por alguém.

— Porque estou com saudade de casa — ela mentiu. Bem, talvez não fosse exatamente mentira. Era *verdade* que sentia saudade de Moonie.

— Ah! — A compreensão cresceu nas feições belas de Grimm. Ele estava parado diante dela, pernas separadas, braços musculosos cruzados sobre o peito. — Está procurando alguma coisa.

— O quê? — Ele não poderia saber! Poderia? — Grimm, por acaso lady Comyn... quer dizer, minha mãe... falou alguma coisa sobre... bem... sobre pertences meus que deixei lá... em casa?

— Como o quê? — ele indagou, o verdadeiro retrato da inocência.

— Sim, o quê? — ressoou uma voz atrás dela. Algo naquela voz decididamente mudou, e para pior. O ronronar de veludo de Falcão havia assumido a frieza do aço liso e polido.

Ela era responsável por aquela mudança?

— Leve-a para o Quarto do Pavão. Tranque a porta e me traga a chave, Grimm.

— Não! — ela gritou, girando no lugar para encará-lo. — Tenho de ir embora! Quero ir para a Fortaleza Comyn!

— O que procura, esposa? — ele perguntou, em tom gélido.

Muda e desafiadora, ela o encarava.

Falcão praguejou em voz baixa. Poderia ser verdade? Será que ela poderia mesmo ser do futuro e estar procurando um jeito de voltar para casa? O pensamento de que ela pudesse trocá-lo por Adam quase o havia enlouquecido.

Apesar disso, ele refletiu, soturno, se era a rainha preta o que ela estava procurando, sem a menor dúvida o estava fazendo por algum motivo. As probabilidades eram de que ela pertencesse a outro lugar, se não a outra *época*, e ela pensava que a rainha preta poderia levá-la para longe dele.

Havia uma só maneira de descobrir, Falcão concluiu.

— É disso que você está atrás, moça? — ele questionou ao tirar a peça do *sporran* e erguê-la diante dos olhos arregalados de Adrienne.

18

— Venha, moça. — A ordem era inexpressiva e inquestionavelmente perigosa. Mesmo então, a mera palavra a fez estremecer de desejo. A onda de calor lhe roubou o fôlego.

— Falcão...

— Não. — A palavra foi um aviso. — Agora. Pegue minha mão.

O que ele ia fazer?, ela se perguntava desesperadamente. Pelas costas, ela sentiu Grimm se aproximar com a intenção de conduzi-la a Falcão.

— Espere! — Ela estendeu uma mão para afastá-lo.

— Ande, milady — Grimm instou, baixinho.

— Não me tranque em um quarto!

— Como é que eu poderia não trancar? — zombou Falcão. — Sabendo que você voltaria para um lugar onde, ao que parece, tinha pouca alegria. Mesmo assim, prefere estar lá do que aqui comigo!

— Você não acredita que eu sou do futuro! — ela exclamou.

— Começo a acreditar — ele murmurou. — Como você acha que eu sabia disso? — A rainha negra brilhava em sua mão.

Ela deu de ombros.

— Como?

— Você, minha doce esposa, falou sobre essa peça quando foi envenenada. Preocupada, desesperada e tentando saber onde estava...

— Mas eu acabei de me lembrar.

— Sua mente adormecida lembrou antes.

— Mas como *você* conseguiu isso?

Foi Grimm quem contou:

— Lady Comyn viu a peça cair da sua mão na noite em que ela afirma que você chegou.

— Mas como...

— Lady Comyn confiou-a a mim depois do casamento. Eu a entreguei a Falcão. Ela admitiu que você não é filha de sangue dela. Não vejo razão por que ela mentiria sobre isso. — *A menos que a Fortaleza Comyn esteja sofrendo alguma estranha loucura contagiosa*, ele pensou, de forma sinistra.

— A peça vai mesmo levar você de volta para seja lá de onde tenha vindo? — Falcão perguntou, cautelosamente.

— Acho que sim. Até onde eu sei, foi ela que me trouxe aqui — respondeu Adrienne, o olhar voltado para o caminho de pedras.

— E seu plano era pegá-la e voltar para casa, moça? Você planejou fugir de Dalkeith sozinha?

— Não! Com a sua mãe, Falcão! — ela retrucou, mordaz. — É lógico que era sozinha!

— Então você ia para a Fortaleza Comyn pegar essa peça de xadrez e tentar voltar para seja lá de onde você veio? Esse era o seu plano a noite toda? — Adrienne não notou o alerta no tom cauteloso dele.

— Sim, Falcão. Eu admito. Está bem? Eu ia tentar. Não sei se ia funcionar, mas era a última coisa que eu tinha na mão antes de vir parar aqui, e a lenda diz que aquele jogo de xadrez é amaldiçoado. Não consigo pensar em mais nada que seja capaz de me levar de volta. Essa peça me trouxe para cá e pode ser que me leve de volta.

O sorriso de Falcão era frio. Ele virou a rainha na mão, estudando-a cuidadosamente.

— Viking — comentou, pensativo. — Bela peça. Bem feita e bem conservada.

— Você acredita em mim agora, Falcão? — Ela precisava saber. — Que sou mesmo do futuro?

— Digamos apenas que eu não dou chance para o azar. — Ele ainda não acreditava por inteiro, mas era infinitamente melhor prevenir do que remediar.

Falcão deu meia-volta bruscamente, saiu caminhando duro para os jardins e falou por cima do ombro, quase um adendo:

— Traga-a, Grimm.

Mas Grimm não precisava levá-la a lugar nenhum. Mil sinos de advertência soaram na cabeça dela, e Adrienne saiu correndo para alcançá-lo. O tom cuidadoso, a postura inflexível, as perguntas. Ele estava levando tudo absolutamente ao pé da letra. Falcão não era um homem desprovido de intelecto e propósito. Ela só esperava que tivesse entendido mal que propósito era esse.

— Falcão! — ela gritou.

Os ombros dele ficaram tensos. Naquele momento ele estava acima da raiva; já tinha entrado no reino da resolução fria como gelo. Ele sabia o que tinha de fazer quando começou a correr pelos jardins e cruzou o pátio fortificado, sob a aurora azulada da Escócia. Até que fosse feito, ele não poderia deixar que ela o tocasse, que colocasse as mãos doces nos ombros dele e implorasse. *Não corro riscos quando o assunto é a minha esposa.*

— Espere! — Adrienne começou a correr, o medo apertando seu coração quando ela se deu conta de que Falcão estava seguindo diretamente para o lado norte do pátio, onde ardia a forja. — Não, Falcão! — gritou, vendo-o se fundir aos jardins.

Seus pés voavam mergulhando na vegetação exuberante, passando por cima de canteiros de anêmonas e de íris roxas. Ela pulou os muros baixos de pedra e afastou as roseiras espinhosas do rosto, ferindo a palma macia das mãos até sair do jardim para conseguir apenas avistá-lo muito ao longe.

Ofegante, conclamou cada grama de força que tinha nos pés para correr. Se é que iria conseguir, seria por pouco — por muito pouco.

De uma janela no alto, Lydia observava a cena se desenrolar.

Forçando, mesmo com dor nos músculos, Adrienne tentava desesperadamente alcançar Falcão, porém era tarde demais — ele já estava ao lado de Adam, perto das brasas incandescentes.

Arfando, ela se atirou para a frente bem quando a mão de Grimm se fechou sobre sua capa. Ele deu um puxão forte no tecido, o que a puxou junto. A capa rasgou e ela caiu, soltando um grito ao rolar no chão.

— Falcão, não!

— Destrua esta peça — ele ordenou para Adam.

— Não! — Adrienne gritou.

Adam lançou um olhar momentâneo para a beldade caída.

— Parece que a dama tem outra opinião.

— Não pedi para você pensar, Adam Black. E, diabos, não me interessa de maneira alguma o que a dama pensa.

Adam sorriu maliciosamente.

— Presumo que tenha fracassado em prender o falcão fêmea, lorde Falcão.

— Queime a peça, ferreiro. Caso contrário, vou me satisfazer incinerando você no lugar dela.

— Adam! Não! — Adrienne implorou.

Adam pareceu ponderar a situação um momento e, em seguida, com um olhar estranhamente triunfante, deu de ombros e jogou a rainha dentro da forja.

Para Adrienne, deitada no chão, tudo parecia acontecer em câmera lenta. Ela assistiu com horror a rainha negra subir pelo ar e afundar no carvão incandescente. Adrienne engoliu um soluço vendo as chamas lamberem avidamente a peça de xadrez. Sua única saída tinha sido destruída.

Falcão suspirou seu alívio. Adrienne desabou sobre a terra, olhando fixamente para o solo. A rainha preta estava perdida. A madeira africana densa não era páreo para as labaredas, quentes o bastante para forjar aço.

Sem Moonie. Sem caminho de volta.

Ela estava em 1513 — com ele — para sempre.

Adam fez um ruído um pouquinho sombrio demais para ser uma risada à medida que chegava mais perto de Falcão. Perto o suficiente para que apenas Falcão ouvisse suas palavras baixas e zombeteiras.

— Ela vai esquentar minha cama em um piscar de olhos agora, tolo Falcão.

Falcão se encolheu. O ferreiro estava certo. Sua esposa iria odiá-lo pelo que ele acabava de fazer.

— Que diabos você está fazendo na forja no meio da noite, hein? — Falcão explodiu.

Adam deu um sorriso maligno.

— Sou apenas um feliz andarilho da noite. Além disso, nunca se sabe que oportunidade privilegiada pode se apresentar para ser desfrutada.

Falcão rosnou para o ferreiro.

Atrás dele, ouviu Adrienne se levantar com dificuldade, sua respiração ofegante de tanto correr, talvez também do choque. Com ar sombrio, Falcão estudou a forja em silêncio rígido. A voz de Adrienne tremia de fúria.

— Fique sabendo de uma coisa, lorde Douglas, e isto é tudo o que realmente vai precisar saber. Lembre-se, caso algum dia você pense que eu posso mudar de ideia. Eu não vou. Eu *detesto* você. Você tirou de mim algo que não tinha o direito de tirar. E não há nada que possa fazer, *nunca*, para ganhar meu perdão. Eu *odeio* você!

— Deteste-me quanto quiser — ele disse em voz baixa, ainda encarando a forja. — Mas agora você nunca mais vai poder me deixar. Isso é tudo o que importa.

Lughnassadh

(Verão)

Dobro, labuta e problemas em dobro;
Caldeirão borbulha e queima o fogo...

SHAKESPEARE,
Macbeth

19

O crepúsculo rastejava sobre o oceano e os penhascos com uma impaciência roxa, que manchava as muralhas de Dalkeith de um tom carmesim escuro. Em seu gabinete, Falcão observava a noite penetrar pelas portas abertas do lado oeste.

Ela estava na beirada do penhasco, imóvel, a capa de veludo farfalhando incansavelmente ao vento. O que estaria pensando ao fitar cegamente o mar?

Falcão sabia o que *ele* estava pensando — que até o vento ansiava por desnudá-la. Ele se torturou com a memória dos mamilos rosados e sensuais que sabia que coroavam os seios sob o vestido de seda. O corpo dela havia sido moldado para aquela época, para vestir sedas justas e veludos exuberantes. Para ser a bela dama de um *laird*. A parceira de um guerreiro orgulhoso.

Que diabos ele faria? As coisas não podiam continuar assim.

Ele estava tentando provocá-la, esperando que ela o deixasse irritado para poder perder a cabeça e puni-la com seu corpo. Mas uma e outra vez, quando ele pressionara, ela apenas lhe ofertara civilidade fria, e um homem não poderia fazer uma maldita coisa sequer com aquele tipo de resposta. Ele deu as costas para a porta e fechou os olhos com força para apagar a memória assombrosa da visão da esposa.

Semanas haviam se passado desde aquele dia na forja — semanas viçosas de dias frágeis e delicadas madrugadas, noites rubi e tempestades de verão. Nos dias que passaram, naquelas joias de verão da Escócia, havia mil vistas que ele queria compartilhar com ela.

Maldição! Ele bateu o punho em cima da mesa, levantando papéis esvoaçantes e derrubando estátuas. Ela era sua esposa. Ela não tinha como voltar para o lugar de onde tinha vindo! Quando Adrienne aceitaria isso e aproveitaria o máximo possível as circunstâncias de que dispunha? Ele daria tudo o que ela quisesse. Qualquer coisa, menos deixá-lo. Isso, nunca.

Sua existência tinha todos os ingredientes de um inferno vivo e dourado cuja saída ele não conseguia encontrar.

Tão depressa como o assaltara, a raiva evaporou.

Adrienne, seus lábios formaram a palavra silenciosamente. *Como chegamos a este impasse? Como fui estragar tudo desta forma?*

— Ande comigo, moça — ele disse baixinho, e ela girou na borda do penhasco, uma vibração prata e azul-cobalto de tirar o fôlego. Suas cores, as cores do clã Douglas. Involuntariamente, ao que parecia, ela as usava muitas vezes. Será que sabia que estava paramentada com porções vívidas dos exatos fios que teciam o tartan do clã Douglas, e que nenhum nome poderia marcá-la de forma mais definitiva como lady Douglas?

Ele acenou para dispensar os guardas. Precisava roubar momentos preciosos com ela a sós, antes de partir. Após horas de conflitos internos, ele alcançara muitas decisões. Em primeiro lugar e acima de tudo, já passava muito da hora de fazer uma visita a Uster, um dos muitos territórios sob sua jurisdição, e o mais problemático. Simplesmente não podia continuar negligenciando suas propriedades por causa de uma idiotice apaixonada. O *laird* tinha de aparecer de vez em quando e mostrar interesse em resolver as questões dos aldeões.

Além disso, ele não estava fazendo nenhum progresso ali. Se ela escolhesse Adam em sua ausência, ele poderia simplesmente morrer por dentro e seguir com o fingimento de viver. Era como havia sobrevivido nos primeiros trinta anos. Que tipo de tolo havia se tornado para esperar que o resto de seus anos tivesse algo de diferente?

— *Laird* Douglas — ela disse apenas.

No silêncio, eles caminharam pela borda do penhasco juntos em direção à floresta.

— Vou ficar fora por um tempo — disse ele, enfim, quando entraram na sombra das árvores.

Adrienne ficou dura. Ele estava falando sério?

— A-aonde você vai? — E por que a incomodava tanto?

Ele respirou fundo, com força.

— Uster.

— O que é Uster, afinal?

— Uma das minhas casas senhoriais. Dezessete casas pertencem a Dalkeith. Uster detém as aldeias de Duluth e Tanamorissey, e o povo de lá é bastante destemperado. Era um problema mesmo quando os homens do rei controlavam Dalkeith.

Quando os homens do rei controlavam Dalkeith.

Quando seu marido havia sido o prostituto do rei.

Nas últimas semanas, o calor da raiva de Adrienne tinha esfriado, deixando no lugar um arrependimento pungente. No geral, Falcão a evitara, exceto pelas vezes ocasionais em que parecia estar tentando cavar uma briga por alguma razão. Uma parte dela esperava que ele fosse trancá-la no seu quarto; mas, depois daquela noite terrível, ele havia recuado cuidadosamente para seu gabinete à beira-mar.

Lá ele tinha ficado todas as noites — tão quieto, tão lindo, tão sozinho.

— Falcão? — ela começou, timidamente.

— Sim?

— O que exatamente faz o prostituto do rei?

Ele ficou rígido. Poderia ser a chance pela qual esperava? Talvez ele pudesse ousar ter esperanças, afinal. O riso dele era cheio de uma ironia amarga.

— Você está certa de que deseja saber, adorável Adrienne?

À espreita, por trás de um imponente carvalho, Esmerelda observava a cabeleira loira de Adrienne, os olhos prateados, o rosto cintilante. O que Falcão via naquela menina magrela e pálida que não conseguia encontrar no abraço voluptuoso de Esmerelda?

Pela primeira vez em semanas, os guardas tinham desaparecido e a cadela perambulava desprotegida o bastante para que Esmerelda pudesse atacar e fugir no abrigo da floresta escura. Seu amado Falcão poderia sofrer um tempo de luto, mas acharia consolo e doce paixão nos braços de Esmerelda assim que a terra se assentasse sobre o túmulo da esposa.

Ela ergueu a flecha com a mão trêmula. Franzindo a testa, apertou a ponta talhada na palma carnuda até o sangue brotar em sua pele dourada. Fez uma careta por causa da dor, mas o gesto estabilizou seus nervos. Dessa vez ela *não* falharia. Esmerelda tinha escolhido a arma com cuidado. Veneno se provara incerto demais — o arco com a corda retesada dispararia uma flecha certeira, com força o bastante para penetrar a carne e os ossos do peito de Adrienne.

Esmerelda caiu de joelhos e puxou mais firme o cordão de couro. Encaixou o arco e deu uma olhada quando Adrienne entrou na clareira. Quase fraquejou quando viu a expressão no olhar de Falcão, observando a esposa. Ele amava Adrienne como Esmerelda poderia tê-lo amado, um tipo de paixão selvagem, possessiva e irrestrita. Com essa consciência, qualquer compaixão que Esmerelda pudesse ter sentido por Adrienne evaporou. Ela estabilizou o arco e mirou no peito da jovem. Com um suave *vuush*, a seta voou livre.

Esmerelda engoliu um grito desesperado. No último minuto, Falcão se virou, quase como se a visse à espreita nas sombras ou sentisse o voo da flecha. Ele se mexeu. Não!

— *Ufff!* — Adrienne ofegou quando Falcão lançou um braço poderoso no rosto dela e a empurrou contra uma árvore.

Adrienne se debatia nas costas dele, mas o homem era uma montanha impossível de ser movimentada. Era assim que pretendia reconquistá-la? Depois de semanas de controle cuidadoso, ele iria levá-la para a floresta e violá-la?

— Ahhh! — A respiração dele soprou baixinho, e ela o empurrou com mais força.

— O que está fazendo, Falcão? — ela questionou, mas ele não respondeu.

Falcão estremeceu, lutando contra a dor, os olhos vasculhando as árvores. Ele sentiu sua força se esvaindo, mas ainda não podia ceder à fraqueza. Não até encontrar e deter quem quer que estivesse tentando matar sua esposa. Mas os arbustos estavam imóveis. O agressor, por qualquer motivo, tinha fugido. Falcão sentiu uma onda de alívio percorrê-lo ao mesmo tempo em que o sangue aflorava do ferimento.

Quando ele cambaleou e desabou aos pés de Adrienne, ela gritou e gritou.

Nas sombras, Esmerelda pressionava um punho na boca. Ela sentia os olhos de Falcão procurando naquele exato local onde estava escondida, mas as sombras eram densas demais para os olhos dele penetrarem.

Ele se virou e, de perfil, ela avistou a flecha, ainda vibrando pela força do voo, logo acima do coração. Esmerelda fechou os olhos e engoliu em seco. Ela o tinha matado! A flecha era perversamente entalhada e seria impossível removê-la sem lhe abrir o peito. Ela mesma a havia projetado deliberadamente para causar ainda mais dano ao ser removida do que entrando na pele. Mesmo se não matasse a vítima na entrada, certamente mataria na saída.

Esmerelda se derreteu no chão da floresta e se arrastou pela vegetação baixa até estar certa de sua segurança. Então ficou em pé e correu cegamente, a balestra esquecida no solo úmido da floresta. Galhos atingiam seu rosto. Um grito se formou e se acumulou na garganta. Esmerelda engoliu um soluço amargo e saltou sobre um tronco caído.

Uma mão surgiu na velocidade de um raio e a deteve abruptamente. Adam a puxou para si com um aperto ferrenho ao redor do pescoço dela.

— Onde esteve, adorável prostituta? — Seus olhos tinham um brilho sobrenatural.

Ela ofegava no rosto dele.

Adam a olhou com fúria e a apertou cruelmente.

— Eu perguntei onde você esteve. — Quando ela continuou sem responder, ele subiu a mão do pescoço para a garganta e apertou. — Sua vida não significa nada para mim, cigana. — Seus olhos estavam tão gelados como a voz.

Hesitante, Esmerelda contou tudo, implorando para Adam salvar o homem que ela amava, para usar os poderes sobrenaturais e lhe restaurar a vida.

Então ela conhecia sua identidade. Adam não estava surpreso. Os roma eram bem versados nos costumes antigos.

— Se sabe quem eu sou, prostituta cigana, sabe que não dou a mínima para seus desejos. E nem para os de ninguém, que fique bem claro. E certamente não me importo com seu lindo Falcão. Na verdade, Falcão é o filho da puta que eu vim aqui destruir.

Esmerelda empalideceu.

— Vamos — ele ordenou. E ela sabia que ele não estava falando com a intenção que normalmente tinha. Não mais.

20

— Como assim, ele não quer me ver? Eu quero vê-lo, então me deixe entrar — Adrienne argumentou. — A menos, é claro, que ele tenha lhe dado ordens específicas para não *me* deixar entrar no quarto — acrescentou friamente. Falcão nunca faria isso.

Grimm não se moveu.

— Ele não faria isso! Você não pode estar falando sério. E-ele... — A voz dela sumiu com a incerteza. Falcão não recusaria. Bem, ele ainda não tinha, mas...

O obstinado Grimm, com olhos graves, bloqueou a entrada.

Adrienne o encarou atentamente.

— Está me dizendo que fui proibida de entrar no quarto do meu marido?

— Eu recebo ordens, milady.

— Eu sou a *esposa* dele!

— Diabos, se você tivesse agido como esposa dele antes, talvez ele não estivesse ali dentro! — Os olhos de Grimm reluziam de raiva em seu rosto esculpido.

— Ah! — Adrienne recuou, surpresa pela fúria dele.

— Cometi um grave erro com meu amigo. Fiz um desejo horrível que, se pudesse, retiraria de todo o meu coração. Mas não posso.

— Foi *você* quem desejou! — Adrienne exclamou.

Grimm continuou, inabalável:

— E, se eu soubesse como era terrível o pedido que fiz, como as consequências seriam profundas e dolorosas, teria tirado minha vida primeiro. Não sou digno de ser capitão da guarda. — Ele cuspiu seu desgosto nas pedras do chão. — Não sou um amigo honrado. Sou os dejetos mais asquerosos do monstro mais abominável. Desejei *você* para meu melhor amigo, que os deuses me perdoem! E agora ele se encontra ferido por uma flecha que era destinada a você!

Os olhos de Adrienne se alargaram em seu rosto pálido.

— Não sou tão ruim assim — ela sussurrou.

— Você, milady, é a dama de ferro sem coração. Não trouxe nada a ele além de dor desde que chegou aqui. Em todos os meus anos com Falcão, nunca vi tanto sofrimento nos olhos dele, e não vou tolerá-la nem mais por um dia. Ele poderia subir aos próprios céus e tirar as estrelas de lá, uma por uma, para jogá-las sobre sua fronte luminosa, e eu lhe digo que você *não* é digna de nada disso. Você zomba dos sentimentos românticos dele, recusa o amor que ele oferece livremente, despreza o homem que ele é. Não venha me dizer que não é tão ruim assim, Adrienne de Simone. *Você* é a pior coisa que já aconteceu na vida daquele homem.

Adrienne mordeu o lábio. Grimm tinha uma visão tão distorcida das coisas! E quanto a todas as injustiças que Falcão tinha feito com ela? Ela era inocente!

— Ele queimou minha rainha! Ele roubou minha liberdade e me prendeu aqui.

— Porque se importa com você e se recusa a perdê-la! Isso é uma coisa tão terrível? Ele usou o próprio corpo para salvar sua vida. Ele se colocou como o escudo mais fiel diante de você e levou a flechada que lhe era destinada. Bem, eu digo que ele deveria era ter deixado a flecha encontrar o seu destino. Cessaria o tormento dele, e agora ele não estaria sangrando por dentro e por fora!

— Não pedi para ele me salvar! — ela protestou.

— Essa é a questão. Você não *precisava* pedir. Ele deu a vida por você livremente. Como lhe daria tudo. Mas você o condena, embora não saiba *nada* sobre o grandioso Falcão! Diga-me, se tivesse visto a flecha voando para ele, teria sacrificado sua vida pela dele? Vejo nos seus olhos que não. Eu lamento ter desejado você, e, para todas as estrelas, todas as noites pelo resto da minha vida inútil, vou desejar desfazer o erro que cometi. Agora saia da minha vista. Falcão não irá vê-la agora. Talvez não a veja nunca mais. E é bom para ele não vê-la. Talvez, no tempo que passar longe de você, ele se recupere em mais de uma maneira.

Adrienne levantou a cabeça com orgulho e encontrou os olhos fulminantes de Grimm. Ela se recusava a demonstrar a dor que se fechava ao redor de seu coração.

— Diga que eu agradeço por ele ter me protegido. Diga que vou voltar amanhã e no dia seguinte e no outro, até ele me receber e permitir que eu agradeça pessoalmente.

— Não vou dizer nada — Grimm afirmou, categórico. — Você não faz bem para ele, e eu não vou ser enredado no seu jogo.

— Então pelo menos diga que eu sinto muito — ela insistiu em voz baixa. E estava sendo sincera.

— Você não tem compaixão suficiente para sentir, moça. Coração de gelo em corpo de chama. Você é do pior tipo. Não traz nada para um homem a não ser um breve gole de doçura, depois um barril cheio de borras amargas.

Adrienne não disse mais nada e fugiu pelo corredor escuro.

— Onde está ela? Ela está bem? Quem a está protegendo?

Falcão se mexia sem descanso na cama, chutando as cobertas.

— Ela está ótima, Falcão. Há dois guardas na porta do Quarto do Pavão. Ela está dormindo. — Grimm mexeu com nervosismo em uma garrafa de uísque que o curandeiro tinha deixado na mesa, em seguida serviu uma quantidade generosa em seu copo. Abruptamente, foi ficar ao lado da lareira.

Falcão observava Grimm com curiosidade. Seu fiel amigo parecia tenso de uma forma que não era normal — provavelmente se culpando por não estar lá para evitar o ataque, Falcão concluiu. Com cuidado, estudou a mão enfaixada.

— Ela não perguntou sobre mim, Grimm?

O silêncio cresceu até Falcão relutantemente arrastar o olhar de sua mão para o perfil rígido de Grimm. Quando este finalmente desviou os olhos das chamas, Falcão estremeceu com a tristeza que leu em cada linha do rosto do melhor amigo.

— Ela nem perguntou se eu ia ficar bem? Onde a flecha acertou? Nada? — Falcão tentou manter a voz estável, mas falhou miseravelmente.

— Sinto muito. — Grimm drenou o conteúdo do copo e atiçou as brasas vermelhas da lareira com a ponta da bota.

— Diabos, a moça é feita de gelo!

— Descanse, Falcão — Grimm falou, voltado para o fogo. — Você perdeu muito sangue. Chegou muito perto de morrer esta noite. Se não tivesse levantado a mão em defesa, a flecha teria acertado seu coração, em vez de apenas fixar sua mão ao peito.

Falcão deu de ombros.

— Um arranhão de nada no meu peito...

— Inferno, um buraco do tamanho de uma ameixa, que atravessou a palma da sua mão! O velho curandeiro teve de puxar a seta *através* da sua mão para retirá-la. E você mesmo o ouviu. Se tivesse se alojado no peito, o que era para ter acontecido, não fosse por uma incrível sorte, nada poderia ter sido feito para salvar você, do jeito que a ponta da flecha foi cruelmente esculpida. Você vai ter cicatrizes e dor nessa mão pela vida inteira.

Falcão suspirou melancolicamente. Mais cicatrizes e mais dor. E daí? Ela não tinha sequer se preocupado em ver se ele estava vivo. Pelo menos poderia ter fingido estar preocupada. Visitando-o brevemente para manter o fingimento de civilidade. Mas não. Ela provavelmente esperava que ele estivesse morrendo, pois assim, com ele fora do caminho, poderia ser uma mulher muito rica. Será que naquele exato momento ela estava no Quarto do Pavão, contando seu ouro e suas bênçãos?

— Nem mesmo uma pergunta, Grimm? — Falcão fitou os pelos sedosos ao redor do curativo que lhe cobria quase a mão inteira.

— Nem mesmo uma.

Falcão não perguntou de novo.

— Grimm, arrume minha bolsa. Envie metade da guarda e criados suficientes para preparar o solar em Uster. Vou partir ao amanhecer. E pare de mexer nesse maldito fogo. Já está um calor do inferno aqui dentro.

Grimm soltou o atiçador na lareira de pedra, provocando um clangor. Virou-se rigidamente da lareira e perscrutou o semblante de Falcão.

— Você vai sozinho?

— Acabei de mandar você preparar metade da guarda.

— Quero dizer, e sua esposa?

O olhar de Falcão se voltou para a mão. Ele a observou fixamente por um instante e depois olhou para Grimm quando disse com cuidado:

— Eu vou sozinho. Se ela nem se incomodou em ver se eu estava vivo ou morto, talvez seja a hora de parar de tentar. Na pior das hipóteses, um pouco de distanciamento pode me ajudar a avaliar melhor as coisas.

Grimm assentiu rigidamente.

— Tem certeza de que pode viajar com esse ferimento?

— Você sabe que eu me curo depressa. Vou parar no acampamento dos roma e pegar um cataplasma de camomila e confrei que eles usam...

— Mas e quanto a cavalgar?

— Eu vou ficar bem, Grimm. Pare de se preocupar. Você não é o responsável. — Falcão não deixou de notar o sorriso amargo no rosto de Grimm. Confortava-o um pouco saber que seu amigo era tão leal, enquanto a própria esposa nem se incomodava em saber se ele estava vivo ou morto. — Você é um verdadeiro amigo, Grimm — Falcão disse em voz baixa. Não ficou surpreso ao vê-lo sair do quarto às pressas. Em todos os anos em que o conhecia, palavras de elogio sempre deixavam o homem desconfortável.

Na cama enorme do Quarto do Pavão, Adrienne se remexia de um lado para o outro, a ponto de enlouquecer. Naquele momento, tinha certeza de que nunca mais dormiria. Sua mente nunca encontraria uma pausa da clareza amarga e gelada que assolava seu cérebro, recolorindo com uma tonalidade muito diferente cada ação desde sua chegada a Dalkeith.

Falcão e Grimm partiram quando a aurora se elevava sobre os campos verdejantes de Dalkeith. Falcão sentiu uma onda de satisfação ao observar seu lar. Finalmente, com o término de seus anos de serviço ao rei, poderia cuidar das necessidades de seu povo e ser o *laird* que nascera para ser. Agora só queria mais uma coisa: que Adrienne fosse realmente uma esposa para ele em todos os sentidos da palavra, para ajudar a governar Dalkeith a seu lado. Mais que tudo, ele queria ver seus filhos e filhas caminharem naquela terra.

Porém amaldiçoou-se por ser um tolo romântico inveterado.

— A colheita será rica neste Samhain — observou Grimm.

— Sim, será, Grimm. Adam. — Falcão assentiu de modo quase malcriado para o ferreiro, que estava se aproximando, o campo de ouro dividindo-se pela sua forma escura.

— Está abandonando o jogo? Admite a derrota, temeroso Falcão? — Adam olhou para cima com ar de sarcasmo.

— Não incite o diabo, ferreiro — Grimm advertiu laconicamente.

Adam riu.

— A danação ao diabo e o diabo que se dane. Não temo diabo nenhum e não me curvo perante homem nenhum. Além disso, não é da sua conta, ou é pouco da sua conta; decerto não tanto quanto você parece pensar. Você se superestima demais, rude Grimm. — Adam sustentou o olhar de Falcão, sorrindo. — Não tenha medo, cuidarei dela na sua ausência.

— Não vou deixá-lo perto dela, Falcão — Grimm se apressou a garantir.

— Sim, você vai, Grimm — Falcão disse, cuidadosamente. — Se ela *pedir* por ele, você o deixará se aproximar dela. Em nenhuma outra circunstância.

Presunçoso, Adam assentiu.

— E pedir ela vai. Repetidas vezes, naquela voz matinal rouca e doce que ela tem. E, Grimm, você pode lhe dizer por mim que eu tenho café dos roma para ela.

— Você não vai dizer isso! — Falcão explodiu.

— Está tentando limitar meu contato?

— Eu não concordei em lhe fornecer um mensageiro! Ainda, pois isso certamente acontecerá. Minha guarda a defenderá, mas é você que vou procurar se acontecer algum mal a ela.

— Você a deixará em meu poder?

— Não, mas vou considerar você responsável se algum mal recair sobre ela.

— Eu nunca deixaria mal nenhum acontecer com nenhuma mulher minha. E ela agora é minha, tolo Falcão.

— Somente se ela assim quiser — Falcão respondeu, em tom baixo. *E, se ela quiser, vou matar os dois com minhas próprias mãos e dormir mais tranquilo à noite, morto por dentro.*

— Ou você é impossivelmente arrogante ou incrivelmente estúpido, temeroso Falcão — desdenhou o ferreiro. — Você voltará para encontrar a impecável Adrienne em meus braços. Ela já passa a maioria das tardes comigo nos seus jardins. Logo as passará na minha cama — escarneceu Adam.

Falcão cerrou o maxilar, seu corpo tenso de violência.

— Ela não perguntou por você, Falcão — Grimm o lembrou, sem inflexão na voz, mudando o apoio do corpo de um pé para o outro.

— Ela não perguntou por ele, capitão da guarda? — Adam questionou, em tom vivaz. — Capitão da honra, capitão da verdade?

Grimm se encolheu diante do olhar escuro de Adam, que procurava respostas no seu.

— Não — disse, com firmeza.

— Que teia emaranhada tecemos... — Adam comentou, arrastando as palavras devagar, a sombra de um sorriso em seu rosto lustroso.

— O que se passa agora entre vocês dois, Grimm? — Falcão indagou.

— O ferreiro é um homem estranho — murmurou Grimm.

— Eu lhe desejaria boa sorte e boa viagem, mas acredito que Deus dá pouca atenção aos pedidos de gente como nós. Então apenas me despeço como um guerreiro. E nunca tema, vou manter a adorável Adrienne em segurança — o ferreiro prometeu, com tapinhas na anca do garanhão de Falcão.

Sombras cintilavam nos olhos dele quando partiu.

— Tome conta dela, Grimm. Se houver qualquer outro atentado contra a vida dela, mande me avisar em Uster — ele gritou sobre o ombro, afastando-se a galope. Seus guardas poderiam mantê-la viva, quanto a isso ele se sentia seguro. Mas agora não haveria nenhum empecilho entre ela e Adam.

Enquanto Grimm observava o melhor amigo partir, Adam estudou o estoico guerreiro.

— Ela não perguntou por ele? — provocou, baixinho.

— Quem diabos é você, de verdade? — Grimm rosnou.

21

— Tente um pouco mais de água fumegante — Lydia decidiu, e Tavis atendeu.

Ambos olhavam para a panela. Lydia suspirou.

— Bem, que essa coisa toda se dane e se exploda!

— Milady! Um linguajar e tanto para uma mulher de sua posição, é o que vou dizer — Tavis repreendeu.

— Certamente isso não parece chá, não é, Tavis?

— Não, nem um pouco, é o que vou dizer, mas não é razão para a senhora se esquecer dos modos de uma dama.

Lydia emitiu um muxoxo.

— Só você, caro Tavis, para se atrever a criticar meus modos.

— Isso é porque a senhora costuma ser a epítome da perfeição, por isso me preocupa mais do que um pouquinho quando se exalta.

— Bem, mexa, Tavis! Não deixe só ficar assim.

Tavis lançou-lhe um olhar descontente quando começou a mexer a mistura com mais vigor.

— Essas mãos talentosas foram feitas para curar as peles mais ricas de toda a Escócia, não para mexer uma bebida de senhora, é o que vou dizer — ele resmungou.

Lydia sorriu com as palavras. Como ele falava e falava das suas mãos talentosas! Alguém poderia pensar que eram feitas do mais puro ouro, em vez de carne, osso e alguns calos. Ela o observou por um momento, pensativa, enquanto ele mexia a infusão. O sempre fiel Tavis a seu lado. Suas manhãs e tardes não seriam tão ricas sem aquele homem. Suas noites, bem, ela passava as noites sozinha havia tantos anos que nem notava mais — ou era nisso que gostava de acreditar.

— Por que você não se casa? — ela perguntara isso a Tavis já fazia vinte longos anos, quando ele ainda era jovem. Mas ele apenas sorrira para ela, ajoelhado nas tinas onde estava embebedando uma camurça para lhe conferir a maciez da manteiga.

— Tenho tudo de que preciso aqui, Lydia. — Ele abriu os braços, como se pudesse abraçar toda Dalkeith dentro deles. — Por que a senhora iria querer me enxotar?

— Mas você não quer filhos, Tavis MacTarvitt? — ela insistiu. — Filhos para assumir seu curtume? Filhas para acalentar?

Ele deu de ombros.

— Falcão é como um filho para mim. Eu não poderia pedir um rapaz mais esplêndido, é o que vou dizer. E agora temos os dois pequeninos correndo por aí, e, bem... a senhora está sem marido de novo, lady Lydia... — Ele deixou as palavras no ar, enquanto suas mãos fortes esfregavam e apertavam a pele na mistura salina.

— E o que o fato de eu estar sem marido tem a ver com *você*?

Tavis inclinou a cabeça e mostrou um sorriso terno e paciente que às vezes ainda surgia na mente dela e permanecia ali, logo antes de ela pegar no sono à noite.

— Só que eu sempre estarei aqui para você, Lydia. Sempre pode contar com Tavis do curtume, e vou dizer isso mil vezes mais. — Seus olhos eram diretos e profundos, com algum outro elemento que ela era incapaz de discernir. Ela já tinha perdido dois maridos para duas guerras, e os santos sabiam que havia sempre mais uma guerra à espreita.

Mas Tavis MacTarvitt, esse sempre voltava. Coberto de cicatrizes, ensanguentado, ele sempre voltava.

Voltava para ficar na cozinha com ela enquanto ela secava suas ervas e especiarias. Voltava para dar uma mãozinha de vez em quando, nas épocas em que Lydia cavava o solo escuro e fértil e podava as rosas.

Houve tempos, quando ambos se ajoelhavam na terra, suas cabeças juntas, que ela sentia um frio na barriga. E vezes em que ficava sentada ao pé da lareira na cozinha e pedia a ajuda dele para pentear seus longos cabelos escuros. Ele tirava os grampos primeiro e, em seguida, desfazia as tranças, uma por uma.

— Não está acontecendo nada, Lydia. — A voz de Tavis estilhaçou seu devaneio pensativo e forçou sua mente a retornar para o presente.

Ela estremeceu, arrastando os pensamentos para a tarefa que tinha em mãos. Café. Ela queria café para sua nora.

— Talvez seja como o feijão preto ou como as ervilhas secas e tenha de ficar de molho durante a noite — ela se preocupou, esfregando o pescoço. Nada estava dando certo naquela manhã.

Lydia acordara cedo, pensando na adorável moça que tanto deslumbrara seu filho. Pensando em como a situação devia parecer do ponto de vista *dela*. Calamidade após calamidade acontecera desde sua chegada.

Esse era o motivo pelo qual ela descera para a adega em busca de um bom suprimento dos grãos brilhantes que a nora tanto cobiçava. O mínimo que podia fazer era encontrar uma xícara de café para Adrienne naquela manhã antes de dizer que Falcão partira para Uster ao raiar do dia. Ou pior, a notícia que Tavis tinha descoberto havia pouco: que Esmerelda tentara matar Adrienne, mas agora ela mesma estava morta.

Então tinha chegado a isso... espiando dentro de uma panela cheia de grãos de café lustrosos que não estavam fazendo muita coisa na água fervente.

— Talvez devêssemos esmagar os grãos, Lydia — Tavis disse, inclinando-se mais para perto. Tão perto que seus lábios estavam a poucos centímetros quando ele disse: — O que acha?

Lydia deu um sorriso radiante.

— Tavis, acho que você pode ter resolvido. Pegue aquele pilão e vamos tentar. Esta manhã eu realmente gostaria de poder começar o dia dela com café. — *Ela vai precisar.*

— Está ficando fora de controle, bobo. Uma mortal está morta — exaltou-se o rei Finnbheara.

— Pelas mãos de sua própria raça. Não da minha — Adam esclareceu.

— Mas, se *você* não estivesse aqui, isso não viria a acontecer. Você está perigosamente perto de destruir tudo. Se o Pacto algum dia for quebrado, será pela escolha da minha rainha, não pelo seu ato de tolice.

— Vossa Majestade também tem um dedo nesse plano, meu soberano — Adam lembrou. — Além disso, não fiz mal a nenhum mortal. Eu simplesmente dei a entender para os roma que estava descontente. Foram eles que adotaram medidas.

— Você pode ser bom de lábia, mas está muito perto de romper a paz que mantivemos por dois milênios. Isso não fazia parte do jogo. A mulher deve voltar para a época dela. — O rei Finnbheara acenou para dispensá-lo.

Adrienne caminhava no jardim, pensando nas vantagens do século XVI e no êxtase sereno da natureza intocada, quando aconteceu. Foi acometida por uma horrível sensação de queda, como se um grande vórtice se abrisse e um redemoinho implacável a puxasse para baixo. Quando percebeu que reconhecia a sensação, Adrienne abriu a boca para gritar, mas nenhum som saiu. Havia se sentido assim logo antes de se encontrar no colo de *laird* Comyn, como se o corpo dela estivesse sendo esticado até afinar e fosse sacudido a uma velocidade impossível através de uma escuridão que a engolia.

Uma pressão devastadora começou a crescer em sua cabeça e, segurando-a com as duas mãos, ela pediu com fervor: *Ah, querido Deus, de novo não, por favor, de novo não!*

A sensação de alongamento se intensificou, o pulsar em suas têmporas aumentou num crescendo de dor, e, quando já estava convencida de que seria rasgada em duas, aquilo parou.

Por um momento ela não conseguia focar a visão; sombras escuras de móveis ondulavam e estremeciam em tons de cinza. Então o mundo entrou em foco e ela soltou uma exclamação de espanto.

Adrienne olhou em choque para as cortinas farfalhantes de seu próprio quarto.

Balançou a cabeça para conseguir clareza e gemeu, sentindo as ondas de dor que um movimento tão pequeno causava.

— Quarto? — ela murmurou, abobada. Adrienne olhou ao redor em completa confusão. Ali estava Moonshadow, delicadamente empoleirada em cima da colcha bem estofada, do jeito habitual, as patinhas dobradas com pudor sobre a estrutura do pé da cama, olhando para Adrienne com uma expressão igualmente chocada em seu rostinho felino. Seus olhos verde-dourados se arregalavam de surpresa. — Princesa!

Adrienne estendeu a mão.

Adam rapidamente fez um gesto de recuo e olhou para o rei.

— Ela fica.

O rei Finnbheara estalou os dedos com a mesma velocidade.

— E eu disse que ela vai!

Adrienne piscou e balançou forte a cabeça. Estava de volta aos jardins de Dalkeith? Não, estava em seu quarto outra vez.

Agora determinada a pôr as mãos em Moonie, Adrienne atirou-se para cima dela, surpreendendo a gata já confusa. As costas de Moonie arquearam como uma ferradura, seus bigodinhos estremeceram com indignação, e ela saltou da cama e fugiu do quarto como se suas patinhas minúsculas tivessem asas.

Adrienne foi atrás dela mais que depressa. Se, por algum capricho do destino, recebesse uma segunda chance, ela queria uma coisa. Levar Moonshadow junto para o século XVI.

Adam também estalou os dedos.

— Não pense em mudar de ideia no meio do caminho. Vossa Majestade concordou com isso. Não foi apenas *minha* ideia.

Adrienne gemeu. Estava nos jardins novamente.

Isso aconteceu três outras vezes em sucessão rápida, e todas as vezes ela tentava desesperadamente capturar Moonie. Uma parte de sua mente protestou que aquilo simplesmente não podia estar acontecendo, mas outra parte se deu conta de que, se estivesse, ela iria muito bem capturar sua preciosa gata.

Na última vez, quase conseguiu encurralar a desnorteada gata na cozinha quando Marie, sua empregada, escolheu aquele preciso momento para entrar.

— É você, srta. De Simone? — Marie gritou, segurando o batente da porta.

Assustada, Adrienne se virou para a voz dela.

As mulheres se encararam, boquiabertas. Mil perguntas e preocupações se sobrepunham na mente de Adrienne. Quanto tempo havia se passado? Marie estava morando na casa agora? Tinha levado Moonie para tomar as vacinas? Mas ela não perguntou, pois não sabia quanto tempo tinha.

Sentindo uma brecha, Moonshadow disparou para a porta. Adrienne se atirou atrás dela e se encontrou abruptamente no jardim mais uma vez, tremendo da cabeça aos pés.

Ela gemeu alto.

Quase tinha conseguido! *Só mais uma vez,* sussurrou. *Me mande de volta mais uma vez.*

Nada.

Adrienne afundou num banco de pedra para poupar as pernas trêmulas e inspirou fundo várias vezes.

Dentre todas as coisas ruins que poderia suportar logo cedo... Aquilo era pior que um dia de cabelo ruim. Era um insulto a mais em um dia sem café.

Ela ficou sentada, imóvel, e aguardou, esperançosa.

Nada. Ainda nos jardins.

Estremeceu. Tinha sido terrível ser lançada de um lado para o outro assim, mas pelo menos agora sabia que Moonie estava bem e que Marie obviamente não tinha esperado tempo *demais* para se mudar de seu quarto na garagem para a casa. E, apesar de a cabeça de Adrienne ainda doer de ser lançada para cá e para lá, havia um conforto em saber que sua Moonshadow não era uma gatinha esqueleto perambulando por uma casa solitária.

— Eu sou seu rei. Você vai me obedecer, bobo.

— Fui eu que encontrei a mulher, portanto se pode dizer que eu comecei este jogo, meu soberano. Permita-me terminá-lo.

O rei Finnbheara hesitou, e Adam aproveitou sua indecisão.

— Majestade, ela rejeita insistentemente o homem que despertou o interesse da nossa rainha. Ela o humilha.

O rei ponderou a informação por um momento. "Ele arrebata a alma de uma mulher", sua rainha tinha dito, sonhadora. Finnbheara nunca vira um olhar como aquele no semblante de Aoibheal, durante seus séculos juntos, a menos que ele o tivesse posto ali.

Uma onda de fúria ardeu nas veias do rei. Ele não queria se retirar daquele jogo, tanto quando Adam — observara e saboreara cada momento da infelicidade de Falcão.

Finnbheara estudou o bobo atentamente.

— Jura honrar o Pacto?

— É claro, meu soberano — Adam mentiu sem titubear.

Um mortal deu prazer à minha rainha, ruminava o rei.

— Ela fica — ele disse, de forma decisiva, e desapareceu.

22

— Bem-vindo, milorde. — A saudação de Rushka soava agradável o suficiente, mas Falcão sentiu uma estranha falta de calor nela. Manchas pretas marcavam a pele oliva sob os olhos cansados do velho, cujos contornos estavam avermelhados; ou de ficar sentado muito perto do fogo fumegante, ou de chorar. E Falcão sabia que Rushka não chorava.

Falcão ficou em silêncio enquanto o homem passava a mão calejada pelo cabelo preto. Era largamente riscado de cinza e branco, seu rosto enrugado e sulcado era bonito, mas igualmente marcado pelo tempo. Com jeito distraído, o homem começou a trançar seus cabelos longos, olhando as brasas que morriam na lareira à medida que a manhã alta irrompia do outro lado do vale.

O monte Brahir se erguia vertiginosamente acima daquele vale, seu contorno esfumaçado assumindo tons azuis e roxos contra o céu pálido. Falcão largou-se sobre uma das grandes pedras que serviam de assento perto da lareira circular e ficou sentado em silêncio, um traço que a tribo cigana via nele com ternura.

Uma mulher apareceu e depositou duas canecas fumegantes antes de deixar os dois homens sentados em um silêncio sociável.

O velho cigano bebeu de sua caneca pensativamente e, apenas depois de ter bebido tudo, encontrou de novo os olhos de Falcão.

— Não gosta do nosso café? — perguntou, notando que o *laird* deixara a bebida intocada.

Falcão piscou.

— Café? — Ele espiou dentro do copo. O líquido era forte, preto e fumegante. Tinha um cheiro amargo, porém convidativo. Deu um gole. — É bom — declarou, pensativo. Com uma pitada de canela, coberta com creme, a bebida ficaria deliciosa. Não era de admirar que ela gostasse.

— Uma moça, é? — O velho sorriu fracamente.

— Você sempre me enxergou por dentro, Rushka, meu amigo.

— Ouvi dizer que você tomou uma esposa.

Falcão lançou um olhar penetrante para seu velho amigo.

— Por que vocês não vieram, Rushka? Quando ela estava doente, eu mandei buscarem vocês.

— Disseram-nos que era callabron. Não temos cura para tal veneno — disse o velho. Rushka desviou a atenção para longe do olhar firme de Falcão.

— Pensei que você viesse, nem que fosse para me dizer isso pessoalmente, Rushka.

O velho acenou com desdém.

— Teria sido uma viagem desperdiçada. Além do mais, eu tinha certeza de que você tinha assuntos mais prementes para resolver. À parte tudo isso, ela foi curada, e tudo está bem quando acaba bem, não é mesmo?

Falcão piscou. Nunca tinha visto o amigo se comportar de modo tão estranho. Geralmente Rushka era cortês e alegre. Naquele dia, contudo, o ar estava pesado, era tão palpável que até respirar parecia um trabalho árduo.

E Rushka não estava falando. Isso em si era peculiar.

Falcão tomou um gole do café, os olhos demorando-se em uma procissão de pessoas na extremidade do vale. Se ele queria respostas, simplesmente teria de sair fazendo as perguntas.

— Por que vocês se mudaram para cá, Rushka? Vocês acamparam no meu campo, ao norte, ao pé das sorveiras, por anos.

O olhar do velho seguiu o de Falcão, e uma mágoa ensombreceu seus olhos castanhos.

— Você veio por Zeldie? — Rushka perguntou, abruptamente.

"Não posso ficar noivo de Zeldie", Falcão tinha dito ao homem uma década atrás, quando estava vinculado ao serviço do rei. Os roma desejavam uma união e tinham oferecido sua jovem mais bela. Falcão havia explicado que simplesmente não tinha a possibilidade de tomar uma esposa; se por um lado Rushka havia entendido, Esmerelda não. Zeldie, como eles a chamavam, ficara tão enfurecida pela recusa que rapidamente se deitara com homem após homem, chocando até mesmo o seu próprio povo liberal. Os ciganos não prezavam a virgindade — a vida era curta demais para abstinências de qualquer tipo, o que era uma das razões pelas quais aquele povo parecera tão intrigante para Falcão quando era um garoto. Tinha dez anos quando observou secretamente uma moça cigana morena de seios em flor e mamilos rosados fazer amor com um homem. Dois verões mais tarde, ela veio a ele dizendo que era sua vez. Ah, as coisas que ele tinha aprendido com aquelas pessoas.

— Esmerelda e eu seguimos caminhos distintos.

O velho assentiu.

— Ela disse isso. — Rushka cuspiu na poeira a seus pés. — Então ela se envolveu com *ele*.

— Com quem? — Falcão indagou, sabendo qual seria a resposta.

— Não falamos o nome. Ele é empregado na sua terra com o trabalho dos metais.

— Quem é ele? — Falcão pressionou.

— Você sabe de que homem eu estou falando.

— Sim, mas quem é ele, de verdade?

Rushka esfregou a testa com a mão cansada.

Sim, Falcão percebeu com espanto, Rushka tinha definitivamente chorado.

— Há situações em que nem mesmo os roma se envolvem, não importa quanto ouro seja prometido pelos serviços. Esmerelda não foi sempre tão sábia. Meu povo pede desculpas, milorde — Rushka disse, suavemente.

O mundo inteiro havia enlouquecido?, Falcão se perguntou ao tomar o resto de seu café. O que Rushka falava não fazia o menor sentido. De repente, seu velho amigo se levantou e girou para observar o fluxo dos ciganos descendo o vale.

— O que está acontecendo, Rushka? — Falcão perguntou, encarando a procissão estranha. Parecia algum tipo de ritual romani; se fosse, Falcão nunca tinha presenciado.

— Esmerelda está morta. Ela vai para o mar.

Falcão se pôs em pé.

— O mar! Isso é morte para um *bruhdskar*. Para alguém que traiu um dos seus!

— E assim ela fez.

— Mas ela era sua filha, Rushka. Como?

Os ombros do velho se curvaram para a frente, e Falcão pôde ver a dor em cada linha do corpo dele.

— Ela tentou matar sua dama três vezes — ele disse, por fim.

Falcão ficou atônito.

— Esmerelda?

— Três vezes. Por dardo e pela balestra. O curativo que você tem na mão é culpa nossa. Se nos banir de nossas terras, nunca mais vamos manchar seus campos. Nós traímos a sua hospitalidade e escarnecemos da sua boa vontade.

Esmerelda. Aquilo se encaixava. Ainda assim, ele não considerava o sensato, compassivo e sábio Rushka responsável pelos atos dela. Não, nem ele nem nenhum dos roma.

— Eu nunca almejaria bani-los das minhas terras; vocês podem sempre vir livremente a Dalkeith-Upon-the-Sea. A vergonha dela não é a sua, Rushka.

— Ah, mas é. Esmerelda pensou que, sem a sua noiva, você estaria livre para se casar com ela. Ela era estranha, embora fosse minha filha. Houve momentos em que até mesmo eu ficava intrigado com a sombra que habitava o coração dela. Mas ele a trouxe para nós ontem à noite, e, quando a lua estava no céu, ela confessou. Não tivemos escolha a não ser agir com a honra que devíamos a todas as... partes... envolvidas.

E agora a procissão ao mar, com cada homem, mulher e criança carregando cruzes brancas de sorveira-brava, entalhadas e unidas e estampadas com brilhantes runas azuis.

— Que cruzes são aquelas, Rushka? — Falcão perguntou. Em todo o seu tempo com aquelas pessoas, nunca tinha visto nada assim antes.

O velho ficou tenso.

— Um dos nossos rituais nesse tipo de morte.

— Rushka...

— Gosto de você como se fosse um dos meus, Falcão — Rushka afirmou, intensamente.

Falcão assumiu um silêncio perplexo. Rushka raramente falava de seus sentimentos.

— Por anos você abriu seu lar ao meu povo. Você nos presenteou com generosidade, nos tratou com dignidade e nos poupou de censura, mesmo que nossos costumes sejam diferentes dos seus. Comemorou conosco e nos permitiu ser quem somos. — Parou e deu um sorriso fraco. — Você é um homem raro, Falcão. Por essas razões devo dizer tudo isso, e que se dane o risco para minha raça. Tenha cuidado. O véu é fino e a hora e o local estão muito próximos daqui. Cuidado, pois parece que você está no cerne disso, de alguma forma. Cuide muito bem daqueles que você ama e, não importa o que faça, não os deixe sozinhos por muito tempo. Há segurança nos grupos quando isso recair sobre nós...

— Quando o que recair sobre nós, Rushka? Seja específico! Como posso combater algo que não entendo?

— Não posso dizer mais nada, meu amigo. Apenas isto: até a festa dos Mortos Abençoados, fique perto e mais perto daqueles que você ama. E longe e mais longe daqueles com quem não se importa. Não. — Rushka levantou a mão para interromper Falcão no instante em que ele abriu a boca para exigir respostas mais completas. — Se você se importa com o meu povo, não nos visite mais até termos celebrado o sagrado Samhain. Ah — Rushka acrescentou, como uma reflexão tardia —, a velha pediu para lhe dizer que a rainha preta não é o que aparenta ser. Isso significa alguma coisa para você?

A única rainha preta que lhe vinha à mente agora não passava de cinzas espalhadas dentro da forja. Falcão balançou a cabeça. A velha era a vidente deles, e com sua visão de longo alcance inspirara temor em Falcão quando ele era um garoto.

— Não. Ela disse mais?

— Só que você iria precisar disso. — Rushka ofereceu um pacote amarrado com um cordão de couro. — O cataplasma de camomila que veio buscar. — Ele se virou de novo para a procissão. — Tenho de ir. Devo liderar a caminhada ao mar. Cuidado e guarde-se bem, amigo. Espero ver você e todos os seus entes queridos no Samhain.

Falcão observou em silêncio Rushka se juntar ao cortejo fúnebre para sua filha.

Quando um dos roma traía as regras pelas quais viviam, recebia a disciplina deles mesmos. Era uma comunidade unida. Selvagens eles poderiam ser e liberais sobre muitas coisas, mas viviam segundo determinadas normas que nunca deveriam ser desprezadas.

Esmerelda havia desrespeitado uma regra de grande importância — aqueles que ofereciam abrigo aos roma não deveriam ser prejudicados nem feridos de nenhuma forma. Ao tentar matar a esposa de Falcão, ela tentou prejudicar o próprio *laird* de Dalkeith. Mas havia algo mais, Falcão podia sentir. Algo que Rushka não estava contando. Algo mais Esmerelda fizera para motivar a contenda entre seu povo.

Enquanto Falcão assistia à procissão serpentear na direção do mar, sussurrou uma bênção romani para a filha de seu amigo.

Sentando-se novamente à beira do fogo, Falcão desenrolou a bandagem e limpou a mão ferida usando uísque e água. Com cuidado, desamarrou a bolsa de couro e se perguntou curiosamente o que seriam os variados frascos com rolha que caíram dela. Pegou o cataplasma e o colocou de lado, antes de analisar o resto.

O que será que a vidente vira?, ele se perguntou com ar sombrio. Para que fim havia lhe dado duas outras poções, uma dentre as quais ele jurou que nunca mais iria usar?

Falcão fez um ruído de desdém. Um frasco continha um afrodisíaco provado por ele na juventude. Esse não o preocupava demais. A que ele odiava era a poção criada para manter um homem em estado prolongado, embora desapegado, de excitação sexual.

Ele virou o frasco com o líquido verde vil de um lado para o outro, observando o sol refletir nos prismas facetados do frasco rolhado. Sombras subiram e o provocaram abertamente por um tempo, até que sua vontade inflexível as baniu de volta para o inferno. Rapidamente ele espalhou o cataplasma, que aliviou a dor e aceleraria sua recuperação. Em duas semanas a mão estaria já bem cicatrizada.

Adam. Apesar de não ter dito abertamente, Rushka insinuou que Adam é que havia levado Esmerelda para eles na noite anterior. O que significava que ele sabia que Esmerelda andava tentando matar Adrienne.

O que mais Adam sabia?

E o que exatamente tinha feito seu amigo Rushka, que nunca antes demonstrara terror nos trinta e poucos anos em que Falcão o conhecia, trair o medo visivelmente agora?

Perguntas demais e respostas insuficientes. Todas apontavam um dedo acusador para o ferreiro, que naquele exato momento provavelmente estava tentando seduzir a esposa de Falcão.

Minha esposa que não me quer. Minha esposa que prefere Adam. Minha esposa que não se importa o suficiente nem mesmo para perguntar sobre mim quando estou ferido.

Esmerelda estava morta, mas Rushka havia deixado claro que a verdadeira ameaça ainda se encontrava presente e próxima o bastante de Dalkeith, a ponto de afastar os roma dali. Ao que parecia, Adam estava envolvido. E Falcão tinha deixado a esposa no olho do furacão. *Fique perto e mais perto...*

Sua mente girava, repassando os escassos fatos e caçando a solução mais viável para sua miríade de problemas. De repente, a resposta pareceu incrivelmente clara. Ele riu sem humor, incapaz de acreditar que não tivesse pensado nisso antes. Mas a moça tinha um jeito de mexer tanto com ele que sua mente não funcionava do jeito lógico costumeiro quando ela estava nas proximidades. Não mais! Era hora de reassumir o controle, em vez de permitir que as circunstâncias prosseguissem naquele estado errático.

O pacto com Adam implicava que não podia proibir Adrienne de ver o ferreiro, mas poderia tornar muito difícil que ela o fizesse. Ele a levaria para Uster consigo. Para bem longe do misterioso e envolvente Adam Black.

E daí se ela não tinha perguntado por ele? Ela havia deixado claro desde o primeiro dia que não queria se casar com ele. Tinha jurado odiá-lo para sempre, no entanto ele poderia afirmar sem dúvida que o corpo dela respondia ao seu. Ele a teria toda para si em Uster e assim poderia testar essa teoria.

E quando é que ele havia se tornado passivo? *Quando você se sentiu culpado por queimar a rainha dela*, sua consciência o lembrou. *Aprisionando-a aqui, a despeito dos desejos dela, se é que ela é, de fato, do futuro.* Mas culpa era coisa de perdedores e tolos. Não para Sidheach Douglas. Não havia nenhuma culpa envolvida quando Adrienne estava em jogo.

— Eu a amo — ele disse para o vento. — E por isso me tornei o maior tipo de tolo.

Um tolo *bonzinho.*

Hora de remediar. Ele se despiu da culpa e da passividade naquele momento de clareza. O Falcão que deu meia-volta com o cavalo e se preparou para retornar a Dalkeith-Upon-the-Sea com o propósito de tomar a esposa para si era o verdadeiro Sidheach de antes, o conquistador viking que passava por cima de quem quer que se atrevesse a se opor a ele. *Eu me comprometo, eu conquisto, eu prevaleço.*

Ele saltou sobre a montaria e incitou o cavalo em galope. *Encapuzar e prender, meu doce falcão*, prometeu com um sorriso sombrio.

Debaixo dos galhos das sorveiras, Adam ficou tenso. Não era justo! Não era justo! Saia daí! Mas, justo ou não, ele enxergara a verdade. Falcão dera meia-volta e estava retornando para levar Adrienne consigo. Simplesmente inaceitável. Era evidente: ele tinha de tomar uma atitude drástica.

— Como pode ser? — Lydia caminhava de um lado para o outro na cozinha, uma enxurrada de saias de damasco cor de vinho e de preocupação.

— Não faço ideia, Lydia. Em um minuto eu estava nos jardins, e a próxima coisa que vi foi o meu quarto, na minha época.

— Na sua época — Lydia ecoou baixinho.

Adrienne encontrou o olhar dela.

— Quase quinhentos anos no futuro.

Lydia inclinou a cabeça e ficou imóvel, como se travando um debate vivaz consigo mesma. O silêncio se esticou por um período prolongado enquanto ela ponderava sobre os limites de suas crenças. Lydia sempre pensara que as mulheres tinham a mente mais aberta e adaptável que os homens quando se tratava de acontecimentos inexplicáveis. Talvez fosse porque elas vivenciavam em primeira mão o incompreensível e surpreendente milagre do nascimento. Para uma mulher que podia criar vida dentro de seu próprio corpo, ora, em comparação, uma viagem no tempo parecia um milagre pequeno. Mas os homens... os homens estavam sempre tentando achar uma explicação racional para as coisas.

Quando Falcão lhe transmitiu a notícia estranha que Grimm tinha descoberto na Fortaleza Comyn, Lydia começou a observar Adrienne de perto, vigiando sinais de instabilidade ou de comportamento estranho. Por meio de sua análise cuidadosa, ela só tinha se convencido mais de que Adrienne era tão sã quanto qualquer pessoa poderia ser. Assim, concluiu que, se por um lado algo tinha ferido Adrienne profundamente no passado, fosse o que fosse, estava longe de ter enfraquecido sua mente: a moça tinha se fortalecido, como aço temperado. Ah, Lydia sabia que havia uma jovem muito solitária por trás do humor cáustico de Adrienne e, às vezes, da fachada de indiferença, mas descobrira que paredes duras e sisudas geralmente guardavam um tesouro — o que sua nora era, de fato. Lydia gostava dela enormemente e tinha toda a intenção de ter netos de seu filho com aquela bela jovem.

A ideia de que todo o clã Comyn sofria de alguma estranha loucura não fazia sentido. Lydia conhecia bem Althea Comyn, do tempo que passaram na corte juntas, havia anos. Era uma mulher prática, com a sabedoria das coisas mundanas, e, embora ao longo dos anos Althea tivesse se tornado mais reclusa, ainda permanecia pragmática e sensata.

Lydia suspeitava havia muito tempo de que *laird* Comyn praticava atos nefastos de violência. Ela acreditava que ele tinha matado a própria filha em um ato de violência sem sentido? Facilmente. Ele havia assassinado o filho como cordeiro em sacrifício por cruzar as fronteiras dos clãs e escolher uma das sobrinhas-netas dos Bruce.

Ao longo de todos os atos de Comyn, o Vermelho, de vingança mesquinha e perversa, Althea Comyn havia administrado as consequências para o benefício recorrente de seu clã. Ela era uma mulher extraordinária, unindo seus filhos e netos com vontade e determinação absolutas.

Portanto, para Lydia, o pensamento de que a pragmática lady Comyn estivesse sofrendo um ataque de fantasia era mais difícil de acreditar do que a possibilidade de viajar no tempo. Simplificando, Althea Comyn era uma realista demasiado fria para se prender a qualquer bobagem.

Tendo atingido suas conclusões, Lydia sorriu suavemente para Adrienne, que nesse meio-tempo aguardava em silêncio tenso.

— Falcão me contou o que lady Comyn disse, Adrienne. Que você não é filha dela. Que apareceu do nada. De fato, eu ouvi seu sotaque ir e vir como a maré imprevisível da tempestade.

Adrienne ficou momentaneamente aflita.

— Ouviu?

— Quando você estava doente, seus erres mudaram completamente, minha querida — Lydia ironizou.

Adrienne piscou.

— Por que ninguém nunca me perguntou sobre isso?

— Caso não tenha notado, as coisas não andam exatamente calmas desde que você chegou a Dalkeith. Nem um dia se passou que não tivesse trazido novas surpresas. Tentativas de assassinato, visitantes indesejáveis, isso sem mencionar Falcão se comportando como um rapaz apaixonado. Além do mais, eu esperava que um dia você fosse confiar em mim e tocar nesse assunto por sua própria escolha. Agora, os guardas me dizem que viram você desaparecer e reaparecer várias vezes diante dos olhos deles. — Lydia esfregou as palmas contra a saia do vestido, uma expressão distante em seus olhos. — Do futuro — ela murmurou suavemente. — Meu filho pensava que era algum trauma que fazia você acreditar em toda essa loucura, porém...

— Porém o quê? — Adrienne insistiu.

Lydia encontrou os olhos límpidos e diretos de Adrienne. Elas se entreolharam por um longo instante de questionamento. Por fim, Lydia disse:

— Não. Não há um toque de loucura nesse olhar.

— Eu sou de outra época, Lydia. Não sou louca.

— Eu acredito em você, Adrienne — Lydia afirmou simplesmente.

— Acredita? — Adrienne quase ganiu. — Por quê?

— Importa mesmo? Basta dizer que estou convencida. E, quando as coisas finalmente retornarem ao normal por aqui, se algum dia isso acontecer, quero que me conte tudo a respeito. Da sua época. Tenho muitas perguntas, mas elas vão esperar. Por enquanto, precisamos ser claras sobre algumas coisas. — A fronte de Lydia se enrugou em reflexão. — Como chegou aqui, Adrienne?

— Não sei. — Ela encolheu os ombros, impotente. — É verdade, não faço ideia.

— Falcão achou que fosse a rainha negra. Lady Comyn disse que era enfeitiçada.

— Eu também achei que fosse a peça.

— Então nunca foi a rainha negra... humm. Adrienne, temos de ser absolutamente claras sobre isso. Exatamente o que você estava fazendo no momento em que aconteceu?

— Da primeira vez, quando fui parar na Fortaleza Comyn? Ou desta vez?

— Desta vez — Lydia disse. — Embora devamos investigar também a primeira vez e procurar semelhanças.

— Bem... Eu estava caminhando nos jardins, pensando no século XX. Eu estava pensando em quanto...

— Você queria partir — Lydia terminou por ela, com um traço de ressentimento.

Adrienne ficou igualmente surpresa e comovida.

— Não. Na verdade, eu estava pensando em como é bom aqui. Na década de 1990, meu Deus, Lydia, as pessoas eram tão fora de controle! Filhos matando os pais. Pais matando os filhos. Filhos matando filhos. Todo mundo tem um celular grudado na orelha e, ainda assim, nunca vi tamanha distância entre pessoas que se esforçam tanto para estar próximas. No dia antes de eu ir embora de lá, você devia ter visto as manchetes nos jornais. Um menino estrangulou uma menina porque ela não quis desligar o telefone para ele usar. Ah, eu estava com pensamentos sombrios naquele momento e comparando aquilo tudo com a minha casa aqui, e a minha casa estava definitivamente ganhando.

— Pode repetir? — Lydia indagou, baixinho.

— O quê? — Adrienne perguntou, sem entender. — Ah, manchetes, jornais, eles são... — ela começou a explicar, mas Lydia interrompeu.

— Minha casa. — O rosto de Lydia se iluminou com um sorriso lindo. — Você chamou este lugar de sua casa.

Adrienne piscou.

— Chamei?

As duas mulheres se entreolharam por um longo momento.

— Bem, Lydia, que tal dar a ela o café quando chegar o Samhain? É o que vou dizer. — A voz rouca de Tavis veio da porta. — Aparecendo e sumindo desse jeito, com certeza ela ficou com sede.

— Café? — Adrienne se animou.

— Ah. — Lydia sorriu, satisfeita consigo e duplamente satisfeita com sua nora, que tinha chamado Dalkeith-Upon-the-Sea de sua casa, mesmo sem perceber. Ela rapidamente encheu uma caneca de porcelana com a bebida fumegante e a colocou orgulhosamente na mesa na frente dela.

O nariz de Adrienne se contorceu ao mesmo tempo em que suas papilas gustativas fizeram uma dancinha alegre, e ela avançou avidamente para a caneca. Fechou os olhos, respirou fundo e bebeu.

E engasgou.

Tavis bateu-lhe nas costas e lançou um olhar acusador para Lydia.

— Eu disse! — ele falou.

Quando Adrienne conseguiu respirar de novo, enxugou as lágrimas dos olhos e espiou com desconfiança dentro da caneca.

— Ah, Lydia! A gente não deixa o pó de café... quer dizer, pó é modo de dizer... é mais uma pasta, eu acho. O que você fez? Macetou os grãos e misturou com água? Ugh!

— Não falei para você passar numa peneira? — Tavis lembrou. — Você gostaria de beber desse jeito?

— Bem, com todo o burburinho, eu esqueci! — Lydia apanhou a caneca. — Já que está tão certo de que sabe como fazer, então faça! — Empurrou a caneca para Tavis, espirrando a coisa grossa marrom no chão.

— Está bem. Veja só se eu não faço, é o que vou dizer! — Com um olhar arrogante, ele se foi para a adega.

Lydia suspirou.

— Adrienne, sei que não foi um dia muito bom até agora. Eu queria muito dar café para você, mas, em vez disso, que tal uma caneca de chá e uma conversa?

— Oh-oh — disse Adrienne. — Eu conheço esse olhar, Lydia. Qual é o problema? Além de eu ser jogada de um lado para o outro por portais do tempo?

— Chá? — Lydia desviou.

— Conversa — Adrienne respondeu, cautelosa.

Qual a melhor forma de começar? Lydia estava determinada a não esconder nada dela. Mentiras e meias-verdades tinham uma forma nefasta de se reproduzir e procriar desconfiança. Se Adrienne conseguisse enxergar Falcão claramente, esperava-se que a verdade não fosse causar dano; mas mentiras, em algum momento do caminho, decerto causariam.

— Esmerelda está morta.

— Eu sinto muito — Adrienne respondeu instantaneamente. — Mas quem é Esmerelda?

— A... bem... ex-amante de Falcão é a melhor explicação.

— Quer dizer, além de Olivia? E, a propósito, onde ele a mantinha? Na masmorra? Na torre? No quarto ao lado do meu?

Lydia estremeceu.

— Não é desse jeito, Adrienne. Ele havia rompido com ela meses antes de você chegar. Ela vivia com os roma, que acampavam em nossos campos nas estações quentes. De acordo com o que o povo dela disse para Tavis esta manhã, era ela quem estava tentando matar você. A boa notícia é que agora você está segura.

— Não é o que eu estava dizendo desde o início? Eu avisei que era provavelmente uma das ex-namoradas *daquele homem*, não avisei? Ah!

Ela se colocou em pé.

— Adrienne.

— O que foi agora?

Ah, inferno, Lydia pensou. *Bem, anime-se*, disse para si mesma, sabendo pela expressão de Adrienne que ela só estava procurando um motivo para uma boa briga com Falcão, e que ficaria zangada como uma *banshee* cuspideira quando se desse conta de que não conseguiria a briga.

— Falcão partiu para Uster no raiar do dia.

— Por quanto tempo? — Adrienne perguntou, rangendo os dentes.

— Ele não disse. Adrienne! Espere! Precisamos decifrar o que trouxe você aqui! — Mas ela já não estava ouvindo.

Lydia suspirou ao vê-la trovejar para fora da cozinha, resmungando para si mesma sem parar:

— Neandertal arrogante, cabeça-dura, pé no saco...

23

Qual é o seu problema exatamente, Adrienne de Simone?, ela indagou, furiosa.

Deu de ombros e suspirou, antes de se aconselhar desesperadamente com uma roseira próxima.

— Parece que tenho uma quedinha pelo homem.

A roseira assentiu prudentemente na brisa suave do verão, e Adrienne resolveu confessar para sua plateia absorta tudo o que vinha guardando dentro de si.

— Eu sei que ele esteve com muitas mulheres, mas não é como Eberhard. Claro, provavelmente não há ninguém como Eberhard, exceto talvez um monstro de cinco cabeças saído das garras do inferno.

Como a roseira não a acusou de ser melodramática ou absurdamente poética, Adrienne invocou um suspiro sincero de pena e continuou.

— Não consigo entender uma droga que seja sobre aquele homem. Primeiro ele me quer. Vamos falar sério, ele queimou minha rainha para me manter aqui, o que parece não ter funcionado de verdade, mas o que vale é a intenção. Ele salva minha vida repetidas vezes, embora, de certa forma, tenha sido indiretamente por culpa dele que eu estivesse correndo perigo, para começar, e depois ele se recusa a me ver. E, se não fosse suficiente, ele acaba de levantar e sair sem nem um "passar bem"!

Adrienne puxava as folhas da roseira com irritação.

— Não acho que ele entenda bem a total necessidade de uma comunicação clara e em momento oportuno. Momento oportuno significa *agora*. Onde *exatamente* fica Uster, afinal? — Ela cogitou seriamente encontrar um cavalo e ir até lá por esforços próprios. Como ele se atrevia a simplesmente levantar da cama e abandoná-la? Não que ela achasse de todo ruim ficar onde estava; Dalkeith-Upon-the-Sea sem dúvida era adorável. Mas e se Adrienne fosse mandada de volta para sua época de uma vez por todas e nunca mais o visse?

Raios me partam se isso não põe as coisas em uma perspectiva totalmente diferente. Alguns soldados traidores no fogo cruzado que havia em seu peito levantaram-se e mudaram de lado, na esteira desse pensamento.

Como ela não conseguiu perceber que poderia desaparecer e nunca mais ver o homem com quem estava casada? Que não tinha controle nenhum sobre nada daquilo? Mais vinte soldados marcharam para o lado de Falcão na feroz batalha interna. Puxa vida.

Você não tem vontade de saber, Adrienne, como seria se deitar com ele no calor escaldante da paixão magnífica?

Certo. Restava um soldado em seu lado da disputa, e ele se chamava sr. Desconfiado E. Temeroso.

Traidores! Ela franziu a testa para o novo campo de batalha de Falcão. Só de pensar já sentia calor. Passou os dedos pela água cristalina e sem aditivos químicos da fonte.

Não podia imaginar a possibilidade de nunca mais ver aquela fonte linda, de nunca mais sentir o perfume virgem de lavanda de 1513. Sem Lydia, sem Tavis. Sem castelo à beira-mar. Sem *laird* Falcão, homem de paixão ferrenha e ardente. Apenas Seattle e as lembranças amargas e o medo que a mantinham trancada em casa. A década de 1990, que, de brinde, vinha com névoa de poluição e buracos na camada de ozônio.

Duvidava de que Falcão algum dia fosse tentar mandá-la passar férias sozinha. Ele parecia ser o tipo de homem que dá valor à esposa como se fosse um tesouro e a manteria ao seu lado, se ela permitisse. Juntinho daquele lado belamente musculoso e debaixo daquele kilt...

— Sonho um sonho perverso — ela suspirou suavemente. Adrienne apertou bem os olhos fechados e deixou a cabeça cair sobre as mãos. Uma longa eternidade de perguntas se atropelava na sua cabeça e, lenta, mas seguramente, Adrienne ajudou o último soldado a se levantar, tirou a poeira dele e o deixou se apoiar nela para cruzar o campo de batalha até o lado oposto. Ela havia tomado sua decisão. Iria tentar.

Levantou a cabeça devagar e encontrou o olhar penetrante de Adam. Quanto tempo fazia que ele estava parado ali observando-a com reverência nos olhos? Olhos escuros, negros como o ódio. *Agora, de onde veio isso?*

— Você odeia Falcão, não é, Adam? — ela perguntou, com um lampejo de intuição límpida como cristal.

Ele deu um sorriso apreciativo.

— Vocês, mulheres, são assim. Vão direto ao ponto com sua observação sagaz. Mas o ódio atribui muita importância à sua afirmação — ele ironizou, sentando-se ao lado dela na beira de pedra.

— Não faça jogos de palavras comigo, Adam. Responda à minha pergunta.

— Isso lhe agradaria? A honestidade de um homem?

— Sim.

Ele encolheu um ombro lindo beijado de sol.

— Eu odeio Falcão.

— Por quê? — Adrienne perguntou, indignada.

— Ele é um tolo e não consegue dispensar a devida reverência à sua beleza, beldade.

— À minha o quê? — A coisa *menos* importante sobre ela.

O ferreiro desferiu um sorriso ofuscante.

— Ele apenas quer afastar suas coxas, deslizar entre elas, mas essas pétalas orvalhadas e úmidas de amor sou *eu* que vou imortalizar.

Adrienne ficou dura.

— Isso é muito poético, mas não há necessidade nenhuma de ser indecente, Adam. E você nem me conhece.

— Não consigo pensar em nada que preferisse fazer com meu tempo que não fosse usá-lo para conhecê-la. No sentido bíblico, já que você considera minhas outras referências tão explícitas. Assim é bonito o suficiente para você?

— Quem é você?

— Posso ser quem você desejar.

— Mas quem é você? — ela repetiu, teimosa.

— Sou o homem de quem você precisou a vida toda. Posso lhe conceder qual for o seu desejo antes de você sequer perceber que está desejando. Posso realizar cada anseio seu, curar cada ferida sua, corrigir cada erro seu. Você tem inimigos? Não comigo ao seu lado. Tem fome? Vou encontrar o bocado mais suculento e maduro e alimentá-la com minhas próprias mãos. Tem dor? Vou aliviá-la. Pesadelos? Vou fazê-los em pedaços. Arrependimentos? Vou voltar e desfazê-los. Dê-me sua ordem, beldade, e eu sou seu.

Adrienne atirou-lhe um olhar fulminante.

— Os únicos lamentos que eu tenho são todos centrados em homens bonitos. Então sugiro que você saia das minhas...

— Você me acha bonito?

Alguma coisa nos olhos daquele homem não era muito certa.

— Esteticamente falando — ela esclareceu.

— Tão bonito quanto Falcão?

Adrienne fez uma pausa. Ela sabia ser mordaz às vezes, mas, quando chegava a hora H, fazia de tudo para não magoar as pessoas. Preferia manter o silêncio quando sua opinião não era a resposta procurada, e, nesse caso, o silêncio era resposta suficiente.

Adam cerrou o maxilar.

— Tão bonito quanto Falcão?

— Os homens são diferentes. Não dá para comparar maçãs com laranjas.

— Eu não estou pedindo para você fazer isso. Estou pedindo para comparar um homem com outro homem. Falcão e eu — ele rosnou.

— Adam, eu não vou falar desse assunto com você. Está tentando me forçar a dizer alguma coisa...

— Eu só estou pedindo uma resposta justa.

— Por que isso é tão importante para você? E por que você se importa?

O humor dele mudou, volátil como mercúrio.

— Me dê uma chance, beldade. Você disse que esteticamente eu agrado. Não dá para comparar homens de verdade até que tenha provado o prazer que eles podem lhe dar. Deite-se comigo, beldade. Me permita...

— Pare com isso!

— Quando me viu forjar o metal, você ardeu. — Os olhos negros intensos de Adam fixaram-se nos dela, penetrantes e profundos. Ele tomou a mão dela e a virou com a palma para seus lábios.

— Sim, mas isso foi antes de eu conhecer... — ela se apressou a interromper.

— Falcão — Adam cuspiu, ressentido. — Falcão, o magnífico. Falcão, a lenda viva. Falcão, o maldito sedutor. Falcão... o prostituto do rei. Lembra-se?

Ela olhou tristemente para ele.

— Pare com isso, Adam — pediu, por fim.

— Você se deitou com ele?

— Isso não é da sua conta! E solte a minha mão! — Ela tentou puxar a mão do alcance dele, mas Adam apertou mais forte e, enquanto os dedos acariciavam o pulso dela, os sentidos de Adrienne pareceram ser assaltados por confusão.

— Responda-me, beldade. Você já se deitou com Falcão?

Ela engoliu em seco. *Não vou responder*, jurou, teimosamente, ao mesmo tempo em que seus lábios murmuraram:

— Não.

— Então o jogo continua, beldade, e eu ainda devo ganhar. Esqueça Falcão. Pense em Adam — ele sussurrou, tomando os lábios dela em um beijo brutal.

Adrienne parecia afundar mais e mais fundo em um mar tenebroso, que a fazia querer se enrolar e se esconder dentro de si mesma.

— Adam! Diga, beldade. Grite por mim.

Onde estava Falcão quando precisava dele?

— F-Falcão — ela sussurrou contra a boca punitiva de Adam.

Enfurecido, Adam forçou a cabeça dela até que encontrasse seu olhar furioso. Diante dos olhos de Adrienne, as feições soturnas de Adam pareciam reluzir estranhamente, se transformando... Mas não era possível, ela se reassegurou. Os olhos escuros de Adam de repente pareciam ter os riscos dourados dos olhos de Falcão; o lábio inferior de Adam, de súbito, curvou-se no convite sensual de Falcão.

— É isso o que tenho de fazer para ter você, beldade? — Adam questionou em tom áspero.

Adrienne o fitava com fascínio horrorizado. O rosto de Adam estava derretendo e se redefinindo, e ele parecia mais e mais o marido dela, a cada segundo.

— Devo recorrer a tal artifício? É a única maneira de você me aceitar?

Adrienne estendeu a mão trêmula e tocou o rosto que se metamorfoseava estranhamente.

— A-Adam, p-pare!

— Isso faz você arder, beldade? Se eu usar o rosto dele, as mãos dele? Pois eu usarei, se fizer!

Você está sonhando, ela afirmou em pensamento. *Você pegou no sono e está tendo um pesadelo muito, muito ruim, mas vai passar.*

As mãos de Adam estavam sobre os seios dela e os dedos de fogo gélido fizeram disparar uma coluna de sensações extraordinárias pelas costas de Adrienne... mas não era prazer.

A uma dúzia de passos dali, Falcão ficou imóvel no meio da caminhada, depois de ter vindo em alta velocidade pela longa ponte e pelos jardins. Linha por linha, músculo por músculo, seu rosto se tornou uma máscara de fúria e dor.

Por quanto tempo esteve fora? Uma dúzia de horas? Meio dia?

A ferida que tinha adquirido ao salvar a vida dela queimava furiosamente na mão, assim como o desejo pulsava forte por ela debaixo do kilt.

Ele se forçou a assistir por um longo instante, para selar em caráter permanente na sua memória o tipo de idiota que era para querer aquela moça. Amá-la mesmo que ela o traísse.

O corpo duro e bronzeado do ferreiro esticava-se pelo comprimento das curvas sensuais de sua esposa, onde estavam deitados, na beira da fonte. As mãos dele emaranhavam-se na cabeleira loira, e a boca estava grudada nos lábios rendidos de sua esposa.

Falcão viu-a soltar um alarido, mãos frenéticas sobre o ferreiro em sua necessidade... puxando o cabelo dele, cravando-se com desespero em seus ombros.

Grama e flores foram arrancadas da terra fragrante sob a bota de Falcão quando ele deu meia-volta.

Adrienne se esforçou para recuperar a sanidade.

— Volte... volte p-para seja lá de qual inferno... v-você v-v-veio... — As palavras exigiram cada grama de energia que ainda lhe restava e a deixaram arquejando fracamente em busca de ar.

As mãos que a assaltavam sem cessar de repente a soltaram.

Ela caiu da beirada e desabou dentro da fonte com um respingar de água.

A água fria removeu a confusão espessa no mesmo instante. Ela se encolheu em terror, à espera de que a mão do ferreiro fosse atrás dela, mas nada aconteceu.

— A-Adam?

Uma lufada de vento demoníaco eriçou seus mamilos enregelados, através do tecido do vestido.

— Ah! — Ela os cobriu às pressas com as palmas. — A-Adam? — chamou, um pouco mais forte. Nenhuma resposta. — Quem é você, de verdade? — gritou furiosamente para a manhã vazia.

24

Em seu estado depressivo, Adrienne considerou não se alimentar. Ela se perguntou se existia cigarro em 1513, depois reconsiderou e, em vez disso, decidiu comer.

Até encontrar o uísque.

Já não era sem tempo, refletiu, sentando-se no gabinete de Falcão e apoiando os pés na escrivaninha. Serviu uma bela dose da bebida em um copo de cristal e deu um gole, que lhe desceu rasgando a garganta.

— Nossa — disse pensativamente para a mesa —, mas eles produzem uma mistura fina aqui, não?

Passou o resto da tarde e da noite no refúgio sagrado de Falcão, escondendo-se dos avanços estranhos do ferreiro, da preocupação permanente de Lydia e de seu próprio sofrimento. Leu os livros dele bebendo do copo de uísque e vendo a chuva fininha que começava. Ele tinha bom gosto para leitura, ela pensou. Adrienne poderia se apaixonar por um homem que gostava de ler.

Mais tarde, vasculhando a escrivaninha, disse a si mesma que tinha todo o direito de fazer isso, afinal *era* a esposa dele. Cartas para os amigos, cartas de amigos, cartas para a mãe enquanto ele estava fora: todas atadas com esmero e guardadas dentro de uma caixa.

Adrienne mexeu nas gavetas e encontrou miniaturas da irmã e do irmão de Falcão. Descobriu tesouros de infância que aqueceram seu coração: uma bola de couro com a costura remendada muitas vezes, estatuetas de animais esculpidas com habilidade, pedras e bugigangas.

No segundo copo de uísque, ela já estava gostando dele completamente. *Chega de uísque, Adrienne, e já passou muito da hora de comer alguma coisa.*

Sobre pernas instáveis, ela seguiu para o Grande Salão.

— Esposa. — A voz não tinha calor algum.

Adrienne estremeceu e perdeu o fôlego. Girou no lugar e se encontrou cara a cara com Falcão. Mas ele tinha ido para Uster, não tinha? Pelo visto, não. Seu coração disparou. Ela estava pronta para tentar, mas algo no olhar dele a enervava e ela não tinha nem a mais nebulosa noção do motivo. Estreitou os olhos e o encarou.

— Você parece completamente intratável — ela disse. Em seguida, ele se atirou para cima dela e Adrienne soltou um grito de medo. — O-o q-que está fazendo, Falcão?

As mãos dele se fecharam ao redor de seus pulsos com uma possessividade de aço, e ele usou o corpo poderoso para forçá-la contra a pedra fria do corredor.

— Falcão... o quê?

— Silêncio, moça.

De olhos arregalados, ela fitou o rosto dele, à procura de alguma pista capaz de explicar a hostilidade gelada que encontrava ali.

Falcão lhe forçou a perna musculosa entre as coxas, afastando-as cruelmente.

— Você andou bebendo, moça.

Sua respiração soprou quente na face de Adrienne, e ela sentiu o hálito forte de álcool.

— E daí? Você também! E eu pensei que você estivesse em Uster!

Os lábios lindos dele se curvaram em um sorriso amargo.

— Sim, estou bem ciente de que você achava que eu estivesse em Uster, esposa. — Ele falava áspero, traindo a extensão de sua raiva.

— Bem, não vejo por que está tão zangado comigo! Foi *você* que teve nove milhões de amantes, e *você* que me deixou sem se despedir, e *você* que não queria...

— O que vale para um nem sempre vale para todos — ele rosnou. Em seguida, enroscou a mão nos cabelos dela e deu um puxão forte que lhe desnudou o arco pálido da garganta. — Nem no consumo de bebida, nem em amantes, esposa.

— O quê? — O que ele falava em enigmas não fazia o menor sentido, e tudo o que ela tentava naquele momento era ter uma conversa razoável e sóbria com ele. Adrienne soltou uma exclamação de susto quando ele lhe mordeu a base do pescoço, no ponto onde o sangue pulsava erraticamente. Se não conseguia lidar com aquele homem sóbrio, era certo que não conseguiria embriagada.

Com uma lentidão excruciante, ele traçou a língua pelo pescoço dela e desceu pela curva superior dos seios. Sua boca ficou seca, e um bando inteiro de pássaros bateu asas na sua barriga.

— Lasciva — ele sussurrou na pele impecável de Adrienne.

Ela gemeu baixinho, em parte pela dor causada pelas palavras dele e em parte pelo prazer do toque.

— Beldade cruel e infiel, o que eu fiz para merecer isso?

— O que *eu* fiz...

— Não! — ele trovejou. — Sem palavras. Não vou ser atacado pelas mentiras de mel desse doce covil que você chama de boca. Sim, moça, você tem o mais cruel dos venenos. Era melhor se eu tivesse deixado o dardo levá-la, ou a flecha. Fui um tolo por sofrer um momento de dor que fosse por sua causa.

Estou sonhando de novo?, ela se perguntava. Mas sabia que não estava, pois nem em sonho havia tomado uma consciência tão completa de seu próprio corpo, de seu traiçoeiro corpo, que implorava para estar mais perto daquele homem raivoso que exalava sedução mesmo quando furioso.

— Diga-me o que ele tem para lhe dar que eu não tenho! Diga-me que fome você sente por aquele homem. E, depois que eu lhe mostrar cada centímetro do que eu tenho para lhe dar, então você poderá me dizer se ainda pensa que ele tem mais do que eu.

— O ferreiro? — ela perguntou, incrédula.

Ele ignorou a pergunta por completo.

— Eu deveria ter feito isso há muito tempo. Você é *minha* esposa. Vai dividir a *minha* cama. Vai gerar os *meus* filhos. E com certeza, quando eu terminar com você, nunca dirá essa palavra novamente. Já enumerei as regras do Falcão uma vez. Agora vou lembrá-la pela última. *Ferreiro* e *Adam* são duas palavras que você nunca vai me dizer. Se fizer isso, vou castigá-la de forma tão inovadora e cruel que você vai desejar nunca ter nascido.

As palavras foram ditas com tamanha raiva incandescente, porém de forma tão controlada, que Adrienne nem sabia por onde começar a questionar que tipo de punição ele poderia ter em mente. Ela sabia por instinto que nunca desejaria descobrir. Ao abrir os lábios para falar, Falcão esfregou o corpo contra o dela, pressionando-lhe intimamente o membro duro entre as coxas. As palavras que ela havia planejado dizer foram exaladas na forma de um suave *vuuush*, que se afinou em um gemido rouco. Adrienne queria se derreter contra ele, arquear-se no corpo dele em completa entrega. Não conseguia nem ficar ao lado daquele homem sem desejá-lo.

O sorriso dele era sarcástico e cruel.

— É isso que ele encosta em você, moça? Ele tem tudo isso para lhe dar prazer?

Nenhum homem tem, ela pensou, febril, seus quadris friccionando o corpo dele avidamente. Soltando um grunhido baixo, ele fechou a boca sobre a dela em um beijo implacável e punitivo.

Adrienne sentiu a mão dele lhe erguendo a saia e se deu conta de que, naquele estado de fervor, Falcão iria possuí-la bem ali, na penumbra do corredor frio. Bêbada ou não, não era como ela planejava entregar sua virgindade guardada a duras penas. Ela o queria, mas não assim. Nunca assim.

— Pare! Falcão, seja lá o que você pensa que eu fiz... eu não fiz! — ela gritou.

Ele a silenciou com a boca, com seu beijo quente, faminto e cruel. Ela entendia que ele não estava fazendo amor, mas punindo-a com seu corpo. Apesar disso, não conseguia resistir à língua dele nem se impedir de retribuir o beijo.

Falcão baixou a cabeça e roçou o pescoço dela com os dentes, depois brincou com os mamilos duros através do vestido. Adrienne estava tão perdida no prazer que não percebeu o que ele estava fazendo até que fosse tarde demais.

Ela sentiu a corda áspera ser passada ao redor dos pulsos. Depois Falcão puxou seus braços para baixo e girou seu corpo, deixando as mãos na base das costas.

— Seu filho da puta! — ela sussurrou.

— Filho da puta — ele repetiu, pensativamente. — Agora você não gosta da minha mãe?

— Eu não gosto de *você* quando está desse jeito. Falcão! Por que está fazendo isso? O que eu fiz?

— Silêncio, moça — ele comandou em voz baixa, e ela aprendeu que, quando a voz dele se tornava baixa e suave como couro oleado, significava que ela estava correndo o mais extremo perigo. Era a primeira das muitas lições que ele iria lhe ensinar. Quando o capuz de seda deslizou sobre sua cabeça, Adrienne gritou com fúria, esperneou e chutou. Lutando, chutando, enraivecida nos braços dele, ela praguejou com a voz entrecortada. — Esposa — ele disse ao pé de seu ouvido, através do capuz de seda —, você me pertence. Logo não vai mais se lembrar de que um dia não me pertenceu.

Adam estava em meio à sombra das sorveiras e observava Falcão caminhar a passos largos noite adentro, a mulher encapuzada esperneando em seus braços. Então ele pensava que poderia escapar de Adam Black, não é? Falcão achava que poderia levá-la embora? Esperto. Adam não havia negociado aquele ponto. Falcão obviamente decidira brincar perigosamente perto dos limites da letra da lei.

O homem estava se tornando completamente enfurecedor.

Não, de forma alguma era o que Adam esperara quando encenou tudo aquilo no jardim.

Ora, Falcão era mais brutal do que ele pensava. Tinha subestimado vastamente o adversário, pois considerava Falcão decente demais e *bonzinho* demais para saber quando um homem precisa ser duro e implacável como aço com uma mulher. Adam contara que o nobre Falcão estaria tão ferido por vê-la com ele que acabaria por amaldiçoá-la e renunciar a ela, talvez se divorciar dela — qualquer uma das opções, de acordo com seus planos, iria mandá-la fugida para a forja ardente ao pé das sorveiras. Ele havia pensado, de forma muito errônea, ao que parecia, que Falcão tinha pelo menos uma ou duas fraquezas de caráter.

— Silêncio, esposa! — o barítono de Falcão ressoou na escuridão. Adam estremeceu. Nenhum mortal deveria ter uma voz como aquela.

Bem, aquilo não ia dar certo. Teria de fazer uma séria intervenção, pois, se um homem como aquele carregasse uma mulher e ficasse com ela por um tempo, a mulher seguramente pertenceria a ele quando o ato acabasse.

E Adam nunca perdia, decerto não algo como aquilo.

Ele saiu das sombras, preparado para confrontar Falcão, quando ouviu um sussurro áspero atrás de si.

— Bobo!

— O que foi agora? — Adam rosnou, virando para encarar o rei Finnbheara.

— A rainha exige sua presença.

— Agora?

— Neste exato momento. Ela está conosco. Acho que é aquela intrometida Aine novamente. Você terá de deixar esse jogo pelo menos por tempo suficiente para dissipar as suspeitas da rainha. Venha.

— Não posso ir *agora*.

— Você não tem escolha. Ela mesma virá atrás de você se não for. E então não teremos mais chance nenhuma.

Adam ficou imóvel por um longo momento, permitindo que sua raiva queimasse por ele e deixasse cinzas de resolução em sua esteira. Tinha de ter muito cuidado no que dizia respeito à sua rainha. Não faria bem nenhum negar um desejo ou capricho dela. De modo algum.

Ele se permitiu um longo olhar por cima do ombro para a figura que se afastava a cavalo.

— Muito bem, meu soberano. Através desse inferno podre, acima da minha vontade, sem travar pacto com ninguém que não seja a *mais bela* rainha, mostre o caminho.

25

Ela parou de gritar somente quando a voz acabou. *Idiota*, disse a si mesma. *Para que isso serviu? Para nada. Você está amarrada como uma galinha, prestes a ser depenada, e agora não consegue nem sequer dar um pio de protesto.*

— Apenas tire o capuz, Falcão — ela implorou, em um sussurro cavernoso. — Por favor?

— Regra número nove. O meu nome a partir de agora é Sidheach. *Sidheach*, não Falcão. Quando o usar, será recompensada. Quando não, não vou permitir trégua.

— Por que quer que eu use esse nome?

— Para eu saber que você sabe quem sou de verdade. Não o lendário Falcão. O homem. Sidheach James Lyon Douglas. Seu marido.

— Quem o chamou de Falcão pela primeira vez? — ela perguntou, com a voz rouca.

Ele sufocou um palavrão e ela sentiu os dedos em sua garganta.

— Não faz diferença quem me chamou de Falcão pela primeira vez. Todos chamavam. Mas era só assim que o rei me chamava — ele disse entredentes. Não acrescentou que, em toda a sua vida, nunca dera permissão para uma moça chamá-lo de Sidheach. Para nem mesmo uma delas.

Ele desamarrou o capuz e o tirou do rosto de Adrienne, depois lhe derramou água fresca na boca, aliviando um pouco do ardor que deixava sua voz tão rouca.

— Tente não gritar mais esta noite, moça. Sua garganta vai sangrar.

— O rei Jaime só usava esse nome? — ela perguntou logo em seguida.

Outro suspiro.

— Sim.

— Por quê?

Ela podia sentir o corpo tenso atrás de si.

— Porque ele disse que eu era o falcão dele em cativeiro, e era verdade. Ele me controlou por quinze anos com a mesma força e firmeza com que um falcoeiro controla sua ave.

— Meu Deus, o que ele *fez* com você? — ela sussurrou, horrorizada com as profundezas geladas que ouviu na voz dele, quando falou do serviço ao rei. Falcão controlado por alguém? Incompreensível. Mas e se a ameaça da destruição de Dalkeith, de sua mãe e de seus irmãos lhe fosse erguida sobre a cabeça? A ameaça de matar centenas de pessoas do seu clã? O que o nobre Falcão teria feito para impedir que isso acontecesse?

A resposta veio fácil. Seu marido forte, sábio, ético teria feito o que tivesse de ser feito, não importava o quê. Se fosse qualquer outro homem, Falcão teria simplesmente matado. Porém não se podia matar o rei da Escócia. Não sem ter seu clã completamente erradicado pelo exército do rei. O mesmo resultado, não havia escolha. Uma sentença de quinze anos, tudo por causa de um rei mimado e desprezado.

— Não pode simplesmente me aceitar do jeito que sou agora, moça? Acabou. Estou livre. — Sua voz era tão baixa e ressonante de angústia que ela paralisou. As palavras a fizeram perder o chão; era algo que ela mesma poderia dizer sobre si mesma, caso fosse confrontada sobre seu passado por alguém de quem ela gostava. Seu marido entendia a dor, e talvez a vergonha e, tão seguramente, o arrependimento. Que direito tinha ela de julgar e condenar uma pessoa por um passado sórdido? Se fosse honesta consigo mesma, ainda iria salientar que seu passado tinha sido o resultado de seus próprios erros ingênuos. Já Falcão havia sido forçado a aceitar um calvário doloroso para garantir a segurança de seu clã e de sua família.

Ela queria tocar e curar o homem que estava sentado tão rigidamente longe dela agora, no entanto não sabia bem como começar. Pelo menos isto era claro: ele não tinha sido o prostituto do rei, seja lá o que isso significasse, porque assim quis. Esse fato percorreu um longo caminho na direção de proporcionar alívio na mente de Adrienne. Mais que tudo, ela queria entender aquele homem feroz e orgulhoso. Afastar as sombras de seus lindos olhos escuros. Ficou rígida de repente, sentindo a seda roçar sua mandíbula.

— Não! Não coloque o capuz de novo em mim. Por favor.

Falcão ignorou os protestos, e ela suspirou enquanto ele reatava os cordões.

— Pode só me dizer por quê?

— Por que o quê?

— Por que você está me encapuzando agora? — O que tinha feito para provocar a ira dele?

— Eu recuei, moça. Dei a você o que nenhum outro homem teria dado. Dei tempo ao tempo para que você me escolhesse de vontade própria. Mas parece que sua vontade é de uma tolice insana e precisa de persuasão. Escolher-me você vai. E, quando o fizer, não haverá nenhum outro nome nos seus lábios, o membro de nenhum outro homem entre suas coxas, nenhum outro rosto na sua mente.

— Mas... — Ela queria saber por que seu tempo havia terminado tão de repente. O que o tinha feito explodir?

— Nada de "mas". Chega de palavras, moça, a menos que você queira que eu também a amordace. De agora em diante, você enxergará sem o benefício desses lindos olhos mentirosos. Talvez eu não seja um tolo completo. Talvez você possa ver a verdade com sua visão interior. Por outro lado, talvez não. Mas sua primeira lição é que minha aparência não tem nada a ver com quem eu sou. Quem eu possa ter precisado ser no passado não tem nada a ver com quem eu sou. Quando você finalmente me vir claramente, só então verá as coisas com os próprios olhos.

Chegaram a Uster pouco depois do amanhecer. Forçando o cavalo pela noite, Falcão transformou uma viagem de dois dias em menos de um.

Diante da criadagem boquiaberta, ele a guiou para a residência do *laird* e subiu as escadas até o quarto. Sem dizer uma palavra, cortou as amarras nos pulsos com um punhal, jogou-a na cama e trancou a porta quando saiu.

No instante em que suas mãos estavam livres, Adrienne arrancou o capuz de seda. Ela se preparara para retalhá-lo em fiapos, mas se deu conta de que ele simplesmente encontraria outra coisa se o destruísse. Além disso, refletiu, não tinha intenção de brigar com ele. Já tinha uma batalha grande o suficiente nas mãos tentando enfrentar suas próprias emoções; ele que fizesse o que achava que tinha de fazer. Ela teria mais tempo para se familiarizar com seus novos sentimentos. Deus do céu, como ele estava zangado. Com que exatamente estava zangado, Adrienne não tinha certeza, mas sua decisão continuava a mesma. Em face da fúria dele, os soldados não tinham mudado de ideia. Todos continuavam, orgulhosos, do lado de Falcão, e ela os apoiava até o último homem.

Ele planejava seduzi-la sem piedade? Abrir-lhe o olho interior para ele? Falcão não precisava saber que esse olho já tinha sido aberto e que ela aguardava ansiosamente, e sem pudor, cada segundo da sedução.

Falcão caminhava lentamente pelas ruas de Uster. Estavam quase desertas àquela hora tardia. Quando um forte nevoeiro encobria tudo, apenas os que tinham coragem, estupidez abjeta ou intenções perversas andavam pelas ruas à noite. Em que categoria ele se encaixava?

Muito tinha começado naquele dia, e ainda mais permanecia sem terminar. Ele passara a maior parte da manhã percorrendo os livros do moleiro e conversando com aldeões raivosos que acusavam o homem de substituir os grãos que levavam para moer. Havia apenas um moleiro, assim designado pelos homens do rei antes de Falcão ter sido liberado de seu juramento de serviço. Sendo o único, ele fora capaz de exercer controle absoluto sobre os grãos dos aldeões e de fato havia, em conluio com o oficial de justiça, fraudado a pesagem, substituído os melhores grãos por farinha mofada e obtido lucro três vilarejos mais ao norte.

Falcão suspirou. Esse era apenas o primeiro de uma dúzia de problemas que exigiam sua atenção. Ele teria de fiscalizar os tribunais por quinze dias para se inteirar de tudo o que tinham feito de errado sob sua negligência bem-intencionada, enquanto estava fora, a serviço de Jaime.

Porém ele tinha tempo para remediar muitos dos males dos moradores, e remediá-los iria. Seu povo estava bem contente por tê-lo de volta e mais uma vez interessado nas necessidades locais. Daquele dia em diante, três homens em Uster passavam a deter ferramentas de moleiro e direitos de moagem. Falcão sorriu. A concorrência seria boa para seu povo.

O aroma de erva-de-são-marcos e hortelã rodopiava pela porta de um estabelecimento aberto quando ele passou. Uma mulher acenou da porta, paramentada apenas com um pedacinho de seda translúcida manchada e esfarrapada. Falcão ergueu uma sobrancelha intrigada e sorriu, mas declinou e continuou pela rua. Seus olhos ficaram sombrios e taciturnos. Ele já tinha mais do que poderia suportar esperando por ele em casa.

Adrienne sentou-se com um sobressalto ao ouvir, de repente, Falcão escancarar a porta de seu quarto. Ela andava imaginando a doce sedução que ele reservava para ela e lançara mão de todo o seu autocontrole para esconder a expectativa pelo retorno.

— Ah, você voltou — ela disse, arrastando as palavras melodiosamente, esperando que tivesse conseguido mascarar seu prazer. Ele cruzou o cômodo em dois passos largos incríveis, tomou-a nos braços e fechou a cara. Baixou a cabeça inexoravelmente em direção a seus lábios, e Adrienne virou o rosto. Sem se desencorajar, ele roçou o pescoço dela com os dentes até chegar à base, onde o pulso traidor batia de forma errática. A respiração de Adrienne enroscou na garganta no momento em que ele a mordiscou e lhe correu a língua pelo pescoço. A mera proximidade a fazia estremecer, os beijos seriam sua completa ruína. A barba áspera lhe feriu a pele quando ele puxou a cabeça dela para trás e, com cuidado, mordiscou-lhe o lóbulo da orelha. Adrienne soltou um suspiro de prazer, depois deu um gritinho de protesto apenas para soar convincente.

— Você vai esquecer o ferreiro, moça — ele prometeu. Um puxão ágil dos cabelos a forçou a encontrar os olhos dele.

— Eu não tinha intenção nenhuma de me lembrar dele. Ele não é nada mais do que um patife insuportável, insistente e atrevido.

— Bela tentativa, esposa — ironizou Falcão.

— Como assim, bela tentativa? Por que você é tão obcecado pelo ferreiro?

— *Eu?* É você que é obcecada pelo ferreiro!

Ele ergueu o capuz na direção dela.

— Você é tão cabeça-dura que nem enxerga a verdade quando está bem diante dos seus olhos.

— Ah, mas esse é exatamente o ponto, moça. Eu vi a verdade claramente com meus próprios olhos naquele dia, no jardim. Sim, com uma clareza inegável, e a lembrança queima na minha mente, escarnece de mim. Eu acabara de ser ferido salvando sua vida volátil, mas você não teve apreço nenhum por isso. Não, você tinha outros planos mais doces em andamento. E minha ausência só tornou tudo mais fácil para você. Saí de perto por algumas horas e tão depressa você se deitou debaixo dele, à beira da fonte. Da *minha* fonte. A *minha* esposa.

Então foi isso, ela refletiu. Ele tinha retornado e visto o ferreiro fazendo aquelas coisas confusas e assustadoras com ela quando, na verdade, Adrienne estava tentando lutar contra ele. Falcão ficara ali observando o ferreiro praticamente estuprá-la e, na mente dele, era consentido. Ele nem pensou em ajudá-la.

— Talvez eu não seja a única que não consegue ver as coisas tão claramente assim — ela falou, mordaz. — Talvez haja dois neste quarto que podem se beneficiar de um pouco de visão interior.

— O que está dizendo, moça? — Falcão perguntou, baixinho.

Ela não se dignaria a responder àquela estupidez. Um homem praticamente a havia estuprado, e, do alto do ciúme, seu marido ficara apenas olhando. Quanto mais ela protestasse sua inocência, mais culpada iria parecer. E, quanto mais pensava naquilo, com mais raiva ficava.

— Eu apenas sugiro que encontre esse olho interior em você, marido — ela respondeu, no mesmo tom baixo de voz.

Sua dignidade contida o fez parar. Sem choramingar, sem mentir e sem se humilhar. Sem justificar. Será que havia interpretado errado o que vira na fonte? Talvez. Mas ele apagaria as memórias que ela tivesse do ferreiro, Falcão jurou. Ele mostrou um sorriso sinistro e a cobriu com o capuz de seda mais uma vez. Sim, quando terminasse, ela esqueceria até que Adam Black existia.

Ele sabia o que poderia fazer. Havia sido treinado para isso. Primeiro pelos ciganos, depois pela duquesa de Courtland.

— Sexo não é meramente um prazer momentâneo — ela o instruíra. — É uma arte para ser praticada com mão treinada e gosto seletivo. Vou educá-lo nessa arte, a mais sublime incursão no escândalo humano. Quando eu terminar, você será o melhor amante que esta terra já conheceu. Facilmente, pois não há dúvida de que você é o mais belo.

E as aulas tinham começado. Ela estava certa — de fato havia muito que ele não conhecia. E ela mostrou um local aqui, uma curva ali, um movimento assim, mil posições, as maneiras sutis de usar o corpo para trazer muitos tipos diferentes de prazer e, finalmente, todos os jogos mentais que o acompanhavam.

Ele aprendeu bem, dominou a arte de cor. E, no seu devido tempo, a fome ávida da juventude havia sido perdida em um mar sem sentido de conquistas e amantes.

Ah, ele era o melhor, sem dúvida. Deixava as moças implorando por sua atenção. A lenda de Falcão cresceu. Então, um dia, uma mulher que Falcão rejeitara repetidamente — Olivia Dumont — peticionou ao rei Jaime pelos favores de Falcão, como se ele fosse uma propriedade a ser concedida.

E, como uma propriedade da coroa, Jaime tinha lhe concedido, brandindo a mesma ameaça de causar danos a Dalkeith se ele desobedecesse.

Como Jaime amou aquilo — especialmente quando percebeu quanto Falcão se sentia humilhado. E assim que o rei dissera: *Você vai ser quem Nós quisermos que seja, mesmo que seja algo tão trivial como Nosso prostituto, para agradar Nossas damas privilegiadas.* Outros homens foram enviados para a batalha. Falcão foi enviado para a cama com Olivia. Duplamente humilhado.

Muitos homens invejavam Falcão — o amante de muitas mulheres bonitas. Ainda mais homens o odiavam pela habilidade e pela virilidade, e pelas lendas que as damas teciam em torno dele.

Chegou um momento, porém, em que Jaime se cansou de ouvir lendas. Farto de suas damas clamarem pelo homem bonito, Jaime então enviou Falcão para o estrangeiro em missões absurdas e arriscadas. Para roubar uma joia da coroa da Pérsia. Subtrair um objeto de arte inestimável de uma velha herdeira de Roma. Fosse qual fosse o tesouro ímpar de que o ganancioso Jaime ouvisse falar, Falcão era enviado para adquiri-lo por meios justos ou nefastos. O prostituto do rei era simplesmente isto: um homem que fazia o "trabalho sujo", a despeito de qual fosse o desejo do instável soberano.

Agora seus olhos se voltavam para a moça que estava ali diante dele em silêncio.

Era muito diferente de qualquer uma que ele já tivesse conhecido. Desde o primeiro dia em que vira Adrienne, ele reconheceu que ela era verdadeiramente desprovida de artifícios ou de máscaras de timidez. Embora tivesse profundezas ocultas, não eram nem maliciosas nem egoístas, mas nascidas de sofrimento e solidão, não de ardil. Falcão reconheceu que ela era pura de coração, tão pura, real e cheia de possibilidades quanto os campos ciganos, e esse coração já tinha sido ofertado a um homem tão indigno dele! Para o epítome da fachada enganosa e dos artifícios escusos. Para Adam Black.

Custasse o que custasse, ou de que forma fosse necessário, ele a seduziria e a ganharia. Ele a faria ver o erro de sua atitude — ter dado o coração para o homem errado.

Ela estava vendada dele e para ele, até que aprendesse a enxergar novamente com aquele coração puro que havia se recolhido e se escondido. Falcão iria tomá-lo, sacudi-lo e forçá-lo a sair para enfrentar o mundo outra vez. E, quando ela tivesse aprendido a enxergar seu marido pelo que ele era na realidade, aí então ela poderia voltar a ver com os próprios olhos.

Adrienne ficou imóvel e insegura. Era estranho saber que ele estava no quarto, mas não saber onde estava ou o que estava fazendo. Poderia estar diante dela naquele exato momento, seu corpo nu reluzindo nas luzes a óleo dos lampiões. Ela o imaginou iluminado pela luz suave das velas. Adorava as lareiras e os archotes daquela época. Que tipo de romance poderia viver e respirar sob as luzes fluorescentes do século XX?

Lamentava o capuz por privá-la de vê-lo, mas decidiu que era para o melhor. Se pudesse olhar para ele, isso significava que Falcão poderia enxergar seus olhos, e eles certamente iriam trair o fascínio que Adrienne sentia, se não o desejo.

Ela sentiu o sussurro de uma brisa. Falcão estava à esquerda? Não, à direita.

— A primeira vez é para apagar todas as memórias de outro homem.

Ele a estava circundando. Adrienne sentiu o coração bater forte. Com qualquer outro homem, a incapacidade de ver causaria uma sensação ameaçadora, mas não com Falcão. Apesar da fúria, ele havia provado, no seu âmago, que era um homem honrado. Ela sabia que, embora a tivesse vendado, ele a vendara na tentativa de conquistar seu amor e confiança — não para dominar ou subjugar. Não havia nada ameaçador no fato de que Falcão a tivesse feito fechar os olhos para ele; com o capuz de seda, ele lhe abria o coração.

A falta de visão elevava todos os outros sentidos a um estado sublime.

Quando a mão dele a acariciou na base do pescoço, ela engoliu um suspiro de prazer.

Falcão continuou circulando em volta dela, ao lado, depois às costas e, no que pareceu ser uma eternidade depois, à frente. Os ouvidos de Adrienne se apuravam em busca de pistas, o corpo vibrava de tensão, imaginando, esperando.

— A segunda vez será para ensinar. Ensiná-la como é ser amada por um homem como eu, algo que você nunca vai esquecer.

A respiração dele soprou sua nuca, os dedos apanharam uma mecha caída do cabelo. Ela podia ouvir apenas a respiração irregular — dele ou dela, Adrienne não estava certa. Ela enrijeceu ao roçar da mão dele na curva de seu quadril, sentindo uma onda de eletricidade percorrer seu corpo.

— A terceira vez será para prender e aprisionar. Prometo que essa vez será o fim da sua resistência.

Falcão trilhou os dedos pelo pescoço dela, cruzou-os sobre os seios, de mamilo a mamilo, depois desceu pela barriga lisa. A carícia leve prosseguiu como pluma pelas pernas e desapareceu, deixando um rastro de fome ardente.

— Mas a quarta vez, ah, a quarta vez, quando vou ouvir seus gritos doces, essa é que será a minha, moça. Pela espera, fome e agonia de querer você. Só para mim.

Suas mãos estavam sobre os ombros dela, escorregando a seda do vestido sobre a pele. Desabotoando as pérolas minúsculas na altura da nuca, uma por uma, com algo que parecia ser... os dentes? Ah! A língua tremulou sobre a pele sensível da nuca e depois desceu mais.

Ah, pelos céus, essa lambida sensual poderia ser sua ruína completa. O veludo rugoso da língua dele prosseguiu no caminho até a espinha e continuou descendo. Ela tremeu.

De joelhos fracos, ela oscilava em silêncio. *Não posso fazer nenhum som*, ela se lembrou. Nenhum som bom, pelo menos. Só protestos.

No instante em que ela teve certeza de que não conseguiria manter o silêncio nem mais um segundo, ele recuou, e Adrienne sentiu uma brisa suave em sua ausência. Ela se virou, tentando rastreá-lo no silêncio.

As costas do vestido estavam abertas; a pele, úmida dos beijos. Ela esperava em meio à sua expectativa muda. *Onde ele está?*

Ali, ela pensou, sentindo, de súbito, o puxão no tecido. Ele lhe puxou o vestido, e a roupa caiu ao chão em um farfalhar de sedas. A túnica caiu em seguida, e depois não havia nada além de meias, o corpete de renda e os sapatos.

Falcão agradecia por ela estar vendada, assim não conseguia ver o tremor nas mãos dele ao se ajoelhar e lhe remover as meias lentamente, rolando-as centímetro a centímetro, ajoelhado diante dela. Deixou uma trilha de beijos reverentes pela longa perna sedosa. Da coxa macia até a parte posterior dos joelhos e depois aos tornozelos delineados, ele se esbaldou nas pernas dela com beijos quentes, primeiro uma, depois a outra, certificando-se de não negligenciar um centímetro deleitável da carne cor de creme que ele estava morrendo de vontade de saborear.

Ela não emitiu um gemido que fosse, mas Falcão entendia aquele jogo. Odiando-o como o odiava, ela sem dúvida não emitiria um som de prazer a menos que ele pudesse arrancá-lo da garganta. E, para fazer isso, devia manter a clareza. Não podia perder o controle e começar a pensar naqueles pelos reluzentes no encontro doce das coxas, localizados a meros centímetros de sua boca, ou no botão macio aconchegado ali dentro, no centro da paixão. De sua posição aos pés dela, ele se deleitava com cada plano e curva daquele corpo perfeito. Seus olhos percorreram as coxas torneadas, subiram pela barriga firme e levemente arredondada, sobre os seios cor de creme, até a coluna de alabastro do pescoço, onde se encontrava o capuz preto de seda.

Adrienne sabia que, se algo não acontecesse rápido, suas pernas iam simplesmente ceder e ela acabaria caindo na cara dele. *Não é má ideia,* sugeriu sua mente. Ela estava chocada. Pasma. Mas talvez...

Ela oscilou de leve para a frente.

Falcão gemeu no instante em que o púbis sedoso roçou na barba por fazer em seu rosto. Ajoelhado aos pés dela, fechou os olhos com força para banir a visão, a necessidade inconsciente da língua que umedecia os lábios e da boca que exigia...

Trêmulo, ele rosnou e se pôs de pé. Suas mãos estavam no corpo de Adrienne e ele sabia que estava em sérios apuros. *Para onde diabos foi Falcão?,* ele se perguntou, ao tombá-la bruscamente de costas na cama. Onde estava o sedutor? O lendário mestre de controle que iria excitá-la além do que ela suportaria e lhe estilhaçar as defesas? Onde diabos estava sua determinação? *Que determinação?,* ele refletiu, pois seu autocontrole estava perdido na pradaria verde da inocência, mais doce e viçosa do que qualquer uma que ele já houvesse conhecido.

Adrienne gemeu sentindo o corpo dele encobri-la, pressionar o seu contra a cama macia. Cada centímetro desse homem era sensual e exigente. *Ah, celestial,* ronronou a mulher dentro dela. *Me possua,* ela queria gritar. Mas não assim tão fácil. Ela não cederia muito depressa.

Em um movimento rápido, Falcão arrancou o capuz da cabeça dela e a beijou, enterrando as mãos em seu cabelo. Beijou-a tão profundamente que ela perdeu o fôlego e os últimos resquícios de medo.

Adrienne beijara alguns homens antes. Mais do que alguns. Beijos tímidos, apaixonados. Os beijos de Eberhard, que a tinham deixado fria. Um homem não beijava *desse* jeito a menos que estivesse profundamente apaixonado.

Ele a amava. A consciência desse fato vibrou dentro dela, logo abaixo da camada superior de pele, depois entrou mais fundo, penetrou totalmente. Como era magnífico saber que ele a amava tanto. Não havia dúvidas. Ele aconchegava seu rosto entre as mãos fortes, como se ela fosse o que havia de mais precioso no universo. Ela abriu os olhos e encontrou o olhar perturbado de Falcão, tentando dizer com seu silêncio prateado tudo o que realmente sentia, porque ela não podia dizer com palavras. Ela não sabia como. Não tinha prática.

Quando ele a posicionou debaixo de seu corpo e a ereção pressionou entre as pernas dela nesse movimento, ela não aguentou mais segurar: fez todo o barulho que havia jurado não fazer. Praticamente rugiu. Então era assim. Era isso que deixava as pessoas loucas de paixão, desejo e fome. Era isso que Shakespeare tinha conhecido em algum momento da vida para escrever *Romeu e Julieta*, para escrever versos de amor tão doces. Era isso que Falcão entendia por Valhalla.

Adrienne arqueou o corpo contra ele, os músculos dentro de si pegando fogo, ardendo por algo, ansiosos e vazios.

— Ari — ele sussurrou ao baixar a cabeça para sugar um mamilo entre os lábios. Ele beijou e puxou e torturou. Em seguida, soltou e soprou ar frio no bico ereto e aquecido. Mordiscou de leve, esfregou a barba áspera e escura com cuidado por eles. Uma língua de fogo brotou dentro dela, irradiando dos seios e inundando o corpo todo em ondas de desejo.

Ele salpicou beijos mais para baixo, trilhando um caminho pelo abdome, pela curva dos quadris, pelas coxas. Quando parou diretamente acima do doce calor, o sopro da mera respiração dele sobre a pele sensível era pura tortura.

Um segundo se tornou uma dúzia, e ela esperou, incapaz de se mover, pela carícia seguinte.

Quando veio, ela gemeu baixinho. Ele pontilhou de beijos a pele de cetim no interior das pernas, depois provou o centro, onde residia a fome de Adrienne. Quando a língua tremulou para fora, estimulando repetidamente o pequeno e tenso feixe de músculos, ela gritou, e seu corpo todo estremeceu contra o dele. Sentiu-se subir, voar para chegar a algum lugar logo além de seu alcance e então... ah!

Como era possível que ela nunca tivesse sentido nada assim antes? Falcão a lançou para os céus estrelados e a girou entre os planetas, deslizou-a pela Via Láctea e através de uma estrela prestes a se transformar em supernova. Sacudiu seu universo de ponta a ponta, para fora do sistema solar. E quando finalmente, com cuidado, deixou-a descer do céu, ela estremeceu debaixo dele entre a agonia e o êxtase, sabendo que nunca mais seria a mesma. Algo tinha despertado dentro dela e estava piscando os olhos claros, desacostumados ao brilho ofuscante e à intensidade atordoante daquele novo mundo.

Ela ficou deitada, ofegante e um pouco assustada, mas pronta. Pronta para se doar completa e verdadeiramente ao marido e para fazer seu casamento decolar, como sabia que poderia acontecer. Pronta para tentar começar a lhe contar as coisas que sentia por ele. Quanto realmente admirava sua sensibilidade e compaixão. Como adorava sua força e coragem. Como adorava até mesmo seus rompantes de raiva, impetuosos e apaixonados. Como era feliz por ser sua esposa.

— Falcão...

— Ari, Ari... Eu... não. Eu não... — Seu rosto era feroz e selvagem, e ela tentou abraçá-lo. Mas não conseguiu.

Porque Falcão se enrijeceu com um rugido de agonia e saltou para fora da cama. Saltou para longe dela e saiu apressado do quarto, sem olhar para trás.

O cômodo ficou em silêncio, exceto pelo clique do ferrolho.

Adrienne fitava a porta em total confusão.

Era como se deitar nas rosas e acordar na lama.

Como ele podia simplesmente ir embora e deixá-la depois *daquilo*?

26

Sidheach James Lyon Douglas não treme, ele se lembrou. Não perde o controle. Não chega a ficar quase emocionado feito um garoto apaixonado só porque fez a moça sentir o orgasmo da vida dela. Ele não deixara de notar.

Mas não era o orgasmo. Nem mesmo a maneira como ela estremecera ao toque de seu corpo, ou como ficava linda arfando, molhada de amor, sob sua língua.

A questão era que ele tinha chegado muito próximo de fazer algo que nunca fizera antes: derramar a semente do lado de fora de uma moça. Isso e muito mais — ele a amava e ela ainda não dissera seu nome. Nem mesmo no ápice da paixão ela gritara seu nome. Nada. Até onde ele sabia, ela poderia muito bem estar pensando em Adam. Era parte do motivo pelo qual ele teve de tirar o maldito capuz da cabeça dela. O capuz que parecera uma boa ideia a princípio, mas que precisara ser removido.

Da próxima vez que ele a amasse, a faria permanecer de olhos abertos para poder enxergá-lo do começo ao fim, e ele chegaria até o fim. Seu membro pulsante não aguentaria aquela tortura mais uma vez.

No entanto, não lhe concederia sua semente até saber que ela lhe pertencia. Não queria a possibilidade de não saber o filho de quem ela poderia gerar.

E então se lembrou do frasco que a velha cigana lhe entregara. Considerou-o pensativamente, imaginando se agora era a hora de usar a poção que ele continha.

Poderia usar, refletiu Falcão, embora odiasse os efeitos colaterais. A forma como o deixaria frio e distante em meio à maior paixão que já conhecera.

Da segunda vez que ele a procurou foi em silêncio, do início ao fim.

Mal haviam se passado quinze minutos que ele fizera uma careta ao tirar, com os dentes, a rolha do frasco. Jurara a si mesmo que nunca mais tomaria a poção, mas desta vez era necessário. Tinha de fazer com que Adrienne o quisesse, uni-la a ele com desejo para que pudesse começar a trabalhar em fazer com que ela o amasse. E ele precisava de clareza na mente para isso.

Na noite anterior, quase envergonhara a si próprio. Certamente perdera o controle. Chegara próximo de se derramar nela tanto de corpo como de coração; palavras tolas de amor, semente, esperança de filhos e uma vida inteira juntos.

Então ele jogou a cabeça para trás, engoliu o amargo conteúdo do frasco e esperou.

Quando pôde sentir dedos sinistros estendendo-se dentro de seu corpo, foi até ela.

Desnudou-a por inteiro e a guiou para o chão. Ela não fez nenhum movimento para detê-lo; permaneceu muda, com uma expressão insondável nos olhos. Era uma fascinação silenciosa, mas disso ele não sabia. Quando Falcão olhava para alguma parte diferente do rosto de Adrienne, via os olhos adoráveis dela vaguearem por cada centímetro do seu corpo. Ela se deleitava na sensação que o piso frio proporcionava em suas costas e que o homem quente proporcionava na frente, mas ele parecia, de alguma forma, diferente desta vez, usando as mãos e a boca para levá-la para aquele lugar cintilante no céu, não uma, mas meia dúzia de vezes. Esbanjando habilidades perfeitas, quase assustadoramente controladas, no corpo dela, que ardia debaixo dele.

E Adrienne não gostava nem um pouco disso.

Quando ele se afastou, ela se sentiu traída de alguma forma. Como se, na realidade, ele não estivesse ali presente. E o que importava, se ele a enchia de prazeres? Ela queria o mesmo sol brilhando nos olhos dele, a mesma paixão incontrolável e insana que incandescia entre eles.

— Falcão! — chamou às costas dele.

Ele endureceu e hesitou por um longo instante. Os músculos formavam feixes tensos em seus ombros e costas. Ele parecia tão intocável.

— Ah. Deixa pra lá... — ela sussurrou, seus olhos luminosos e transbordando mágoa.

Horas mais tarde, Falcão enxaguou a boca pela quinta vez e cuspiu em uma bacia. Bem, aquilo fora um desastre de proporções épicas. Tinha lhe feito mais mal do que bem. A poção proporcionava uma ereção gigantesca, mas não permitia que ele encontrasse nenhum alívio.

Por acaso existia algo como um fogo que congelasse?

Nunca mais beberia aquela poção. Não com sua esposa.

Quando enfim se livrou do gosto asqueroso que lhe permanecera na boca, ele se vestiu e seguiu para o salão do vilarejo, onde os aldeões se reuniam para ouvir mais petições. Mais decisões e mais pessoas com necessidades que ele deveria atender. Ao mesmo tempo, sabia que ficaria se perguntando se — o homem que governava diversas casas senhoriais, aldeias, fortalezas e pessoas — jamais seria capaz de fazer a própria esposa simplesmente dizer o nome dele.

Sidheach.

Era tudo o que ele queria.

Inquieta, Adrienne andava de um lado para o outro no quarto. O que acontecera naquela tarde? Ela se sentia suja, como se tivesse sido intimamente tocada por um estranho, não feito amor com o marido. Não como na noite anterior, quando vira algo nos olhos dele, aquele calor e ternura que acompanhavam o desejo épico. De alguma forma, ele estava desapegado naquela tarde. Quando voltou ao quarto para se vestir antes de partir outra vez, ele ainda parecia estranhamente distante. Será que tinha feito alguma coisa, tomado alguma droga para agir assim...?

Aqueles frascos que ela vira. Dentro de uma bolsinha de couro na mesa de cabeceira na noite anterior.

Adrienne travou o maxilar ao caminhar a passos duros até o lado da cama. Nada ali.

Onde ele os colocara? Seus olhos voaram para as roupas que ele deixara na cadeira quando se trocou naquela tarde. Remexendo entre a pilha, ela encontrou o que estava buscando e se livrou da pequena bolsa de couro. Restava um frasco vazio e outro cheio. Rá! Aquilo e o emplastro que ele usara quando trocou o curativo da mão.

Um frasco vazio. Hmmph! Bem, era um jogo que podia ser jogado por dois, e ele se arrependeria do dia em que tinha deixado um deles ali dando sopa. Ele que esperasse para ver como ela sabia ser fria!

Quando Falcão retornou ao solar naquela noite, estava inequivocamente convencido de que devia ter entrado na casa errada. A esposa estava esperando por ele no quarto trancado, completamente nua, com um olhar insano que dava a Falcão quase a certeza de estar sonhando, ou perdido, ou louco.

— Falcão — ela ronronou, deslizando até ele.

— Adrienne? — ele questionou, cauteloso.

Sua esposa era absurdamente linda. E por um instante ele não se importou com o motivo de ela estar agindo daquele jeito. Estava farto da espera e cansado de querer. Assim, ele a tomou nos braços e a beijou, sua boca quente movendo-se sobre a dela com avidez.

Em seguida, viu o frasco jogado no chão ao pé da cama, parecendo que ela o descartara ali logo depois de consumir o conteúdo.

Falcão bufou de frustração e se permitiu mais um olhar demorado nas faces coradas da esposa, nos seios magníficos e nas curvas que se prolongavam para sempre. Lançou um olhar para as pupilas sombriamente dilatadas e para a boca carnuda, madura como ameixa e implorando para ser beijada.

— Moça, você tomou aquela poção? — ele perguntou, com cuidado.

— Ãhã — ela respondeu, num murmúrio melódico, buscando os lábios dele com avidez.

Ele a jogou na cama com um baque. O afrodisíaco. Falcão imaginava que levaria umas doze horas até ele poder ter certeza de que ela estava de volta ao seu estado normal e rabugento.

Serviria bem para ela ser possuída bem ali, naquele momento, a honra que se danasse, Falcão pensou, em uma reflexão sombria.

Infelizmente, não havia nenhuma circunstância sob a qual a honra pudesse ser desprezada. Nem mesmo quando seu membro pulsante o fazia pensar que diabos a honra tinha a ver com montar a própria esposa.

Ah, ela certamente iria querer matá-lo da próxima vez que o visse.

Ele trancou a porta e postou quatro guardas do lado de fora, alertando-os de que mataria qualquer um que entrasse naquele quarto, pelo motivo que fosse, durante as próximas doze horas.

Depois, o lendário Falcão se sentou nas escadas para esperar.

Na próxima vez em que ele foi até ela, Adrienne estava de fato furiosa.

— O que havia naquele frasco? — ela vociferou.

Ele não pôde suprimir o sorriso e tentou baixar a cabeça antes que ela visse, mas fracassou.

— Ah! Você acha engraçado, não é? Pois fique sabendo que me deixou aqui dentro a noite toda pensando em... Ai, meu Deus! Você não faz ideia de como eu precisava...

— Não era de mim, moça. — Os olhos dele eram graves. — Não era de mim que você precisava. Você bebeu um pouco do afrodisíaco que os roma produziram. Eu não tinha intenção de lhe dar nem de usar. Eu nem mesmo pedi por essa poção. E você bisbilhotou...

— Você bebeu uma poção para ficar frio em relação a mim! — ela gritou. — Você fez isso para me ferir!

Falcão a encarou.

— Ferir você? Nunca! Eu nunca iria ferir você, moça.

— Pois foi o que você fez! — Os olhos dela estavam arregalados e brilhantes, e seu lábio tremia.

Ele estava ao lado dela em um instante.

— Como foi que eu a feri? Apenas me diga e eu vou reparar.

— Você estava frio comigo. Você me tocou e foi como se não passasse de um estranho.

O coração de Falcão se encheu de alegria. O desejo o percorria por dentro em ondas. Ela gostava do toque dele.

— Você gosta do meu toque? — ele sussurrou, antes de roubar um beijo daqueles lábios cheios.

— Não quando você faz como ontem! — Havia uma ruga de consternação entre as sobrancelhas adoráveis de Adrienne, e Falcão a beijou para aliviá-la. — Além do mais, se você queria se deitar comigo, por que simplesmente não se aproveitou da oportunidade quando eu estava tão disposta e com tanto desejo? — Ela suspirou, sentindo-o trilhar beijos suaves por suas pálpebras, e fechou os olhos, vibrando os cílios. Os lábios dele eram quentes e infinitamente ternos ao lhe beijar a ponta do nariz, depois não com tanta ternura quando ele lhe tomou a boca na sua.

— Quando eu fizer amor com você, não será porque alguma droga a deixou intoxicada, mas porque você está intoxicada por mim, com tanta certeza quanto eu estou enfeitiçado por você.

— Ah — ela sussurrou no instante em que ele lhe desamarrou os cabelos e os deixou cair, livres, por cima dos ombros.

— Por que você os prendeu? — Ele passou os dedos entre as mechas pesadas.

— Aquela poção era terrível. Até o cabelo roçando no meu rosto era mais do que eu podia suportar.

— Também são mais do que eu posso suportar esses seus cabelos — Falcão comentou, brincando com eles suavemente por entre os dedos. Com os olhos semicerrados, ele exalava uma promessa sombria e sensual. — Você não tem ideia de quantas vezes eu imaginei a sensação do fogo dourado e prateado espalhado sobre o meu membro, moça.

O desejo envolveu Adrienne, que visualizava a imagem que as palavras dele conjuravam.

Ele a fez recuar lentamente em direção à cama, incentivado pelo enlevo de desejo nos olhos arregalados de Adrienne.

— O pensamento interessa, moça? — ele ronronou, de um jeito presunçoso.

Ela engoliu em seco.

— Basta me dizer, sussurre para mim o que lhe agrada. Vou lhe dar tudo.

Ela reuniu coragem.

— Então me beije, marido. Me beije aqui e aqui... aaah! — Ele obedeceu tão depressa. Os lábios eram quentes, sedosos e exigentes. — E aqui... — Ela perdeu completamente a voz quando ele deslizou o vestido do corpo dela e a roupa caiu na cama.

— Quero puxar as cortinas em torno desta cama e manter você aqui dentro por um ano — ele murmurou contra a pele macia de seus seios.

— Por mim tudo bem — ela murmurou em resposta.

— Não era para você estar esperneando nos meus braços agora, moça? — Falcão recuou e a estudou atentamente.

— Hum...

— Sim, prossiga — ele encorajou. Ele sabia que seus olhos deviam estar dançando de alegria. Sabia que devia estar exibindo uma expressão totalmente absurda em seu semblante. Seria possível? A domesticação do falcão fêmea havia começado e já estava funcionando?

— Apenas me toque. — Ela enrugou a fronte. — Não me faça um monte de perguntas!

Ele emitiu um rosnado de riso leve, prometendo paixão infinita.

— Ah, eu vou tocar você, moça.

— Fundo demais. Você já está metido demais em tudo isso.

— Não sei do que está falando.

— Já refleti sobre isso, bobo. É hora de encerrarmos. A rainha Aoibheal já desconfia de nós. Nem mesmo seu tempo ao lado dela dissipou as suspeitas. Eu, pessoalmente, não desejo sofrer as consequências da ira dela. A mulher simplesmente vai ter de voltar para a época dela.

O rei Finnbheara fez um aceno.

E Falcão desabou na cama. Atordoado, olhou ao redor do quarto vazio.

Adrienne caiu no chão de sua cozinha moderna com uma pancada sonora.

— Você viu o que eu vi?! — exclamou o rei Finnbheara.

Adam ficou atônito.

— Ela estava nua. Ele estava arfante. Ela estava... Ah, merda!

O rei assentiu enfaticamente quando ambos fizeram um gesto.

— *Ela fica.*

Era uma das regras de ouro. Algumas coisas nunca poderiam ser interrompidas.

— Você é mesmo do futuro, não é? — Falcão sussurrou, com a voz rouca, quando Adrienne reapareceu momentos depois, a alguns centímetros dele na cama. Enquanto ela andava bebendo no gabinete, Lydia havia contado sobre o desaparecimento no jardim. Falcão tinha tentado se convencer de que a mãe estava errada, mas seus guardas confirmaram terem visto a esposa dele desaparecer e reaparecer várias vezes em sucessão rápida.

Então, ela ainda podia voltar à sua época, mesmo sem a peça de xadrez. *A rainha preta não é o que aparenta ser.* A vidente tinha falado a verdade.

Adrienne assentiu, ainda atordoada pela abrupta viagem no tempo.

— E eu não consigo controlar! Não sei quando vai acontecer de novo! — Seus dedos se flexionaram convulsivamente sobre o cobertor de lã, como se um aperto forte pudesse impedi-la de ser levada mais uma vez.

— Pelos santos — ele murmurou lentamente. — O futuro. Outra época. Um tempo que ainda não aconteceu.

Eles se entreolharam, estupefatos, por um momento prolongado. Seus olhos negros como as asas de um corvo ficaram profundos, tomados por sombras, as lindas riscas cor de ouro completamente extintas.

De repente, Adrienne percebeu claramente demais que desejava *nunca mais* voltar ao século XX. Ela não queria ficar sem ele pelo resto da vida! O desespero curvou dedos frios em volta de seu coração.

Já era tarde demais. Como ela o amava! A brusquidão com que fora recordada de que não tinha controle sobre quanto tempo mais poderia ficar; a consciência de que poderia ser transportada de volta, para nunca mais voltar; o fato de não saber como, ou se, poderia voltar por sua própria vontade a enchia de pavor.

Ser consignada — não, *condenada* — de volta ao mundo do século XX, frio e vazio, saber que o homem que ela iria adorar por toda a eternidade tinha morrido quase quinhentos anos antes de ela sequer ter nascido... Ah, santo Deus, *tudo* menos isso.

Impressionada com suas conclusões, ela olhou para ele, de lábios abertos, vulneráveis.

Falcão percebeu a mudança nela; algum tipo de admissão sem palavras acabava de ocorrer naquela parte de Adrienne que ele tinha tentado alcançar por tanto tempo. Ela estava olhando para ele com a mesma expressão irrestrita que ele vira na noite sobre os penhascos de Dalkeith, quando ela fizera o pedido para as estrelas.

Era tudo o que Falcão precisava ver. Estava sobre ela em questão de segundos. A consciência de que Adrienne poderia ser arrancada dele a qualquer momento tornava o tempo infinitamente precioso. Só tinham o presente, e não havia nenhuma garantia para um amanhã.

Ele tomou o corpo dela como se fizesse cair uma tempestade de paixão desenfreada. Ele a beijou e a provou, desesperado, com medo de que a qualquer instante os lábios dela pudessem ser arrancados dele. Adrienne se deixava levar pelo beijo, numa entrega completa. Uma explosão de calor foi deflagrada entre eles como deveria, como deveria ter acontecido desde o início, se ela tivesse se permitido a ousadia de acreditar em uma paixão como aquela, acreditar que um amor assim era possível.

Caindo para trás na cama, ela se derreteu debaixo dele. Enlaçou os braços ao redor do pescoço dele e puxou a cabeça faminta para mais perto.

— Me ame... ah, me ame — ela sussurrou.

— Sempre — ele prometeu para seus olhos bem abertos. Falcão aconchegou-lhe os seios na concha das mãos e os cobriu de beijos, saboreando a forma livre como ela respondia a ele. Dessa vez era diferente. Ela estava realmente enxergando quem *ele* era, Sidheach, não algum outro homem de antes, e a esperança explodiu no coração dele. Será que Adrienne estava começando a ansiar por ele da forma como ele ansiava por ela? Seria possível que sua esposa estivesse desenvolvendo uma fome que se equiparava ao apetite que ele também sentia?

— Ah, por favor... — Ela arqueou a cabeça para trás, contra os travesseiros. — Por favor... — sussurrou.

— Você me quer, Adrienne?

— Quero. Com cada fibra do meu corpo... — *E alma,* ela ia acrescentar, mas ele tomou sua boca com beijos quentes e profundos.

Era ele que ela queria, de olhos abertos, enxergando quem ele era. Ele percebia que dessa vez era real.

Quando a mão dela se fechou em torno do membro inchado, um gemido foi arrancado da garganta de Falcão.

— Eu vi você, sabia? — ela sussurrou, suas pupilas dilatadas e encobertas de paixão. — No Quarto da Dama Verde. Você estava deitado de costas.

Ele a fitava com um fascínio mudo, os músculos em seu pescoço trabalhando furiosamente enquanto ele se esforçava para dizer algo inteligível, qualquer coisa, mas apenas um rouco ronronar foi emitido quando ela apertou seu membro na palma da mão. Então ela também o observara? Da mesma forma que ele a espreitava a cada chance?

— Você estava deitado, dormindo como um deus viking, e foi a primeira vez que vi isso. — Ela apertou a mão delicadamente para enfatizar. Ele grunhiu. Encorajada pela resposta, Adrienne empurrou-o de costas e espalhou beijos pelo peito definido. Desceu a língua ávida pelo abdome, degustando cada ondulação definida, uma por vez. Explorou as coxas poderosas e a virilidade pulsante, pausando para dispensar um beijo tentador na ponta rosa do membro que um garanhão invejaria.

— Você achou aceitável... justo? — ele murmurou, sem fôlego. — O que você viu antes e vê agora?

— Humm... — ela fingiu refletir sobre a pergunta, em seguida lambeu um rastro longo e aveludado por todo o sexo, até a crista. — Vai servir, se preciso.

Ele jogou a cabeça morena para trás com um sorriso e rugiu.

— Vai servir... vai servir? Eu vou mostrar só... — As palavras ficaram no ar quando ele a puxou bruscamente em seu abraço. Tomou-lhe a boca e a girou de costas.

Tarde demais para recuar ou se preocupar com semente ou filhos, muito além do pensamento racional de qualquer tipo e à deriva em uma loucura almiscarada chamada Adrienne, a bruxa sereia que era sua dona, ele deslizou por entre as pernas dela e se posicionou acima de seu corpo.

Logo antes de ceder ao calor convidativo, ele disse, em tom calmo e régio:

— Eu sempre amei você, moça.

Lágrimas brilharam nos olhos de Adrienne e rolaram por suas bochechas. Ele tocou uma gota brilhante e se deleitou por um momento, saboreando como era bom que ela enfim o aceitasse. Depois, sem suportar mais a espera, ele mergulhou. Mais lágrimas encobriram os olhos dela diante da dor repentina. Acima de seu corpo, mal dentro dela, Falcão cerrou o maxilar e ficou imóvel. Ele a encarou por um momento, sem palavras, atônito e em êxtase.

— Por favor — ela pediu. — Não pare agora. Por favor, eu quero.

— Adrienne — ele sussurrou, o rosto grave. — Virgem — murmurou, embasbacado. Os olhos cor de ébano sustentaram os dela por um momento sem fôlego, seu corpo rígido acima dela.

Então ela sentiu um espasmo sacudi-lo e logo ele atravessou a barreira, invadindo-a com uma intensidade bárbara.

— Minha. — Soltou um palavrão, seus olhos negros fulgurando. — Só minha. O primeiro... o melhor... e o último. — Ele ergueu a bela cabeça, e Adrienne enterrou as mãos fundo em seus cabelos. Novamente ela sentiu aquele arrepio involuntário que o sacudiu da cabeça aos pés.

Houve uma dor momentânea, logo substituída por ondas de calor, e as estrelas chamaram seu nome, convidando-a a voar. Dessa vez foi ainda mais intenso, invocando-a a partir do âmago, onde o membro quente a preenchia por completo. Uma voz instintiva lhe dizia como se mover, como obter prazer e assegurar o dele no mesmo fôlego.

— Não... se mexa — ele disse entredentes no seu ouvido, esforçando-se para não se entregar ao clímax, no momento em que foi cercado pelos músculos apertados e a pele escorregadia. Ele estava além de excitado, quase enlouquecido de paixão, potencializada pela consciência de que o ferreiro nunca tinha estado onde ele estava agora. Nem mesmo o lendário Ever-hard, fosse quem fosse. Ele era o primeiro homem, o primeiro e único amante.

— Não consigo... É tão... Ah!... Delicioso! — Suas mãos acariciavam as costas dele e as unhas marcaram levemente a pele bronzeada de seus ombros, enquanto ele a embalava lentamente debaixo do seu corpo.

— Pare de se mexer, moça!

— Eu pensei que tinha que me mexer... também — ela murmurou, quase incoerente. — Por favor...

— Fique parada. Vou ensiná-la devagar primeiro. Então da próxima vez será selvagem, amor bruto.

— Amor selvagem e bruto *agora* — ela exigiu muito claramente, e quebrou as amarras que o estavam mantendo em um controle tão tenso. Ele ergueu as pernas dela e mergulhou, tirando do que restava de sua mente consciente a preocupação da dor provocada pela virgindade. Entrou nela da forma que teve vontade desde que a vira no primeiro instante: bruto e dominador. Com força, exigente, possessivo. Faminto e quase brutal, marcando-a como sua.

Adrienne espiralava abaixo dele, a ponta dos dedos tocando as estrelas quando ela se fragmentou em mil estilhaços cintilantes. Ela o sentiu endurecer e depois pulsar fortemente dentro dela. Eles explodiram juntos em ritmo perfeito, harmonia perfeita.

Falcão ficou deitado, arquejando pesado por cima dela, durante um longo instante, enquanto ela o acalmava, seu marido, com afagos nas costas. Os cabelos sedosos e negros tinham escapado do cordão. Ela traçou a pele macia de costas sólidas, musculosas. *Homem lindo*, refletiu, e o pensamento não carregava mais nenhuma mácula de medo. Acariciou o cabelo dele em silêncio, maravilhada com sua vida e com quanto era rica com a existência dele.

Foi em silêncio que ele finalmente se levantou de cima dela e foi até a janela, para observar a noite de Uster.

— Ah, moça, o que eu fiz? — ele sussurrou para o painel de vidro.

Silêncio atrás dele. Os olhos de Adrienne se moviam amorosamente sobre cada centímetro de seu homem.

— Julguei que você fosse inconstante e de temperamento ruim. Julguei que fosse, doce falcão, parte da pior raça de víboras infiéis. Minha imaginação sinistra feriu meu coração com uma asa cheia de espinhos. E eu não poderia estar mais errado.

Ainda o silêncio. Não sabia que, atrás dele, sua esposa tinha um sorriso terno curvando-se nos lábios.

— Moça do futuro distante, você foi jogada no colo de um homem, casou-se comigo às cegas e viveu infernos que só você conhece antes de chegar até mim. Eu só lhe dei mais inferno para acrescentar ao seu. Cheio dos meus... Ai, esposa, o que eu fiz? Ah, Deus, o que eu fiz para você?

— Você me amou.

Não era uma pergunta, mas ele respondeu prontamente.

— Eu amo. Mais do que a vida. Do que meu coração. Não apenas escolhi um doce trocadilho para lhe dar nome, mas falei do fundo da alma quando a chamei assim. Sem o meu coração, eu não poderia viver. E não poderia respirar sem você.

— Você tem mais de um coração?

— Não. Apenas este. Mas agora está amargo e desalentado por causa da dor que causou a você.

Ele olhou pela janela para a noite sem fundo. Sangue de virgem em seu membro. Lágrimas de virgem em suas mãos. Esposa virgem que nunca tinha se deitado com Adam e, em todos os seus anos, com homem nenhum. Um presente trêmulo que ela tinha para dar e ele havia arrancado à força com sua paixão sombria.

— Sidheach. — A palavra era uma carícia sensual dos lábios dela.

Devia ser uma peça pregada por sua imaginação. Falcão pensou que sofreria a vida inteira a tortura de esperar em vão pela palavra que ele sabia que nunca sairia dos lábios dela.

— Maltratei tanto você, meu coração. Vou reparar meus erros, eu juro, vou encontrar um jeito...

— Sidheach. — Ele sentiu as mãos dela ao lado de seu corpo, os braços deslizando ao redor dele pelas costas. Ela não poderia mais esconder a verdade dele. Teria de contar, teria de aproveitar cada tempo que os deuses instáveis permitiriam que eles desfrutassem. Ela apoiou a face com carinho nas costas dele, e sentiu um estremecimento percorrer sorrateiramente todo o seu corpo poderoso.

— Estou no meio de um sonho perverso? — ele sussurrou, com a voz rouca.

— Eu amo você, Sidheach.

Ele girou de frente para ela, seus olhos escuros e semicerrados.

— Olhe para mim e diga isso! — pediu, com a voz poderosa.

Adrienne aconchegou o rosto de beleza austera nas mãos.

— Eu amo você, Sidheach, marido de carne e osso. Essa foi a única razão pela qual eu consegui odiar você tão bem.

Um grito de alegria irrompeu dos lábios dele, mas seus olhos ainda exibiam descrença.

— Eu amei você desde aquela noite à beira-mar. E o odiei com mais força por cada minuto passado lá.

— Mas o prostituto do rei...

— Não diga mais nada. Sou uma mulher egoísta. Agora você é o marido de Adrienne. Ninguém mais. Mas agradeço ao bom rei por aperfeiçoar suas habilidades — ela provocou. Algumas coisas eram melhores se deixadas para se curar sozinhas, sem insistir. E aquilo não a ameaçava mais, pois ela entendia que era a parte nobre, o cavalheiro dentro dele que o havia forçado a fazer o que fosse preciso para proteger aqueles que amava. Embora nem ele nem Lydia tivessem lhe dito muito, Adrienne foi capaz de chegar sozinha a algumas conclusões.

Ele riu de sua audácia e logo em seguida se recompôs.

— Eu preciso me casar com você de novo. Eu quero os votos. Entre *nós*, não um procurador. — Era magia que a tinha lançado através do tempo? Quando ela desapareceu de seus braços, ele finalmente aceitara que sua esposa tinha chegado até ele vinda das areias distantes do tempo, e o que isso poderia ser que não magia? Uma magia que ele não podia controlar.

Mas e se eles pudessem operar um encantamento próprio? Havia lendas de que votos de casamento trocados dentro do círculo de fogueiras do Samhain, naquela noite poderosa antes da festa dos Mortos Abençoados, uniam os casais com mais força do que o entendimento humano era capaz de supor. E se eles fizessem seus votos de casamento? Um juramento diante dos místicos roma, nessa noite sagrada?

Será que conseguiria unir sua esposa a ele, a despeito das fronteiras do tempo? Ele tentaria qualquer coisa.

— Sim — ela sussurrou com prazer —, vamos fazer acontecer.

— Só lamento muito não ter estado presente. Se eu soubesse que era você quem estava esperando por mim na Fortaleza Comyn, teria ido pessoalmente, meu coração. Naquele primeiro dia de juramento.

Mas os olhos dele estavam ainda mais perturbados, e ela ergueu a mão para afastar as sombras. Ele a pegou e plantou um beijo terno na palma, depois fechou os dedos por cima.

— Você confia em mim, moça? — perguntou, baixinho.

Confiança. Uma coisa tão frágil, tênue, uma preciosidade sublime.

Falcão a observava, as emoções perpassando a face expressiva de Adrienne, agora maravilhosamente aberta para ele. Ele sabia que ela estava pensando naqueles tempos negros dos quais nunca havia falado. Um dia ela iria confidenciar-lhe todos os seus pensamentos e medos mais particulares, e viria a entender que, não importava o que tinha acontecido no passado, nunca poderia mudar os sentimentos que Falcão nutria por ela.

Adrienne olhou carinhosamente para o homem que a tinha ensinado a confiar novamente. O homem para o qual ela havia perdido o coração tão desesperadamente e de forma tão irrevogável. Esse homem que exalava generosamente honra, coragem, compaixão e cavalheirismo. Nem o passado dela nem o dele tinham qualquer relevância para um amor tal como o deles.

— Confiar em você, Sidheach? Com todo o meu coração e ainda mais.

O sorriso dele era ofuscante.

— Adrienne...

— Milorde? — A voz dela era macia, cálida e despreocupada como a de uma menina.

Quando ele a levou em seus braços, ela estremeceu de desejo.

— Milorde!

Adrienne não viu que, acima de sua cabeça, os olhos dele foram tomados por sombras. Como iria protegê-la? Como poderia garantir a segurança dela? Com que velocidade poderia chegar até Adam e descobrir o que estava acontecendo? Porque não importava por quais corredores sinuosos sua mente vagasse tentando desvendar os estranhos acontecimentos que envolviam sua esposa: todos pareciam voltar girando e se deter com brusquidão bem diante daquele maldito ferreiro. E *não era* mero ciúme, embora Falcão admitisse prontamente uma antipatia duradoura por aquele homem.

Não era a rainha preta que tinha trazido Adrienne para ele, ou a arrancado de perto com tamanha crueldade. Isso era um fato.

Então o que era?

Alguém ou alguma coisa tinha esse poder. O poder de destruir o *laird* de Dalkeith com um só golpe — arrebatando sua amada esposa para longe dele. Que jogo, que diversões terríveis e perversas estavam sendo encenadas na costa de Dalkeith? Que poder tinha se interessado e por quê?

Eu vim aqui para odiá-lo, Falcão. Mas não vim aqui para odiar a mulher que você toma como esposa. As palavras de Adam ecoaram em sua mente, e ele começou a vislumbrar o contorno vago de uma vingança cuidadosamente tramada. Mas isso significaria que Adam Black tinha poderes que Falcão duvidara existirem. Fragmentos de histórias e lendas dos roma que ele tinha ouvido quando criança ressurgiram em sua mente agitada, levantando questionamentos e dúvidas. Histórias sobre druidas e pictos e, sim, mesmo o nefasto e pernicioso povo das fadas. Lydia sempre tinha dito que qualquer lenda era baseada, em alguma medida, em fatos, que os elementos míticos eram apenas inexplicáveis, mas não necessariamente falsos.

Ah, seu amor estava testando os limites de sua crença no mundo natural e os escancarando.

Mas, se ele admitisse acreditar em tal mágica como a viagem no tempo, que tipo de magia poderia descartar como absurda demais? Nenhuma. Não poderia descartar possibilidade nenhuma, por mais sobrenatural que fosse, sem consideração minuciosa.

Adam Black fora capaz de curar o que antes era o incurável veneno callabron. Adam Black sempre parecera saber demais. Adam Black admitira categoricamente que tinha vindo a Dalkeith por vingança.

Os roma haviam se mudado para bem longe da forja do ferreiro. Os roma, que *acreditavam* em mitos e lendas.

E Falcão, em débito com Adam pela vida de sua esposa, havia se forçado a não prestar atenção em todos os elementos de estranheza, atribuindo-os à sua intensa aversão ao ferreiro, convencendo-se de que estava enxergando dragões nas formas fofas de nuvens inofensivas.

Nunca iria deixá-la, mas alguém ou alguma outra coisa poderia tirá-la dele pelo mero capricho de um instante.

Falcão iria procurar o que era, iria destruí-lo e então libertá-la — jurava por sua vida.

Pois não existia vida se não fosse com ela.

27

Embora Falcão insistisse em partir cedo na manhã seguinte, também se certificou de que aproveitassem seus doces instantes juntos no caminho de volta a Dalkeith. Mandou metade dos guardas na frente e ordenou que a outra metade ficasse bem para trás em relação a ele e sua dama, para proporcionar privacidade. Ele retornaria para Uster e supervisionaria o restante das demandas dos aldeões no futuro, depois de terminada sua batalha pessoal.

Adrienne ficou extasiada pela urgência de Falcão em retornar para Dalkeith a fim de selar os votos de casamento. Ficou igualmente extasiada pela viagem de três dias, com longos flertes e momentos românticos em piscinas gélidas que brotavam em borbulhas direto da terra. Interlúdios mais longos de paixão em musgos macios sob o dossel de folhas farfalhando alegremente. Momentos em que ele provocava, incitava e a ensinava até que a virgem ruborizada se tornasse confiante em sua recém-descoberta condição de mulher, extasiada por sentir o poder que exercia sobre seu homem. Ela logo se tornou especialista nas formas sutis de tocar ou falar, de umedecer o lábio e seduzir com os olhos. Já sabia as carícias roubadas e as respostas instantâneas que deixavam seu doce e belo homem duro e pulsante.

Ficou um pouco chocada ao descobrir que o outono tinha pintado as colinas com a inspiração de um mestre; folhas em tons vívidos de abóbora, vinho e âmbar amanteigado se agitavam crepitantes sob os cascos dos cavalos, enquanto trotavam debaixo dos galhos dourados da época de colheita. Esquilos chilreavam e corriam depressa entre as árvores, com saltos que desafiavam a gravidade. A Escócia, em toda a sua glória majestosa, retocada pelo amor, coloria os simples presentes da natureza em uma tapeçaria de milagres. Adrienne nunca tinha percebido que o mundo era um lugar tão maravilhoso.

Ela se recordaria da jornada tranquila de volta a Dalkeith como sua lua de mel, um momento de paixão fenomenal e de terno romance. Um tempo feliz de amor e cura. Pura e simplesmente, os dias mais felizes de sua vida.

Ao fim do segundo dia, deitados sobre o tartan Douglas de azuis e cinzas, uma dor não resolvida irrompeu na superfície para incomodar Adrienne de tal forma que ela não conseguiu conter a língua. Segurando o rosto de Falcão entre as mãos, ela o beijou forte, quente e tentadora, então recuou e disse:

— Se alguma vez me proibir de me aproximar de você novamente, meu marido, vou destruir as paredes de Dalkeith, pedra por pedra, para alcançá-lo.

Falcão balançou a cabeça, os pensamentos completamente confusos pelo beijo tentador, e ainda mais perplexo pelas palavras. Tomou-lhe os lábios em um beijo longo e igualmente feroz e, quando ela estava ofegando baixinho deitada sob dele, disse:

— Se alguma vez você não se importar em ver como eu estou depois de ser ferido, vou acrescentar uma torre de pedra a Dalkeith e trancá-la dentro, minha escrava do amor, para que nunca volte a me recusar nada.

Foi a vez dela de observá-lo com uma expressão atônita, os lábios carnudos e rosados do calor do beijo.

— Se quer dizer depois de ter sido ferido pela flecha, eu *tentei* ver você. Grimm não me deixou.

O olhar de Falcão enfrentou o dela.

— Grimm disse que você nunca veio. Ele falou que você estava dormindo profundamente no Quarto do Pavão, sem a menor preocupação na mente, exceto quando eu ia morrer para deixá-la livre.

Adrienne soltou uma exclamação de surpresa.

— Nunca! Eu estava do lado de fora de sua porta. Discutindo e brigando com ele. Ainda assim, ele jurou que você tinha proibido minha entrada!

— Eu nunca recusei sua entrada. Não, eu abri minha alma e ordenei que você entrasse. Agora está dizendo que foi me ver naquela noite, e que Grimm disse que eu tinha deixado ordens para impedir sua entrada?

Adrienne assentiu com a cabeça, os olhos arregalados.

Uma fúria sinistra perpassou o rosto de Falcão quando ele se lembrou da agonia que tinha enfrentado acreditando que ela não se importava o suficiente para ver se ele ainda estava vivo. De repente, ele entendeu o comportamento rígido do seu amigo naquela noite. Como o olhar de Grimm não parecia muito direto. O nervosismo com que ele incitava o fogo já incandescente, mexendo sem propósito na lenha crepitante.

— Grimm, que maldade você trama? — ele murmurou. Era possível que Grimm desejasse mal a Adrienne? Ou que só tentasse protegê-lo, o seu amigo e irmão de armas, de mais dores?

A despeito do que fosse, suas ações eram inaceitáveis. Não importava quão longa fosse a amizade que tinham, mentiras nunca eram toleráveis. E as mentiras de Grimm tinham criado uma cisão entre ele e sua esposa, uma cisão que tinha mandado Falcão às pressas para Uster. E se ele não tivesse retornado para Adrienne? Até que ponto as mentiras de Grimm poderiam tê-los separado? O que Adam teria feito com sua esposa se ele não tivesse retornado por ela?

A boca de Falcão ficou tensa. Adrienne colocou a palma da mão na bochecha dele e disse, baixinho:

— Falcão, não acho que ele quisesse fazer mal. Ele parecia estar tentando proteger você. Disse que eu não tinha lhe trazido nada além de dor, e que era tudo culpa dele.

— Culpa *dele*?

— Por ter feito o pedido àquela estrela.

Falcão grunhiu:

— Pedidos às estrelas não se tornam realidade, moça. Qualquer criança abobada sabe disso.

Adrienne ergueu uma sobrancelha travessa para ele.

— Mas ele disse que desejou a mulher perfeita — ela insistiu. — E eu me encaixo na descrição — brincou.

— Sim, é verdade — rosnou Falcão. Com um sorriso malicioso, ele pegou um dos seios perfeitos na mão e empurrou Adrienne de costas no tartan quando sua paixão recomeçou. Seu último pensamento coerente, antes de se perder na beleza e na maravilha que era sua esposa, foi que Grimm lhe devia algumas respostas e, para sua esposa, um pedido de desculpas. E, se ele tinha de admitir, até onde sabia, talvez pedidos feitos para estrelas cadentes de fato se tornassem realidade. As coisas mais estranhas estavam acontecendo ultimamente.

No último dia, Falcão cavalgou como um demônio. *Roubou três dias*, ele meditou, sombriamente, segurando a esposa junto ao peito, no seu abraço possessivo, passando a bochecha sobre os cabelos loiros e sedosos.

Na floresta ele se sentia seguro, sentia que, fosse qual fosse o inimigo que a ameaçava, ali ele não sabia onde ela estava. Então ele havia prolongado o momento e dado voltas para fazer durar, mantendo as preocupações longe da esposa, desejando que nada maculasse o prazer dela.

Além disso, ele invariavelmente era lançado num sono profundo cada vez que sua esposa jovem e exigente conseguia o que queria dele. A coisa mais estranha de todas. Nunca tinha se sentido tão pleno e satisfeito. Ah, mas essa moça era dona de uma magia *poderosa*.

Contudo, agora sua mente se voltava com preocupação para o assunto que estava diante dele. Até a festa dos Mortos Abençoados, Rushka tinha alertado. O Samhain seria no dia seguinte, e já o dia subsequente era a festa dos Mortos Abençoados — ou de Todos os Santos, como alguns chamavam.

O Samhain era uma época perigosa para qualquer um estar sozinho. Havia rumores de que, em uma noite como essa, o povo das fadas andava na terra em plena aura mágica. Havia rumores de que a maldade abundava durante o Samhain, que era esse o porquê de os clãs montarem a fogueira dupla de bétulas, sorveiras, carvalhos e pinheiros e cavarem trincheiras profundas ao redor delas. Ali eles se reuniam como um, todos os homens, mulheres e crianças, e faziam um banquete, juntos no círculo protetor da luz. Dentro daquele anel, ele ofereceria sua vida à esposa e, juntos, tentariam fazer uma magia própria.

Ele conseguia sentir nos ossos que algo estava prestes a dar muito errado.

Samhain
(Colheita)

Pois nada neste vasto universo eu clamo,
Apenas tu, minha rosa; em ti está meu todo.

SHAKESPEARE,
"Soneto CIX"

28

Adam sibilava ao deixar a ilha de Morar, das fadas. O tempo, geralmente insignificante para ele, havia passado num piscar de olhos, precioso dia após precioso dia. Quando se joga um jogo mortal, o tempo se torna uma preocupação irritante e persistente. Por um período longo demais ele havia negligenciado seus feitos em Dalkeith, mas levara algum tempo para convencer sua rainha de que ele não estava envolvido em nada perverso.

Agora o ardiloso Adam voltava a mente na direção de Dalkeith para estudar as mudanças em seu jogo. Ficou tenso e silvou de novo. Como eles se atreviam?

Quando sua rainha dissera as malditas palavras para selar o destino de Falcão, Adam havia procurado em toda parte pela arma perfeita de vingança. Tinha vagueado através dos séculos, ouvindo, observando e, finalmente, escolhendo a mulher perfeita, com precisão e cuidado. Adam não era alguém que se metesse e estragasse muitas vezes a vida dos mortais, mas, quando o fazia, lendas surgiam.

E Adam gostava disso.

Alguns o chamavam de Puck. Um bardo o chamaria de Ariel. Ainda outros o conheciam como Robin Goodfellow. Os escoceses o chamavam de *sin siriche du* — o elfo negro. Ocasionalmente, Adam se transfigurava em um cavaleiro sem cabeça em disparada, ou em um espectro de semblante sinistro carregando uma foice, apenas para permanecer na memória dos mortais. Mas, não importava a face que escolhesse, ele *sempre* vencia o que se propunha a vencer. E dessa vez tinha tanta certeza do sucesso! A mulher não só crescera na mágica New Orleans, mas havia rechaçado os homens tão veementemente que ele a ouvira através dos séculos. Adam a observou por semanas antes de fazer sua escolha cuidadosa; ele a havia estudado, aprendido tudo o que havia para aprender da fascinante Adrienne de Simone. Coisas que nem o amado marido sabia sobre ela. Tinha se convencido de que ela era a mulher com garantias de odiar o lendário Falcão.

Pois bem, à medida que Adam se locomovia para Dalkeith-Upon-the-Sea, sua visão de longo alcance revelou uma Adrienne em êxtase, em cuja mente habitavam sonhadoramente planos de casamento.

Mas Falcão, ah... Falcão não estava tão confortável agora. Sentia que algo estava errado e estaria preparado.

Adam tinha trazido Adrienne ali para rejeitar Falcão e, claro, com a intenção de clamar a beldade para si. Raramente uma criatura mortal nascia tão intrigante como aquela mulher. Até o rei tinha comentado sobre sua perfeição. Que doce vingança, fazer Falcão desposar uma mulher que nunca iria amá-lo, quando Adam a faria sua. Colocar chifres em um homem que tinha humilhado o rei das fadas. Mas parecia que ele estava tão errado em relação a Adrienne quanto tinha estado sobre Falcão. Subestimado os dois, ele tinha.

Ela amava Falcão tão intensamente quanto Falcão a amava.

Adam parou de repente e abriu um sorriso astuto ao sentir uma inspiração repentina. Que pequena vingança teria sido meramente pôr chifres em Falcão.

Uma nova possibilidade, de fato devastadora, agora lhe ocorria.

Lydia e Tavis estavam sentados no terraço de pedras de Dalkeith quando Falcão e Adrienne chegaram, tarde da noite.

Nas profundezas das sombras, conversando em voz baixa e bebericando um doce vinho do Porto, eles observaram o jovem casal chegar, apear e enlaçar as mãos a caminho do terraço. Os olhos de Lydia brilhavam de felicidade.

Adrienne disse algo que fez Falcão dar risada. Quando ele a puxou, a fez parar preguiçosamente e a beijou, ela desamarrou o cordão que atava os cabelos dele e os fez cair na noite. O que começou como um beijo terno se aprofundou, ávido. Longos momentos ondularam à medida que o beijo se intensificava. Persistente, selvagem e quente foi o beijo do *laird* de Dalkeith-Upon-the-Sea e sua dama. Sob uma lua quase cheia, no gramado em frente ao terraço, eles se beijaram.

E se beijaram.

O sorriso de Lydia desvaneceu e ela se mexeu com desconforto na cadeira. Forçou uma inspiração profunda e difícil e desejou que o coração parasse de bater naquele ritmo ridículo. Pensava que seu corpo enfim tinha esquecido o que era ter uma paixão como aquela. No entanto, a chance era pequena.

— Esse é um beijo e tanto, é o que vou dizer. — O sotaque forte de Tavis se alastrou sobre ela.

— Um... beijo e tanto. — Lydia engoliu em seco. Quanto tempo tinha se passado desde que um homem a beijara assim?

Tavis se aproximou imperceptivelmente e Lydia lançou um olhar ferino para ele.

Então, o olhar se tornou especulativo.

Tavis MacTarvitt era um homem de bela figura, ela observou. Como era possível que não tivesse notado até aquele momento? E por que aquele sorriso misterioso no rosto dele?, Lydia se perguntava.

— Do que você está rindo? — ela se exaltou.

— Esta é uma bela noite em Dalkeith, é o que vou dizer — ele ofereceu como resposta, em tom gentil. — Eles voltaram para casa. E me parece que vamos ter criancinhas correndo por aqui logo, logo, é o que vou dizer de novo.

— Hmmph. — Lydia fez um ruído de desdém. — Já descobriu como fazer café, velho? Eu adoraria ter uma boa caneca para ela pela manhã.

— Milady. — Seu olhar gentil era uma crítica. — Sou um homem de mãos talentosas, esqueceu? É claro que sei fazer café.

Mãos talentosas. As palavras se demoraram na mente dela um momento a mais do que ela gostaria, e assim ela deu uma olhada furtiva para aquelas mãos. Boas mãos, de fato. Grandes e fortes, com dedos longos, inteligentes. Capazes. Elas curtiam peles macias e podavam delicadamente as rosas jovens. Escovavam seus cabelos com cuidado e faziam chá. Que outros prazeres essas mãos seriam capazes de esbanjar sobre uma mulher? *Ah, Lydia, você está desperdiçando muitos bons anos, não é mesmo, moça?* A verdadeira voz de seu coração, em silêncio todos aqueles anos, finalmente encontrou sua língua.

Com sutileza, Lydia chegou mais perto de Tavis, de forma que seu braço se apoiou de leve ao lado do dele. Era um toque suave, mas pretendia informá-lo de várias coisas. E conseguiu.

Mais tarde, quando Tavis MacTarvitt colocou a mão envelhecida, mas ainda forte e capaz, sobre a dela, Lydia de Dalkeith fingiu não notar.

Porém, mesmo assim, curvou os dedos firmemente ao redor dos dele.

Era o início da manhã, a hora breve em que a lua fria divide o céu com o sol, quando Adrienne sentiu Falcão deslizar da cama entalhada à mão, no Quarto do Pavão. Ela estremeceu no frescor fugaz antes de as cobertas se envolverem confortavelmente em seu corpo outra vez. O perfume picante dele se agarrava aos cobertores, e ela enterrou o nariz em tudo aquilo.

Quando chegaram a cavalo na noite anterior, Falcão a havia pegado nos braços e, escada acima, saltando três degraus de cada vez, carregado a esposa ruborizada diante dos criados boquiabertos. Ele havia gritado para levarem uma banheira fumegante ao quarto do *laird*, e lá eles se banharam em óleos perfumados e sensuais que aderiam ao corpo. Ele tinha feito amor com força, possessivo, sobre um emaranhado de mantas à beira da lareira, besuntados da mistura fragrante de óleos. Seus corpos deslizaram e escorregaram um no outro com uma fricção deliciosa.

Adrienne tinha sido possuída e marcada pela mão do homem. Conquistada, dominada e absolutamente devorada. Voluntariamente, havia se livrado de todos os pensamentos conscientes e se tornado um animal para copular com seu garanhão negro. Na cama, Adrienne passava as mãos pelo corpo dele, pelo rosto, no calor doce depois do amor, memorizando cada plano e ângulo do corpo dele e guardando a memória nas mãos.

Mas, de alguma forma, entre a relação magnífica e o sono, um silêncio havia recaído entre os amantes. E ali ficou, a manopla de um estranho afundando na cama deles. Ela sentiu aquilo crescer e se tornar um punho de silêncio enquanto se perdia em medos sobre os quais não tinha controle.

Desesperadamente, enroscou os dedos nos de Falcão. Talvez se ela o segurasse com força suficiente, caso fosse jogada de volta para o futuro, poderia levá-lo com ele.

Rígida, tinha passado muitas horas fingindo dormir. Com medo de dormir.

E então, quando ele deslizou para fora da cama, ela sentiu o medo retornar.

Mas *não podia* segurar a mão dele a cada minuto de cada dia!

Em silêncio, rolou de lado, espiando entre o monte de cobertas, maravilhada.

Ele estava diante da janela em arco, a cabeça inclinada, como se ouvindo o romper da aurora e segredos nos gritos das gaivotas despertas. Suas mãos estavam espalmadas no parapeito de pedra, os últimos raios de luar acariciando seu corpo em prata líquida. Seus olhos eram poços escuros de sombras observando o alvorecer. Seu perfil austero podia ter sido entalhado a partir da mesma pedra usada para construir Dalkeith-Upon-the-Sea.

Ela fechou os olhos quando ele fez menção de pegar o kilt.

O silêncio abriu os dedos e os fechou ao redor de seu coração, quando Falcão saiu do Quarto do Pavão.

Falcão estava parado na porta no segundo andar, seus olhos escuros de raiva.

Raiva contra sua própria impotência.

Trazê-la de volta a Dalkeith tinha sido um erro. Um grande erro. Ele sabia. O próprio ar dentro de Dalkeith parecia carregado, como se alguém houvesse derramado óleo de lampião por todo o castelo e agora estivesse à espera, pronto para jogar uma vela acesa e recuar para ver a vida de todos ali ser devorada pelas chamas inclementes. Nenhuma dúvida permanecia em sua mente — Dalkeith não era um lugar seguro para Adrienne.

Mas ela também desapareceu em Uster.

Então teriam apenas de ir para mais longe. Para a China, talvez. Ou a África. Ao menos sair da Escócia.

Maldição! Dalkeith era o *seu* lugar. O lugar *deles*.

Dalkeith-Upon-the-Sea era sua vida inteira. Havia suportado muita coisa para ter aquele tempo. Para voltar para casa. Para ver seus filhos brincarem na borda do penhasco. Para ver suas filhas correrem pelos jardins, pezinhos tamborilando por musgos e caminhos de pedra. Em um dia quente, banhar seus filhos em um lago azul cristalino. Em uma noite amena de verão, seduzir a esposa na fonte debaixo das estrelas cintilantes.

Ele merecia passar o resto de seus anos andando com Adrienne sobre aquelas colinas e vales, observando o mar e a marcha eterna das estações do ano por toda a terra, construindo um lar rico de amor e memórias e aventuras. Cada pedacinho daquilo — droga... ele era um egoísta! Desejava o sonho inteiro. *Deveria ter ficado longe, Falcão, e você sabe disso. O que o fez pensar que poderia lutar contra algo que não consegue nem mesmo nomear?* Ele fechou os olhos com firmeza e balançou o corpo de leve no escuro. Desistir de Dalkeith por ela? Sua cabeça tombou para a frente, curvada sob o peso de decisões esmagadoras. Um suspiro que poderia extinguir as fogueiras estremeceu por todo o seu corpo. *Sim.* Iria se casar com ela no Samhain. Então ele a levaria para o mais longe dali que eles precisassem ir. Ele já havia começado a se despedir em um silêncio tenso. Despedidas levavam algum tempo, e havia muito de que se despedir em Dalkeith-Upon-the-Sea.

Arriscar estar onde forças desconhecidas comandavam sua esposa? Patentemente impossível.

— Não podemos ficar — ele disse para o quarto silente, o quarto à espera; o quarto do qual precisava se despedir mais fortemente. O berçário. — Fugir é a única coisa inteligente a fazer neste caso. É a única forma certeira de mantê-la segura.

Esfregou os olhos e inclinou um braço contra o batente da porta, lutando internamente para domar as emoções que o percorriam. Ele estava cativo, atado além do que poderia acreditar à moça que dormia, inocente, em sua cama. Aquela noite compartilhada com ela havia sido tudo o que ele sempre sonhara que poderia conhecer um dia. A intimidade incrível de fazer amor com uma mulher cujos pensamentos ele pudesse ler. Não era apenas fazer amor — aquela noite, quando seus corpos tinham se fundido na paixão, ele sentira uma união completa que o tinha deixado fora do prumo. No mínimo, havia movimentado e encaixado suas prioridades na mais perfeita posição. *Ela vem em primeiro lugar.*

O maxilar de Falcão ficou tenso, e ele disse um palavrão baixinho. Seus olhos vaguearam amorosamente pelos berços, pelos brinquedos esculpidos, pelas lãs macias e as janelas altas que se abriam para um amanhecer de veludo. Ela poderia lhe dar um bebê — diabos, ela já poderia estar carregando um. E alguém ou alguma coisa poderia arrancá-la de seus braços e de sua vida, junto com o bebê. Isso iria destruí-lo. Dalkeith prosperaria sem ele; Adrian daria um ótimo *laird*. Lydia iria convocá-lo da França e fazê-lo voltar para casa. Ilysse faria companhia para a mãe, e Adrian iria se casar e trazer os bebês para o berçário.

Falcão não sofreria com arrependimentos. Ele poderia ter bebês com Adrienne na cabana de um arrendatário e ser tão feliz quanto.

Falcão ficou ali mais alguns instantes, até que o brilho de um sorriso curvou seu lábio.

Ele fechou a porta do seu velho sonho com um sorriso suave e certa reverência que só um homem apaixonado compreendia totalmente. Um quarto nunca tinha sido seu sonho, de forma alguma.

Ela era o seu sonho.

— Falcão! — O lábio inferior de Lydia tremia em um protesto silencioso. Ela desviou o olhar para estudar um intrincado entrelaçamento de rosas.

— Deve ser feito assim, mãe. Essa é a única forma de eu ter certeza de que ela está segura.

Lydia ocupava as mãos tirando cuidadosamente as folhas secas, podando suas rosas como ela podava fazia trinta anos.

— Mas ir embora! Hoje à noite!

— Não podemos arriscar ficar, mãe. Não me resta outra escolha.

— Mas Adrian nem sequer está aqui — ela protestou. — Você não pode abandonar o título se não houver ninguém aqui para reivindicá-lo!

— *Mãe*. — Falcão não se preocupou em apontar como era absurdo aquele protesto. Pela expressão tímida no rosto dela, era óbvio que sabia que estava se agarrando a qualquer desculpa que pudesse encontrar.

— Você está falando de levar meus netos de mim! — Lydia apertou os olhos com força para evitar as lágrimas.

Falcão considerou-a com um misto de amor profundo, divertimento e paciência.

— Os netos que você ainda nem tem. E os netos que não vamos ter chance de fazer se eu a perder para seja lá o que está tentando controlá-la.

— Você poderia levá-la para longe destas praias e, ainda assim, perdê-la, Falcão. Até descobrirmos o que a controla, ela nunca estará segura de verdade — Lydia argumentou, teimosamente. — Ela e eu tínhamos planejado investigar os detalhes de cada uma das vezes em que ela viajou, para descobrir semelhanças. Você fez isso?

Falcão balançou a cabeça, seu olhar fechado.

— Ainda não. Verdade seja dita, eu estava relutante em levantar esse assunto. Ela não. Eu mantenho o meu silêncio. Assim que estivermos casados e partirmos, haverá tempo para falar sobre isso.

— Falcão, talvez os roma...

Ele balançou a cabeça, num gesto de impaciência. Já tinha tentado essa tática de manhã. Tinha sido sua última tentativa possível. Encontrara Rushka sobre a cordilheira sudoeste com o povo dele, cavando trincheiras e reunindo os sete tipos de madeira para as fogueiras. Mas Rushka recusara-se terminantemente a discutir a esposa dele sob qualquer tema que fosse. Da mesma forma, Falcão também não tinha conseguido envolvê-lo em uma conversa sobre o ferreiro. Era irritante demais que ele não conseguisse nem forçar respostas daqueles que dependiam de sua hospitalidade. Mas os roma... bem, na realidade, os roma não dependiam da hospitalidade de homem nenhum. Quando as coisas se tornavam difíceis, eles se mudavam para um lugar melhor. Liberdade absoluta, enfim.

E Falcão, diga-se de passagem, também não tinha conseguido encontrar o maldito ferreiro.

— Mãe, onde está Adam?

— O ferreiro? — Lydia perguntou, sem expressão.

— Sim. A forja estava fria. A carroça dele desapareceu.

— Para ser franca, não o vejo desde... vejamos... provavelmente desde que vocês dois partiram para Uster. Por quê, Falcão? Acha que ele tem algo a ver com Adrienne?

Falcão assentiu lentamente.

Lydia atacou de outro ângulo.

— Bem, veja só! Se você levar Adrienne, e se Adam tiver algo a ver com isso, ele poderá muito bem seguir vocês dois. Melhor ficar aqui e lutar.

Lydia levou um susto quando Falcão voltou os olhos escuros para ela.

— Mãe, não vou arriscar perdê-la. Sinto muito que isso não lhe agrade, mas sem ela... ah, sem ela...

Ele caiu em um silêncio pensativo.

— Sem ela o quê? — Lydia perguntou, com a voz fraca.

Falcão apenas balançou a cabeça e foi embora.

Adrienne atravessava lentamente o pátio fortificado à procura de Falcão. Não o via desde que ele havia saído da cama, cedo naquela manhã. Embora ela soubesse que logo em breve estaria ao lado dele fazendo seus votos, não podia se livrar da sensação de que algo estava prestes a dar errado.

Ela se aproximou das pedras cobertas de musgo da torre das aves. Olhar para aquele lugar a lembrou do dia em que ele deu a primeira lição sobre como domar um falcão.

Como era *deliciosa* a doma de um falcão.

Ela abriu a porta e espiou lá dentro, um sorriso fraco curvando seu lábio. Como se sentiu assustada e fascinada por Falcão naquele dia. Tentada e esperançosa, porém incapaz de confiar.

Era o farfalhar de asas que ela estava ouvindo? Apertou os olhos naquela escuridão melancólica e entrou.

Uma parte dela não foi surpreendida quando a porta se fechou rapidamente nas suas costas.

Quando foi mergulhada na escuridão, ela teve um lampejo abrupto de compreensão. Esse era o perigo que ela tanto temera — quem ou o que estava atrás dela.

Adrienne sentiu como se estivesse oscilando no fio de uma navalha desde a noite anterior, esperando que algo acontecesse. Agora ela entendia perfeitamente o que a mantivera acordada a noite toda: seus instintos, mais uma vez, avisando-a da ruína iminente, clamando que era apenas uma questão de tempo até seu mundo desmoronar.

E quem quer que estivesse atrás dela certamente era o arauto de sua destruição.

— Beldade.

A voz de Adam. O corpo de Adrienne ficou rígido. Seu maxilar ficou tenso e suas mãos se cerraram em punhos quando ele a agarrou na escuridão e pressionou os quadris com força contra seu traseiro. Ela tentou impulsionar o corpo para a frente, mas ele enrijeceu os braços ao redor dela e a puxou de volta contra seu corpo.

Quando os lábios dele roçaram seu pescoço, ela tentou gritar, mas não saiu som algum.

— Você sabia que eu viria — ele sussurrou no seu ouvido —, não é, graciosa?

Adrienne quis protestar, gritar em negação, mas uma parte dela *sabia* — em um nível visceral, no fundo do subconsciente. Naquele instante, todos os seus estranhos encontros com Adam Black de repente se fizeram cristalinos em sua mente.

— Você me fez esquecer — ela sussurrou, conforme as memórias a inundavam. — As coisas estranhas que você fez, quando usou o rosto de Falcão na fonte; você me fez esquecer de alguma forma — ela acusou.

Adam riu.

— Também fiz você esquecer de quando a levei para Morar, ainda antes disso. Agora você se lembra de deitar comigo na areia, doce beldade? Estou devolvendo-os a você, aqueles momentos roubados. Lembra-se de quando eu a toquei? Lembra-se de quando a levei para o meu mundo para curá-la? Eu também toquei você nesse dia.

Adrienne estremeceu, sentindo as brumas deixarem as memórias de sua mente.

— Eu tiro de você o que você não precisa lembrar, beldade. Eu poderia tirar as memórias que você adoraria perder. Devo fazê-lo, beldade? Devo libertá-la de Eberhard para sempre? — Adam pressionou os lábios no pescoço dela em um beijo prolongado. — Não, já sei. Vou apagar todas as lembranças que você tem de Falcão, fazer você odiá-lo, fazer dele um estranho para você. Gostaria disso?

— Quem é você? — Adrienne questionou, sem fôlego, lágrimas enchendo seus olhos.

Adam girou-a lentamente nos braços até ela ficar de frente. Seu rosto era gelado e definitivamente não humano, à meia-luz acinzentada.

— O homem que vai destruir seu marido e tudo em Dalkeith se você não fizer exatamente o que eu digo, graciosa Adrienne. Sugiro que me escute muito atentamente, se você o ama.

Falcão não conseguia encontrar Adam. Não conseguia encontrar Grimm. E agora não conseguia encontrar a própria esposa. Que tipo infernal de dia de casamento era esse?

Ele andava de um lado para o outro pelo pátio fortificado inferior, chamando o nome dela, as mãos cerradas em punhos. Nas colinas, as pessoas já começavam a se reunir. Gente dos clãs estava chegando em massa, vindo de quilômetros longe dali. Quando chegasse o crepúsculo, haveria quase setecentos tartans reunidos na orla de Dalkeith; os Douglas eram um grande clã, com muitas casas de arrendatários para lavrar a terra. No início da manhã, Falcão tinha enviado a guarda para as colinas e vales, anunciando o casamento do *laird* naquela noite, garantindo assim a presença de todas e cada uma das pessoas, jovens e velhos.

Mas não haveria casamento se ele não encontrasse a esposa.

— Adrienne! — ele chamou. Aonde diabos ela tinha ido? Não no castelo, não nos jardins... não em Dalkeith?

Não!

— Adrienne! — ele rugiu, seu ritmo acelerando para uma corrida. Chamando o nome dela, passou correndo pela torre dos falcões.

— Falcão, estou aqui! — Ele a ouviu gritar através das paredes.

— Adrienne? — Ele parou derrapando e se virou.

— Estou bem aqui. Desculpe — acrescentou ela, fechando a porta da torre e dando um passo para fora.

— *Nunca* me deixe novamente sem dizer aonde você está indo. Não me ouviu chamá-la? — ele rosnou. O medo conferia aspereza à sua voz.

— Pedi desculpas, Falcão. Eu devia estar sonhando acordada. — Ela parou onde estava.

O coração de Falcão se retorcia no peito. Ele a havia encontrado, mas por que isso não apagava seu medo? Alguma coisa o perturbava — algo intangível, mas tão real e potencialmente traiçoeiro como os penhascos irregulares de Dalkeith. Havia um odor quase palpável de coisa errada pairando no ar ao redor da torre.

— Moça, o que se passa? — ele perguntou. Cada centímetro seu ficou tenso ao vê-la sair das sombras do lado leste e escuro da torre baixa. Metade do rosto dela estava profundamente sombreada ao pôr do sol; a outra metade exibia uma palidez visível na luz minguante. Falcão sofreu um momento fugaz da dualidade impossível, como se metade do rosto dela estivesse sorrindo, enquanto a outra sustentasse uma careta rígida de dor. A ilusão macabra disparou uma lança de mau agouro no coração dele.

Ele estendeu as mãos e, quando ela não se mexeu daquele ponto estranho de dominó de luz e sombra, ele se adiantou bruscamente e a puxou em seus braços.

— O que a aflige, doce esposa? — questionou, baixando os olhos para os dela. Mas não a puxara o suficiente. Aquela sombra odiosa ainda tomava um terço completo do semblante dela, ocultando os olhos para ele. Praguejando intensamente, ele recuou até libertá-la da escuridão. Aquela sombra, aquela maldita sombra da torre o havia feito sentir como se a outra metade de Adrienne estivesse se desfazendo no ar, e ela pudesse derreter bem ali em suas mãos, e ele seria impotente para impedir. — Adrienne!

— Eu estou bem, Falcão — ela respondeu, em voz baixa, deslizando os braços ao redor da cintura dele.

Com a luz desvanecente banhando o rosto dela, Falcão sentiu-se tolo de repente. Ele se perguntava como poderia ter pensado, nem que fosse por um instante, que havia uma sombra eclipsando o belo rosto da esposa. Não havia sombras ali. Nada além dos olhos prateados, repletos de amor, mirando os dele.

Passou-se um momento trêmulo, depois o lábio dela se curvou em um doce sorriso. Ela afastou uma mecha caída de cabelo escuro do rosto dele e lhe beijou o queixo com carinho.

— Meu lindo, lindo Falcão — murmurou.

— Fale comigo, moça. Diga-me o que a aflige tanto — ele respondeu, com a voz áspera.

Ela desferiu um sorriso tão deslumbrante que chegou a lhe confundir os pensamentos. Ele sentiu suas preocupações espalhando-se como pétalas ao vento sob as promessas suaves não ditas naquele sorriso.

Tocou os lábios nos dela e sentiu aquela descarga de reciprocidade imediata arrepiar seu corpo inteiro, da cabeça aos pés. *Que sombra?* Medos tolos, devaneios tolos, ele percebeu ironicamente. Estava deixando sua imaginação vaguear loucamente à menor provocação. Uma sombra tola recobria todo o rosto dela, e o grande Falcão sofria visões de ruína e desolação. Bah! Nenhuma moça podia sorrir daquele jeito se estivesse preocupada com alguma coisa.

Ele tomou os lábios dela em um beijo brutal e punitivo. Punindo-a pelo medo que ele sentira. Punindo-a porque precisava dela.

E ela se derreteu nele como chamas líquidas, fundindo-se e se pressionando no corpo dele com urgência feroz.

— Falcão... — sussurrou contra seus lábios. — Meu marido, meu amor, me possua... novamente, por favor.

O desejo acendeu nas veias dele, derrotando todos os vestígios do seu pânico. Não precisava de mais encorajamento. Tinham algumas horas livres antes de o homem de Deus os unir sob o manto do Samhain. Ele a puxou na direção da torre.

Adrienne endureceu instantaneamente.

— Não, não na torre.

Então ele a levou para os estábulos. Para uma pilha grossa de trevos roxos e doces, onde passaram as horas restantes da tarde, antes do casamento, como as últimas moedas preciosas de um mendigo em um banquete esplêndido.

29

O vestido de casamento de Adrienne superava todos os seus sonhos de infância. Era feito de seda cor de safira e rendas elegantes, com cintilantes fios prateados bordados na gola, nas mangas e na bainha, em um padrão de rosas entrelaçadas. Lydia o tirara orgulhosamente de um baú selado, de cedro e carvalho, mais uma das inteligentes invenções de Falcão. Ela o deixara arejar, depois pendurara na cozinha sobre o vapor de tinas ferventes, e então o perfumara levemente com lavanda. O vestido era justo no colo e nos quadris e caía até o chão em redemoinhos do lindo tecido.

Fora costurado pelos roma para o casamento de Lydia com o pai de Falcão, explicou a mulher enquanto ela e uma dúzia de criadas cuidavam de Adrienne. O casamento de Lydia também fora comemorado em Dalkeith-Upon-the--Sea, no festival de Beltane, diante do mesmo tipo de fogueiras duplas montadas para o Samhain.

Mas Lydia fora na frente agora, até o topo das montanhas. As criadas também haviam partido, despachadas por Adrienne, havia um quarto de hora. A moça precisava de cada resquício de coragem para atravessar as últimas poucas horas.

Lydia estava tão exultante que praticamente dançara pelo quarto, e Adrienne estava se sentindo rígida por dentro — forçando-se a fingir. Estava prestes a tomar uma atitude que com certeza faria Lydia e Falcão a odiarem, mas não tinha escolha.

Como ela poderia suportar o olhar na cara deles quando fizesse o que pretendia? Como aguentaria o ódio e a traição que encontraria em seus olhos?

Adrienne estava sozinha no adorável quarto de Lydia, entre ferros de enrolar o cabelo, esfriando pouco a pouco, peças íntimas descartadas e canecas de chá meio vazias, deixadas de lado por causa do nervosismo da expectativa.

A hora estava se aproximando.

E o coração dela estava congelando, respiração amarga a respiração amarga. Ela estremeceu quando uma brisa fria se derramou pela janela aberta do quarto de Lydia. Adrienne atravessou o quarto com a intenção de fechá-la, mas ficou imóvel, uma das mãos em cima do parapeito frio de pedra. Ela fitava a noite com fascinação.

Vou me lembrar disso, sempre.

Ela bebeu a imagem de Dalkeith, guardando cada detalhe precioso na memória. A lua cheia a prendia em um encanto ao banhar as montanhas em um brilho prateado. Parecia mais próxima da Terra e muito maior que o normal. Talvez ela pudesse entrar no céu e ficar bem ao lado da lua — talvez dar um empurrão firme e vê-la rolar pelo horizonte.

Adrienne ficou maravilhada com a beleza de tudo. *Este lugar é mágico.*

Pela janela, tinha uma visão perfeita da festa. O pico da montanha estava vivo, com centenas de pessoas espalhadas ao redor das fogueiras em tartans vívidos, conversando, banqueteando e dançando. Vinho, cerveja e uísque fluíam livremente na celebração que o povo fazia da colheita por vir. Uma colheita rica, seu marido tinha cuidado para que fosse.

Crianças brincavam de coisas de criança, correndo, gritando e circundando os pais amorosos. E a música... Ah, a música chegava até a janela aberta, misturando-se com o suave rugido do oceano. O poderoso e hipnótico bater dos tambores, as flautas e os cânticos selvagens.

Entre os dois círculos de fogo, ela conseguia discerni-lo de leve: o *laird* de Dalkeith-Upon-the-Sea estava dançando com seu povo, cabeça jogada para trás, acrescentando sua voz profunda de caramelo à canção. Seu marido. Pelo menos ela pôde amá-lo por um tempo — talvez não para sempre, mas... O bater dos tambores se intensificou e ela o observou circular o fogo. Tão primitivo e selvagem, porém tão incrivelmente terno e amoroso.

Eu adoro este lugar, ela pensou. *Se algum dia, no século XX, eu pudesse ter sonhado com um lugar para ir, teria sido com este.*

Deixou a cabeça cair contra a parede fria de pedra por um momento mais e apertou os olhos para conter as lágrimas.

— Eu o amo mais do que a própria vida — ela sussurrou.

E *esse* tinha sido o ponto de decisão.

— Não. — Falcão ergueu a mão, em um protesto zombeteiro. — Vocês precisam me deixar forças para que eu possa me casar e me deitar com minha esposa esta noite — ele brincou com as mulheres que riam e tentavam seduzi-lo para mais uma dança.

Apesar dos olhares desapontados e comentários atrevidos sobre sua virilidade, Falcão seguiu seu caminho montanha acima. Vira Lydia andar naquela direção com Tavis enquanto estava dançando. Ele parou por um momento e olhou de novo para o castelo, seus olhos vasculhando intensamente as janelas. Ali estava. O quarto de Lydia, a silhueta de sua esposa visível contra a janela bem iluminada. Ele a observou virar de costas. Ela estava a caminho.

Enquanto fitava as costas da esposa, sentiu um frio se esgueirar até sua nuca. Observou por um longo instante e, quando ela não se mexeu mais, ele se perguntou o que estava fazendo.

Eu devia ter insistido em manter a guarda perto dela.

"Eles vão abotoar meu vestido para mim?", ela brincara. Falcão sentiu um redemoinho de ciúme diante do pensamento de algum de seus guardas tocando a pele sedosa de sua esposa, o que havia definido a questão.

Poderia vigiar cada passo do progresso dela ali da montanha, e o castelo não estava totalmente deserto. O pico ficava a uma caminhada curta, a alguns minutos ou menos. *Ela vai ficar bem.* Ainda assim, ele se preocupava...

— Você viu Grimm? — Lydia tocou-lhe o braço de leve para chamar sua atenção.

Falcão afastou o olhar da janela.

— Não. E a senhora?

— Não. E isso me preocupa. Ele é seu melhor amigo, Falcão. Achei que ele estaria aqui. O que poderia tê-lo impedido de vir?

Falcão deu de ombros e lançou um rápido olhar para o castelo. Ah, finalmente. As velas estavam apagadas e sua esposa estava a caminho. O quarto de Lydia ficou totalmente escuro. De repente, Grimm parecia não ter importância nenhuma. Até mesmo a irritação com as mentiras dele caiu de seus ombros diante do pensamento de sua amada Adrienne.

Esta noite vou uni-la a mim por toda a eternidade, ele jurou em silêncio.

— Falcão? — Lydia acenou com a mão na frente do rosto dele e atraiu seu olhar do castelo com esforço.

— Hmmm?

— Minha nossa — ela suspirou. — Como você me lembra o seu pai quando fica *assim*.

— Assim como? — perguntou ele, arrastando as palavras, vigiando os degraus na frente da casa à espera do primeiro vislumbre de sua esposa.

— Como um viking selvagem determinado a conquistar e aprisionar.

— Eu sou o prisioneiro em tudo isso, mãe. — Falcão riu sem humor. — A moça colocou um belo feitiço em mim, eu acho.

A risada de Lydia tilintou alegremente.

— Que bom. Então tudo está como deveria ser. — Ela lhe deu um beijo rápido. — Ela vai estar aqui a qualquer momento. — Lydia alisou o linho que ele usava, que não precisava ser alisado, ajeitou o cabelo perfeito, que não precisava ser ajeitado, e ficou arrumando-o, como uma mãe coruja nervosa.

— Mãe — ele grunhiu.

— Eu só quero que você fique no seu melhor... — A voz de Lydia falhou no final. Ela guardou uma risada nervosa para si. — Olhe só para mim, uma mãe toda ansiosa com o casamento do filho.

— Ela já me viu no meu pior e me ama apesar disso. O que está fazendo, mexendo assim comigo? Achei que não estivéssemos conversando. Que planos a senhora está tramando agora? — ele questionou. Sabia bem demais que ela havia simplesmente capitulado em silêncio aos seus planos de partir naquela noite.

— Falcão — Lydia protestou —, você me magoa!

Ele fez um ruído de desdém.

— Vou perguntar de novo: que plano nefasto a senhora tramou para tentar nos manter aqui? Drogou o vinho? Contratou mercenários implacáveis para nos manter cativos no meu próprio castelo? Não, já sei: despachou uma mensagem para os MacLeod dizendo que agora devia ser uma boa hora para cercar Dalkeith, não é? — Ele não ficaria tão surpreso se ela tivesse feito tudo isso. Lydia era formidável quando concentrava a mente em alguma coisa. Nada estava além dela se isso significasse manter Adrienne a seu lado. *Tal mãe, tal filho*, ele admitiu, melancólico.

Lydia desviou os olhos, pensativa.

— Eu simplesmente me recuso a pensar em você partindo até chegar a hora e você tentar. Até lá, pretendo desfrutar de cada segundo do casamento do meu filho. Além do mais, é evidente que Adrienne não tem ideia do que você está planejando. Não tenho tanta certeza se ela não vai ficar do meu lado — Lydia alfinetou, sem medo.

— Ali vem ela. — Tavis interrompeu a pequena discussão e desviou a atenção deles para as escadas de pedra que cascateavam até o pátio fortificado superior.

— Ah! Ela não é adorável? — Lydia sussurrou, sem fôlego.

Um suspiro coletivo sacudiu a noite e se misturou com a brisa fragrante que salpicava as montanhas.

— Poderia ser uma princesa!

— Não, uma rainha!

— Mais linda que a rainha das fadas! — Encantada, uma garotinha com cachos dourados bateu palmas.

— A senhora de Dalkeith-Upon-the-Sea. — Um arrendatário tirou a boina e a apertou sobre o coração, em um gesto de lealdade.

O sorriso de Lydia sumiu quando ela notou que Adrienne seguia para os estábulos.

Ninguém mais falou até ela reaparecer alguns momentos depois, conduzindo um cavalo na direção de um muro próximo.

— Mas o quê? O que é aquilo... um cavalo? Ah, acho que ela vai subir montada a cavalo — Lydia murmurou, perplexa.

— Um cavalo? Por que ela simplesmente não vem andando? O caminho que ela precisa cruzar é curto, é o que vou dizer — ponderou Tavis.

Sob a lua brilhante, eles a viram claramente subir em uma mureta baixa de pedra e montar no cavalo — vestida de noiva.

Os olhos de Falcão se estreitaram pensativamente. Seu corpo ficou tenso e ele abafou um xingamento quando viu Rushka, que estava em silêncio ao lado deles, fazer um gesto no ar.

— O que você está *fazendo*? — Falcão rosnou, fechando a mão em volta do braço do cigano.

Rushka parou e seus olhos castanhos pousaram nos de Falcão, com afeição profunda e tristeza ainda mais profunda.

— Esperávamos que ele não fosse vir, meu amigo. Tomamos todas as precauções... As cruzes de sorveira-brava. As runas. Eu fiz tudo o que pude para evitar que isso acontecesse.

— Quem não fosse vir? Do que você está falando? Evitar o quê? — Falcão perguntou entredentes. Cada centímetro do seu corpo ganhou vida subitamente. O dia todo algo o corroeu por dentro, exigindo que tomasse uma atitude, e agora explodia como um chamado febril em seu sangue. Não havia nada que ele desejasse mais do que tomar uma atitude, mas contra o quê? O que estava acontecendo? O trovejar dos cavalos cada vez mais próximos sacudia a terra atrás dele.

— Ele vem. — Rushka tentou recuperar o braço do aperto mortal de Falcão, mas deslocar um rochedo de seu peito poderia ter sido mais fácil.

O *clip-clop* dos cascos dos cavalos vinha subindo a colina, aproximando-se cada vez mais.

— Fale comigo — Falcão disse entredentes, mirando um olhar fulminante em Rushka. — *Agora.*

— Falcão? — Lydia perguntou, preocupada.

— Falcão — Tavis advertiu.

— Falcão — a voz rouca de sua esposa rasgou a noite atrás dele.

Falcão ficou imóvel, seu olhar travado com o do velho cigano, que tinha sido como um pai para ele por tantos anos. Uma fagulha nos olhos do homem o alertou para não se virar. Apenas fingir que nada estava acontecendo. *Não olhe para sua esposa,* diziam os olhos de Rushka. Ele podia vê-la, espelhada no fundo dos olhos castanhos do cigano. Não virar? Impossível.

Falcão desviou o olhar furioso de Rushka. Ele se virou sobre um calcanhar da bota, lentamente.

Sua esposa. E ao lado dela, sobre o próprio cavalo preto de Falcão, estava Adam. Falcão ficou em silêncio, suas mãos em punhos cerrados ao lado do corpo. O pico da montanha ficou estranhamente imóvel e silencioso; nenhuma criança gritava, nenhum arrendatário pronunciava mais que um sussurro ou um murmúrio perturbado.

— Guardião das lendas. — Adam assentiu, com um cumprimento de familiaridade para Rushka, e o olhar de Falcão vagou entre o estranho ferreiro e seu amigo cigano. Rushka estava branco como a neve recém-caída. Seus olhos castanhos estavam enormes e profundos, seu corpo esguio, rígido. Ele não retribuiu a saudação, mas baixou os olhos ao chão, desenhando aqueles estranhos símbolos furiosamente.

Adam riu.

— Seria de esperar que você tivesse se dado conta de que isso não ajudou em nada até agora, velho. Desista. Nem mesmo seu... sacrifício... funcionou. Embora tenha me acalmado um pouco.

Lydia fez uma exclamação de surpresa.

— Que sacrifício?

Ninguém respondeu.

— Que sacrifício? — ela repetiu, laconicamente. — Ele está falando de Esmerelda? — Quando ninguém respondeu, ela sacudiu Rushka pelo braço. — Está? — Seus olhos voaram de volta para Adam. — Quem é você? — exigiu, seu olhar se estreitando como o de uma mãe ursa se preparando para defender seus filhotes.

Rushka a arrastou para junto de si.

— Fique parada, milady — ele pediu entredentes. — Não interfira no que não compreende.

— *Não me diga que eu...* — Lydia começou a falar, acaloradamente, mas em seguida fechou a boca diante do olhar letal de Falcão.

Falcão se voltou para Adrienne e ergueu as mãos com calma para ajudá-la a desmontar, como se não houvesse nada errado.

Adam riu novamente, o que fez a pele de Falcão se arrepiar.

— Ela vai comigo, lorde Urubu.

— Ela fica comigo. Ela é minha esposa. E é Falcão. Lorde *Falcão* para você.

— Não. Um abutre, um catador de lixo patético, que procura entre os restos indesejados, lorde Urubu. Ela escolhe, foi o trato, esqueceu? Eu salvei sua esposa por um preço. O preço agora foi pago. Você perdeu.

— Não. — Falcão balançou a cabeça lentamente. — Ela já escolheu, e escolheu a mim.

— Parece que ela *des*escolheu você — Adam zombou.

— Desça do meu cavalo, ferreiro. Agora.

— Falcão! — Rushka alertou, em voz baixa e preocupada.

— Falcão. — Foi a voz de Adrienne que conseguiu fazê-lo parar. Congelou-o a meio caminho do ferreiro. Até aquele momento, Falcão tinha concentrado sua atenção e raiva no ferreiro. E ele sabia por quê. Era a mesma razão de ter se demorado para se virar quando ouviu os cavalos se aproximando. A razão pela qual estava olhando para Rushka em vez disso. Sentiu medo de olhar para a esposa, medo do que poderia ver nos olhos adoráveis. Seria possível que ela realmente o tivesse "desescolhido"? Era possível que estivesse completamente errado? Ele fez uma pausa, mão sobre o punho da espada, e forçou os olhos nos dela. A insegurança que tinha tomado conta dele desde o primeiro dia em que encontrara a esposa na forja do ferreiro tomou conta dele de novo, só que na forma de vingança.

O rosto dela se exibia inexpressivo e desprovido de emoções.

— Ele fala a verdade. Eu o escolhi.

Falcão olhou para Adrienne, atônito. Nem mesmo uma centelha de emoção nos olhos prateados.

— Como é que ele está fazendo você mentir, moça? — Falcão se recusava a acreditar nas palavras, apegando-se à sua fé na esposa. — Com o que ele está ameaçando você, meu coração?

— Nada — Adrienne disse, friamente. — E pare de me chamar assim! Eu nunca fui seu coração. Eu lhe disse desde o início. Não quero você. Sempre foi Adam.

Falcão vasculhou o rosto dela. Fria, composta, ela se sentava na égua como uma rainha. Régia e intocável.

— E que diabos significou Uster, então? — ele rosnou.

Ela deu de ombros, a palma das mãos para cima.

— Férias? — respondeu, em tom leviano.

Falcão ficou tenso, o maxilar cerrado.

— Então o que foi que aconteceu nos estábulos esta tarde...

— Um erro — Adam interceptou-o categoricamente. — Um erro que ela não repetirá.

O olhar de Falcão nunca se desviou do de Adrienne.

— Foi um erro? — perguntou, baixinho.

Ela inclinou a cabeça. Uma pausa do tamanho de um batimento cardíaco.

— Foi.

Falcão não viu nem mesmo uma centelha perpassar o rosto dela.

— Que jogo você joga, moça? — ele sussurrou, o perigo emanando de cada centímetro de sua postura rígida, carregando o ar ao redor deles.

A noite os envolvia, imóvel e pesada. No pico da montanha, nem uma pessoa sequer se movia, a atenção cravada na cena que se desenrolava.

— Nenhum jogo, Falcão. Acabou entre nós. Desculpe. — Mais um indiferente dar de ombros.

— Adrienne, pare de brincar... — ele rosnou.

— Não é brincadeira — interrompeu-o, com raiva repentina. — A única piada aqui é você! Não achou mesmo que eu poderia ficar aqui, achou? Quer dizer, fala sério! — Ela acenou a mão com desdém para o esplendor da festa de casamento. — Eu sou do século XX, seu tolo. Estou acostumada a luxos. Os mimos são as pequenas coisas. Café. Chuveiradas fumegantes, limusines e todo o brilho e a agitação. Isto aqui foi uma diversão encantadora, um verdadeiro local de escapismo com os homens mais *fascinantes*... — Ela sorriu para Adam, e Falcão precisou de cada fibra da sua força de vontade para não saltar no ferreiro e extirpar a vida de seu corpo arrogante.

Em vez disso, ele se manteve como uma efígie de mármore, mãos curvadas ao lado do corpo.

— Você era virgem...

— E daí? Você me ensinou o prazer. Mas o ferreiro me deu mais. É simples assim. — Adrienne mexia com nervosismo nas rédeas da montaria.

— Não! — Falcão rugiu. — Isso não é um tipo de jogo! Com o que você ameaçou a minha esposa, ferreiro?

Mas foi Adrienne quem respondeu, usando a mesma voz calma e absolutamente inexpressiva. Aquela voz rouca que o tinha feito enlouquecer, pois as palavras que despencavam de sua boca deviam, decerto, ser mentirosas. Ainda assim, ela não parecia estar sendo forçada. Não havia espada nenhuma em sua garganta. Nenhum brilho de lágrimas em seus olhos. E sua voz, ah... era inflexível e serena.

— Ele me ameaçou apenas com prazer maior do que você já me deu. Adam tem uma verdadeira magia às ordens dele. Não desperdice seu tempo atrás de nós, pois você não vai nos encontrar. Ele prometeu me levar a lugares que eu nunca sonhei que existissem. — Adrienne aproximou a montaria da do ferreiro.

Adam desferiu um sorriso ofuscante para Falcão.

— Parece que você perdeu, afinal, bela ave.

— Não! — Falcão rugiu, avançando na direção do ferreiro e sacando a espada em um movimento fluido e veloz. O garanhão negro empinou em resposta ao urro de Falcão e se agitou, sem controle.

Rushka agarrou e puxou o braço de Falcão para baixo, dissuadindo o golpe de tal forma e com tanta força que a espada se alojou na terra a seus pés.

Adam levantou a mão.

— Não! — Adrienne se apressou a deter a mão do ferreiro. — Você não vai machucá-lo! Sem derramamento de sangue. Você prome... Isso faz uma meleca — ela acrescentou. — Não gosto de sangue. Fico com náusea.

Adam inclinou a cabeça e baixou a mão.

— Seu desejo é uma ordem, beldade.

— É isso realmente o que você deseja, moça? — Os olhos de Falcão eram negros e sem alma.

— É — ela respondeu em voz baixa. Com cuidado.

— Ele não está forçando você? — *Diga-me, basta dizer a palavra, esposa, e eu vou matá-lo com minhas próprias mãos.*

Ela balançou a cabeça e encontrou o olhar dele com firmeza.

— Diga — Falcão insistiu entredentes. — Ele não está forçando você?

— Ele não usa... coerção nenhuma contra... mim.

— Você... o ama...? — Ele se odiou quando a voz falhou daquele jeito sobre as palavras. Sua garganta estava tão apertada que ele mal podia respirar.

— Eu o amo como amei Eberhard — ela suspirou. E sorriu sem emoção para Adam, que de repente estreitou os olhos ao ouvir as últimas palavras dela.

— Basta, beldade. — Adam capturou a mão dela na sua. — O universo nos espera, e seu prazer é uma ordem para mim.

O coração de Falcão se apertou e se contorceu. O maldito Ever-hard. O primeiro amor de Adrienne, quer ela tivesse feito amor com ele ou não. Falcão se virou antes que pudesse causar um massacre sangrento naquela montanha com as próprias mãos.

Quando finalmente voltou seu olhar para ela, era tarde demais — Adrienne não estava mais lá.

A massa de centenas de pessoas no topo da montanha em Dalkeith-Upon-the-Sea ficou atônita, vendo que tanto cavalos quanto cavaleiros simplesmente desapareciam no ar noturno. Em um momento eles estavam lá. No outro — nada.

Entretanto, uma voz suave flutuou na brisa. *Você estava certo sobre seus falcões, Sidheach*, vieram as estranhas últimas palavras da mulher que ele amava e que efetivamente destruíra o *laird*, outrora orgulhoso, de Dalkeith-Upon-the-Sea.

Lydia agarrou frouxamente a manga dele.

Rushka praguejou com violência em uma língua que ninguém nunca ouvira ali.

Falcão apenas fitava cegamente a noite.

30

— Onde estamos? — Adrienne perguntou rigidamente para Adam. Ele conduzia a montaria dela pelas rédeas por um caminho escuro entre uma floresta estranha. Ramos retorcidos teciam um dossel nodoso no alto. Ocasionalmente, um tênue raio de luz perfurava a densa escuridão e os galhos crepitantes reluziam como ossos branqueados.

Não havia grilos. Não havia ruídos normais, apenas o guinchado de criaturas voadoras. As samambaias farfalhavam, revelando em breves vislumbres gnomos pequenos com rosto selvagem. Ela estremeceu violentamente e passou os braços ao redor do corpo.

— Você está no meu reino.

— Quem é você *de verdade*, Adam Black? — A voz dela falhou com essa simples frase, crua e cheia de angústia.

Como resposta, recebeu um sorriso de escárnio. Nada mais.

— Me diga — ela exigiu, atordoada. Mas o homem sombrio a seu lado cavalgava em silêncio.

— Pelo menos me diga *por quê*.

— Por que o quê? — Ele arqueou uma sobrancelha curiosa para ela.

— Por que você fez isso comigo? O que eu fiz... Por que você me mandou para o passado para depois me levar de volta? — *Partindo meu coração e me deixando morrer por dentro?*

Adam parou os cavalos, o divertimento iluminando seu semblante sombrio. Estendeu a mão para acariciar o rosto pálido e ela estremeceu com o toque.

— Ah, beldade, isso é o que você acha? Como é egocêntrica e absolutamente encantadora. — O riso se propagou. Mas foram suas palavras seguintes que lhe perfuraram a alma como faca. — Não tinha nada a ver com você, minha beldade cativante. Qualquer mulher bonita teria bastado. Mas eu achei que você odiasse homens bonitos. Ouvi você, lá na sua biblioteca, esconjurando todos os homens. No entanto, parece que eu estava enganado. Ou você mentiu, o que é mais provável.

— O que você está dizendo? — ela sussurrou fracamente. Qualquer mulher teria bastado? Seu coração estava desnudado e em pedaços pelos jogos perversos daquele homem, e ele ousava dizer com tanto atrevimento que não importava nada quem ela era? Um peão? Outra vez? Seu maxilar travou temporariamente. *Eu não vou gritar. Não vou.* Quando estava certa de que conseguiria falar sem fúria, disse friamente: — Você conseguiu o que queria. Por que simplesmente não me diz quem você é? — Teria de descobrir mais sobre esse homem para vingar-se. Para vingar o marido.

— Verdade. Eu consegui o que queria. Falcão parecia totalmente destruído, você não diria? Devastado. — Adam passou a mão levemente sobre a dela. — Você agiu muito bem esta noite, beldade. Mas diga-me... — Seus olhos analisaram os dela atentamente, e ela ficou rígida quando notou que eles seriam capazes de penetrar sua alma... — O que você quis dizer sobre os falcões dele?

A respiração de Adrienne falhou.

— Ele me disse uma vez que todos os falcões dele tinham fugido — ela mentiu com a voz firme. — Você me disse que eu tinha de ser totalmente convincente, ou você o mataria, então escolhi esse lembrete para passar a mensagem sem deixar dúvidas. Isso é tudo.

— É melhor mesmo que seja tudo. — O rosto dele era frio e implacável. Tal como tinha sido na torre, antes de Falcão ter aparecido para procurar por ela. Antes do que era para ter sido o casamento dos sonhos. Com a maior frieza, ele havia lhe explicado em detalhes exatos e excruciantes como iria destruir Falcão e todos em Dalkeith se ela não fizesse o que ele estava mandando. Então ele havia lhe mostrado as coisas que iria fazer. Coisas que a mente dela não podia compreender por completo. Mas servira para entender que ele era perfeitamente capaz de pôr em prática a massa de destruição prometida na ameaça. Duas escolhas ele dera: mentir para Falcão e partir seu coração, sem mencionar o dela mesma, ou não fazer nada enquanto Adam usava seus poderes sobrenaturais para matá-lo. E depois Lydia. Seguida por cada homem, mulher e criança em Dalkeith.

Não, não houve escolha alguma. Aquela decisão infernal lhe tinha dado a compreensão íntima do que um homem chamado de prostituto do rei poderia ter sofrido um dia.

Quando deixou a torre das aves, trêmula e pálida, havia se agarrado a um último momento de glória. Fez amor com Falcão com toda a paixão de sua alma. Dizendo adeus e morrendo por dentro. Ela sabia que seria horrível mentir para ele, mas não tinha ideia de que poderia feri-la tão fundo.

Adam fora inflexível nesse ponto. Deixou claro que ela precisaria convencer totalmente Falcão de que desejava Adam. Depois da intimidade incrível que ela e Falcão haviam compartilhado, ela sabia que teria de dizer coisas odiosas e horríveis para convencê-lo.

Adrienne estremeceu violentamente ao toque do polegar de Adam em seu lábio inferior. Afastou a mão dele com um tapa, apesar do medo.

— Não me toque.

— Se eu pensasse por um segundo que você estava tentando lhe dizer algo mais, eu voltaria e o mataria neste exato momento, beldade.

— Eu dei o que você queria, seu maldito! — gritou Adrienne. — Toda Dalkeith agora está a salvo de você.

— Não importa. — Adam deu de ombros de forma indolente. — Ele está morto, de qualquer forma. — Puxou as rédeas da montaria e então os dois retomaram a travessia lenta debaixo dos troncos e galhos de folhas farfalhantes.

— O quê? — Adrienne sibilou.

Ele deu um sorriso perverso.

— Pensei que você gostaria de apreciar o caminho pitoresco de volta. Esta trilha é uma linha do tempo, e nós acabamos de passar pelo ano de 1857. É aquela curva encoberta de névoa ali entre... as árvores... por falta de palavra melhor. Ele já morreu há mais de trezentos anos.

Um grito silencioso começou a crescer dentro dela.

— Quem é *você*?

— As pessoas costumavam nos chamar de deuses — disse ele, friamente. — *Você* faria bem em me adorar.

— Vejo você no inferno primeiro — ela sussurrou.

— Não é possível, beldade. Nós não morremos.

31

SEATTLE
NOVEMBRO DE 1997

Adrienne recuou o braço e lançou o livro como um frisbee. Era para voar pelo quarto e acertar a parede com uma pancada retumbante; em vez disso, despencou de um jeito mole, atingindo o chão ao pé da cama.

Ela deu uma olhada de relance para o livro e, com raiva, notou que ele tinha caído aberto em certa página. Estreitou os olhos para ler dali de onde estava, no pé da cama.

> *Sonhos com vasos sanitários entupidos podem simbolizar muitas coisas:* o consulente é reprimido emocionalmente. Recomenda-se purgação emocional ou física. Um sonho recorrente dessa natureza significa que o consulente sofreu uma experiência traumática, da qual deve encontrar algum tipo de libertação, ou poderão ocorrer graves danos psicológicos.

Belo sinal dos céus.

Adrienne engoliu um riso sufocado que se transformou em soluço. *Quem escreve essas coisas?*

Ela deslizou os pés descalços pela beirada da cama e fechou o livro usando a ponta dos dedos. *1001 pequenos sonhos.* Que bizarro. Ela nem havia percebido que tinha esse livro na biblioteca. Ainda mais bizarro era o fato de que sonhava com privadas havia dez noites seguidas. Com mais nada. Apenas com vasos sanitários entupidos e transbordando.

Adorável.

Mas não precisava ser atingida na cabeça por um guia de sonhos. Ela sabia o que estava acontecendo. Fazia quinze dias que havia se materializado em sua ampla casa vitoriana na Coattail Lane, 93, Seattle, Estados Unidos da América.

E ela não falava com uma alma que fosse desde então. Cada resquício de energia que tinha era canalizado para recuperar o autocontrole — a firmeza. Os olhos secos. A morte que acontecia pouco a pouco dentro dela. Entendia perfeitamente bem que, se deixasse uma lágrima sequer, mesmo minúscula, deslizar pelo canto seco de seu olho, não poderia ser considerada responsável por enchentes e possíveis fugas em massa por todo o estado.

Coçou a cabeça tensa com a pequena mão tensa que acariciava tensamente as costas sedosas de Moonie. Tocou o narizinho rosado com um movimento tenso e econômico. *Nada de vasos entupidos no mundo dos gatos*, Adrienne ponderou quando Moonie curvou as patinhas no cabelo dela e começou um ronronar pequenininho.

Foram os miados famintos de Moonie que a fizeram se levantar da cama. Adrienne ergueu o corpo dolorido dos cobertores de pluma e andou devagar até a cozinha.

Deus, estava se sentindo como se tivesse quinhentos anos de idade, a contar pela dor da cabeça aos pés e pelo coração partido de que ela sabia que nunca iria se recuperar.

Rígida, Adrienne abriu uma lata de atum. Albacora-branca. Só o melhor para Moonie. Desabou no chão e afastou, irritada, a mão que empurrava um livro na frente dela.

— Vá embora, Marie, eu preciso ficar sozinha. — Adrienne se perdeu analisando os redemoinhos pálidos cor de calcário sobre o ladrilho jade do piso da cozinha, e se perguntou por que nunca os tinha notado antes. Esfregou de leve um deles. Piso de ardósia podia ser muito interessante. Fascinante, inclusive.

— Esse livro aí que você deixou cair — Marie disse, com seu forte sotaque hispânico.

Adrienne não se mexeu. O livro encostou em sua bochecha.

Céus, como a mulher era insistente. O canto afiado do livro espetou a pele macia do pescoço. Provavelmente outro livro idiota de sonhos. Bem, ela apenas não iria olhar para ele.

— Pare de empurrar isso para mim. — Adrienne pegou o livro sem enxergar, os olhos fechados com força. — Agora vá embora — murmurou.

Pronto. Assim não era tão ruim. Ela se aplaudiu por fazer uma tarefa com tanta precisão. Sem lágrimas. Nenhum pensamento de... a coisa em que ela não estava pensando. Adrienne respirou fundo e forçou um sorriso melancólico e firme.

Ficaria bem. Agora as pequenas coisas; as grandes em breve.

— Acho que vou fazer um chá para você — disse Marie.

O estômago de Adrienne deu um salto e girou.

— Não.

— Acho então que vou fazer o jantar para a *señorita.*

— Não estou com fome. Vá embora.

— Certo. Vou colocar as coisas na garagem — grunhiu Marie.

Colocar as coisas? Sair da casa?

— Não! — Adrienne controlou a voz com um tremendo esforço. — Quer dizer, isso não é necessário, Marie. Deus sabe que esta velha casa é grande o suficiente para nós duas.

— Isso não é nada bom. Eu não sou boa para você. Vou voltar para a garagem agora. — Marie a observava atentamente.

Adrienne suspirou. Marie simplesmente *tinha* de ficar na casa. Não suportaria o enorme silêncio ressonante, os cômodos vazios. O zumbido da geladeira poderia deixá-la maluca.

— Marie, não quero que você se mude mais daqui. Eu realmente quero que fique com... — Adrienne abriu os olhos, e sua voz pairou no ar quando olhou com horror para o livro em suas mãos. *Um estudo de falcoaria medieval.*

Fique firme!

Você vai voar para mim lá no céu, doce falcão? Vou levá-la mais alto do que você já esteve. Vou ensiná-la a superar alturas que você apenas sonhou que existissem.

Ele certamente tinha cumprido essa promessa. E agora ela estava despencando daquelas alturas incríveis sem paraquedas nem guarda-chuva de Mary Poppins, ou qualquer coisa para amortecer a queda. Adrienne de Simone Douglas apertou os braços ao redor da barriga e começou a gritar.

A mulher cubana minúscula se colocou de joelhos e, com muito cuidado, pegou Adrienne nos braços. Então a embalou, alisou seu cabelo e fez o melhor para confortá-la.

Por dias e dias, Adrienne ficou deitada de costas, repassando cada memória preciosa em uma tela em branco no seu teto. Fechou as cortinas e apagou todas as luzes. Não suportava ver o mundo tão claro sem ele.

Marie flutuava para dentro e para fora, trazendo comida e bebida que permaneciam intocadas, e Moonie ficou lealmente ao lado da dona.

Adrienne apenas apagava e despertava, consciente e inconsciente, do jeito que a mente faz quando o sofrimento é profundo demais para suportar. Em dado momento voltou a si, mas foi pela rota mais longa.

Nas areias de sílica cintilantes de Morar, Adam Black pavoneava-se com uma graça arrogante ao lado de sua rainha.

— Por onde você tem vagado, menestrel meu? — questionou a rainha Aoibheal, com a voz suave como seda. — Que novos contos e entretenimentos você reuniu para mim?

— Ah, o mais belo dos contos! Uma aventura épica, grandiosa — gabou-se Adam, atraindo para perto os elegantes cortesãos.

O povo das fadas adorava uma boa história. Quanto mais complexa fosse a trama, quanto mais intensas as paixões, mais atiçava a corte. Fazia muito que haviam se cansado dos finais felizes; como o povo das fadas era imune ao sofrimento, se enamorava das batalhas e das perdas dos mortais. A própria rainha era especialmente partidária de uma tragicomédia de erros, e esse novo conto de fato se encaixava bem no gênero.

— Conte-nos, bobo da corte, cante e toque para nós! — clamou a corte dos Tuatha De Danaan.

O sorriso de Adam reluziu. Ele encontrou o olhar da rainha e o sustentou por um longo instante.

— Era uma vez um mortal. Um homem tão belo que até a própria rainha das fadas o notara...

Os olhos da rainha cintilavam intensamente enquanto ela ouvia, primeiro com divertimento, depois com óbvia agitação e, por fim, com uma sensação que lembrava vagamente o remorso.

32

Lydia suspirou remexendo em suas sementes. O Ano-Novo passou por eles tão devagar como se viajasse nas costas de um caracol. Ela não queria nem se lembrar da cena sinistra que fora o Natal. O inverno caíra sobre Dalkeith com força — cristas de gelo se retorciam de modo obsceno em persianas, e a maldita porta que se abria para os degraus frontais tinha congelado no lugar, provocando o efeito de aprisioná-la dentro da própria casa.

Lydia se lembrava de uma época em que amava o inverno. Quando se deliciava naquela estação e nos prazeres únicos que ela trazia. O Natal era sua data comemorativa preferida. Mas agora... sentia saudade de Adrian e Ilysse. *Voltem para casa, crianças. Eu preciso de vocês*, pediu, em uma prece silenciosa.

O som de madeira lascando de repente rasgou o ar, e ela levantou a cabeça bruscamente em um gesto involuntário que fez as sementes preciosas voarem pelos ares.

Maldita falta de consideração cortarem lenha na beira de sua janela.

Lydia afastou o cabelo com irritação e começou a reorganizar as sementes espalhadas. Sonhava com as flores que iria plantar — se algum dia a primavera retornasse.

Porém o estrondo ressonante de algo caindo se propagou pelo Grande Salão. Lydia sufocou uma blasfêmia nada digna de uma dama e colocou as sementes de lado.

— Silêncio aí embaixo! Tem alguém aqui tentando pensar! — ela gritou. Ainda assim, as pancadas ensurdecedoras continuavam.

— Não estamos com o estoque reduzido de lenha, rapazes! — Lydia rugiu para a porta congelada.

Suas palavras foram recebidas com um terrível ruído estridente.

— Chega. *Chega!* — Ela saltou de sua cadeira, fervilhando de raiva. Essa última parecia estar vindo de... cima?

Ela inclinou a cabeça de lado.

Ou alguém tinha decidido que estava frio demais para partir lenha lá fora, ou, em vez disso, estava bem ocupado transformando a mobília em lenha.

A nova pancada foi seguida pelo estilhaçar de vidro.

— *Puta merda!* — Lydia murmurou, como sua nora adorável teria exclamado com bastante atrevimento. Girou nos calcanhares, pegou as saias e saiu correndo escada acima como uma moça de vinte anos. Com a mão no coração, voou pelo corredor, passando diante de criadas boquiabertas e soldados tensos. Quantas pessoas tinham ficado ouvindo aquela destruição insana sem fazer nada, enquanto ela estava sentada lá embaixo?

Não no berçário, ela pediu, *tudo menos isso.*

Seu filho nunca iria destruir aquele quarto de sonhos.

Lydia admitia que ele andava um pouco fora de si, mas ainda assim... Não. Ele definitivamente não faria algo tão terrível. Não seu filho.

Por tudo que é sagrado, ah, sim, ele faria. E estava fazendo.

Ela fitou aquilo perplexa, a respiração entrando em lufadas que queimavam a garganta. Seu filho estava no berçário cercado por uma montanha revirada de tábuas quebradas horrendas. Ele estava literalmente fazendo em pedaços a mobília construída com tanto amor. Vestido apenas com um kilt, seu torso reluzindo de suor. As veias nos braços estavam inchadas e as mãos sangravam em carne viva. Seus cabelos estavam soltos, a não ser pelas duas tranças de guerra nas têmporas. *Pelos santos, se ele pintasse o rosto de azul, eu não o reconheceria como meu filho!*, Lydia pensou.

Falcão ficou em silêncio, os olhos arregalados. Havia uma mancha de sangue no rosto, onde ele havia enxugado o suor. Lydia observou, imóvel pelo horror, quando ele virou uma tigela de óleo, espirrando seu conteúdo sobre as lascas da mobília, brinquedos e livros, a magnífica casa de bonecas que tinha sido esmagada ao chão por sua fúria gigantesca.

Quando ele soltou a vela, um gritinho escancarou a boca de Lydia.

As chamas saltavam, devorando avidamente a pilha dos sonhos destruídos de Falcão e Lydia. Tremendo de dor e fúria, ela pressionou a mão sobre a boca e engoliu um soluço. E se afastou, antes que o animal que já fora seu filho pudesse ver suas lágrimas.

— Temos de fazer alguma coisa — Lydia murmurou, sem vida, olhando fixo para a lareira da cozinha.

Tavis se aproximou, suas mãos suspensas no ar logo acima da cintura dela. Baixou a cabeça para a frente e inspirou fundo o seu perfume.

— Vou falar com ele, Lydia...

— Ele não escuta — ela disse, sem fôlego, ao girar de frente. — Eu já tentei. Deus do céu, todos nós tentamos. Ele parece um cão raivoso, rosnando e espumando e, ah, Tavis! Meu berçário! Meus netos!

— *Eu* não tentei ainda — Tavis disse, em tom calmo, baixando as mãos para pegá-la pela cintura.

Lydia inclinou a cabeça, maravilhando-se com a autoridade implícita naquelas palavras. Ele tinha conseguido surpreendê-la mais uma vez, esse homem gentil que se mantinha paciente a seu lado havia tanto tempo.

— Você vai falar com ele? — ela ecoou, esperançosa, os olhos brilhando com as lágrimas.

— Sim — ele lhe assegurou.

Força e habilidade entrelaçavam sua resposta. Como podia ter demorado tanto para enxergar esse homem com clareza?

Uma parte de seu espanto devia ter ficado evidente no olhar, pois ele lhe mostrou aquele sorriso paciente e disse com ternura:

— Eu sabia que um dia você iria finalmente abrir os olhos, Lydia. Também sabia que valeria a pena cada minuto da espera — acrescentou, calmamente.

Lydia engoliu em seco ao sentir uma fissão de calor, esperança e amor inebriante e tumultuado espalhar-se através dela em uma onda. Amor.

Quanto tempo fazia que estava apaixonada por aquele homem?, ela se perguntava, pasma.

Tavis tocou os lábios nos dela, um leve atrito que prometia muito mais.

— Não se preocupe. Gosto dele como se fosse meu, Lydia. E, como se ele fosse meu, é hora de termos uma boa conversa de pai para filho.

— Mas e se ele se recusar a ouvir? — ela se desesperou.

Tavis sorriu.

— Ele vai ouvir. Pode contar com a palavra de Tavis MacTarvitt, é o que vou dizer.

De mau humor, Falcão olhava para o fogo, observando os fantasmas dançarem esbranquiçados nos espaços entre as chamas. Eram nascidos das memórias e do inferno, como decerto ele era. Mas o purgatório — se não o céu — estava a seu alcance, capturado perfeitamente em uma garrafa, e assim ele brindou aos fantasmas e foi persegui-los para o nada.

Pegou outra garrafa de uísque e a virou na mão, estudando sua rica cor de âmbar com uma apreciação ébria. Levou a garrafa aos lábios, sua mão agarrada ao gargalo, e mordeu a rolha. Por um breve instante, lembrou-se de morder a tampa de uma poção cigana. Lembrou-se de cobrir o corpo da esposa com o seu, de sentir o gosto, o tato, o beijo... Tinha sido tolo a ponto de acreditar no amor.

Bah! Adam! Sempre tinha sido ele. Desde o primeiro dia. Ela estava parada, encostada em um tronco de árvore, observando o maldito ferreiro com fome nos olhos. Falcão virou mais um trago de uísque e considerou voltar à corte. Voltar ao rei Jaime.

Um sorriso torto, amargo, curvou seus lábios. Enquanto se imaginava frequentando os *boudoirs* de Edimburgo novamente, outra parte de sua mente se lembrava do vapor espesso desprendendo-se de uma banheira perfumada, a camada de óleo na pele dela quando jogou a cabeça para trás, expondo a bela coluna da garganta para os dentes dele. Expondo tudo a ele, ou assim ele pensou.

Adrienne... Traidora, traiçoeira, vagabunda, mentirosa e infiel.

— Me ponha morto e estirado na terra agora e acabe logo com isso — ele murmurou para o fogo. Nem mesmo reagiu quando a porta do gabinete se escancarou com tamanha força que acabou por atingir a parede. — Feche a porta, homem. Uma corrente de ar enregelando meus ossos, é o que é — Falcão disse, arrastado, a voz falhada, sem nem se preocupar com quem tinha invadido o sofrimento bêbado de seu inferno particular. Mais uma vez inclinou a garrafa na boca e deu uma longa golada.

Tavis cruzou o quarto em três passos imbuídos de propósito e arrebatou a garrafa da mão de Falcão com tanta força que ela estilhaçou em uma chuva de vidro e uísque nas pedras lisas da lareira. Falcão olhou para Tavis durante um momento confuso, e então, determinado, estendeu a mão para uma segunda garrafa.

Tavis deu um passo entre Falcão e o engradado de bebidas.

— Saia do meu caminho, velho — Falcão rosnou, fazendo menção de se levantar. Mal tinha se posto de pé quando o punho de Tavis se ligou solidamente com sua mandíbula, derrubando-o de volta na cadeira.

Falcão passou as costas da mão sobre a boca e olhou feio para Tavis.

— Por que você faria uma coisa dessas, Tavis MacTarvitt? — resmungou, sem fazer nenhum movimento para se defender.

— Não me interessa um diabo o que você faz consigo mesmo, *laird* — Tavis disse entredentes. — Mas apenas saia deste maldito castelo e não se atreva a fazer isso na frente da sua mãe.

— Quem diabos você pensa que é?

— Eu sei quem eu sou! Eu sou o homem que viu você crescer de rapazote a um *laird* musculoso. Sou o homem que transbordou de orgulho ao ver você tomar decisões difíceis.

A voz de Tavis tinha uma nota áspera.

— Sim, sou exatamente o homem que você amou desde o dia em que inspirou avidamente pela primeira vez neste mundo. E agora eu sou o homem que vai acabar com você, até quase não sobrar mais vida inútil nenhuma dentro de você, se não criar vergonha na cara.

Falcão ficou boquiaberto, mas em seguida golpeou contra Tavis, irritado.

— Vá embora. — E fechou os olhos de um jeito cansado.

— Ah, eu ainda não terminei, meu rapaz — Tavis disse, com os dentes cerrados. — Você não está apto para ser *laird* nem de um monturo. É óbvio que você não tem a intenção de tomar vergonha na cara, então, até que tome uma atitude, dê o fora do maldito castelo de Lydia. Agora! Vou enviar uma mensagem para Adrian voltar para casa. Ele vai dar um belo *laird*...

Os olhos de Falcão se escancararam.

— Por cima do meu cadáver — rosnou.

— Ótimo. Que assim seja — Tavis cuspiu de volta. — Afinal, você não serve para ninguém do jeito que está agora. Aliás, poderia muito bem cair dentro da sua própria mina de argila, do jeito que está sendo inútil para o seu povo!

— Eu sou o *laird* aqui! — Falcão se defendeu com a voz arrastada, seus olhos reluzindo furiosamente. — E você... você, velho, ah, diabos, está despedido. — Embora pretendesse, quando ainda tinha esposa, renunciar a sua posição em nome de Adrian, estava fazendo um frio maldito lá fora e ele não ia sair para ir a lugar nenhum por enquanto. Talvez na primavera, se até lá não tivesse se afogado em uísque.

Tavis levantou Falcão com força em um movimento veloz, o que surpreendeu o *laird* bêbado.

— Bem forte para um velho — Falcão murmurou. Tavis empurrou o cambaleante Falcão porta afora do gabinete. — Me largue! — bradou ele.

— Eu esperava mais de você, rapaz. Um tolo eu devo ser, mas pensei que você fosse o tipo de homem que luta pelo que quer. Mas não. Você simplesmente se acabou em face de um pouquinho só de adversidade...

— Ora, e minha mulher me abandonar para ficar com outro homem é só um pouquinho de adversidade? É assim que você chama? — Falcão questionou, com a voz arrastada, seu falar de bêbado se aprofundando com a raiva.

— A despeito do que *você* acha que aconteceu, ainda tem uma família aqui, e um clã que precisa do seu *laird*. Se você não é páreo para a tarefa, dê licença para alguém que é!

— Quem diabos nomeou você como responsável por mim? — rugiu Falcão. A própria fala de Tavis ficava mais carregada conforme seus ânimos se incendiavam.

— Sua mãe, seu maldito idiota! E mesmo se ela não tivesse me pedido eu teria vindo atrás de você por conta própria! Você pode estar se matando, rapaz, mas eu não vou admitir que torture Lydia enquanto isso!

— Tudo o que estou fazendo, velho, é beber um pouquinho só.

— Você está bebendo "um pouquinho só" já passa de um mês. E posso afirmar que estou cansado de ver você se consumir até a morte. Se não quer abrir mão da garrafa, então dê o fora daqui. Vá beber a noite toda em algum monte de neve onde as pessoas que o amam não sejam forçadas a ver.

Tavis abriu as portas com um chute e jogou o cambaleante Falcão de cara na neve.

— E não volte até conseguir ser gentil com a sua mãe! Quando estiver pronto para ser *laird* novamente, e tiver aberto mão da garrafa, você pode retornar. Mas não até lá! — Tavis rugiu enquanto Falcão tentava levantar a cabeça com dificuldade de um monte de neve.

Quando o *laird* finalmente conseguiu se colocar em posição vertical, bufou, incrédulo, ao ver o homem que tinha pensado ser um gentil curtidor de couros mandar os próprios guardas de Falcão se posicionarem, com as pernas afastadas, na frente da porta, braços cruzados, barrando claramente a entrada em seu próprio castelo.

— Fique aí fora! — Tavis bradou, em tal volume que Falcão o ouviu através das portas pesadas de madeira.

Adrienne não tinha percebido como odiava o inverno.

A face pálida do relógio acima da cornija da lareira tocou uma, duas vezes, então caiu em silêncio. Eram duas da manhã, hora em que ficar acordado pode fazer uma pessoa se sentir a última criatura restante no mundo. E Adrienne se sentia desse jeito até Marie entrar silenciosamente na biblioteca. Adrienne olhou para cima e abriu a boca para dizer boa-noite, mas, em vez disso, as palavras saíram como um dilúvio, apesar da barragem que ela havia erguido de forma tão meticulosa para contê-las.

Marie se aconchegou em uma poltrona e arrumou uma manta de crochê sobre o colo.

Adrienne atiçou o fogo da lareira e abriu uma garrafa de vinho do Porto enquanto contava a Marie uma história que nunca tinha contado a ninguém. A história da menina órfã que pensava que tinha se apaixonado por um príncipe, mas depois descobriu que Eberhard Darrow Garrett era um príncipe do crime organizado e que a estava mandando em viagens de férias apenas para despachar drogas através das fronteiras, dentro da bagagem e do carro de Adrienne, costuradas nas roupas. E como, já que suas malas eram sempre feitas e desfeitas por empregados, ela não tinha tomado conhecimento disso. Simplesmente gostava de exibir o anel de noivado incrível de diamante de dez quilates, andar de limusine e olhar com desdém para as freiras franciscanas no velho orfanato da First Street. Como não sabia que o FBI vinha estreitando cada vez mais sua rede em torno de Eberhard. Ela enxergava um homem rico, inegavelmente atraente, que a estava enchendo de amor, ou assim ela pensou na época. Não tinha ideia de que ele estava agindo assim como último recurso para despachar uma série de remessas para fora do país. Nunca suspeitara de que fosse menos do que nada para ele: uma jovem bonita e inocente de quem ninguém nunca iria suspeitar. Seu patinho perfeito.

Até o dia em que escutara uma conversa terrível que nunca deveria ter ouvido.

Adrienne contou para Marie em voz baixa como virara testemunha do Estado e comprara a própria liberdade. E depois como Eberhard, que o FBI conseguira deixar escapar no fim das contas, partiu atrás dela com determinação.

Marie tomou um gole do vinho e ouviu.

Adrienne contou que, quando finalmente fora presa por ele em um velho armazém abandonado, cansada de fugir, de se esconder e de ter medo, havia feito a única coisa que podia fazer quando ele empunhou a arma.

Ela o matara antes que ele a matasse.

Nesse ponto, Marie acenou a mão com impaciência.

— Isso não é uma história de verdade. Por que está me contando isso? — perguntou, acusando-a.

Adrienne piscou. Acabava de confessar para aquela mulher algo que teve medo de contar para todas as outras pessoas. Que tinha matado um homem. Em legítima defesa, era verdade, mas tinha matado um homem. Acabava de contar para Marie coisas que nunca tinha confiado a ninguém antes, e a mulher desdenhava. Praticamente a acusava de fazê-la perder tempo.

— O que você quer dizer, Marie? Foi real — ela afirmou. — Aconteceu. Eu estava lá.

Marie vasculhou sua bolsinha pequena de vocabulário para encontrar as palavras certas.

— Sim, sim, *señorita*. Pode ser real, mas não é importante. Está acabado e esquecido. E não é por isso que você chora como se o mundo fosse acabar. Me conte a história verdadeira. Quem se importa de onde você, ou eu, vem? É o hoje que importa. Ontem é a pele de uma cobra, que será substituída muitas vezes.

Adrienne ficou imóvel por um longo instante enquanto um calafrio lhe descia pela espinha e acabava na barriga. O relógio da sala tocou as quatro horas, e Adrienne olhou para Marie com novo apreço.

Inspirando fundo, contou sobre Dalkeith-Upon-the-Sea. Sobre Lydia. E sobre Sidheach. Os olhos castanhos de Marie se iluminaram com uma faísca, e Adrienne recebeu o benefício de uma visão rara, que ela apostava que poucos já tinham visto. A pequena mulher de pele morena riu e bateu as palmas pequenas de ouvir sobre o amor de Adrienne e sobre seu tempo com Falcão. Ficou vidrada nos detalhes, soltando exclamações ao ouvir sobre o berçário, arregalando os olhos para Adrienne por dizer o nome de Adam vezes demais, soltando mais exclamações sobre o tempo deles em Uster, suspirando sobre o casamento que deveria ter acontecido.

— Ah... finalmente... esta é a história de *verdade*. — Marie assentiu com a cabeça.

Em 1514, Falcão tentava desesperadamente dormir. Ouvira dizer que um homem poderia morrer congelado se adormecesse na neve. Mas ou estava frio demais naquele monte, ou ele não estava bêbado o suficiente. Ele podia remediar esse fato. Tremendo, puxou seu tartan mais perto do corpo contra o vento inclemente e uivante. Levantando aos trancos e barrancos, seguiu, instável, pelos degraus externos até o telhado, sabendo que os guardas costumavam deixar algumas garrafas ali para mantê-los aquecidos enquanto vigiavam.

Não teve essa sorte. Não havia garrafas e não havia guardas. Como poderia ter esquecido? Os guardas se encontravam todos *lá dentro*, onde estava quente. Ele era o único do lado *de fora*. Chutou sem rumo contra a neve no telhado, em seguida ficou rígido quando uma sombra se moveu sobre a neve reluzente. Falcão apertou os olhos e espiou os flocos secos rodopiantes.

— Que diabos você está fazendo aqui, Grimm?

Relutante, Grimm abandonou seu escrutínio persistente ao crepúsculo que caía. Estava prestes a explicar quando viu o rosto de Falcão e, em vez disso, manteve silêncio.

— Eu perguntei o que você está fazendo aqui, Grimm. Disseram-me que agora praticamente vive no meu telhado.

De repente furioso, Grimm retrucou:

— Disseram-me que agora você praticamente vive em uma garrafa de uísque!

Falcão ficou rígido e coçou o maxilar barbado.

— Não grite comigo, seu filho da puta! Foi você que mentiu para mim sobre minha... — Ele não conseguia dizer a palavra. Não podia nem sequer pensar nisso. Sua esposa, sobre quem Grimm estava certo. Sua esposa, que o havia abandonado por Adam.

— Você é tão inacreditavelmente obtuso que não consegue enxergar a verdade quando está diante dos seus olhos, não é mesmo? — Grimm exaltou-se.

Falcão oscilava nos pés, bêbado. Deus, onde ele já tinha ouvido aquelas palavras antes? Por que faziam seu coração dar um salto dentro do peito?

— O que você está fazendo aqui em cima, Grimm? — ele repetiu, teimoso, agarrando o parapeito para se firmar.

— Esperando por uma maldita estrela cadente, assim vou poder desejar que ela volte, seu bêbado tolo.

— Eu não quero que ela volte — Falcão rosnou.

Grimm fez um ruído de desdém.

— Eu posso ter estragado tudo uma vez, mas não sou o único que deixa as emoções interferirem. Se ao menos você conseguisse superar seu orgulho e sua raiva, perceberia que a moça nunca teria partido com aquele maldito ferreiro voluntariamente!

Falcão se encolheu e esfregou o rosto.

— O que você diz, homem?

Grimm deu de ombros e virou as costas, seus olhos escuros vasculhando o céu intensamente.

— Quando pensei que ela estava partindo seu coração, tentei manter vocês dois separados. Foi uma tolice tremenda da minha parte, eu sei disso agora, mas fiz o que achei melhor na hora. Como é que eu ia saber que vocês dois estavam se apaixonando? Eu não tive essa experiência antes. A mim, aquilo parecia uma batalha sangrenta! Mas agora, pensando a respeito, tenho uma boa certeza de que ela amava você desde o início. Queria que todos nós pudéssemos ter visto o futuro com tanta clareza. Se você tirasse essa cabeça sua de dentro da garrafa e do seu traseiro teimoso por tempo suficiente, também poderia adquirir uma visão clara.

— Ela. Disse. Que. Amava. O. Ferreiro — Falcão cuspiu cada palavra cuidadosamente.

— Ela disse, se você se lembrar, que o amava como amava Ever-hard. Diga-me, Falcão, como ela amava o tal Ever-hard?

— Eu não sei — Falcão rosnou.

— Tente imaginar. Você mesmo me disse que ele partiu o coração dela. Que ela falou dele enquanto você a abraçava...

— Cale-se, Grimm! — Falcão rugiu ao se afastar pisando duro.

Falcão vagava pelos jardins cobertos de neve, as mãos pressionadas sobre as orelhas para conter a inundação das vozes. Tirou as mãos apenas por tempo suficiente para tomar mais um gole da garrafa que tinha afanado do cavalariço. Mas o esquecimento nunca veio e as vozes não pararam — apenas ficaram mais altas e mais claras.

Eu amo você, Sidheach. Confio em você, com todo o meu coração e ainda mais.

Nenhum dos meus falcões jamais voou da minha mão sem retornar, ele a avisara no começo daquele verão mágico.

Você estava certo sobre seus falcões, Sidheach, ela dissera quando partira com Adam. Ele havia se perguntado durante muitas noites o porquê daquelas palavras; não tinham feito sentido nenhum para ele naquele momento. Mas, agora, um toque de compreensão penetrou seu estupor.

Certo sobre seus falcões...

Será que o ciúme e suas próprias inseguranças em relação ao ferreiro tinham encoberto tanto sua visão?

Nenhum dos meus falcões jamais voou da minha mão...

Falcão se levantou com um sobressalto quando um pensamento terrível lhe ocorreu.

No dia do casamento, Adrienne tinha saído de perto dele por mais de duas horas. Ele não conseguia encontrá-la. Então ela saíra apressada da torre das aves. Ele pretendia levá-la de volta ao doce frescor para fazer amor, mas, de maneira cuidadosa e determinada, ela o arrastara de lá. Em vez disso, tinham ido para o estábulo.

O que ela estava fazendo na torre no dia do casamento?

Falcão apressou o passo pelo jardim congelado, saltou a mureta de pedra e correu pelo pátio fortificado inferior. Escancarou a porta da torre e parou ofegante, inspirando grandes lufadas de ar para dentro dos pulmões. Estava muito escuro com a noite caindo. Saiu de novo e abriu as persianas. Não havia muita luz, mas talvez fosse o suficiente.

Falcão parou no centro da torre redonda, memórias despencando sobre ele. Algum tempo depois, seus olhos se ajustaram à escuridão melancólica. *O que você estava tentando me dizer, moça?*

Sua mente girava, enquanto os olhos procuravam algo no chão, no teto, nas paredes...

Ali.

Ele atravessou o espaço até a parede perto da porta e ali estava escrito em letras minúsculas. Impresso na parede escura com um pedaço de calcário branco.

Nenhum dos seus falcões jamais voou da sua mão por vontade própria, meu amor. Sempre sua! A.D.S.D.

Um vazamento mínimo se libertou do dique que ele havia erguido para conter sua angústia, libertando um gotejamento de dor que seguia e seguia. Ela tentara falar com ele. *Ele não usa coerção nenhuma contra mim*, ela havia dito. Mas era óbvio que coerção o ferreiro tinha usado contra algo ou alguém que Adrienne considerava mais importante do que sua própria felicidade.

Como ele podia não ter compreendido antes? Que sua esposa querida sacrificaria tudo para proteger Dalkeith, exatamente como ele faria? Que seu amor era tão profundo, tão altruísta, que ela teria atravessado o inferno e voltado para proteger o que amava?

Falcão gemeu em voz alta à medida que as memórias despencavam em sua mente. Adrienne se banhando com ele em uma fonte de água fria no retorno de Uster, e a simples reverência nos olhos dela ao observar a paisagem indomada que era a Escócia. Os olhos de Adrienne reluzindo cada vez que ela olhava para as muralhas de pedra de Dalkeith. A ternura e o coração gentil, escondidos cuidadosamente atrás de sua fachada de distanciamento.

O maldito ferreiro devia tê-la encontrado na torre, ou talvez a estivesse seguindo. Adam obviamente havia ameaçado usar seus estranhos poderes para destruir Dalkeith, e Adrienne tinha feito o que ele mandara para impedir que isso acontecesse. Ou tinha sido ele, Falcão, que Adam ameaçara destruir. Esse pensamento o colocou em um estado de raiva ainda mais sombria. Então sua esposa havia se oferecido para protegê-lo e deixado uma mensagem de amor para ele saber o que ela não poderia arriscar dizer em voz alta. Que sempre o amaria. Suas palavras estranhas tinham sido cuidadosamente selecionadas para fazê-lo se perguntar por que ela as havia proferido. Para fazê-lo voltar à torre dos falcões e procurar. Adrienne não podia arriscar ser mais explícita por medo de que Adam fosse captar a mensagem.

Devia ter escrito aquelas palavras meros instantes antes de Falcão tê-la encontrado no dia do casamento. Sabendo que teria de deixá-lo para protegê-lo, ela havia desejado uma última coisa: que ele se mantivesse fiel à sua crença nela.

Mas ele não tinha. Ele havia se enfurecido como um animal ferido, acreditando rapidamente no pior.

Falcão engoliu a bílis amarga da vergonha. Adrienne nunca tinha parado de amá-lo. Ela nunca o tinha abandonado por vontade própria. Um pequeno conforto agora.

Como ele podia ter duvidado dela por um minuto que fosse?

A garrafa caiu de suas mãos com uma pancada. Sidheach James Lyon Douglas, o homem mais bonito e o amante mais renomado em três continentes, o homem que até o povo das fadas tinha invejado, afundou no chão e ficou muito parado. Tão parado que as lágrimas quase congelaram em suas faces antes de deslizarem para o chão.

Horas mais tarde, Falcão fez a viagem lenta e sóbria até o telhado e se sentou pesadamente ao lado de Grimm. Como se sua conversa anterior nunca tivesse sido interrompida, ele disse:

— Ever-hard... Ela disse que ele a usou como uma tola, e ela chorou.

Grimm olhou para seu melhor amigo e quase gritou de alívio. Os olhos negros selvagens estavam quase sãos novamente. Os fragmentos irregulares e frágeis de seu coração não estavam mais expostos para quem quisesse ver.

Havia apenas um vislumbre da determinação e da força do velho Falcão em seu rosto, mas um vislumbre era um bom começo.

— Falcão, meu amigo, não há homem, mulher ou criança em Dalkeith que acredite que ela deixou você porque quis. Ou eu posso ficar aqui em cima congelando minhas nozes tentando encontrar uma estrela cadente, ou você pode fazer alguma coisa para se ajudar. Eu e minhas partes baixas congeladas seguramente iríamos agradecê-lo. Assim como toda Dalkeith. *Faça* alguma coisa, homem.

Falcão fechou os olhos e respirou fundo e trêmulo.

— Como o quê? Você os viu desaparecer no ar. Nem sei onde procurar.

Grimm apontou para a enfumaçada crista do monte Brahir, em silêncio, e Falcão assentiu lentamente.

— Sim. Os roma.

Eles passaram um momento olhando, quietos, para as brumas cinzentas rodopiantes.

— Falcão?

— Hmmm?

— Nós vamos trazê-la de volta — Grimm prometeu.

33

Levou mais de um mês de buscas frustradas até encontrarem os roma. Eles haviam se mudado para onde o clima era mais ameno, a fim de passar o inverno. Foi Grimm quem finalmente os localizou e reconduziu Rushka a Dalkeith. Sem que Falcão soubesse, trazer Adrienne de volta tinha se tornado a penitência pessoal de Grimm, e achar os roma era apenas um pequeno passo nessa direção.

— Quem é Adam Black, *de verdade*? — Falcão perguntou.

Todos reunidos no Grande Salão haviam se perguntado a mesma coisa em algum ponto durante a estranha estadia do ferreiro, e todos tinham se aproximado para ouvir a resposta.

— Vocês das Highlands chamam o povo dele de *daoine sith*. Adam é o bobo do povo das fadas. O bobo da corte da rainha das fadas. — Rushka suspirou e passou as mãos preocupadas sobre os cabelos grisalhos.

— Fadas — Grimm ecoou, cauteloso.

— Ah, não se faça de assustado para cima de mim, Grimm Roderick! — explodiu Rushka. — *Você* mesmo ouviu a *banshee* na noite em que seu povo foi morto. Você viu a *bean nighe*, a mulher das águas, esfregando o vestido ensanguentado de sua mãe antes de ela morrer. Isso só me faz pensar o que mais você presenciou e não comentou nada. — Rushka parou de falar abruptamente e balançou a cabeça. — Mas isso não é uma coisa nem outra. O simples fato é que o povo das fadas habita estas ilhas. Estão aqui desde muito antes de termos vindo, e provavelmente vão continuar por muito tempo depois de termos partido.

— Eu sempre acreditei — Lydia disse baixinho.

Falcão se mexeu, desconfortável, perto da lareira. Havia sido criado ouvindo as lendas do povo das fadas, e o bobo da corte — o *sin siriche du* — era o mais perigoso de todos.

— Diga-me como destruí-lo, Rushka. Diga-me tudo o que há para saber.

Manter registros do passado era um feito incrível da memória, e nem todos os roma conseguiam guardar registros tão extensos na cabeça. Rushka, porém, era um dos melhores guardiões das lendas, e era reverenciado por conseguir recitar antigos contos, palavra por palavra — as palavras de seu pai, e as do pai dele, antes —, percorrendo as histórias de cinquenta gerações.

— Foi assim que me contaram. — Rushka respirou fundo e começou: — Existem duas formas de saber se alguém está a salvo do povo das fadas. Uma é exigir o juramento da rainha sobre o Pacto com os Tuatha De Danaan. Isso é quase impossível de obter, pois ela raramente se incomoda com as questões dos mortais. A outra é descobrir o verdadeiro nome da fada com quem se está lidando. Então a pessoa deve pronunciar o nome corretamente, na língua do próprio ser em questão, olhando diretamente nos olhos, e emitir uma ordem. Essa ordem deve ser explícita e completa, pois vai ser cumprida precisamente e apenas ao pé da letra. Não há limite para o tamanho da ordem, mas deve ser dita sem se fragmentar, de forma unida e contínua. É possível fazer pausas, mas nunca terminar a frase antes que a ordem esteja completa. Se a ordem for fragmentada para retomar uma conversa com alguém, o período de obediência acaba sumariamente. — Rushka fez uma pausa momentânea para fitar o fogo. — Então vejam: nossas histórias dizem que, se a pessoa olhar diretamente nos olhos do ser ao chamar seu verdadeiro nome, o ser atenderá às suas ordens. — Ele andava de um lado para o outro, com nervosismo, diante da lareira do Grande Salão.

— Qual é o verdadeiro nome dele?

Rushka sorriu de leve e desenhou vários símbolos nas cinzas da lareira.

— Não falamos em voz alta. Mas ele é o ser negro, o que traz a destruição absoluta. Ele tem muitos outros nomes, mas apenas esse concerne a vocês.

Falcão não podia acreditar. Se tivesse apenas pronunciado o nome de Adam em gaélico, teria conseguido.

— Simples assim, Rushka? Quer me dizer que ele foi arrogante e seguro de si a ponto de se intitular Adam Black? — *Amadan Dubh.* Falcão ecoou o nome na privacidade de sua mente. Literalmente traduzido, significava Adam, o Negro.

— Sim. Mas ainda há uma armadilha, Falcão. Você terá de encontrá-lo primeiro. Ele só poderá ser compelido se estiver presente e se você pronunciar o nome dele olhando-o diretamente nos olhos. E dizem que os olhos dele podem deixar um homem insano.

— Já é alguma coisa — Falcão murmurou, com o pensamento longe. — Por que não me disse isso quando ele ainda estava aqui? Antes de ter levado Adrienne embora?

Rushka balançou a cabeça.

— E você teria acreditado em mim se eu lhe dissesse que Adam pertencia a uma raça mística? Que nós acreditávamos que ele havia trazido a moça aqui por causa de alguma estranha vingança? Lydia me disse que você nem acreditava que ela fosse do futuro, até vê-la desaparecer com seus próprios olhos.

O olhar de Falcão se encobriu e ele esfregou o queixo, impaciente.

— Isso sim — admitiu, por fim, a contragosto. — Mas você poderia ter me avisado...

— Eu avisei, lembra-se? Da melhor forma que pude, no enterro de Zeldie.

Falcão assentiu com sobriedade. Era verdade. E sua mente estava tão cheia de pensamentos da esposa que ele havia colocado seus próprios desejos acima dos alertas.

— Além do mais, mesmo se eu pensasse que você acreditaria, provavelmente ainda não teria lhe contado. Coagir o povo das fadas é o último recurso. É algo perigoso de se fazer. Com o nome verdadeiro do bobo da corte você poderá controlá-lo apenas uma vez, e precisamente ao pé da letra. O bobo obedece apenas ao que você disser expressamente. Se você dissesse "Eu ordeno que você traga Adrienne de volta", ele a traria, mas ela poderia estar morta, pois você não especificou em qual condição.

Falcão jogou a cabeça para trás e soltou um lamento de frustração.

Rushka continuou:

— Ou se dissesse "Leve-me até ela", ele teria de fazê-lo, mas *você* poderia estar morto. Ou transformado em lagarto, se o pensamento fosse do agrado dele. É muito perigoso tentar coagir o bobo das fadas.

Falcão coçou o rosto bem barbeado e ficou refletindo, melancólico, diante das chamas, ouvindo atentamente Rushka prosseguir. Repassou o dilúvio de informações, selecionando e escolhendo com cuidado. Poderia ser feito. Sim, poderia. Quando Rushka finalmente parou de se mexer, eles passaram algum tempo em um silêncio inquebrável, a não ser pelo crepitar do fogo na lareira.

— Se escolher tentar, ainda temos um pequeno problema, meu amigo — Rushka alertou.

— E qual é? — Falcão perguntou, distante.

— Ele se foi. Como vamos encontrá-lo? Falcão, conheço homens que procuraram pelo lendário povo das fadas durante a vida inteira, e mesmo assim nunca viram mais do que uma *kelpie* desgarrada.

Falcão considerou o comentário por um instante e depois sorriu.

— Egoísta, você diz que ele é?

— Sim.

— Vaidoso, obviamente.

— Sim — Rushka confirmou.

— Propenso a arroubos de raiva e maldade, é como eu acredito que você mencionou.

— Sim.

— E pelo visto ele veio até aqui motivado por algo tão humano quanto o ciúme. De mim.

— É verdade.

— Bom. Então estou prestes a realmente sacudir o mundinho asqueroso dele.

— O que tem em mente, Falcão? — indagou Rushka, um leve vestígio de sorriso curvando seu rosto curtido pelo tempo.

Falcão sorriu e se colocou em pé. Tinha trabalho a fazer.

Adrienne subiu correndo os degraus na Coattail Lane, 93, com mais energia do que sentira em meses.

— Marie! Marie! — gritou, mergulhando porta adentro, procurando a diminuta cubana, que se tornara mais que sua empregada no último mês; agora era mais como uma mãe e amiga querida.

Adrienne havia deixado ordens irrevogáveis para Marie se mudar para dentro da casa com ela, e, com cautela, as duas tinham se acomodado nos rituais adoráveis da amizade, compartilhando chás noturnos, bate-papos matinais, risadas e lágrimas.

— Marie! — ela chamou de novo. Depois, ao avistar Moonie, Adrienne a pegou no colo e girou com a gata confusa pelo hall de entrada.

— Adrienne? — Marie apareceu na porta, os olhos iluminados de esperança. Marie a avaliou por um momento cuidadoso; seu rosto era radiante, seus olhos reluziam. — Você foi...? Ao médico?

Adrienne balançou a cabeça afirmativamente e abraçou Moonie apertado. A gata bufou contrariada e se contorceu em seu colo. As duas mulheres sorriam abobadas uma para a outra acima da cabecinha da gata.

— E o médico disse... — Marie encorajou.

— Você estava certa, Marie! Era por *isso* que eu me sentia tão enjoada. Estou grávida de Falcão, Marie! — Adrienne exclamou, incapaz de manter a novidade para si por mais um instante. — Estou com um bebê de Falcão dentro de mim!

Marie bateu palmas e riu, deliciada. Adrienne iria se recuperar com o tempo. Ter um bebê do homem que se ama pode trazer esperança para o coração de qualquer mulher.

Falcão contratou cinquenta tocadores de harpa e menestréis e lhes ensinou novas canções. Canções sobre o insignificante bobo das fadas, que tinha sido expulso de Dalkeith-Upon-the-Sea pelo lendário Falcão. E, pelo fato de Falcão ter se tornado uma lenda ainda em vida, suas histórias eram transmitidas com enorme verdade e poder surpreendente. Os músicos ficaram encantados com a grandeza épica de um conto tão louco.

Quando tinham ensaiado à perfeição as canções e refrãos que retratavam a derrota do bobo, Falcão os despachou para os condados da Escócia e da Inglaterra. Grimm acompanhou o grupo de artistas na viagem a Edimburgo para ajudar a espalhar a história, enquanto Falcão passava horas da noite à luz de velas, escrevendo, descartando e aperfeiçoando sua ordem para quando o bobo viesse. Às vezes, nas horas solitárias da madrugada, pegava seu conjunto de formões e começava a entalhar soldadinhos de brinquedo e bonecas, um por um.

Na ilha de Morar, a rainha sufocou uma risadinha delicada com a mão minúscula, pois versões da nova peça se propagavam pelo mar. Adam rosnou.

O bobo vinha se vangloriando fazia meses sobre ter derrotado Falcão. Cheio de si, ele havia falado para o rei, e para quem mais quisesse ouvir:

— Ele podia ser bonito, mas não era páreo para mim. Apenas uma carinha bonita e estúpida.

O rei arqueou uma sobrancelha maliciosa, incapaz de resistir a insultar o bobo.

— Estúpido ele é? Derrotado ele foi? Ora, ora, bobo, parece que acertamos em lhe dar esse nome. A lenda do bobo da corte das fadas acaba de ser reescrita. Pois por toda a eternidade os mortais se lembrarão da sua derrota, não da dele.

O bobo soltou um rugido gigante de raiva e desapareceu. Dessa vez, Finnbheara foi diretamente para o lado de sua rainha.

— O bobo vai atrás de Falcão — comentou com ela. Adam estava em um humor nefasto, e o bobo quase havia destruído a raça deles uma vez antes. *O Pacto não deve ser quebrado.*

A rainha girou de lado e avaliou seu consorte por um longo momento. Depois ofereceu os lábios para os beijos dele, e Finnbheara soube que, mais uma vez, estava nas boas graças de seu amor.

— Você fez bem em me contar, meu querido.

Às vezes, muito tarde da noite, Adrienne sonhava que caminhava outra vez pelas encostas verdes de Dalkeith. O ar fresco da brisa salgada perfumada de rosas beijava seus cabelos e acariciava sua pele.

Nos sonhos, Falcão esperava por ela à beira-mar, seu magnífico *laird* escocês de kilt. Ele sorria e seus olhos formavam linhas de expressão nos cantos, depois se tornavam escuros de paixão latente.

Ela erguia a mão dele e a pousava com delicadeza sobre a barriga aparente, e o rosto dele fulgurava de felicidade e orgulho. Então Falcão a possuía com carinho, ali na beira do penhasco, no ritmo do oceano. Fazia amor, firme e possessivo, e ela o abraçava com o máximo de força que conseguia.

Porém, antes do amanhecer, ele se derretia entre os dedos dela.

E ela acordava, as faces molhadas de lágrimas e as mãos sem agarrar nada que não fosse um cobertor ou um travesseiro.

34

1º DE ABRIL DE 1514

Ele estava próximo. Falcão podia senti-lo, sentado em seu gabinete polindo um soldadinho de brinquedo para alcançar uma textura lisinha e selada, enquanto observava a aurora avançar sobre o mar. Uma sensação de presença começou como um arrepio na base de sua coluna e foi subindo, aguçando todos os seus sentidos.

Falcão deu um sorriso sombrio e colocou o brinquedo cuidadosamente de lado. Algo perverso aí vinha. *Sim. E desta vez eu estou pronto, seu maldito!*

Falcão cruzou o espaço do gabinete até sua mesa e enrolou o grosso pergaminho, depois o guardou na bolsa de couro, no *sporran*. Estava pronto para usá-lo, mas apenas depois de ter a satisfação de lutar contra o ferreiro nos termos dos mortais.

Saiu para a manhã sentindo-se mais vivo do que em meses. *Aguente firme e acredite em mim, meu amor*, sussurrou através dos séculos.

Porque o amor e a crença eram uma mágica forte em si mesmos e sobre todas as demais coisas.

— Apareça, covarde! — ele chamou, sua respiração se condensando no ar gelado da manhã. A nevasca tinha parado fazia algumas semanas, apenas porções esparsas de neve restavam, e logo a primavera voltaria a agraciar Dalkeith-Upon-the-Sea. *Assim como minha esposa*, ele fez votos fervorosamente. Havia dias que ele andava tenso, sabendo que algo estava prestes a acontecer. Sentindo no coração, como os roma às vezes percebiam suas premonições. Então, naquela manhã, ele acordara de madrugada, sabendo que o momento estava em suas mãos. A batalha seria encenada naquele dia, e era uma batalha que ele venceria.

— Vamos! É fácil lutar anônimo. Isso só me diz que você é covarde demais para aparecer e me enfrentar — ele provocou, para o ar enevoado.

Sentiu-se tolo por um instante, depois empurrou o sentimento bruscamente de lado. Adam Black estava perto, ele sabia com clareza, no tutano de seus ossos, incitado pelas peças dos menestréis e pela fraqueza de um tolo.

— Inimigo! Enfrente-me! Cãozinho covarde, insignificante e chorão. Aposto que costumava se esconder nas saias da mamãe quando era um garotinho, não? Tremendo e provocando detrás da saia de uma mulher? — Falcão escarneceu para a manhã silenciosa. — Você usou uma moça como seu peão. *Qualquer um* poderia ter jogado esse jogo fraco. Eu o desafio a uma disputa de verdade, seu verme medroso.

A brisa se acentuou, mais pungente agora, mas ainda assim ninguém veio. O ar rodopiava espesso em lufadas velozes de nuvens de barrigas pretas. Falcão gargalhou, sentindo o êxtase e a força percorrerem suas veias.

— Um homem mortal agora sabe a verdade sobre você, Adam... que não conseguiu ganhar minha esposa, que ela desprezava você por mim. — Naturalmente, ele omitiu a verdade: que Adam o havia convencido temporariamente de que Adrienne partira porque assim desejava. No entanto, Falcão tinha recobrado o juízo, assim como a crença e a confiança na esposa. — Eu sei que ela rejeitou você, ferreiro! Eu sei que você a forçou a me deixar contra a vontade dela. Ela escolheu a mim, não você, e o país inteiro sabe disso agora.

— Basta, mortal — sussurrou a voz de Adam, carregada na brisa.

Falcão riu.

— Você acha engraçado? Pensa em incitar minha ira e continuar vivo para rir dela? Você é mesmo esse tipo de louco? Pois *não é* páreo para mim.

Falcão ainda sorria quando disse baixinho:

— Estou muito acima de você no que diz respeito a Adrienne.

— Enfrente seu algoz, bela ave. — Adam saiu, ameaçador, das brumas densas das Highlands.

Os dois homens se encararam com selvageria.

Adam avançou.

Falcão também.

— Batalha justa, frágil bobo das fadas. A menos que você esteja com medo demais.

— Foi para isso que me chamou? Para uma luta corpo a corpo?

— Assuma a forma mortal, Adam. Lute até a morte.

— Nós não morremos — Adam zombou.

— Então lute comigo até o empate. Uma luta justa.

Circundaram um ao outro com cautela, corpos musculosos eriçados com hostilidade latente. A violência que crepitava no ar desde o momento em que os dois homens haviam se conhecido se fortaleceu e agora borbulhava. Era um alívio para Falcão colocar tudo às claras, encerrar o assunto. E, ah, colocar as mãos naquele maldito ferreiro, finalmente!

— Luta justa foi tudo o que eu fiz.

— Você mente, bobo. Você trapaceou em todas as etapas.

— Eu nunca trapaceei!

— Bem, não trapaceie agora — alertou Falcão, frente a frente com Adam. — Mãos nuas. Homem a homem. Você é do meu tamanho. Por acaso tem também a minha força, agilidade e astúcia? Duvido.

Adam deu de ombros, um gesto indolente.

— Você vai lamentar o dia em que nasceu, bela ave. Já derrotei você e levei sua esposa, mas hoje vou selar o seu destino. Hoje vou destruir Dalkeith até não sobrar nada além de cacos de granito soprados pela beira do penhasco para encontrar o mar faminto. Seus ossos vão estar entre os escombros, Falcão.

Falcão jogou a cabeça morena para trás e deu uma gargalhada.

Encoberta pelas brumas pesadas, a corte de Tuatha De Danaan observava a luta.

— Falcão está vencendo!

Suspiros prateados.

— Que homem!

— Veja como se movimenta! Veloz como uma pantera, mortífero como um píton.

— Não pense nele. Está a salvo de todos nós agora. Assim eu ordenei — a rainha respondeu de pronto, em uma frígida lufada de ar.

Um longo silêncio.

— O bobo vai jogar justo? — indagou Aine, a fada quieta e tímida.

A rainha suspirou e respondeu:

— E alguma vez ele fez isso?

Adrienne agarrou a mão de Marie e soltou uma exclamação ao sentir o chute suave na barriga. De alguma forma, a sensação era de que Falcão estava próximo e precisava de sua força e de seu amor. Como se algo mágico pairasse a uma distância quase tangível, quase ao alcance de seus dedos esguios. Fechou os olhos com força e desejou que seu coração viajasse pelos abismos do tempo.

Adam rosnou.

— Chega dessa idiotice de mortal. É hora de acabar com isso de uma vez por todas. — Ele estava sangrando, o lábio cortado e o nariz quebrado. Adam usou sua força imortal para lançar Falcão no chão a seus pés. Uma espada apareceu na mão de Adam, e ele encostou a lâmina na garganta do mortal. — O Pacto que se dane — murmurou, balançando a aresta afiada como navalha na jugular de Falcão. Ele arqueou uma sobrancelha e zombou do mortal caído: — Você sabe, por um momento ali eu fiquei preocupado que você pudesse ter conseguido aprender algo sobre minha raça, o tipo de coisa que não gostamos que os mortais saibam. Porém me parece que eu estava certo a seu respeito desde o início, e minha preocupação foi infundada. Você, de fato, tem o intelecto desprivilegiado. Achou mesmo que poderia me superar em uma luta corpo a corpo? — Adam balançou a cabeça e estalou a língua. — Até parece. É preciso mais que isso para derrotar o meu povo. Ah, diga-se de passagem, prepare-se para morrer, mortal.

Mas sua ameaça não suscitou nem sequer um estremecimento por parte da lenda deitada a seus pés. Em vez disso, em um gesto arrogante, Falcão envolveu a mão na lâmina e olhou fundo nos olhos de Adam. A intensidade do olhar do mortal travou-se no de Adam e o conteve com uma força toda própria.

Adam ficou tenso, e um lampejo de incerteza perpassou sua face.

Falcão sorriu.

— *Amadan Dubh*, comando você da seguinte forma...

Adam congelou e ficou de queixo caído, soltando uma expressão muito humana de perplexidade. A espada se derreteu de sua mão quando as palavras do ritual antigo de dominação o envolveram com força.

— Você não pode fazer isso! — ele cuspiu.

Mas Falcão podia e fez.

Adam rosnou no fundo da garganta. Não era um som humano de forma alguma.

Vinte minutos depois, Adam estava boquiaberto, em um estado descrente. Falcão tinha, na verdade, desenrolado um pergaminho que tirara do *sporran* e lia uma lista muito longa e específica de exigências.

— ... e nunca mais chegará perto de Dalkeith-Upon-the-Sea novamente...

Adam estremeceu.

— Já está chegando ao fim, bela ave?

Falcão continuou sem interrupção, desenrolando o pergaminho cada vez mais.

— Escreveu um maldito livro, por acaso? Você não pode fazer assim — Adam disse entredentes. — Você tem direito a uma ordem. Não pode ficar aí lendo essa coisa toda.

Falcão quase riu alto. A parte boa começaria agora. Qualquer brecha que o bobo insignificante das fadas pudesse encontrar, ele tentaria usar. Mas Falcão não havia deixado brecha nenhuma. E continuou lendo.

— Falei para você desistir, sua massa infantil e reclamona de mortalidade. Não vai funcionar.

— ... e você nunca vai... — continuou Falcão.

Adam rosnou e rugiu, seu rosto gélido cada vez mais branco.

— Vou amaldiçoar seus filhos e os filhos dos seus filhos; vou amaldiçoar Adrienne e todos os filhos dela... — Adam completou, perversamente.

Falcão ficou rígido e parou. Seus olhos voaram para os de Adam.

Este abafou um riso maldoso de êxtase, certo de que o mortal fosse escorregar e interromper a ordem.

Os lábios de Falcão se moveram em um rosnado feroz:

— ... e você nunca tentará lançar uma maldição sobre minha família, sobre minha linhagem, sobre mim ou sobre a família, a linhagem ou a pessoa de ninguém que eu ordene que você abandone ou que qualquer Douglas ordene que você abandone... incluindo Adrienne; sendo que se define expressamente por Douglas qualquer parente por laço de sangue direto, casamento ou adoção, linhagem sendo definida como prole direta, filhos adotados ou adquiridos de qualquer outra forma; você nunca vai fazer mal a nenhum animal que pertença a...

Adam andava de um lado para o outro sobre um pequeno espaço de terra, agora com medo evidente em cada passo.

— ... obediência sendo definida como... e, quando você devolver Adrienne para mim, tudo ficará em ordem em Dalkeith-Upon-the-Sea... Falcão e seu povo ficarão protegidos de qualquer mal, vivos ou na melhor saúde, sob nenhum truque seu... e Adrienne trará a gata dela em segurança para esta época com ela... e...

O rosto de Adam, outrora bonito, era uma máscara lívida de ódio.

— Eu *não* vou perder! Vou encontrar um jeito de derrotar você, Falcão.

— ... e você renunciará a qualquer pensamento ou ação de desforra contra os Douglas...

Adam fez um gesto e Adrienne surgiu, parecendo totalmente atônita, agarrando uma gata arisca nos braços.

Falcão estremeceu imperceptivelmente, sabendo que se tratava apenas de mais um truque de Adam para fazê-lo interromper a ordem. Cinco meses, cinco meses horríveis e inclementes, sem um vislumbre do rosto de sua amada, e agora ela estava diante dele. Linda de tirar o fôlego, de partir o coração. O olhar de Falcão repousou faminto no rosto dela, na cabeleira prateada, no corpo exuberante, na barriga redonda...

Na barriga redonda? Seus olhos voaram para os de Adrienne, largos de perplexidade e espanto, sentindo uma onda de possessividade lhe sacudir o corpo.

Seu filho ou filha! Sangue do seu sangue — seu e de Adrienne.

Adrienne estava grávida.

Falcão ficou sem fala.

Adam abriu um sorriso perverso — e Falcão viu.

Não perderia Adrienne. Ainda tinha muito a ler. Com uma força de vontade ferrenha, Falcão desviou os olhos de sua amada esposa.

Foi a coisa mais difícil que ele fez na vida.

Os olhos de Adrienne o devoravam.

Ela estava com medo de interromper, com medo de se mover. De alguma forma miraculosa, fora puxada de dentro da biblioteca da casa dela, e Moonie, que estava no mesmo cômodo, ao pé da lareira, se enrolava em seus braços confortavelmente. Ela pôde enxergar o rosto assustado de Marie desaparecendo bem diante dos seus olhos.

E ali estava Falcão, o marido amado, a própria vida.

— Como você pôde resistir a mim, beldade? — Adam de repente era o ferreiro outra vez. De kilt e corpo reluzente. — Sou tão bonito quanto Falcão e posso lhe dar prazeres com os quais você não pode nem sonhar. Eu poderia virá-la do avesso e fazê-la chorar de êxtase. Como pôde me abandonar assim?

— Eu amo meu marido. — Ela havia passado tantos meses apegada à esperança do filho de Falcão crescendo em seu ventre, estudando tudo sobre o folclore celta em que pudesse pôr as mãos, com esperanças de encontrar um jeito de voltar. Mas Falcão, ao que parecia, encontrara esse jeito por ela.

— Amor. O que é esse tal de amor que vocês, mortais, têm em tão alta conta? — Adam perguntou, com sarcasmo.

Basta, bobo, veio um sopro prateado do suspiro da rainha das fadas.

Até mesmo Falcão arrastou as palavras no meio de uma frase quando ouviu aquela voz.

E basta de você também, homem bonito, lendário Falcão.

Mais doce que o tilintar dos sinos, sua voz era uma pincelada sensual do céu. Mas Falcão continuou sem interrupção:

— ... e, usada nessa ordem, a palavra *pessoa* deve significar e incluir, onde for apropriado, um indivíduo ou outra entidade; o singular deve ser substituído por plural, e o plural por singular quando apropriado; e palavras de qualquer gênero devem incluir qualquer outro gênero. .

Adrienne observava o marido, seus olhos incandescentes de amor e orgulho.

O bobo me obedecerá. Eu sou a rainha dele.

Falcão parou por uma fração de suspiro, não o suficiente para interromper a continuidade, mas o suficiente para dar a entender.

Ademais, você já foi além de dar uma ordem. Está pregando e sendo positivamente redundante. Ainda assim, muito bem, mortal. Ela está segura; vocês dois estão. Vou me certificar disso agora e para sempre.

E Falcão continuou:

— ... todos os elementos unidos por "se", "e" ou "mas", ou qualquer outro palavreado de ligação, não devem, quando aparentemente em conflito, operar em exclusão ou limite de nenhuma forma, mas devem funcionar em conjunção, sobreposição, e permitir a mais ampla definição possível dos termos usados daqui em diante...

A rainha das fadas suspirou. *Ahhh, entendi. Você não vai interromper essa baboseira até eu oferecer segurança. Homem inteligente. Você busca meu juramento? Eu concedo. Você tem o juramento proferido pela rainha das fadas sobre o Pacto dos Tuatha De Danaan. Ele nunca será quebrado, a menos que nossa raça desapareça.*

Falcão soltou o pergaminho, que se enrolou e se fechou com um estalo audível. Adrienne só viu o tremor das mãos dele quando Falcão a encarou, os olhos triunfantes.

— Ela nos garantiu proteção e lealdade. — Seu sorriso poderia iluminar as fogueiras do Samhain. Seus olhos a percorreram da cabeça aos pés, demorando-se amorosamente em cada centímetro entre uma extremidade e outra.

— Estamos seguros? — Adrienne sussurrou, lágrimas brotando de seus olhos.

Eu mesma me certificarei disso, afirmou a voz cristalina. *Agora e para sempre. Bobo?*

Adam rosnou.

Já que pareço não conseguir deixá-lo longe de problemas, você terá uma nova companheira. Aine passará os próximos quinhentos anos com você. Ela fará todos os esforços necessários para mantê-lo na linha.

Aine não! A súplica de Adam estava a uma sombra de ser um ganido. *Aquela fadinha enxerida tem uma queda por mim! Eu poderia passar meu tempo agradando Vossa Majestade. Permita-me!*

Você agradará Aine, bobo, ou passará os próximos mil anos ao pé da montanha sozinho. Por acaso acha que está entediado agora?

Com um último olhar fulminante para Falcão, Adam desapareceu.

Agora onde estávamos?, perguntou a rainha. Adrienne apertou bem os olhos na direção da voz. Quase conseguia discernir os contornos reluzentes de uma mulher pairando nas brumas atrás de Falcão.

Ah, sim. Vocês dois estavam prestes a se casar sobre o penhasco à beira-mar. O bobo tem uma noção bestial de aparecer nos piores momentos. Vamos retomar de onde estávamos. Eu, Aoibheal, rainha dos Tuatha De Danaan, declaro-os marido e mulher. Nenhum mortal ou imortal separará vocês, sob pena de incorrer em minha ira eterna. Pronto. Vocês foram casados pela rainha das fadas. Ninguém pode se apoderar de tal lenda.

Adrienne e Falcão ainda estavam encarando um ao outro sobre o espaço de jardim, ambos temerosos de se mover nem que fosse um centímetro.

Pois bem? Beije a mulher, seu grande homem lindo! Vá.

Falcão sugou uma inspiração áspera.

Ele havia mudado, Adrienne notou. O tempo o havia deixado ainda mais bonito. Ela não sabia que ele estava pensando a mesma coisa sobre ela. Seus olhos deslizavam sobre ela, dos cabelos loiro-prateados até os pés descalços despontando de uma calça estranha.

E então ela estava envolta naquele abraço forte com o qual havia sonhado todas as noites pelos últimos cinco meses, deitada na cama, sua mão pousada sobre a barriga redonda, implorando aos céus por apenas mais um dia com seu marido.

Ele tocou-lhe os lábios.

— Meu coração.

— Seu coração é... ah! — Ela perdeu o fôlego debaixo dos lábios famintos.

Ahhh, maravilhou-se a rainha, pois até mesmo os Tuatha De Danaan se espantavam com o amor verdadeiro. *Vocês são dignos do que eu ora lhes dei*, ela sussurrou, logo antes de desaparecer. *Considerem um presente de casamento...*

Epílogo

Adrienne respirou fundo. Nada jamais se compararia ao perfume de rosas e à chuva de primavera, ao rugido incessante das ondas nos penhascos ocidentais e ao borrifar de sal no ar puro. Ela saíra brevemente para observar o ocaso avançar sobre o mar. Depois retornaria para Lydia e continuaria fazendo planos para o bebê. Sufocou uma risada com a mão. Lydia enfim dera ordens para Falcão partir, reclamando que não havia possibilidade de dar as devidas boas-vindas à sua nora e se preparar para seu futuro neto se Falcão não parasse de beijar Adrienne o tempo todo. Não que Adrienne achasse ruim.

Como um menino que levou bronca, Falcão olhara feio.

— Vocês têm o resto da vida juntos — Lydia apontara com autoridade —, enquanto nós, mulheres, só temos alguns poucos meses para nos preparar para o bebê.

— Alguns poucos meses? — Falcão parecia atônito. Depois preocupado. Saiu correndo, murmurando algo para si mesmo.

Naquele momento, Adrienne estava sobre os degraus de pedra, a cabeça inclinada para trás, sorvendo a beleza discreta do céu aveludado. Um lampejo de movimento no telhado chamou sua atenção.

Grimm a espiou pelo parapeito, e seu belo rosto se iluminou com um sorriso. Ela e Falcão conversaram naquela tarde, e ele a atualizara sobre tudo o que se passara, incluindo a parte de Grimm em ajudar a trazê-la de volta. Apenas horas antes, Grimm havia colado a mão ao peito e, de joelhos, implorado perdão por ter mentido. Ela o perdoara prontamente.

— Espero que não esteja procurando uma estrela, Grimm — ela gritou para ele.

— Nunca mais — ele jurou com fervor.

Adrienne prendeu a respiração, pois, naquele momento preciso, uma manchinha branca reluziu e emanou sua luz, depois riscou uma espiral descendente pelo céu.

— Ah, meu Deus, Grimm, olhe! Uma estrela cadente! — Ela estreitou os olhos com força e fez um desejo fervoroso.

— O que você acabou de pedir? — ele rosnou para ela do alto, o corpo rígido de tensão.

Quando Adrienne abriu os olhos, disse, atrevida:

— Não posso contar. É contra as regras.

— O que você acabou de pedir? — ele insistiu.

— Mas quanta superstição... — ela brincou, com um sorriso.

Ele lhe lançou um olhar fulminante quando a viu voltar para dentro do castelo. Olhando por sobre o ombro, ela desferiu um sorriso travesso:

— Prepare-se, Grimm. Isso eu vou dizer: fiz meu desejo para *você*.

— Você não sabe que é perigoso sair fazendo desejos à toa por aí, moça?! — veio o estrondo do alto.

— Ah, esse não foi à toa de forma alguma — ela respondeu, antes de a porta se fechar. No telhado de Dalkeith, Grimm caiu de joelhos e olhou fixo para o céu, buscando desesperadamente outra estrela... só para garantir.

O vestido de Adrienne farfalhava à medida que ela deslizava pelo corredor. Lydia tinha dito onde ela poderia encontrar Falcão e, sobre um chá forte de hortelã, a havia informado de algumas coisas que o marido não tinha se dado o trabalho de mencionar. Coisas como o fato de que ele tinha destruído o amado berçário, aquele mesmo com o qual ela ficara desesperadamente fantasiando durante o tempo em que estivera ilhada no século XX. Então era para *lá* que ele havia corrido, parecendo tão preocupado com os "poucos meses restantes". Ela entrou no berçário em tamanho silêncio que Falcão não a notou se aproximar.

Ela traçou os dedos de leve e com carinho por uma boneca esculpida com tanto esmero e parou.

Ele estava ajoelhado ao lado de um berço, passando óleo na madeira com um pano macio. Vestido apenas nos azuis e prateados de seu kilt, os cabelos escuros caíam para a frente em uma onda sedosa. O berçário estava iluminado por dezenas de globos de óleo, projetando um brilho cor de bronze sobre o torso poderoso de Falcão. Seus olhos estavam semicerrados em concentração, e os músculos dos braços se flexionavam e se avolumavam enquanto ele esfregava.

Adrienne se inclinou no batente da porta e o observou em silêncio, avaliando os escassos móveis do quarto. Muitos dos brinquedos estavam ali de volta, mas todos os berços e camas tinham desaparecido. Que ímpeto fenomenal devia ter tomado conta dele!

— Imagino que eu deva me sentir lisonjeada — ela disse em voz baixa.

Ele ergueu a cabeça bruscamente, em uma demonstração de culpa.

Adrienne entrou no quarto consciente de que seus seios, mais cheios por causa da gravidez, oscilavam no decote do vestido, e que Falcão parecia fascinado pelo vigor de suas curvas, agora mais exuberantes. Tinham feito amor naquela tarde, desesperadamente, depressa, com fervor, mal conseguindo sair do jardim e chegar à privacidade de seu quarto. Lydia esperara pacientemente por uma hora antes de bater na porta e exigir ver sua nora.

Quando Adrienne ficara aprisionada no século XX, temendo nunca mais voltar a partilhar da intimidade com seu marido, lembranças de sua incrível paixão tinham cascateado por sua mente com uma fúria agridoce, aguçando sua consciência sobre todas as coisas sensuais que ela ansiava fazer com Falcão, mas que lhe eram negadas. Aqueles longos e torturantes meses de desejos redobrados pelos hormônios exigentes da gravidez potencializavam sua ousadia agora. Ela tinha fome da paixão lenta e deliciosa que havia temido nunca mais vivenciar.

— Falcão?

Ele ergueu os olhos para ela, ainda agachado, pronto para saltar se ela se mexesse um mero centímetro.

E Adrienne se mexeu, erótica e deliberadamente. Então parou para pegar um soldadinho de brinquedo, inclinando-se de forma que seus seios ameaçassem escapar do corpete. Pegou o lábio inferior entre os dentes e desferiu aquele olhar cheio de significado por entre as pálpebras pesadas. Ele estava de pé em questão de um instante.

— Pare! — Adrienne ergueu a mão para contê-lo.

Falcão parou no meio do caminho.

— O que deseja de mim, Adrienne? — sussurrou, com a voz rouca.

— Preciso de você — ela disse, sem fôlego. Ele avançou de repente e ela ergueu a mão de novo. — Não, me deixe olhar para você — disse Adrienne, fazendo um círculo devagar ao redor dele. Então sorriu ao vê-lo arregalar os olhos. — Quando eu estava de volta à minha época, uma das coisas que eu queria muito esclarecer era uma questão sobre os escoceses e seus kilts...

— E essa questão era?

— Eu vi você montar seu cavalo outro dia...

— Eu sei que você viu — ele respondeu, convencido. — Você estava na janela perto do berçário.

— Ah! Você fez *aquilo* de propósito!

Falcão riu, a malícia franzindo seus olhos, o que alimentou a determinação corajosa de Adrienne. Se ele podia provocá-la... bem, dois podiam jogar esse jogo. Ela veria quanto ele seria capaz de aguentar que brincassem com seus desejos.

Aproximando-se mais, Adrienne colocou a mão na coxa musculosa de Falcão e o fitou nos olhos de forma provocativa. Ele dilatou as narinas, e seus olhos escureceram debaixo das pálpebras pesadas. Com a outra mão, ela puxou o corpete do vestido, permitindo que os seios caíssem por cima do decote. Ela se sentia deliciosamente perversa, sabendo que os mamilos estavam rosados, eretos, implorando para serem beijados. Quando ele se inclinou para a frente com a intenção de fazer justamente isso, ela o empurrou de um jeito brincalhão, deslizou a mão pela coxa dele e envolveu seu membro, deliciando-se com o gemido rouco.

— Nada debaixo desse tartan, exatamente como eu suspeitava — observou, maliciosa.

— Adrienne. Você está me *matando*.

— Eu só comecei, meu amor. — Ela enlaçou a ereção magnífica com os dedos e deslizou a mão para cima e para baixo, numa fricção aveludada.

Falcão a pegou pelos quadris e baixou a cabeça para beijá-la, mas ela desviou e deu risada quando, em vez disso, ele enterrou o rosto em seus seios.

— Pare — ela mandou.

— O quê? — ele questionou, sem acreditar.

— Um passo para trás — ela encorajou. — Não me toque até eu pedir. Me deixe tocar você.

Falcão grunhiu alto, mas deixou as mãos caírem de onde estavam no corpo dela. Seus olhos eram intensos e selvagens, e Adrienne suspeitou de que ele não fosse permitir aquela tortura sutil por muito mais tempo.

Com um ritmo despreocupado, ela desamarrou o kilt e o deixou cair no chão. Seu marido estava nu diante dela, o corpo de bronze reluzindo à luz das velas, o membro rijo fazendo movimentos involuntários insistentemente.

Adrienne traçou um caminho fascinado e admirado sobre os ombros dele e sobre seu peito musculoso e amplo. Roçou os lábios de leve nos dele, beijou-lhe a mandíbula, os mamilos, provocou as ondas do abdome firme com a língua e depois caiu de joelhos, a boca a centímetros de sua ereção, as mãos abertas ao redor das coxas.

— *Adrienne!*

Ela beijou a doçura que ele era, deslizando a língua para cima e para baixo por todo o comprimento rígido. Falcão enterrou as mãos no cabelo dela e emitiu um som rouco no fundo da garganta.

— Basta! — Ele a puxou de pé novamente e a colocou de costas na parede abaixo das janelas. Levantou-a do chão, sentando-a sobre o parapeito, levantou-lhe o vestido e lhe abriu as pernas para se acomodar entre elas. — *Agora*, Adrienne. Quero você *agora*. — Ele a beijou mais fundo ao penetrar com um movimento cuidadoso, mas insistente, a umidade convidativa. Adrienne sufocou uma exclamação de prazer ao ser preenchida completamente. Falcão a encarou, prestando atenção cuidadosa a cada estremecimento, a cada gemido que escapava dos lábios dela, e bem quando ela se lançava convulsivamente para o clímax sublime, bem quando ela sentiu o doce tremor começar, ele parou de se mexer.

— *Falcão!*

— Você vai me provocar assim de novo, meu amor? — murmurou ele.

— Com certeza — ela respondeu, tentadora.

— *Vai?*

— É claro. Porque sei que meu marido *nunca* vai me deixar na vontade. Assim como eu *nunca* vou provocá-lo sem satisfazer completamente os desejos dele. Então me satisfaça, meu doce *laird* das Highlands. Leve-me para Valhalla, marido.

Ele riu baixinho, depois a penetrou com cuidado e delicadeza até encontrarem o ritmo perfeito. A intensidade de sua união, tão perfeita em corpo e alma, fez Adrienne gritar de êxtase.

Mais tarde, Falcão fechou a porta do berçário e carregou a esposa satisfeita e sonolenta para o Quarto do Pavão, onde dormiu abraçado a ela, maravilhando-se sobre como a vida era plena ao lado dela.

Lydia sorriu ouvindo a porta do berçário se fechar ruidosamente acima dela. Tudo estava bem em Dalkeith-Upon-the-Sea. Parou então por um instante sonolento, imaginando as criancinhas que agraciariam o berçário em breve.

A vida nunca tinha sido mais doce.

Mas poderia ser ainda mais doce, Lydia.

Os olhos dela se estreitaram, pensativos, nas costas de Tavis MacTarvitt, que estava perdido em reflexões diante da lareira. Uma onda de culpa quebrou sobre ela ao lembrar como ele tinha voltado para ela naquela noite depois da conversa com Falcão, e como ela havia lhe mostrado indiferença e depois se recolhido de novo para a segurança familiar da formalidade.

A tensão no sorriso paciente de Tavis foi toda a reprovação que ele havia deixado transparecer.

"Meu amor", ele a chamou, e ela se se culpou tanto por sentir amor quando seu filho estava tão sozinho que havia se recusado a admitir o sentimento. "Quanto tempo mais você pretende desperdiçar, moça?"

Com movimentos bem discretos, Lydia soltou as tranças, liberando os cabelos castanhos ondulados. Seus olhos nunca se desviaram das costas de Tavis. Com um sorriso de expectativa, ela jogou os cabelos para baixo, penteando-os com os dedos para desemaranhar os cachos, e depois de novo para cima, de forma que caíssem como uma ampla cascata sobre as costas.

Tantos anos!

Puxou o vestido com nervosismo, fitou as costas dele por mais um momento, depois deu de ombros e desabotoou algumas das pérolas da gola. Em seguida respirou fundo, trêmula, sentindo as borboletas baterem asas de seda em seu ventre.

— Tavis? — ela chamou suavemente. Uma vez decidida, ela se comprometia por inteiro a não desperdiçar mais nenhum instante precioso.

Ele endireitou as costas e espiou Lydia brevemente sobre o ombro.

Ela quase riu alto quando o viu arregalar os olhos e girar com um sobressalto de frente para ela, os olhos percorrendo a cabeleira solta, o colarinho desabotoado, os lábios entreabertos.

— Lydia?

Ela ouviu centenas de perguntas naquela única palavra, e ficou extasiada pela noção de que finalmente tinha a resposta certa para dar a ele.

— Eu estava aqui pensando uma coisa, sabe, velho? — comentou, dando tapinhas no banco ao lado dela. — Essas suas mãos... — A voz dela ficou no ar; nos olhos, uma chama maliciosa. Coquete, ela umedeceu o lábio inferior, como um convite mais antigo que o próprio tempo.

— Sim? — A voz quase falhou ao pronunciar a palavra.

— Já que são tão talentosas e fortes...

— Sim? — Ele ergueu as sobrancelhas. A respiração enroscou na garganta quando Lydia fez uma sugestão para aquelas mãos que chocou e deliciou Tavis MacTarvitt no fundo de sua alma.

Quando naquela noite Grimm finalmente deixou o telhado e entrou no Grande Salão, sufocou uma blasfêmia e, de costas, bateu em retirada porta afora. *No salão, entre todos os lugares! Lydia! E Tavis!*

— Ah! Amor! — ele resmungou para as estrelas que cintilavam no céu com um esplendor desapaixonado.

Três meses depois, o choro saudável de um menino recém-nascido ressoou pelos salões de Dalkeith-Upon-the-Sea.

Falcão Douglas, exultante de orgulho, estava sentado ao lado de Adrienne na cama.

— Olhe para ele, Falcão! Ele é perfeito! — ela exclamou.

— Ele não é o único perfeito aqui — Falcão disse, com a voz rouca, alisando os cabelos dela, afastando-os da testa.

Adrienne sorriu para ele. Falcão havia segurado a mão dela durante todo o trabalho de parto, alternando entre se amaldiçoar e amaldiçoá-la por ter deixado que ele a engravidasse, para começo de conversa.

Mas haveria ainda outras vezes como aquela, Adrienne pensou, pois tinha toda a intenção de ter meia dúzia de bebês. Falcão só teria de se acostumar com o processo de trazê-los ao mundo.

Adrienne tocou a face dele, intrigada.

— Você está chorando — sussurrou.

— Lágrimas de felicidade. Você me deu vida nova, Adrienne, uma vida que eu nunca sonhei que pudesse ter.

Ela o observava com adoração nos olhos, o bebê aconchegado entre eles.

Adrienne poderia ter ficado daquele jeito por horas, mas Grimm entrou no Quarto do Pavão naquele exato instante, rapidamente dando ordens para os guardas.

— Coloque ali, ao lado da cama.

Falcão olhou por cima do ombro.

— Ah, o berço. Eu o terminei ontem à noite. Suspeito que ele não vá ver muita coisa por algum tempo. — Possessivamente, pegou o filhinho nos braços. — Ele deve dormir conosco por algum tempo, não acha?

— Acho que eu não conseguiria permitir que ele saísse das minhas vistas, e você?

Falcão assentiu em concordância, observando o filho atentamente.

— Meu maxilar — ele disse, orgulhoso. — Olhe só que belo ângulo forte.

Adrienne riu.

— Um ângulo teimoso — ela brincou —, e já tem cabelinho escuro.

Atrás deles, Grimm fez um som sufocado.

Falcão olhou por cima do ombro, um questionamento nos olhos.

— Ora, mas que diabos... er... perdoe-me, milady — ele disse para Adrienne —, e me perdoe, pequenino — acrescentou para o bebê. — Mas por que você foi fazer este berço, Falcão? — Grimm indagou. — Já não tivemos o suficiente daquele maldito povo das fadas?

Falcão ergueu uma sobrancelha em confusão.

— De que você está falando, Grimm? — Ele cedeu o filho com carinho para Adrienne e foi até o berço.

Letras fluidas haviam sido esculpidas fundo na madeira. O berço todo reluzia como se tivesse sido salpicado de pó de ouro. Falcão olhou por um longo instante para as palavras que *ele* não pusera ali. Um sorriso curvou seus lábios quando as leu para Adrienne:

Lembre-se disto, mortal: Você tem o seu próprio tipo de eternidade, a imortalidade do amor.
Abençoados sejam os Douglas.
Aoibheal, rainha das fadas

Impresso no Brasil pelo Sistema Cameron da Divisão Gráfica da
DISTRIBUIDORA RECORD DE SERVIÇOS DE IMPRENSA S.A.